만요슈 선집

사이토 모키치 지음 | 김수희 옮김

일러두기

1. 이 책은 국립국어원 외래어 표기법에 따라 일본 지명과 인명을 표기하였다.

2. 본문 주석 중 역자의 주석은 '역주'로 표시하였으며, 그 밖의 것은 저자의 주석이다.

3. 일본어 음은 이 책의 원서(『万葉秀歌』)에 표기된 원문의 음을 따라 표기하였다. 단, 국내외에서 고유명사로 이미 널리 알려진 용어들은 가독성을 위해 통용되는 일본어 음에 따라 표기하였다.

4. 이 책은 산돌과 Noto Sans 서체를 이용하여 제작되었다.

서문

　『만요슈_{万葉集}』는 일본에서 가장 소중히 여겨지는 가집으로 누구라도 한 번쯤은 읽어볼 가치가 있는 작품이다. 그러나 수록 작품이 무려 4500여 수나 되기 때문에 일일이 주석서를 찾아 독파한다는 것이 그리 녹록치 않다. 때문에 걸작선 형태로 뽑아내어 각각의 작품과 친숙해지는 것도 『만요슈』 독파를 위한 하나의 방법이라 할 수 있을 것이다. 이 책은 바로 그런 방식을 채택하고 있다. 작품을 고를 때는 원칙적으로 각 권에 걸쳐 손꼽히는 걸작을 두루 뽑아내겠다는 생각이었다. 양적으로는 전체의 약 10%를 예상했다. 장가_{長歌}(5·7의 음수율 형태가 3구 이상 이어진 후 마지막을 7로 마무리하는 긴 정형시-역주)는 빼고 단가_{短歌}(5·7·5·7·7의 음수율을 가진 일종의 정형시-역주)만 골라낼 방침이었기 때문에, 『만요슈』 전체의 단가를 약 4200수라고 치면 결국 10% 정도를 뽑아낸 셈이 될 것이다(원서 『万葉秀歌』는 상·하권이며 이 책은 그중 상권에 해당한다-역주).

　이런 기준에 따라 본서의 틀을 잡은 것에는 그럴 만한 까닭이 있다. 만인을 위한 작품집을 지향하기 위해 『만요슈』

의 단가 중 사람들이 꼭 알아두었으면 하는 것을 최대한 담아내야 했기 때문이다. 전문가적 관점을 가지고 점점 범위를 좁혀 가면, 독자 여러분들도 이 책을 통해 각자 자신만의 300수, 200수, 100수 혹은 50수의 걸작선을 만들 수 있을 것이다. 그 정도의 여지를 남겨두고 싶었다.

그런 방침에 따라 골라낸 작품에 간단한 비평과 주석을 덧붙이는 형태를 취했다. 단, 이 책의 목적은 『만요슈』의 여러 작품들 중에서 보다 탁월한 노래들을 고르는 데 있었다. 즉 작품 그 자체가 우선이었으며 주석은 그 다음 문제였다. 따라서 비평과 주석은 독자 여러분들의 참조와 감상을 위한 보조적 역할에 그친다. 이미 많은 학자들이 수준 높고 상세한 주석서를 내놓았기 때문에 필자의 부족한 비평이나 주석은 그런 서적들을 통해 각자 자유롭게 보완할 수 있을 것이다.

요컨대 작품에 대한 감상이 핵심이며 비평과 주석은 두 번째 문제다. 그것을 원칙으로 삼았기 때문에 각각의 작품을 충분히 음미할 필요가 있다. 우선은 감상에 방점을 두었으면 한다. 만약 작품의 전반적인 의미를 파악했다면 잠시 필자의 비평이나 주석의 내용에서 벗어나 작품 그 자체를 충분히 음미해보길 바란다. 독자 여러분들이 각자 이 책을 처음부터 순서대로 읽어나가도 무방하고, 자유롭게 페이지를 넘기다 우연히 눈에 들어온 것부터 먼저 읽어도 좋다. 다망한 독자 분들이라면 각자의 생업에 종사하다가 막간의 시간을 이용해서 조금씩 읽어나가도 무방하다. 논밭을 메다 잠시 허리를 펼 때나 기차 혹은 전철 안에서도 가능하다. 식후나 산책 후, 잠이 들기 전 잠깐 동안 한두 수 혹은 두세 수, 내지는 열 수 정도씩 읽어도 좋다. 요컨대 거듭 반복해서 읽어가며 각각의 작품을 음미할 필요가 있다. 빨리 읽되 소홀히 다루지 않는 것이 바람직할 것이다.

이 책에서는 각각의 작품 그 자체에 집중하고자 한다. 때문에 이른바 『만요슈』의 정신, 『만요슈』의 일본적인 성격, 『만요슈』의 국민성 등에 대해서는 논하지 않을 생각이다. 오히려 조사 하나하나, 동사나 특정 소절 하나하나에 대해 상세히 고찰하고 있다. 독자 여러분들은 아무쪼록 이런 방식에 대해 잠시 인내해주시길 바란다. 『만요슈』가 걸작이라고 칭해지는 까닭도 그 본연의 모습을 깊이 들여다보면 기본적인 창작 방식을 준수했기 때문일 것이다. 그에 대한 가장 적극적인 예를 든다는 생각에서 더더욱 상세히 서술하고자 했던 것 같다.

각각의 작품들에 대한 짧은 비평 중에는 선행하는 연구성과의 결론이 녹아들어가 있는 경우도 당연히 있겠지만, 요컨대 필자의 지론이라고 할 만한 것들도 포함되어 있다.

만인을 대상으로 누구든 읽고 이해할 수 있는 "『만요슈』입
문서"를 지향하지만. 경우에 따라서는 종종 가차 없는 태도
를 취했을지도 모른다.

1938년 8월 29일

사이토 모키치

목차

제 1 권

제 2 권

제 3 권

주요 참조주석서 일람

- 센가쿠仙覚『만요슈쇼万葉集抄』
- 기타무라 기긴北村季吟『만요슈스이쇼万葉拾穂抄』
- 게이추契沖『만요다이쇼키万葉代匠記』
- 가다노 아즈마마로荷田春満『만요슈헤기안쇼万葉集僻案抄』
- 가모노 마부치賀茂真淵『만요코万葉考』
- 아라키다 히사오이荒木田久老『만요코쓰키노오치바万葉考槻落葉』
- 다치바나 지카게橘千蔭『만요슈랴쿠게万葉集略解』
- 후지타니 미쓰에富士谷御杖『만요슈토모시비万葉集燈』
- 기시모토 유즈루岸本由豆流『만요슈코쇼万葉集攷證』
- 다치바나 모리베橘守部『만요슈히노쓰마데万葉集檜嬬手』
- 다치바나 모리베橘守部『만요슈킨요万葉集緊要』
- 가모치 마사즈미鹿持雅澄『만요슈코기万葉集古義』
- 기무라 마사코토木村正辞『만요슈미후구시万葉集美夫君志』
- 곤도 요시키近藤芳樹『만요슈추소万葉集註疏』
- 이토 사치오伊藤左千夫『만요슈신샤쿠万葉集新釈』
- 이노우에 미치야스井上通泰『만요슈신코万葉集新考』
- 사사키 노부쓰나佐佐木信綱『만요슈센샤쿠万葉集選釈』
- 다케다 유키치武田祐吉『만요슈신카이万葉集新解』
- 쓰기타 우루우次田潤『만요슈신코万葉集新講』
- 야마다 요시오山田孝雄『만요슈코기万葉集講義』
- 라쿠로쇼인판楽浪書院版『만요슈소샤쿠万葉集総釈』

참고지명 일람

p.242* 오사카시大阪市 기타구北区 도요사키豊崎

p.246* 효고현兵庫県 아와지시淡路市 노지마野島

p.248* 효고현兵庫県 미나미아와지시南あわじ市 누시마沼島

p.249* 효고현兵庫県 다카사고시高砂市

p.257* 효고현兵庫県 미나미아와지시南あわじ市 미나토湊

p.259* 나라현奈良県 다카이치군高市郡 아스카촌明日香村 야쓰리八釣

p.265* 오사카부大阪府 가이즈카시貝塚 고자키정神前町

p.274* 나고야시名古屋市 미나미구南区 사쿠라다이桜台·모토사쿠라다정元
桜田町·사쿠라기정桜木町·니시사쿠라정西桜町

p.277* 아이치현愛知県 니시오시西尾市 하즈정幡豆町

p.278** 시가현滋賀県 다카시마시高島市 가쓰노勝野

p.280* 교토부京都府 쓰즈키군綴喜郡 이데정井手町 다가多賀

p.284* 시즈오카현静岡県 시즈오카시静岡市 시즈오카쿠清水区 오키쓰세이
켄지정興津清見寺町

p.313* 나라현奈良県 요시노군吉野郡 요시노정吉野町 나쓰미菜摘

p.317* 후쿠시마현福島県 미나미소마시南相馬市 가시마구鹿島区

p.319* 나라현奈良県 사쿠라이시桜井市 이케노우치池ノ内

p.322* 후쿠오카현福岡県 다가와군田川郡 가와라정香春町 가가미야마鏡山

p.419* 효고현兵庫県 다쓰노시たつの市 미쓰정御津町 무로쓰室津

p.422* 효고현兵庫県 히메지시姫路市 시카마구飾磨区 이마자이카今在家

p.422** 효고현兵庫県 히메지시姫路市 시카마구飾磨区 호소에細江

p.448* 나라현奈良県 사쿠라이시桜井市 아나시穴師

p.466* 오사카부大阪府 이케다시池田市 효고현兵庫県 가와니시시川西市·이
타미시伊丹市·아마가사키시尼崎市

제 1 권

생명 넘치는 우치누 넓은 들판

말고삐 당겨 아침 사냥하시나 풀이 무성한 그 들판

たまきはる宇智の大野に馬並めて朝踏ますらむその草深野

나카치 스메라미코토中皇命[권1·4]

조메이舒明 덴노가 우치누宇智野, 즉 야마토大和(현재의 나라현[奈良県] 부근-역주)에 있는 우치군宇智郡의 들(지금의 고조정[五條町] 남쪽의 사카아이베촌[阪合部村]*)에서 사냥할 때, 나카치 스메라미코토中皇命가 하시비토노 무라지오유間人連老로 하여금 바치게 한 장가長歌의 반가反歌(대부분의 장가 뒤에는 관련 내용에 대한 서정적 표현으로서의 단가가 반가라는 형식으로 동반됨-역주)다. 나카치 스메라미코토는 생몰연대가 미상이지만, 가모노 마부치賀茂真淵는 가다노 아즈마마로荷田春満의 설에 따라 "황/皇"이라는 글자 밑에 "여/女"를 삽입시켜 "나카쓰 히메미코노미코토/中皇女命"라고 읽었다. 즉 조메이 덴노의 딸로 훗날 고토쿠孝徳 덴노의 황후가 된 하시비토間人 황후라고 파악했던 것이다. 하지만 이후 기타 사다키치喜田貞吉 박사

18

는, 황후였다가 훗날 덴노가 된 사람이기 때문에 여기서는 고교쿠皇極(사이메이[齊明]) 덴노가 이에 해당된다는 견해를 보였다. 즉 기존 설에 따르면 조메이 덴노의 딸의 노래인데, 기타 사다키치 박사에 의해 새롭게 제기된 설에 따르면 조메이 덴노 부인의 노래라는 말이 된다. 하시비토노 무라지오유는 『일본서기日本書紀』의 기록 중 고토쿠 덴노 재위기인 654년(하쿠치[白雉] 5년) 2월 견당사 판관 직책에 "하시비토노 무라지오유/間人連老"라고 나와 있는 사람으로 추정된다. 아울러 작자에 대해서도 설이 갈린 상태로, 나카치 스메라미코토라는 설과 하시비토노 무라지오유라는 두 가지 설이 있다. 아마도 이것은 나카치 스메라미코토의 작품으로 추정된다. 설사 하시비토노 무라지오유의 작품이라고 가정해도, 나카치 스메라미코토의 마음을 헤아려 읊었다고 봐야 한다. 하시비토노 무라지오유의 작품이라고 보는 설은 다이시題詞(일종의 제목-역주)에 "어가/御歌"라는 표현 대신 그냥 "가/歌"라고 나와 있는 것을 근거로 한다. 그러나 이는 편집 당시 이미 글자 "어/御"가 누락되었기 때문으로 보인다. 가모노 마부치의 『만요코万葉考』에 "글자 어御를 보강"이라고 한 것은 지나치게 자의적인 느낌이 들긴 하지만, 어쩌면 이것이 실상에 더 가까울지도 모른다. "나카노오에中大兄 황자 (덴지[天智] 덴노의 황자 시절 이름-역주)의 삼산三山의 노래(하나의 산을 두고 두 산이 서로 다투었다는 이야기를 통해 누카타노오키미[額田王]를 둘러싼 덴지 덴노와 덴무[天武] 덴노의 삼각관계를 연상시킨 저명한 노래-역주)"(권1·13)에서도 글자 "어/御"가 없다. 그런데 이 삼산의 노래가 목록에서는 "나카노에오 삼산 어가/中大兄三山御歌"라고 되어 있다. 목록에는 "어/御"라는 글자가 있었던 것이다. 이에 대해 게이추契沖의 『만요다이쇼키万葉代匠記』에는 "나카노오에는 덴지 덴노기 때문에 미코토尊라든가 미코皇子(황자)라는 말이 있어야 하지 않을까. 일반적인 예를 보면 당연히 있어야 한다. 목록에는 삼산이라는 글자 아래 '어/御'라는 글자가 있다. 누락된 것일까"라는 언급이 보인다. 예부터 본문에 '어/御'가 없는 예가 있었다는 말이다. 아울러 "『만요슈』는 원문 그대로 전해져 내려오기 때문에 본문이 바뀐 적이 없다고 생각해야 한다"(『만요슈코기[万葉集講義]』)는 지적을 고려해보면, 목록에 보이는 글자 '어/御'는 목록 작성 시 달아놓은 것으로 판단할 수도 있다. 또한 이 "어가/御歌"라는 표현에 대해 "글자 '어/御'가 없는 것은 옮겨 적을 때 누락되었기 때문일까. 그러나 덴노에게 바치는 것이기 때문에 이중으로 '덴노에게 바치는 덴노의 노래'라고 쓰지 않았을 것이다"(『만요슈헤키안쇼[万葉集僻案抄]』), "덴노에게 바치는 노래였기 때문에 일부러 '어/御'라는 글자를 쓰지 않았던 것으로 추정된다"(『만요슈미후구시[万葉集美夫君志]』) 등의 설도 참고할 수 있다.

　다음 문제로 넘어가면『만요슈코쇼万葉集攷證』의 경우, "이 노래가 만약 나카치 스메라미코토의 작품이라면 그것을 덴노에게 바칠 때 중간에 있던 사람의 이름을 굳이 쓸 이유는 없지 않을까"라고 지적했다. 즉 하시비토노 무라지오유의 작품이라는 설에 찬성하고 있는 것이다. 하지만 하시비토노 무라지오유가 일반적인 신하가 아니라 좀 더 나카치 스메라미코토와 각별한 관계의 사람이었기에 특별히 이름을 쓴 것이라고 생각해보면 납득이 가는 측면도 없지 않다. 꼭 작자가 아닐 수도 있다는 말이다.『만요코万葉考』의 "별기別記"에는 "덴노의 노래를 바치게 한 것은 하시비토노 무라지오유가, 예를 들어 유모의 자식이거나 혹은 또 다른 이유로 매우 가까운 사이였기 때문으로 보인다"라고 되어 있다. 이에 대한 진위여부를 따지기 이전에, 그런 사고의 방향성에는 오류가 없을 것으로 판단된다. 여러 주석서의 주해 내용에서 두 가지 설의 분포 상태는 다음과 같다. 나카치 스메라미코토의 작품이라는 설은『만요슈헤키안쇼』·『만요코』·『만요슈랴쿠게万葉集略解』·『만요슈토모시비万葉集燈』·『만요슈히노쓰마데』·『만요슈미후구시』·이토 사치오伊藤左千夫의『만요슈신샤쿠万葉集新釈』·『만요슈코기』등이다. 하시비토노 무라지오유의 작품이라는 설은『만요슈스이쇼万葉拾穂抄』·『만

요다이쇼키』·『만요슈코기』·『만요슈코쇼』·『만요슈신코万葉集新講』·『만요슈신카이万葉集新解』·『만요슈소샤쿠万葉集総釈』등이다. "tamakiharu/たまきはる"는 'inochi/命(생명)', 'uchi/内(안)', 'yo/代(대)' 등의 단어에 이어지는 마쿠라코토바枕詞(특정 어구 앞에 붙는 5음의 수식어로 그 의미를 강조하거나 어조를 고르는 기법-역주)인데, 여러 가지 설이 있지만 확실한 의미는 알 수 없다. 센가쿠仙覚·게이추·가모노 마부치 등이 제시한 "tamakiharu/霊極", 즉 "영혼이 극치에 달했을 때의 생명"이라는 설은 그다지 유력하지 않은 상태지만, 결국 그런 의미에 가까운 뜻으로 결판이 나지 않을까 싶다. 아울러 모토오리 노리나가本居宣長의 설, 즉 "aratamakihuru/あら玉来経る"라는 것은 세월이 흐르는 현실이라는 뜻이다. 그 외에도 아라키다 히사오이荒木田久老의 "tamakihuru/程来経る"설, 가모치 마사즈미鹿持雅澄의 "tamakihaku/手纏き佩く" 등 여러 가지 설이 있다. 이 작품에서 사용된 지명 우치宇智와 "uchi/内(안)"이 동음이의어이기 때문에 마쿠라코토바를 사용한 것으로 보인다.

전체적인 의미는 '지금쯤 우치누 넓은 들에서 많은 말들을 쭉 세워놓고 말고삐를 잡아당기며 아침 사냥을 떠나시면서 아침의 풀을 밟아 말을 달리게 하시겠지요. 이슬을 듬뿍 머금은 풀이 무성한 그 들판, 마치 눈에 보이는 것 같사

옵니다' 정도의 뜻이다. 『만요다이쇼키』에 "풀이 무성한 들에는 사슴이나 새가 많을 것이므로 우치의 들을 칭송하며 마지막 구에서 다시 한 번 언급했다"라고 되어 있다. 『만요슈코기』에는 "오늘 사냥하심에 그 수확물이 많아 더할 나위 없이 흥겨울 것으로 생각된다는 뜻이다"라고 나와 있다.

작자가 황녀든 황후든, 덴노를 떠올리며 그 사냥하는 모습을 축복하는 심정이 작품에 깊은 여운을 남기고 있다. 누군가를 대신해 읊었다고 생각하기에는 감정적으로 너무 몰입되어 있다. 때문에 대신 읊었다는 설에 찬성하는 『만요슈코기』도 "이 다이시題詞(일종의 제목-역주)의 의미는 게이추도 지적한 바 있듯이 나카쓰 히메미코中皇女의 명에 따라 하시비토노 무라지오유가 대신 읊어 바친 것이다. 하지만 그 뜻은 여전히 황녀의 심정에 밀착해 덴노에게 말씀올린 것이라고 봐야한다"고 지적하고 있다. 이는 이 작품의 가락에 애정이 듬뿍 담겨 있기 때문일 것이다. 설령 논리적으로는 하시비토노 무라지오유의 작품이라 해도, 감상이라는 측면에서는 황녀의 간절한 심정을 외면할 수 없으므로 이 점을 놓치지 말아야 한다. 한편 이 작품은 어떤 형식이나 절차에 따라 덴노에게 바쳐진 것일까. "황녀의 노래를 무라지오유의 입을 통해 읊게 하여 아버지인 덴노 앞에서 바쳤다"(『만요슈히노쓰마데』)는 지적이 실상에 가까울 것이다.

작품은 풍요롭고 장엄하며 깔끔하다. 매우 자연스럽게 흐르듯 이어지며 완벽한 가락을 완성시키고 있다. 고어 특유의 탁월한 느낌이 유감없이 발휘된 작품이라고 생각한다. 어느 구에서도 가락이 끊어지지 않고 있다. 제3구에서 "te/て(~서/이고)"를 넣는가 싶더니 제4구에서 "아침 사냥하시나/朝踏ますらむ"라는 유려한 구를 읊더니 잠깐 멈췄다가, 마지막 구에서 다시금 큰 움직임을 보이며 장중하고 깔끔한 명사형으로 마무리하고 있다. 마지막 구를 명사로 마무리하며 깊은 감정을 담아내고 있다. 이에 따른 강렬한 여운도 독보적이다. 노래가 읊어질 당시에는 극히 자연스럽게 선택된 단어들이 그저 편안하게 이어진 것으로 보이는데, 후대의 우리들에게는 깜짝 놀랄 만큼 힘찬 존재감을 가지고 내면에 성큼 다가선다. 마지막 구 "풀이 무성한 그 들판/その草深野"은 일본어 원어 "sono/その(그)"로 시작되고 있는데, 이에 따른 언어적 묘미가 각별하다. 앞서 나온 장가뿐만 아니라 여기 나온 반가 역시 『만요슈』에 나온 최고의 노래들 중 하나로 높이 평가할 수 있다.

이 노래의 앞에 배치된 장가는 "온 나라를 다스리는 우리 대왕, 아침이 오면 손에 쥐고 만지는, 저녁이 오면 옆에 세워 두시며, 애용하시던 가래나무로 된 활, 활고자에서 울림 소리 들리네, 아침 사냥을 지금 떠나시는가, 저녁 사냥

을 지금 떠나시는가, 애용하시는 가래나무로 된 활, 활고자
에서 울림 소리 들리네/や^{わがおほきみ}すみしし吾大王の, 朝^{あした}にはとり
撫^なでたまひ, 夕^{ゆふべ}にはい倚^より立たしし, 御執らしの梓弓^{みと}の^{あづさのゆみ},
長弭^{ながはず}(中弭^{なかはず})の音すなり, 朝猟^{あさかり}に今立たすらし, 暮猟^{ゆふかり}に今立
たすらし, 御執^{みと}らしの梓弓の, 長弭(中弭)の音すなり"_(권1·3)

라는 것이다. 유려한 가락을 반복적으로 사용하고 있는 매
력적인 장가다. 아침 사냥, 저녁 사냥이라고 표현한 이유는
일단은 성조 때문이겠지만, 실제로 아침 사냥과 저녁 사냥
이 각각 행해졌다고 해석할 수도 있다. 중국의 오래된 시에
서도 이런 식으로 아침 사냥과 저녁 사냥이 이어진 예를 발
견할 수 있다. '가래나무로 된 활/梓弓^{あづさのゆみ}'은 일본어 음으로 '아
즈사유미노/azusayumino(アヅサユミノ)'라는 여섯 음으로 읽
는 설이 유력한데, "azusanoyumino/安都佐能由美乃^{アヅサノユミノ}"<sub>(권
14·3567)</sub>에 따라 'azusanoyumino/アヅサノユミノ'라고 읽
었다. 그렇게 읽어야 노랫가락이 좀 더 좋아지기 때문이다.
아울러 참고할 작품으로 덴무 덴노가 지은 노래 중에 "내리
는 그 눈이 끊임없는 것처럼, 내리는 그 비가 쉬지 않는 것
처럼, 길 굽이굽이를 생각하면서 왔다네, 바로 그 산길을/
その雪の時なきが如^{ごと}, その雨の間なきが如, 隈^{くま}もおちず思
ひつつぞ来る, その山道を"_(권1·25)이 있다. 아울러 야마베
노 아카히토_{山部赤人}의 노래에 "아침 사냥엔 짐승들을 뒤쫓

고, 저녁 사냥엔 새들을 뒤쫓으며, 말고삐 당겨 사냥을 떠나시네, 봄 풀 무성한 들판으로/朝猟に鹿猪履み起し, 夕狩に鳥ふみ立て, 馬並めて御猟ぞ立たす, 春の茂野に"(권6·926)가 있다. 이 노래는 아카히토의 작품에 영향을 끼친 것 같다. "말고삐 당겨/馬なめて"도 좋은 구라고 할 수 있다. "벗과 더불어 놀고자 했었지만, 말고삐 당겨 가려던 마을인데/友なめて遊ばむものを, 馬なめて往かまし里を"(권6·948)라는 용례도 있다.

산 넘어 바람이 때없이 불어오니

밤이면 밤마다 아내가 맘에 걸려 홀로 시름에 겨워

山越の風を時じみ寝る夜落ちず家なる妹をかけて偲びつ

이쿠사노오키미軍王〔권1·6〕

조메이舒明 덴노가 사누키국讚岐国(현재의 가가와현[香川県] 근
방-역주) 아야군安益郡에 행차했을 때 이쿠사노오키미軍王가
지은 장가의 반가다. 이쿠사노오키미가 어떤 사람인지는
확실치 않으나, 고유명사가 아니라 군대를 지휘하는 대장
군大将軍을 가리킬 가능성도 있다(근래에는 "군왕견산작가[軍王見
山作歌]"라는 다이시[題詞(일종의 제목-역주)] 부분을 '이쿠사노오키미가 산
을 보고 지은 노래'라고 해석하지 않고 "군왕견산[軍王見山]" 자체를 '산의
이름'으로 파악하는 설도 있다). 639년(조메이[舒明] 11년) 12월, 이요
伊予 온천(현재의 도고[道後] 온천 안에 있던 것으로 추정-역주)으로 행
차했기 때문에, 가던 길에 사누키국 아야군(지금은 아야우타군
[綾歌郡])에도 잠깐 들렀던 것으로 추정된다. 본문에 나오는
"때없이/時じみ"라는 표현은 한자로 쓸 경우 '비시非時' '불

시不時'라고도 표기하는데 '때(계절)에 걸맞지 않게'라는 의미를 담고 있다. 본문에 나오는 "밤이면 밤마다/寝る夜落ちず"는 '잠을 청하는 밤이면 밤마다'라는 의미라고 할 수 있다. 본문의 "맘에 걸려/かけて"는 '걱정을 하며, 생각을 하며'라는 뜻이다.

전체적인 의미는 '산을 넘자마자 때 아닌 바람이 계속 불어오기에, 홀로 잠을 청하는 밤이면 밤마다, 집에 홀로 남아 있을 아내가 너무도 그립게 떠오른다'는 내용이다. 언어 배치가 적절하고 감정이 매우 솔직하게 드러난 노래지만, 그렇다고 지나치게 단조롭기만 한 것도 아니다. 짚을 곳은 정확히 짚어나가고 있기 때문이다. 본문에 나오는 "산 넘어 바람이/山越しの風"라는 표현은 언뜻 보기에 그저 '산을 넘어 불어오는 바람'이라는 뜻에 불과할 것 같지만, 일찍이 마사오카 시키正岡子規가 주목했던 것처럼 매우 적절하게 응축된 표현이다. 이 구로 인해 작품 전체가 보다 구체적이면서도 긴장감이 감도는 표현력을 갖출 수 있게 되었다. 이 단어에는 "아침 햇살이 내비치는 산 위로 저무는 달처럼 늘 그리운 그대를 산 저 멀리에 두고/朝日かげにほへる山に照る月の飽かざる君を山越やまごしに置きて"(권4·495)의 예가 참고가 된다. 아울러 원문에 나오는 "맘에 걸려 홀로 시름에 겨워/かけて偲ぶ"라는 용례는 이 밖의 와카에서도 발견된다.

항상 마음 깊숙이에 있다는 심정을 나타낸 표현으로, 자연스럽게 공감이 가는 표현인 까닭에 이 노래 이외에도 용례가 있다. "맘에 걸려 홀로 시름에 겨워/かけて偲ぶ"의 일본어 고전 원문 'kakete/かけて(담고/걸고)'의 기본형인 "kaku/懸く(담다/걸다)"가 포함된 표현은 그 당시 자주 사용되던 표현이다. 단, 현대를 사는 우리들이 그저 고대인들이 사용한 단어를 가져다 쓰기만 한다고 해서 저절로 고대인들처럼 마음이 표출되지는 않을 것이다. 때문에 우리들은 단어 그 자체보다 그런 단어를 만들어낼 수 있었던 심리에 대해 배우는 편이 보다 생산적일지도 모른다. 아울러 이 노래를 통해 배울 점은 전체적으로 바라보았을 때의 고풍스러운 가락이다. 5·7·5·7·7의 제3구가 5음이 아니라 6음으로 한 글자가 더 많은 상황임에도 불구하고 희한하게 가락이 무너지지 않는 점, 그리고 "바람이 때없이 불어오니/風を時じみ"처럼 압착된 표현, 마지막 구의 마지막 부분을 완료의 의미인 "tsu/つ(-다/-해 버렸다)"로 마무리한 것, 그런 것들이 서로 어우러져 총체적으로 고풍스러운 가락을 만들어내고 있다는 점, 등을 잘 파악하고 익혀야 한다. 5·7·5·7·7의 제3구가 6음인 경우는 가키노모토노 히토마로柿本人麿의 작품에도 "변함이 없건만/幸くあれど" 등의 예가 있다. 그러나 후세에 보이는 제3구의 6음과는 분위기가 사뭇 다르기 때문에 파탄을 초래하지 않는다고 언급했던 것이다. 이 작품처럼 "tsu/つ(-다/-해 버렸다)"로 마무리한 노래 중에는 "고시 바다의 다유이 포구를 여행길에서 바라보고 있으니 야마토 그리워라/越の海の手結の浦を旅にして見ればともしみ 大和しぬびつ"(권3·367) 등이 있다.

가을 들녘의 풀 베어 지붕 잇고 잠을 청했던
우지의 행궁이여 초막이 그리워라

秋の野のみ草刈り葺き宿れりし兎道の宮処の仮廬し思ほゆ
<ruby>秋<rt>あき</rt></ruby>の<ruby>野<rt>ぬ</rt></ruby>のみ<ruby>草刈<rt>くさか</rt></ruby>り<ruby>葺<rt>ふ</rt></ruby>き<ruby>宿<rt>やど</rt></ruby>れりし<ruby>兎道<rt>うぢ</rt></ruby>の<ruby>宮処<rt>みやこ</rt></ruby>の<ruby>仮廬<rt>かりいほ</rt></ruby>し<ruby>思<rt>おも</rt></ruby>ほゆ

누카타노오키미額田王〔권1·7〕

　작자는 누카타노오키미額田王지만 어떤 장면에서 읊어진
노래인지는 확실치 않다. 그러나 여기 나온 '우지兎道'가 야
마시로山城(오늘날의 교토 남부 지역-역주)에 있는 우지宇治라는
점은 분명하다. 우지는 야마토大和(오늘날의 나라현[奈良県] 부
근-역주)와 오미近江(오늘날의 시가현[滋賀県] 부근-역주)를 이어주
는 지역이었기 때문에 덴노가 행차할 경우 임시 거처가 마
련된 적이 있었을 것으로 추정된다. 따라서 누카타노오키
미가 덴노와 동행한 적이 있었는데 그 일에 대해 훗날 당시
를 회상하며 읊은 것이라고 상상해도 좋다. 누카타노오키
미를『일본서기日本書紀』에 나와 있는 인물('額田姫王')과 동일
인물로 생각한다면, 가가미노오키미鏡王의 딸이자 가가미
노오키미鏡女王의 여동생으로 추정된다. 처음에는 오아마大

海人 황자(훗날의 덴무[天武] 덴노-역주)와 결혼해 도치十市 황녀를 낳았으나 이후 오아마 황자의 형인 덴지天智 덴노의 총애를 받게 되어 오미궁近江宮(덴지 덴노가 오미국[近江国] 시가군[滋賀郡]에 새로 조성한 수도-역주)에서 머물게 되었다. 본문에 보이는 "초막/かりいほ(kariiho)"은 『만요슈』 원문에서 한자로 "가오백/仮五百"이라고 적혀 있었는데 가모노 마부치賀茂真淵의 『만요코万葉考』에서 뜻은 같지만 음을 축약해서 "임시 거처/かりほ(kariho)"라고 읽었다.

전체적인 뜻은 '일찍이 덴노의 행차에 동행했을 때, 야마시로의 우지에서 가을 들판의 풀(참억새)을 꺾어 임시로 급히 만든 거처에서 잠을 청했었지요. 달빛 정취 가득했던 그 밤의 풍경이 떠오릅니다'라는 의미다.

언뜻 보면 홀로 추억을 더듬어 보는 독영가를 연상케 하지만, 어쩌면 누군가를 향해 이런 이야기를 했다는 설정일지도 모른다. 결코 전형적인 독영가는 아니기 때문이다. 의미가 간단명료해서 딱히 이렇다 할 점은 없지만, 단순하고 소박한 표현을 통해 떠오르는 인상은 매우 선명하며 그 성조 또한 청아하다. 아울러 평범한 독영가와는 질적으로 차이가 있다는 느낌이 고풍스러운 가락 깊숙이 전해져온다. 고귀하게 느껴질 정도로 고풍스러운 가락으로 결코 범상치 않은 가인의 역량을 엿볼 수 있다.

노래의 좌주左注(일종의 주석-역주)에 의하면, 야마노우에노 오쿠라山上憶良의 『루이주카린類聚歌林』에서 밝히기를 '어떤 책에 의하면 무신년 히라궁比良宮에 행차했을 때 덴노가 지은 작품'이라는 내용이 있다고 한다. 이 무신년을 648년(다이카大化 4년)이라고 가정하면 고토쿠孝德 덴노의 작품이라는 소리가 되는데, 여기서는 누카타노오키미의 노래로 감상하고 있다. 다이시題詞(일종의 제목-역주) 등을 통해 『만요슈』 편집 당시 이미 다양한 설들이 존재했음을 짐작할 수 있다.

니기타즈에 어서 배를 띄우려 달 기다리니
물이 차올랐구나 이제는 노 저어가자

熟田津に船乗りせむと月待てば潮もかなひぬ今は榜ぎ出でな

누카타노오키미額田王[권1·8]

사이메이斉明 덴노가 661년(사이메이 7년, 정월) 신라를 정벌
하고자 규슈九州로 행차하던 도중 잠시 이요伊予(오늘날의 에히
메현[愛媛県] 부근-역주)에 있는 니기타즈熟田津에 머물렀다(니기
타즈 이와유[石湯] 행궁). 그때 동행했던 누카타노오키미가 읊은
노래가 바로 이 작품이다. 니기타즈라는 항구의 위치에 대
해서는 마쓰야마시松山市와 가까운 미쓰하마三津浜일 것이
라는 설이 유력했는데, 현재는 좀 더 도고 온천에 가까운 산
쪽 방향(미키지산[御幸寺山] 부근)일 거라고 추정되고 있다. 이
제는 더 이상 바다가 아니라는 소리다.

전체적인 의미는 '이요에 있는 니기타즈에서 덴노가 탄
배가 출발하려고 달이 뜨길 기다리고 있노라니 바야흐로
달도 명월이 되었고 물도 다 차올라 배가 떠나기에 안성맞

춤! 자, 이제 노 저어 나아가자'라는 말이다.

　제2구의 "어서 배를 띄우려" 부분에서는 명사형("배를 타는 것[船乗り]")을 사용하고 있는데, 가키노모토노 히토마로柿本人麿의 노래에도 "뱃놀이하고 있을 아가씨들이/船乗りすらむをとめらが"(권1·40)라는 표현이 보인다. 아울러 "하리마 국에서 배를 타서/播磨国より船乗して"(「견당사시봉폐노리토 [遣唐使時奉幣祝詞]」, 견당사를 보낼 때의 일종의 축사-역주)라는 용례도 있다. 본문의 "달 기다리니/月待てば"에 대해 그저 달이 뜨기를 기다렸다고 해석하는 설도 있으나, 여기서는 만조가 되기를 기다렸다는 뜻일 것이다. 달과 조석潮汐은 무관하지 않아서 일본 근해의 경우 일반적으로 달이 동쪽 하늘에 뜰 무렵 밀물에 이른다. 때문에 이 노래에서 달을 기다린다는 것은 결국 만조가 되길 기다린다는 말이 될 것이다. 『일본서기日本書紀』에 "경술庚戌에 덴노가 탄 배 이요 니기타즈 이와유 행궁에 머물렀다/庚戌泊=于伊豫熟田津石湯行宮="라고 되어 있는 부분에서 경술이란 14일에 해당된다. 미쓰하마에서는 현재 음력 14일경, 달이 뜨는 오후 7, 8시경에는 80% 정도만 밀물 상태가 되며 오후 9시 전후가 되어야 만조에 이른다. 때문에 이 노래는 때마침 한사리의 만조에 해당되었다는 말이 될 것이다. 그날 밤은 달도 밝았을 것이다. 보름달이 환하게 내비추고 있는 상태에서 조수도

밀물로 가득 차 만조가 다다랐다. 더할 나위 없는 여유로움
으로 가득 찬 상태에서 마침내 성조도 크게 물결치며 고금
을 통틀어 손꼽히는 걸작이 출현했던 것이다. 그리고 다섯
개의 구가 어디 한곳 끊어짐 없이 자연스럽게 안배되어 있
다. 구와 구를 이을 때 "ni/に(-에)", "to/と(-하고자)", "ba/ば(-
니/-했더니)", "nu/ぬ(-었다)" 등의 조사가 더없이 자연스럽게
사용되고 있으며 "배를 띄우려/船乗せむと", "노 저어가자/
榜ぎいでな"라는 식으로 장단을 맞춰가며 긴장감을 더해주
고 있다. 그런데 이 부분이 마침 2구와 마지막 구라는 점에
도 주의를 기울일 필요가 있다. 음수율 5·7·5·7·7의 마지막
구는 7음이 되어야 하는데, 이 노래에서는 8음으로 한 글자
가 더 많다. 음수율을 어기면서까지 굳이 "이제는/今は"이
라고 한 것도 상당히 강한 표현이라고 할 수 있다. 명령투
의 강한 어감이다. 설령 여성 작가의 작품이라 해도 그 자
리에 모인 모두의 마음이 어우러져, 덴노의 마음까지도 포
함해 거대한 울림을 만들어내며 비로소 그 표현력을 확보
할 수 있었던 것으로 보인다. 덴노의 행차와 관련된 노래의
진수를 보여주는 작품이라고 할 수 있다.

　마지막 구의 원문("許芸乞菜")은 과거에는 "kogikona/コ
ギコナ"로 읽었는데,『만요다이쇼키万葉代匠記』초고본에서
"kogiidena/こぎ出な"라는 훈독방식을 시도해『만요슈토

모시비万葉集燈』에서 "kogiidena/コギイデナ"라고 정했다. 한자 "걸/乞"을 "ide/イデ"라고 읽는 예는 "ideagimi/乞我君(イデアギミ)", "idewagakoma/乞我駒(イデワガコマ)" 등이 있다. 원래 어떤 행동을 재촉하는 말이었는데 "ide/出で"와 동음이의어였기 때문에 차용한 것이다. 한자 하나를 어떻게 읽느냐에 따라 작품 전체의 가치가 확연히 달라지는 단적인 예라고 할 수 있다. 아울러 첫 번째 구에 나오는 "니기타즈에/熟田津に"의 "에/に"는 "-에서"라는 의미다. 다치바나노 모리베橘守部는 "-를 향해"의 의미로 해석했지만, 이것은 오류라고 할 수 있다. 이처럼 조사 하나를 어떻게 해석하느냐에 따라 작품 전체의 의미가 완전히 달라져 버리기 때문에, 한자의 훈을 정하는 학문이 얼마나 중요한지 미루어 짐작할 수 있다.

아울러 이 노래는 야마노우에노 오쿠라山上憶良의 『루이주카린類聚歌林』에 의하면, 사이메이 덴노가 조메이 덴노의 황후였을 때 한 차례 덴노와 함께 이요 온천에 머물렀고 그 후 사이메이 덴노가 재위에 오른 후 7년째 되던 해에 다시금 이요 온천에 와서 과거를 추억하며 노래를 읊었다고 되어 있다. 좌주左注(일종의 주석-역주)에서는 만약 그렇다면 사이메이 덴노가 직접 지은 노래일 것이라고 말하고 있다. 만약 그것이 사실이고, 앞에 나온 우치누宇智野 노래의 나카치 스메라미코토가 사이메이 덴노의 젊은 시절(조메이 덴노 황후 시절)이라고 한다면 이 걸작을 이해하는 데도 도움이 되겠지만, 여기서는 다이시題詞(일종의 제목-역주)의 내용에 따라 누카타노오키미의 노래로 감상했다.

다치바나 모리베橘守部는 "나기타즈에/熟田津に"를 "-을/를 향해"로 해석하면서, "이 노래는 비젠備前(오늘날의 오카야마현[岡山県] 동남부-역주)의 오쿠大伯에서 이요의 니기타즈로 건너갈 때 읊은 노래"라고 지적했지만 그것은 오류였다. 하지만 "ni/に"에 방향(도착지)을 나타내는 용례는 정말로 없을까. 실은 용례가 있긴 하다. "아와섬으로 노 저어 건너려고 생각하지만 아카시 해협 파도 여전히 거세어라/粟島に漕ぎ渡らむと思へども明石の門浪いまだ騒げり"(권7·1207)가 그런 예라고 할 수 있다. 이 노래에 나오는 "ni/に"는 방향을 나타내고 있다.

기이국의 산 넘어서 가다 보면
나의 임께서 일찍이 서 계셨다던 신성한 나무숲길

紀の国の山越えて行け吾が背子がい立たせりけむ厳橿がもと

누카타노오키미額田王〔권1·9〕

기이국紀伊国(오늘날의 와카야마현[和歌山県]과 미에현[三重県] 남부-역주)에 있는 온천에 행차(사이메이[斉明] 덴노)했을 때 누카타노오키미額田王가 읊은 노래다. 고전 원문을 살펴보면("莫囂円隣之, 大相七兄爪謁気, 吾瀬子之, 射立為兼, 五可新何本"), 전반부를 일본어로 어떻게 읽어내야 할지 확정하기가 매우 어려워 다양한 훈독방식이 시도되어왔다. 일찍이 게이추契沖가 "이 노래의 표기 방식이 몹시 까다로워 이해가 어렵다"고 탄식했을 정도로 훈독이 거의 불가능에 가까울 정도다. 그런 사정으로 인해 작품 전체를 처음부터 끝까지 제대로 음미하기 어려워 회피해왔지만, 후반부 "나의 임께서 일찍이 서 계셨다던 신성한 나무숲길/吾が背子がい立たせりけむ厳橿が本"을 도저히 외면할 수 없기에 걸작 중 하나로 골랐다. 까다로운 전반부는 가모노 마부치賀茂真淵의 훈독방식을 따랐으며 후반부는 게이추의 훈독방식(『만요다이쇼키[万葉代匠記]』)이다. 단,『만요슈코기[万葉集古義]』는 제4구를 "itata-serikemu/い立たせりけむ"가 아니라 "itatashikemu/い立たしけむ"로 6음으로 읽고 있으며 이를 따르는 학자들도 많다. 'itsukashi/厳橿'는 존엄한 떡갈나무라는 의미로 신의 엄숙함이 깃든 떡갈나무 숲을 가리킨다. 그 나무 아래서 일찍이 내가 사모했던 그 분이 서 계셨노라는 추억일 것이다. 혹은 상대방에게 보낸 노래라면 "그대가 일찍이 서 계셨다고 들었던 그 떡갈나무 아래에 있습니다"라는 의미가 될 것이다. 읽는 이로 하여금 엄숙한 마음이 들게 하는 구이다. 각각의 구를 뽑아 봤을 때『만요슈』가운데 최고의 구 중 하나로 꼽을 수 있을 정도다.『일본서기[日本書紀]』스이닌垂仁 덴노 재위시절 기록에 '덴노는 야마토히메노미코토[倭姬命]로 하여금 신을 받드는 사이구[斎宮]로 삼아 아메테라스오미카미[天照大神]를 모시게 했다. 그래서 야마토히메노미코토는 아마테라스오미카미를 시키[磯城]에 있는 신성한 떡갈나무[厳橿]의 뿌리 부분에 모시고 제사를 지냈다'라고 되어 있으며『고사기[古事記]』유랴쿠[雄略] 덴노 부분에는 '신령이 깃든 미모로 신사의/美母呂能, 신성한 떡갈나무 뿌리 부근의/伊都加斯賀母登, 떡갈나무 뿌리처럼/加斯賀母登, 감히 닿

을 수 없이 신성한/由由斯伎加母^{ユユシカモ}, 떡갈나무 같은 소녀여/
加志波良袁登売^{カシハラヲトメ}'라는 표현도 보인다. 이처럼 신성한 장면
과 연관시켜 '떡갈나무의 우네비산/橿原の畝火^{かしはら うねび}の山'이라는
표현이 있는 것처럼, 마치 떡갈나무가 그 일대에 온통 자라
나 있다는 느낌으로 이 구를 음미하려고 하고 있다. 『만요
코万葉考』에는 "이 떡갈나무는 신이 깃든 영험한 나무이기
에" 등등의 주가 달려 있고 『만요슈코기』에도 "신성한 떡갈
나무라는 뜻일 것이기에"와 같은 표현이 보이지만, 이 책에
서는 직접 언급하기보다는 아마도 그럴 것이라고 상상하며
음미할 뿐이다.

　한편 앞서 언급한 바와 같이 전반부인 제3구까지를 읽
는 방법은 매우 다양한데, 하나같이 너무 까다로워 접근이
어렵기 때문에, 일단은 가모노 마부치의 훈독방식을 따랐
다. 마부치는 "원/円(圓)"이라는 글자를 "국/国(國)"으로 파
악해서 'koeteyuke/古兄氏湯気^{コエテユケ}'라고 읽었다. 『만요코』에
서 말하기를 "이 부분은 우선 『일본서기』 진무神武 덴노 부
분에서 지금의 야마토국大和国을 '안의 나라内つ国'라고 말
했다. 그런데 그 '안의 나라'를 '조용한 나라囂(サヤギ)なき国'
라고 썼다. 마찬가지로 『일본서기』에 '주변 국가들은 아직
진정되지 않았고 적의 잔당은 여전히 기세가 있다고 해도/
雖辺土未清余妖尚梗而^{ツックニハナホサヤゲリトイヘドモ}, 나카스국(야마토국)은 소란스럽지

않다/中洲之地無風塵'라는 부분과 같은 뜻이다. 그 옆이란 기이국紀伊国을 가리킨다. 그러므로 '莫囂国隣之'라는 다섯 글자는 'kinokunino/紀乃久爾乃^{キノクニノ}'라고 읽어야 한다. 아울러 위의 『일본서기』에 'totsukuni/辺土'와 'uchitsukuni/中州'를 대립시키는 것에 의거하여 이 다섯 글자를 'totsukunino/外つ国の^ト'라고도 읽을 수 있다. 하지만 '린隣'이라고 썼기 때문에 '먼 나라遠き国'가 아니라 '가까운 나라'를 말하는 가운데, 어떤 한 나라를 가리키는 것이 아니라면 이 노래와 맞지 않는다. 얼마 후 나올 노래에서 '미와산三輪山'을 '헤소가타綜麻形(삼베 실을 실패에 감아놓은 것을 헤소라고 하는데, 『고사기』에 나오는 미와산의 오모노누시노카미[大物主]에 관한 전설을 바탕으로 미와산을 헤소가타로 씀-역주)'라고 썼던 것과 비슷하다는 점에 의해서도 역시 위의 훈을 취해야 한다"라고 되어 있다. 아울러 마부치는 "이것은 가다노 아즈마마로 어른께서 소중히 간직하셨던 노래다. 이 노래의 첫 구와 『일본서기』 사이메이斉明 덴노 기록에 나오는 동요를 옛날부터 자주 읽는 사람이 없다며 그 동요를 나에게, 이 노래를 가다노 노부나荷田信名에게 전하셨다. 그 후 많은 세월이 지나 결국 이런 훈을 만들어 야마시로山城 이나리산稲荷山에 있는 가다노荷田의 집에 물어봤더니 돌아가신 어른께서 읽으셨던 훈과 거의 비슷하다는 말을 꺼냈다. 그렇다면 참으로 애석해할 만해서, 만약 계속 홀로 간직하셨다면 가다노 어른의 공도 헛되이 될 뻔했다고 나도 벗들도 서로서로 말해서 알게 되었다"라는 감개무량한 심정을 토로했다. 『일본서기』스이닌垂仁 덴노 부분에 이세伊勢에 대해 "야마토의 옆에 있는 나라로 아름답고 좋은 나라다/傍国の可怜国なり"라고 언급했던 것처럼 야마토大和(오늘날의 나라현[奈良県] 부근-역주)와 인접한 곳이었기 때문에 기노쿠니紀の国(기이국[紀伊国]과 동일-역주)를 생각해냈던 것으로 짐작된다.

『만요슈코기』에서는 이 작품 전체의 훈독을 다른 방식으로 제시하고 있다("三室の大相土見乍湯家吾が背子がい立たしけむ厳橿が本"). 파악이 어려운 도입부의 고전 원문('奠器円隣') 부분을 'mimoro/ミモロ'라고 읽음으로써 신들을 모신 '거처室'라는 뜻으로 파악했던 것이다. 이는『고사기古事記』에 나오는 가요인 '신령이 깃든 미모로 신사의 신성한 떡갈나무 뿌리 부근의/美母呂能伊都加斯賀母登'를 참고로 한 훈독방식이다. 그리고 마부치가 주장한 설에 대해 "기이국의 산을 넘어 어디로 가라는 말인가, 다 부질 없는 일이라고 말한 것이다"라고 평했다. 그러나 이런『만요슈코기』의 언급은 "기이국의 산을 넘어 어디로 가는 것일까"라고 아라키다 히사오이荒木田久老가『시나노만록信濃漫錄』에서 언급했던 것에 대한 모방이다. 이 책에서 채택한 마부치의 훈독방식("紀の国の山越えてゆけ")은 가락이 다소 약한 점은 유감스럽다. 이 훈독의 경우 다소 느슨하기 때문에 가락이라는 측면에서는 『만요슈코기』의 훈독이 좀 더 긴장감이 있다. "나의 임/吾が背子"은 어쩌면 오아마大海人 황자(『만요코』·『만요슈코기』)로 당시에는 교토京都에 머물고 있었던 것으로 추정된다. 아울러 마부치의 훈독방식을 일단 따르기로 하면 "기이국의 산을 넘으면서 계속 가다 보면"이라는 뜻이 될 것이다. 결국 전체적인 의미는 '기이국의 산들을 넘어 계속 나그넷길을 가다가 당신께서 일찍이 서 계셨다던 신성한 숲길을 저도 마침 지나가며 당신을 그리워하고 있네요'라는 정도의 뜻이 될 것이다.

내 임께서는 초막을 엮으시네
풀이 없으면 소나무 밑에 자란 그 풀들을 베소서

吾背子は仮廬作らす草なくば小松が下の草を苅らさね

나카치 스메라미코토 中皇命 〔권1·11〕

나카치 스메라미코토 中皇命가 기이 紀伊에 있는 온천에 갔을 때 읊은 세 작품 중 이 노래는 그 두 번째 것이다. 나카치 스메라미코토는 앞서 언급했던 것처럼 생몰연대 미상이지만, 앞에 나왔던 사람과 동일인인지는 알 수 없다. 덴지 天智 덴노의 황후 야마토히메노미코토 倭姬命일 거라는 설(기다[喜田] 박사 설)도 있지만 확실치 않다. 만약 동일인이라면 고교쿠 皇極 덴노(사이메이[斉明] 덴노)에 해당된다는 말이 된다. 이 노래는 사이메이 斉明 덴노의 노래들이 모인 곳에 배열되어 있으므로 어쩌면 덴노가 좀 더 젊었던 시절에 읊었던 노래일지도 모른다.

작품 전체의 뜻은 '당신은 지금 집을 떠나 잠시 지낼 거처를 짓고 계시네요. 혹여 지붕을 이을 풀이 없으면 그곳의 작은 소나무 아래 자라나 있는 풀들을 베시어요'라는 내용이다.

나카치 스메라미코토가 누구인지는 확실치 않지만 노래 자체는 젊디젊은 고귀한 여성의 말투를 연상시킨다. 단순하고 소박한 표현 속에 이루 말로 형용할 수 없는 향기가 감돈다. 이런 말투는 『만요슈』뿐만 아니라 그 이후의 노래에서도 더 이상 느낄 수 없는 것이다. "내 임께서는/わが背子は"이라는 부분은 객관적인 표현이지만, 실은 "그대가"라는 표현이다. 당시에는 이런 표현에 깊은 정취를 담아낼 수 있었을 것이다. 그 외에도 꼼꼼히 살펴보면 다양한 요소들이 발견된다. 예를 들어 이 노래에는 "Ka/カ"행의 음이 많다. 몇 번이고 읊어보면 "Ka/カ"음을 반복한 가락임을 자연스럽게 이해할 수 있지만 그 부분에 대한 이야기는 더 이상 파고들지는 않겠다. 게이추契沖는 "내 임/我が背子"을 "동행한 사람들을 가리킨 표현"이라고 말했지만, 이는 역시 오류로 "단 한 분"을 가리킨다고 추정된다. 아울러 "소나무라는 표현을 써서 함께 오랫동안 살고 싶다고 장수를 바라는 의미로 이런 단어를 택한 것"(『만요슈토모시비[万葉集燈]』)이라는 지적처럼, 이 노래의 표현 이면에 어떤 저의가 감춰져 있다고 주장하는 설도 있다. 그러나 이 역시 현대인이 어떻게

와카를 지어야 할지 배우기 위한 감상이라면 노래에 표현
된 내용을 있는 그대로 받아들이는 편이 좋을 거라고 생각
한다.

보고 싶었던 누지마 보이셨네

깊고도 깊은 아코네 포구 속 구슬 아니 주셨지만

吾が欲りし野島は見せつ底ふかき阿胡根の浦の珠ぞ拾はぬ

나카치 스메라미코토中皇命〔권1·12〕

직전 작품에 이어 나카치 스메라미코토中皇命의 작품 중
세 번째 작품이다. 기이紀伊의 히다카군日高郡 히다카강日高
川 하류에 노다촌名田村 (오아자)누지마(大字)野島*가 있으며
아코네阿胡根 포구는 그 해안이다. '구슬珠'은 아름다운 조
개, 혹은 조약돌을 말한다. 그 안에는 진주도 포함하고 있
다. "기노쿠니(기이국)의 해변에 밀려오는 전복의 구슬 줍는
다고 말하고는/紀のくにの浜に寄るとふ, 鰒珠ひりはむと
いひて"(권13·3318)에서는 진주였다.

전체적인 의미는 '내가 보길 원했던 누지마 해변 풍경은
이미 보여주셨습니다. 하지만 깊디깊은 아코네 포구의 구
슬은 아직 줍지 못했습니다'라는 이야기다. 즉 표현의 이면
에는 '이곳 깊은 바다 속 진주를 갖고 싶습니다'라는 의미도

포함되어 있다.

"누지마 보이셨네/野島は見せつ"는 자신이 다른 사람에게 보여주었다는 말로도 들리지만, 여기서는 '보여주서서 내가 봤다'는 의미다. 산문이었다면 "당신이 내게 누지마를 보여주었다"는 식으로 표현했을 것이다. 이 작품 역시 젊은 여성의 말투로 맑고 투명하게 느껴질 정도로 순수하고 경쾌하게 전달된다. 전체적으로도 지나치게 단조롭지 않고, 마치 후세 사람들의 표현력 부족을 꾸짖는 것처럼 세련되고 중후하며 결코 경박하지 않다. 이런 점들을 통해 고풍스러운 가락이 얼마나 고결한지 새삼 발견할 수 있다. 비단 이런 종류의 운문만이 아니라 보통의 대화에서도 이런 고귀한 향기가 묻어났던 것일까. 이 노래에서 사용된 표현 중에 다소 주관적인 단어는 "보고 싶었던/わが欲りし"과 "깊고도 깊은/底ふかき"일 것이다. 무심결에 서로 대립하고 있지만 그런 사실이 전혀 눈에 띄지 않는다.

다케치노 구로히토高市黒人의 노래 중 "나의 임에게 이나들녘 보여드렸네 나스기산과 쓰노의 마쓰바라 언제쯤 보여줄까/吾妹子に猪名野は見せつ名次山角の松原いつか示さむ"(권3·279)가 있다. 이 노래보다 명쾌하지만 오히려 통속적이고 약간 가볍게 들린다. 이 경우 "보여드렸네/見せつ"는 "나의 임에게 이나 들녘 보여드렸네/吾妹子に猪名野を

ば見せつ"라서 평범한 말투이기 때문에 이해하기 쉽지만 함축미가 사라진다. 실제로 나카치 스메라미코토의 노래도 어떤 책에서는 "보고 싶었던 코지마는 보았으나/わが欲りし子島は見しを"라고 되어 있다. 이런 표현이라면 의미는 좀 더 쉽게 이해되지만 작품 전체의 표현력은 반감된다. 첫 번째 작품인 "그대 목숨도 내 목숨도 다스리는 이와시로의 언덕 위 풀뿌리를 어서 묶도록 해요/君が代も我が代も知らむ(知れや)磐代の岡の草根をいざ結びてな"(권1·10)도 이제 막 자라나기 시작한 풀을 묶어 장수를 축하하는 노래로 "목숨/代"은 "생명/いのち" 즉 수명을 말한다. 훌륭한 작품이기 때문에 함께 감상할 만하다. 이상의 세 작품에 대해 야마노우에노 오쿠라山上憶良의 『루이주카린類聚歌林』에는 "덴노께서 지으신 노래"라고 되어 있기 때문에 고교쿠皇極(사이메이[斉明]) 덴노의 작품이라고 상상하거나 혹은 아직 덴노의 자리에 오르기 전 시대의 작품이라고 상상해 볼 수 있다.

가구의 산과 미미나시의 산이 서로 다툴 때
직접 보러 오셨던 이나미들판이여

^{かぐやま} ^{みみなしやま} ^あ ^た ^み ^こ ^{いなみくにはら}
香具山と耳梨山と会ひしとき立ちて見に来し印南国原

덴지天智 덴노〈권1·14〉

  나카노오에中大兄(덴지[天智] 덴노)의 삼산三山의 노래의 반가
反歌다. 장가는 "가구의 산은 우네비 산 갖고자, 미미나시산
과 서로 서로 다투네, 그 옛날부터 그랬다고 하네요, 그 옛
날부터 그랬다면 더더욱, 지금도 계속 아내로 삼으려고, 다
투고 있네/香具山は畝傍を愛しと, 耳成と相争ひき, 神代
より斯くなるらし, 古も然なれこそ, 現身も妻を, 争ふら
しき"라고 되어 있다. 반가는 삼산이 이렇게 서로 겨뤘을
때 이즈모出雲의 아보노오카미阿菩大神가 그것을 제지하고
자 이즈모를 떠나 하리마播磨(현재의 효고현 부근-역주)까지 왔을
무렵, 삼산의 다툼이 멈췄다는 이야기를 듣고 야마토大和(현
재의 나라현[奈良県] 부근-역주)까지 오지 않았다는 『하리마후도

키播磨風土記』의 전설을 인용하고 있다. 『하리마후도키』에는 이보군揖保郡의 이야기를 다룬 부분에 게재되어 있는데, 이나미印南 쪽에도 비슷한 전설이 있었던 모양이다. "다투었을 때/会ひし時"는 "서로 겨뤘을 때", "서로 다투었을 때"라는 의미다. 『일본서기日本書紀』 진구神功 황후 관련 기록에도 비슷한 표현이 보인다. 『시경詩經』에 "사벌대상/肆伐大商, 회조청명/会朝清明(상나라 쳐부수니 만나는 아침 맑고도 밝았다)"이라는 표현이 있는데 이때 "만나는 아침"이란 "만나서 싸우는 아침"을 가리킨다는 주석이 달려 있었다. 모두 같은 용법이다. 때문에 "직접 보러 오셨던/立ちて見に来し"의 주격은 아보노오카미겠지만, 작품 속에서 구체적으로 표현되어 있지는 않다. 그런 까닭에 언뜻 보기에 이나미들판이 이나미라는 장소를 떠나 여기까지 보러 왔다는 뜻으로 자칫 받아들여질 수 있겠지만, 마지막 구 "이나미들판이여/印南国原"가 장소를 가리키기 때문에 이즈모의 아보노오카미가 찾아온 곳이 바로 이곳, 이나미들판이었다는 의미가 될 것이다.

주어가 누구인지 굳이 밝히지 않고 마지막 구에서 "이나미들판이여"라고 말할 뿐이다. 그 부분에 조사나 조동사가 없는 만큼, 산문적인 통속성을 탈피해 가히 고색창연하다고 표현할 수 있을 정도로 외적인 틀과 내적인 여운을 간직

하고 있다. 고색창연한 준엄함을 보이는 장가와 함께, 여기 나온 반가 역시 결코 뒤지지 않는다. 단순하면서도 엄격한 틀과 느낌은 아마도 부녀자 등이 감상하기에는 다소 버거울 것이다. 짧은 노래 안에 고유명사가 세 개나 들어가 있는데도 전혀 불안한 느낌을 주지 않은 것 역시 참으로 놀랍다. 후대에 이런 경지에 조금이나마 도달할 수 있었던 사람은 가인 중에서 히라가 모토요시平賀元義(에도 막부 말기의 국학자이자 가인-역주) 정도일 것이다. "나카노오에/中大兄"를 『만요코万葉考』에서는 "nakatsuoe/ナカツオホエ", 『만요슈코기万葉集古義』에서는 "nakachioe/ナカチオホエ"라고 읽고 있다.

드넓은 바다 웅대한 구름 위로 석양 비치니
오늘 밤 뜨는 달은 분명 청명하리니

渡津海の豊旗雲に入日さし今夜の月夜清明けくこそ

덴지天智 덴노〔권1·15〕

이 노래는 직전 작품인 '삼산三山의 노래' 바로 다음에 위치해서 역시 덴지 덴노의 반가反歌 중 하나라고 파악될 수 있으나, 좌주左注(일종의 주석-역주)에 반가가 아닌 것 같다는 언급이 보이기 때문에, 편집 당시 이미 삼산의 노래로 간주하는 것에 대한 의문이 제기된 상태로 보인다. 그런데 삼산의 노래가 아니라 동일 작가가 이나미印南 들판 해변에서 읊은 서경가敍景歌로 보면 해석이 가능해진다.

대략적인 뜻은 다음과 같다. 지금 해변에 서서 멀리 바라보니 바다 위로 거대한 깃발 같은 구름이 펼쳐져 있고 그 위로 석양이 붉게 빛나고 있다. 이 모습을 보니 오늘 밤 달은 분명 맑을 것이다.

마지막 구의 고전원문("淸明己曾")에 대한 구훈旧訓은 'sum-iakakukoso/スミアカクコソ'였지만 가모노 마부치賀茂真淵는 'akirakekukoso/アキラケクコソ'라는 새로운 훈을 달았다. 그에 따르면 'akirakekukosoarame/アキラケクコソアラメ'라는 추측 표현이 될 것이다. 야마다 요시오山田孝雄 박사의 『만요슈코기万葉集講義』에는 "뒤에 'arame/アラメ'를 생략했다. 이렇게 뒷부분을 생략한 채 'koso/こそ' 같은 계조사로 마무리 짓는 것은 일종의 규칙이다"라는 언급이 보인다. "웅대한 구름/豊旗雲"은 "도요구모누노카미/豊雲野神(일본신화에 등장하는 신-역주)", "도요아시하라/豊葦原", "도요아키쓰시마/豊秋津州", "도요미키/豊御酒", "도요호기/豊祝" 등과 마찬가지로 "도요/豊", 즉 풍요롭고 웅대하다는 표현에 특색이 있어서 고어의 우수함을 드러내고 있다. 이상과 같은 해석을 바탕으로 이 노래를 음미해보면, 장엄하게 아름다운 대자연과 이미 그 세계 속에 들어가 있는 작자의 기백이 합쳐져 독자의 내면으로 성큼 다가오는 느낌이다. 이런 박진감 넘치는 표현력을 후대의 가인들에게서는 더 이상 찾아볼 수 없다. 『만요슈』를 숭배하며 『만요슈』의 가풍을 바탕으로 만든 노래 중에도 이 작품에 필적할 만한 것은 없다. 그 이유는 무엇 때문일까. 우리들은 한번쯤 이에 대해 곰곰이 돌아볼 필요가 있다. 혼신의 힘을 다해 자연 속으로 들어가 시각적으로 정밀하게 묘사해보겠다는 의지가 후대의 가인들에게는 부족했던 것이 아닐까. 때문에 이 작품에서 발견되는 내용적 충실함, 명료함을 결국 이어받지 못했던 것이다. 제3구에서 "석양 비치니/入日さし"라고 일단 멈춰 서서 잠깐 흐름이 끊어지는 듯하지만, 너무 붙지도 너무 떨어지지도 않게, 즉 적절한 거리감을 유지하며 제4구로 이어지고 있다는 점에서 이 작품의 존재감이 느껴진다. 마지막 구에 보이는 '추측 표현'도, 붉은 노을을 통해 오늘 밤 청명한 달이 뜰 것을 직감했다는, 소박하고 인간적이며 구체적인 표현이라고 할 수 있다(_{'희망 표현'으로 판단하는 설은 마음이 간접적으로밖에는 느껴지지 않아 결국 기교적인 노래에 그친다}).

"청명/清明"에 대한 훈독을 가모노 마부치에 의거해 'akirakeku/アキラケク'라고 읽었는데, 이 부분에 대해서는 다양한 설이 존재하여 아직 확정되지 않은 상태다. 구훈에서는 'sumiakakukoso/スミアカクコソ'라고 읽었는데 이것이 상당 기간 전해져 내려왔다. 하지만 가모노 마부치는 『만요코万葉考』에서 "이 책에서 '청명清明'이라는 글자에 대해 'sumiakaku/すみあかく(맑고 밝다)'라고 훈독하는 것은 『만요슈』를 잘 읽지 못했기 때문이다. 『일본서기』에도 '청백심清白心'을 'akirakeki kokoro/あきらけきこゝろ'라고 훈독했다"라고 지적했다. 『만요슈코기』에서는 "akirakeku/ア

キラケク는 고어가 아니다"라고 언급하며 'kiyokuteriko-
so/キヨクテリコソ'라고 지적했다. '명明'은 '조照'를 잘못
필사한 것으로 판단했던 것이다. 아울러 그 외의 훈을 소개
하면 다음과 같다. 'sumiakarikoso/スミアカリコソ'(교토대
학 소장본), 'sayakeshitokoso/サヤケシトコソ'(가다노 아즈마마
로[荷田春満]), 'sayakekumokoso/サヤケクモコソ'(우에다 아
키나리[上田秋成]), 'masayakekukoso/マサヤケクコソ'(고이
즈미 치카시[古泉千樫]), 'sayaniterikoso/サヤニテリコソ'(사사
키 노부쓰나[佐佐木信綱]), 'kiyokuakarikoso/キヨクアカリコ
ソ'(다케다 유키치[武田祐吉]·사사키 노부쓰나[佐佐木信綱]), 'masay-
akemikoso/マサヤケミコソ'(시나다 다키치[品田太吉]), 'say-
akekarikoso/サヤケカリコソ'(미쓰야 시게마쓰[三矢重松]·사이토
모키치[斎藤茂吉]·모리모토 지키치[森本治吉]), 'kiyorakekukoso/
キヨラケクコソ'(마쓰오카 시즈오[松岡静雄]·오리구치 시노부[折口信
夫]), 'masayakanikoso/マサヤカニコソ'(오모다카 히사타카[沢
瀉久孝]) 등이 있다. 하지만 현재 상황에서는 하나같이 가모
노 마부치의 설을 능가하지 못해 필자 역시 마부치의 설을
따르고 있다. 마부치의 'akirakekukoso/アキラケクコソ'라
는 훈은, 『고지키덴古事記伝』·『만요슈랴쿠게万葉集略解』·『만요
슈토모시비万葉集燈』·『만요슈히노쓰마데万葉集檜嬬手』·『만요
슈코쇼万葉集攷證』·『만요슈미후구시万葉集美夫君志』·『만요슈

추소万葉集註疏』·『만요슈신코万葉集新考』·『만요슈코기』·『만요
슈신코万葉集新講』등 모두가 이를 따르고 있다. 단,『만요슈
토모시비』와『만요슈미후구시万葉集美夫君志』등의 경우, 훈
은 따르되 의미를 다르게 파악했다.

한편 마지막 구("清明己曾")를 'akirakekukoso/アキラケ
クコソ'라고 읽었는데, 이에 대해 반론을 제기한 측에서
는『만요슈』시대에, 달빛을 형용하기 위해서는 'kiyoshi/
キヨシ'나 'sayakeshi/サヤケシ'가 사용되었으며, 'akashi/
アカシ', 'akiraka/アキラカ', 'akirakeshi/アキラケシ' 등
은 절대로 사용하지 않았다고 지적하고 있다. 실제로『만
요슈』의 용례를 살펴보면 대체로 그런 경향이다. 하지만
"절대로" 사용하지 않았다고까지는 말할 수 없다. "해 그
리고 달 밝다고들 하지만 나를 위해선 비추지 않는 걸까/
日月波, 安可之等伊倍騰, 安我多米波, 照哉多麻波奴"(권
5·892)라는 야마노우에노 오쿠라山上憶良의 노래는 분명 햇
살과 달빛에 대한 형용에 'akashi/アカシ'를 사용하고 있
다. "아련한 달빛 희미하기만 하여라 밤은 깊어가건만/
月読明少夜者更下乍"(권7·1075)에서도 달빛에 대한 형용에
'akari/アカリ'가 사용되고 있다. 헤이안시대로 내려오면
"가을날 밤의 달빛 이리 환하게 비추고 있어 구라부산이라
도 어찌 넘지 못 하리오/秋の夜の月の光しあかければく

らぶの山もこえぬべらなり"(고킨와카슈[古今和歌集]·가을(상)[秋上]), "가쓰라강을 달빛 아래서 건넜다/桂川月のあかきにぞ渡る"(『도사일기[土佐日記]』) 등을 비롯해 다수의 용례를 찾아볼 수 있다. 『만요슈』시대에서 헤이안시대로 넘어가며 어느 날 하루아침에 용어들이 느닷없이 변화한 것은 아닐 터이다. 요컨대 『만요슈』시대에도 달빛에 대한 형용에 'akashi/アカシ'라는 용어를 썼음을 알 수 있다.

다음으로 "내 마음 같은 (깨끗한)아카시明石의 포구에/安我己許呂安可志能宇良爾(アガココロアカシノウラニ)"(권15·3627), "내 마음 같은 (맑은)기요스미 연못의/吾情清隅之池之(アガココロキヨスミノイケノ)"(권13·3289), "감출 게 없는 맑디맑은 마음을/加久佐波奴安加吉許己呂乎(カクサハヌアカキココロヲ)"(권20·4465), "그대의 마음이 맑은 것은/汝心之清明(ミマシガココロノアキコトハ)", "내 마음이 맑기에/我心清明故(アガココロアカキユエニ)"(『고사기[古事記]』상권), "맑은 마음이다/有清心(リキヨキココロ)"(『일본서기[日本書紀]』신대권[神代巻]), "맑고 깨끗한 마음으로/浄伎明心乎持弖(キヨキアカキココロヲモチテ)"(『속일본기[続日本紀]』·권10) 등의 예를 보면 '마음이 깨끗하다/心あかし', '마음이 맑다/心きよし', '깨끗한 마음/あかき心', '맑은 마음/きよき心' 등은 비슷한 뜻으로 사용되고 있음을 알 수 있다. 아울러 "지배하는 섬 야마토의 나라에 명예스러운(숨길 수 없는) 명망 있는 일족은 마음을 다하도록/敷島のやまとの国に安伎良気伎名に負(アキラケキ)ふとものを心つとめよ"(권20·4466), "예리한 도검 더욱더 갈

고닦자 그 옛날부터 깨끗하게 지켜내 온 바로 그 이름들을/
つるぎ大刀いよよ研ぐべし古へゆ佐夜気久於比弖来に
しその名ぞ"(권20·4467) 등의 작품은 오토모노 야카모치大伴
家持의 연작이다. 두 작품 모두 "이름(명성)"에 대해 읊고 있
는데, '맑다(깨끗하다)/アキラケキ'와 '맑다/サヤケキ'가 서로
비슷한 의미로 사용되고 있었음을 알 수 있다. 그리고 "가
스가산春日山을 하염없이 비추는 오늘밤 달은 그대 집 앞뜰
에도 맑디맑기 그지없네/春日山押して照らせる此月は妹
が庭にも清有家里"(권7·1074)는 달빛에 'sayakeshi/サヤケ
シ'를 사용한 예이기 때문에 이상을 종합적으로 판단해 보
면 'akirakeshi/アキラケシ', 'sayakeshi/サヤケシ', 'akashi/
アカシ', 'kiyoshi/キヨシ' 등의 형용사는 서로 비슷한 의미
로 혼용되었음을 알 수 있다. 『신센지쿄新撰字鏡』(헤이안시대에
편찬된 일종의 한화[漢和] 사전으로 한자의 발음과 의미, 일본어 훈을 적어
놓음-역주)에 '명明'이라는 한자에 대해 'akashi/阿加之', 'say-
akaniari/佐也加爾在', 'sayakeshi/佐也介之', 'akirakeshi/
明介志(阿支良介之)' 등의 설명이 있으며, 『루이주묘기쇼類聚
名義抄』(헤이안 말기 경 편찬된 일종의 한화[漢和] 사전-역주)에는 '명/
明町在月'에 대해 'akirakanari/アキラカナリ, hikaru/ヒカル
(빛나다)'라고 되어 있는 것을 봐도, 'sayakeshi/サヤケシ'와
'akirakeshi/アキラケシ'가 서로 혼용되고 있었음을 인정할

수 있다. 결론적으로『만요슈』시대에도 달빛에 대한 형용
에 'akirakeshi/アキラケシ'가 사용된 경우가 있었다고 볼
수 있다.

다음으로 마지막 구에 나오는 "koso/己曽(こそ)"가 문제
다. 이 문제 역시『만요슈』에서는 노래의 마지막 부분에서
'koso/コソ'를 넣어 'kosoarame/コソアラメ'라는 뜻으로
활용한 예가 절대로 없다는 반론이 있지만, 헤이안시대로
내려오면 형용사의 경우, 'koso/コソ'로 이어지며 'arame/
アラメ'를 생략한 예가 있다. 예를 들어 "마음이 아름다울
것이다/心美しきこそ", "무척 괴로울 것이다/いと苦しく
こそ", "아쉬울 것이다/いとほしうこそ", "괴로울 것이다/
片腹いたくこそ" 등을 비롯해 다수의 용례가 있다. 때문에
이보다 좀 더 이른 시대에 사용했을 가능성도 배제할 수 없
다. 감동이 매우 강렬할 때나 형식적 제약이 있을 경우 이
용법의 사용이 가능했다고 봐야 한다. 아울러 'akirakeki/
安伎良気伎(アキラケキ)', 'akirakeku/明久(アキラケク)', 'sayakeki/左夜気伎(サヤケキ)', 'say-
akeku/左夜気久(サヤケク)'는 이른바 을류乙類의 만요가나로 형용사
로 활용하고 있다. 결론적으로 'akirakeku·koso/アキラケ
ク·コソ'라는 용법은 'akirakeku·koso·arame/アキラケク·
コソ·アラメ'라는 용법과 마찬가지라고 해석해도 좋다. (이

책은 간략한 주석이 목적이기 때문에 대략적인 언급에 그치지만, 이에 대해

서는 여러 이견이 있다.)

　그러나 이 작품에는 '추측 표현'과는 다른 해석, 즉 지금은 구름으로 가득하지만 오늘밤은 밝은 달빛을 바란다는 설(『만요슈토모시비』·『만요슈코기』·『만요슈미후구시』), 혹은 제3구까지는 현실에 대해 읊고 있지만 그 이하는 본인의 '희망'을 말하고 있어서 달빛이 밝기를 바란다는 설(『만요슈센샤쿠[万葉集選釈]』·『만요슈신카이[万葉集新解]』 등)이 있다. 즉 "오늘 밤의 달빛은 밝게 빛나기를 바라는 마음이다"(『만요슈코기』)라는 해석은 'kiyokuterikoso/キヨクテリコソ'라고 읽되 'koso/コソ'를 희망사항을 나타내는 종조사로 파악해 자연스럽게 해석하고 있다. 마지막 구를 '추측 표현'으로 파악할지, '희망 표현'으로 파악할지 감상자가 이 두 학설을 잘 비교 검토해 본 후 각각을 음미해볼 수도 있다. 그리고 스스로 어느 쪽이 노래로서 더 훌륭한지 판단해보시길 바란다.

미와산을 이리도 가리다니

구름이라도 정취를 안다면야 어찌 이리 가릴쏘냐

三輪山<ruby>みわやま</ruby>をしかも隠<ruby>かく</ruby>すか雲<ruby>くも</ruby>だにも情<ruby>こころ</ruby>あらなむ隠<ruby>かく</ruby>さふべしや

누카타노오키미額田王〔권1·18〕

이 노래는 작자미상가이다. 하지만 "누카타노오키미가
오미近江로 내려갔을 때 지은 노래, 이노헤노오키미가 바로
창화한 노래/額田王下近江時作歌, 井戸王即和歌"라는 다
이시題詞(일종의 제목-역주)가 있기 때문에 누카타노오키미의
작품으로 해석하기로 하겠다. "멋진 미와산, 아름다운 나라
奈良의, 수많은 산들 그 사이에 가려도, 길 굽이굽이 몇 번이
고 나와도, 보고 또 보며 자세히 보고픈데, 몇 번이라도 보
고픈 그 산을, 무정한 저 구름이, 가려서 되겠는가/味酒三
輪の山, 靑丹<ruby>あをに</ruby>よし奈良の山の, 山のまにい隱るまで, 道の
隈<ruby>くま</ruby>い積<ruby>つも</ruby>るまでに, 委<ruby>つばら</ruby>にも見つつ行かむを, しばしばも見放<ruby>みさ</ruby>
けむ山を, 心なく雲の, 隱<ruby>かく</ruby>さふべしや"라는 장가의 반가다.
"이리도/しかも"는 '그처럼', '그렇게'라는 의미다.

전체적인 의미는 '미와산三輪山을 좀 더 보고 싶은데 구름이 그만 가려버렸다. 어쩜 그리도 가려버리는가, 설령 구름이라도 정취가 뭔지 알았다면 좋으련만. 이렇게 감춰버리다니 얄궂기 그지없다'라는 뜻이다.

"있었다면(안다면야)/あらなむ"에는 동사의 미연형에 접속해서 희망 사항을 표현하는 'namu/ナム(なむ)'가 붙어 있는데, 야마다 요시오山田孝雄 박사는 해당 부분의 고전 원문("南畝")을 'namo/ナモ'라고 읽고 "kokoroaranamo/情アラナモ"라고 훈독했다. 좀 더 고어 형태로 동일한 의미이긴 하지만 『루이주코슈類聚古集』에는 "namu/南武"라고 되어 있기 때문에 일단 "kokoroaranamu/情アラナム"를 따르도록 하겠다. 그런 편이 마지막 구의 느낌과 좀 더 잘 어우러진다고 생각했기 때문이다. 마지막 구 "어찌 이리 가릴쏘냐/隠さふべしや"에 사용된 조사 "ya/や"는 강한 반어법으로 "꼭 가려야만 할까, 결코 가려서는 안 된다"라는 말로, 장가의 결말부분에서도 사용된 구이다. 이를 단가의 마지막 구에서도 반복하고 있어서 노래의 정감이 이 마지막 구에 집중되어 있다고 할 수 있다. 이 작자가 탁월한 서정 시인이라는 사실이 이 구를 통해서도 드러난다. 자연 현상임에도 불구하고 마치 살아있는 인간을 향해 이야기하는 듯한 태도를 보인다. 그럼에도 불구하고 전혀 거부감이 없는 이유

는 이를 있는 그대로 드러내고 있기 때문일 것이다. 예를
들어 의인법 따위의 의도를 그다지 의식하지 않고 있다. 가
령 아리와라노 나리히라在原業平의 노래, "보고 싶거늘 벌써
달이 사라져 보이지 않나 산 능선 도망쳐라 달 넣지 말아다
오/飽かなくにまだきも月の隠るるか山の端逃げて入れ
ずもあらなむ"(고킨[古今]·잡가(상)[雜上]) 등과 비교해보면 더
더욱 그 특색이 명료해질 것이다.

마지막 구 "어찌 이리 가릴쏘냐/隠さふべしや"에 사용된
'kakusahu/カクサフ(계속 가리다)'는 'kakusu/カクス(가리다)'
를 'ha행行 4단四段'으로 활용시킨 것으로, 시간적 경과를 나
타내는 것은 'チル(지다)/チラフ(계속 지다)'와 마찬가지다. "바
다 밑 해초 깊이 감추는 파도 계속 치듯이/奥つ藻を隠さふ
なみの五百重浪"(권11·2437), "감출 게 없는 맑디맑은 마음을
왕의 곁에서 극진히 다하여서/隠さはぬあかき心を, 皇方
に極めつくして"(권20·4465)의 예가 있다. 아울러 "어찌 이리
가릴쏘냐/隠さふべしや"에 사용된 '-해서야 되겠는가/ベシ
ヤ'의 예는 "야마토 그리워 잠 못 들고 있는데 무심하게도
이 스사키渚埼 부근에 학 울고 가다니/大和恋ひいの寝らえ
ぬに情なくこの渚の埼に鶴鳴くべしや"(권1·71), "떠났다 돌
아오기 좋을 때란 언제나 있기 마련인 것을 애써 아내 생각
하면서 떠나야 하겠는가/出でて行かむ時しはあらむを故

らに妻恋しつつ立ちて行くべしや"(권4·585), "바다의 길이

잠시라도 순해질 때 떠나가소서 이리 이는 파도에 배 어찌

떠나리오/海つ路の和ぎなむ時も渡らなむかく立つ浪に

船出すべしや"(권9·1781), "날 사랑하는 어머니 염려하다 세

월만 흘러 그대도 나 역시도 덧없이 끝나려나/たらちねの

母に障らばいたづらに汝も吾も事成るべしや"(권11·2517)

등이라고 할 수 있다.

붉게 빛나는 자초 가득 피어난 금단의 들판
망보는 이 없을까 소매 흔드는 그대

あかねさす紫野行き標野行き野守は見ずや君が袖振る

누카타노오키미額田王〔권1·20〕

덴지天智 덴노가 오미近江(현재의 시가현[滋賀県] 부근-역주)의 가마후蒲生 들로 사냥(약초를 캐던 행사)을 가셨을 때(668년 5월 5일), 황태자(덴노의 동생, 오아마[大海人] 황자)와 많은 신하들이 그 뒤를 따랐다. 그때 누카타노오키미가 황태자에게 바친 노래다. 누카타노오키미는 과거에 황태자인 오아마 황자와 결혼하여 도치十市 황녀를 낳았지만 이 노래가 읊어질 때는 그 형인 덴지 덴노의 부름을 받아 궁중에서 지내고 있었다. 이 노래는 그런 삼각관계 상황에서 읊어진 작품이다. "akanesasu/あかねさす"는 'murasaki/紫(보라)'의 마쿠라코토바枕詞(특정 어구 앞에 붙는 5음의 수식어로 그 의미를 강조하거나 어조를 고르는 기법, 의미가 불분명한 경우도 있음-역주)다. "자초 들판/紫野"은 염색 원료로 쓰이는 자초紫草를 재배하던 들을 가리

킨다. "금단의 들판/標野"은 특정인이 관할하는 영지를 말하는 것으로 다른 사람이 함부로 드나들지 않도록 출입을 금지시킨 곳이다. 여기서는 가마후蒲生 들판을 가리킨다. "망보는 이/野守"는 그 영지를 지키는 사람일 것이다.

작품 전체의 의미는 '사모해 마지않는 당신이 자초가 군생하는 가마후의 이 영지를 여기저기 배회하시며 제게 소매를 흔드시는데, 혹여 망보는 이에게 들켜버리지 않을까, 그것이 참으로 불안하옵니다' 정도의 뜻이다.

여기에 나온 "망보는 이/野守"에 대해 어떤 이는 덴지 덴노를 가리키는 것이라 하고 혹은 여러 신하들을 가리킨다는 의견도 있으며, 심지어 황태자가 마음에 담고 있는 사람이라는 의견까지 실로 의견이 분분하다. 하지만 그런 모든 것들은 표현의 이면에 담겨진 것으로 파악하고 그곳을 지키는 사람으로 일단 음미하는 편이 나을 것이다. 아울러 "망보는 이 없을까 소매 흔드는 그대/野守は見ずや君が袖ふる"를 "멋진 그대(황태자)의 모습을 망보는 이도 바라보았으면 좋으련만"이라고, 누군가가 봐주기를 촉구하는 의미로 해석하는 설도 있다. "소매를 흔든다는 것은 남녀든 여자든, 자연스러운 동작이든 길을 걸어갈 때든, 모두 그 몸짓이 매우 멋스러운 것을 말한다"(『만요슈코쇼[万葉集攷證]』). "나의 사랑스런 황태자가 저 들에 가서 이리 소매를 흔드시는 모습을 사람들이 어찌 보지 않을까. 나는 바라보기만 해도 절로 미소가 난다"(『만요슈코기[万葉集講義]』) 등이 그러하다. 그러나 소매를 흔든다는 말은 뒤에서 인용할 "내가 흔드는 소매 임은 보고 계시려나/わが振る袖を妹見つらむか"라는 히토마로人麿의 작품을 통해서도 알 수 있는 것처럼 그저 단순히 객관적인 모습을 가리키는 말이 아니라 사랑하는 마음을 표출하기 위한 동작이라고 해석해야 한다.

이 작품은 누카타노오키미가 황태자인 오아마 황자를 상대로 읊은 노래라는 형식을 취하고 있기 때문에 농밀한 감정을 동반한 감미로운 교태도 느낄 수 있다. "망보는 이 없을까/野守は見ずや"라는 표현은 언뜻 보기에 일반적인 말 같지만, 황태자에게 강하게 호소하는 표현이라고 해석해도 좋다. 그만큼 강렬한 구이기 때문에 그 구를 먼저 읊은 후 "소매 흔드는 그대/君が袖振る" 쪽을 나중에 배치했다. 하지만 이런 도치법을 통해 마지막 구의 가락이 "소매 흔드는 그대/君が袖振る"로 끝나게 되면서 성조 측면에서도 좀 더 효과를 거두고 있다. 아울러 여성의 말투로 좀 더 구체적인 표현력을 갖추고 있다고 생각된다. 감미로운 교태에 대해 언급한 까닭은 "자초 가득 피어난 금단의 들판/紫野ゆき 標野ゆき"의 고전 원문을 직역하면 "자초 들판을 가고 금단의 들판을 가고"가 되므로, 상대방의 행동을 구체적으로 언

급하며 특정 단어를 반복하고 있기 때문이다. 작품 전체가 평탄하고 직선적으로 흘러가지 않고 입체적으로 물결치고 있기 때문에 중후하고 깊이 있는 여운을 남길 수 있게 되었다. 선행하는 주석서들 중에 이 노래에 대해 오아마 황자에게 또 다른 연인이 있기 때문에 질투심을 느낀다고 해석하거나(『만요슈토모시비[万葉集燈]』, 『만요슈미후구시[万葉集美夫君志]』), 혹은 짓궂게 이를 나무라는 듯한 요소가 있다고 언급한 주석서(『만요코[万葉考]』)가 있는 것은, 이 작품에 내포된 감미로운 호소를 의식했기 때문일 것이다.

"소매를 흔든다"는 행위의 예는 "이와미국의 다카쓰누 산 위의 나무 사이로 내가 흔드는 소매 임은 보고 계시려나/石見のや高角山の木の間より我が振る袖を妹見つらむか"(권2·132), "평범한 이였다면 어떻게든 했건만 차마 송구스러워 간절한 소매조차 흔들기를 참고 있네/凡ならばかもかも為むを恐と振りたき袖を忍びてあるかも"(권6·965), "드높은 산을 올라가는 짐승처럼 무리가 많아 소매 못 흔들었네 잊었다 생각마오/高山の峯行く鹿の友を多み袖振らず来つ忘ると念ふな"(권11·2493) 등이다.

자초紫草와 같이 아름다운 그대가 정녕 싫다면
남의 아내이기에 이리 마음 끌릴까

むらさき　　　　　　　　　　いも　にく　　　　　　ひとづま　　　　　　こ
紫草のにほへる妹を憎くあらば人嬬ゆゑにあれ恋ひめやも

댄무天武 덴노〔권1·21〕

앞선 누카타노오키미의 노래(권1·20)에 대해 황태자(오아마
[大海人] 황자, 훗날 덴무[天武] 덴노)가 답한 노래다.

전체적인 뜻은 '보랏빛으로 아름답게 빛나는 여성(그대)을
정녕 싫어했다면 이미 다른 사람의 아내가 된 그대를 이토
록 사랑할 리 없지 않을까. 이렇게 위험한 행동을 하는 것
은 바로 그대가 사랑스럽기 때문일 것이다'라는 말이다.

여기 나온 "남의 아내이기에/人妻ゆゑに"의 원문에 나오
는 "yueni/ゆゑに"는 "남의 아내란 이유 때문에 사랑한다"
는 것, 즉 "사랑하는" 원인을 나타내는 것이다. "남의 아내
이므로 좋아해 버릴 듯해/人妻ゆゑにわれ恋ひにけり", "번
민으로 야위었네 그 사람 때문이네/ものもひ瘦せぬ人の子
ゆゑに", "나 때문에 그리 고민 마시길/わがゆゑにいたく

제1권 71

なわびそ" 등, 이와 비슷한 예는 『만요슈』에 다수 보인다고 할 수 있다. 연인을 꽃에 비유한 예로는 "철쭉꽃처럼 아름다운 아가씨 벚꽃 잎처럼 빛나는 아가씨/つつじ花にほえ少女, 桜花さかえをとめ"(권13·3309) 등이 있다.

본 작품은 누카타노오키미의 노래에 비해 보다 직접적이고 강렬하다. 여성과 남성의 감정 표출 방식의 차이라고도 생각되지만, 연인을 고귀하고 화려한 보랏빛에 비교하면서도 이토록 복잡한 심정을 직접적으로 힘차게 표출할 수 있었다는 사실이 놀라울 따름이다. 결국 마음을 오로지 어느 한 곳에 온전히 쏟아낼 수 있는지, 그토록 순수할 수 있는지에 달려 있을 것이다. 필자는 이것을 『만요슈』 가운데 최고의 걸작 중 하나로 높이 평가하고 있다. 『만요슈』 중에서 "미워하다/憎し"라는 단어를 포함한 노래로 "밉기도 하겠지만/憎くもあらめ", "밉지 아니 하건만/憎くあらなくに", "밉지 아니 하건만/憎からなくに" 등의 예가 있다. 서로 상반된 두 단어("憎", "恋")가 함께 존재한다는 사실도 음미해볼 필요가 있다. 상반된 두 단어가 조화를 이루고 있는 까닭은 '밉다(싫어하다)'는 것과 '사랑한다'는 것이 조화를 이루고 있기 때문이다. 이 증답가가 어떤 형식을 통해 행해진 것인지는 분명치 않다. 그러나 연애 증답가에는 설령 간절한 것이라도 그 근저에는 감미로운 뭔가가 내포되어 있다. 여유로운 유희가 내포되어 있는 것은 불가피하다. 아울러 권 12(2909)에 "평범한 이라고 행여 생각했다면 남의 아내라 불리는 그대에게 계속 사랑 품을까/おほろかに吾し思はば人妻にありちふ妹に恋ひつつあらめや"라는 노래가 있어서 유사한 작품으로 음미해볼 수 있다.

물가에 있는 신성한 바위들에 이끼 없듯이
항상 변치 마소서 영원한 소녀처럼

河上の五百箇磐群に草むさず常にもがもな常処女にて
かはかみ ゆつ いはむら くさ つね とこをとめ

후키노토지吹黄刀自〔권1·22〕

도치十市 황녀(오아마[大海人] 황자와 누카타노오키미[額田王]의 딸)
가 이세신궁伊勢神宮에 참배했을 때, 황녀를 모시던 후키노
토지吹黄刀自가 하타波多의 요코야마橫山의 바위를 보고 부
른 노래다. 하타라는 곳이 어디를 가리키는지는 불분명하
나, 이세伊勢의 이치시군壹志郡 하타촌八太村* 부근일 거라고
추정되고 있다.

전체적인 의미는 '이 강가에 있는 대부분의 바위들에는
조금도 이끼가 끼어있지 않다. 아름답고 매끈하다. 우리 황
녀께서도 이렇게 아름다운 용모가 영원히 변치 않으시길
간절히 기원한다'는 뜻이다.

"영원한 소녀/常少女"라는 단어도 고어의 특색을 여실히
보여준다는 점에서 감탄하지 않을 수 없다. 오늘날이라면

"영원한 처녀/永遠処女"라는 말에 해당되겠지만 도저히 이 고어가 가진 의미에는 미치지 못한다. 작자는 아마도 나이 든 여성일 텐데, 황녀를 향한 경애심이 고스란히 드러나 있다. 단순하고 고풍스러운 가락을 읊조리다보면 오히려 장엄한 기분마저 들 정도다. 고풍스러운 가락 속 하나하나의 가어 선택에 형용할 수 없는 깊이가 있다. 후대의 우리들은 오로지 그것을 깊이 음미할 뿐이다. 제3구의 "이끼 없듯이/草むさず"에서 제4구로 어떻게 이어지는지, 그리고 제4구에서 끊고 난 후 마지막 구에서 "nite/にて"로 마무리하고 있는 부분은 그저 거듭 반복해서 암송하며 음미할 수밖에 없다. 이 노래의 마지막 구와 "망보는 이 없을까 소매 흔드는 그대/野守は見ずや君が袖ふる" 등을 비교해 보는 것도 매우 의미가 있을 것이다.

"toko/常(영원)"가 붙은 예 중에는 "서로가 보면 늘 처음 핀 꽃처럼, 마음 갑갑한 사랑의 고통 없이/相見れば常初花に, 情ぐし眼ぐしもなしに"(권17·3978), "그 다치산에는, 여름까지도 눈이 계속 내려서/その立山に, 常夏に雪ふりしきて"(권17·4000), "오니히타산 산지기가 지키는 나무들처럼 가지 마르지 않길 늘 푸른 잎이기를/白砥掘ふ小新田山の守る山の末枯れ為無な常葉にもがも"(권14·3436) 등이 있다.

도치 황녀는 오토모大友 황자(고분[弘文] 덴노)의 비妃로, 가도노오키미葛野王를 낳았지만 임신壬申의 난 이후 야마토大和(현재의 나라현[奈良県] 부근-역주)로 돌아왔다. 황녀는 678년(덴무[天武] 7년) 여름 4월 덴노가 이세신궁 행차를 위해 막 떠나려던 차에 갑자기 세상을 떠났기 때문에 이 노래는 그 이전, 아마도 675년(덴무 4년) 2월 이세신궁 참배 시 읊어진 노래로 추정된다. 아버지와 남편의 다툼으로 외로운 처지에 놓여 있던 황녀였기 때문에, 노년의 여성이 만든 이 축복의 노래도 쓸쓸한 마음을 배경으로 한 것으로 파악해야 한다.

세상에서의 목숨이 가여워서

파도에 젖어 이라고伊良虞의 섬에서 해초 뜯고 있노라

うつせみの命を惜しみ波に濡れ伊良虞の島の玉藻苅り食す

오미노오키미麻続王〔권1·24〕

　오미노오키미麻続王가 이세伊勢의 이라고伊良虞로 유배당했을 때, 당시 사람이 "오미 왕이여 당신께옵서는 어부신지요 여기 이라고섬에서 해초 뜯고 계시니/うちそを麻続の王 海人なれや伊良虞が島の玉藻刈ります"〔권1·23〕라고 노래하며 슬퍼했다. "어부신지요/海人なれや"는 의문 표현으로 "어부라서 이렇게 하시는 것인지요"라는 뜻이 된다. 이 노래는 앞선 노래를 듣고 슬퍼하며 답한 노래다. 자신은 목숨이 가여워서 이처럼 파도에 젖어 이라고섬의 해초를 뜯고 있다는 것이다. 유배를 당한 몸일지언정 애당초 고귀한 신분이기 때문에 실제로는 어부의 일을 직접 하지 않았을 것이다. 하지만 바로 앞의 노래에 "해초 뜯고 계시니/玉藻苅ります"라는 표현이 있었기 때문에 "해초 뜯고 있노라/玉藻苅り食す"라고 화답했던 것이다. 아울러 마지막 구에 대해 『만요슈코기万葉集古義』에서는 'tamamokarihamu/タマモカリハム'라고 읽고 있으며『만요슈신코万葉集新考』(이노우에 미치야스[井上通泰])도 이를 따랐다. 이 작품은 애처롭기 그지없는 여운을 담고 있으며 특히 "세상에서의 목숨이 가여워서/うつせみの命ををしみ"라는 구에 핵심적인 감정이 담겨 있다.『만요슈』의 노래에는 "드넓은 바다 웅대한 구름 위로 석양 비치니 오늘 밤 뜨는 달은 분명 청명하리니" 같은 노래도 있지만 한편으로는 이처럼 절절하고 감상적인 노래도 수록되어 있다. 슬픈 목소리이기 때문에 결코 당당하게 노래하지 않는다. 'oshimi/ヲシミ·namininure/ナミニヌレ'라는 부분은 약간 잔물결 같은 어감을 보인다. "목숨"이라는 단어가 나온 예는 "목숨은 아깝지만, 어찌할 수가 없네/たまきはる命惜しけど, せむ術もなし"(권5·804), "목숨은 아깝지만, 해야 할 방도 찾을 길이 없기에/たまきはる命惜しけど, 為むすべのたどきを知らに"(권17·3962) 등이다.

오미노오키미가 유배를 당했다는 기록은『일본서기日本書紀』에도 나온다. 그러나『일본서기』에서는 이세의 '이라고 섬'이 아니라 이나바因幡라고 되어 있다.『히타치후도키常陸風土記』에는 나메카타군行方郡 이타쿠촌板来村이라고 되어 있다. 『만요슈』의 이 노래에서는 이세라고 되어 있으니 유배지에 관한 한 세 문헌이 제각각인 셈이 된다. 『히타치후도키常陸風土記』 쪽은 전설화된 내용이었던 것으로 추정되고, 이나바와 이세는 유배 장소가 중간에 바뀐 거라고 추정하는 설이 있다. 그렇다면 설명은 가능해지지만 『만요슈』의 노래는 이세로 간주하고 음미해도 무방하다.

봄이 지나고 여름이 온 듯하네
새하얀 빛깔 옷을 널어 말리네 아름다운 가구산

春過ぎて夏来るらし白妙の衣ほしたり天の香具山

지토持統 덴노〔권1·28〕

지토持統 덴노가 읊은 노래다. 후지와라궁藤原宮 성터는 현재 다카이치군高市郡 가모키미촌鴨公村* (오아자)다카도노(大字)高殿 소학교와 인접한 곳으로, 예부터 전해져 내려온 흙단을 중심으로 한 대지로 추정된다. 후지와라궁은 690년(지토 덴노 4년) 다케치高市 황자의 시찰, 12월 지토 덴노의 시찰이 있은 후 692년(지토 6년)부터 조영을 시작해 694년(지토 8년) 12월에 완성되었다. 때문에 아마도 이 노래는 694년 이후 지토 덴노가 지은 노래이며, 후지와라궁의 궁전에서 멀리 조망한 광경이었을 것으로 추측된다.

노래에 담긴 의미는 '봄이 지나 벌써 여름이 온 것으로 보인다. 아름다운 가구산香具山 부근에는 오늘 하얀 옷을 가득 널어 말리고 있다'는 뜻이다.

제2구 "여름이 온 듯하네/夏来るらし"의 마지막 부분
"rashi/らし"는 추측 표현으로 실제로 눈앞에서 보면서 말
하는 용법이다. "来る"는 'ra/ら행行 4단四段' 동사다. "겨
울에 이어 봄은 이리 왔건만/み冬つき春は吉多礼登"(권
17·3901), "겨울 지나고 봄이 온 것 같구나/冬すぎて
暖来良思"(권10·1844) 등의 예가 있다. 전체적인 성조는 단
정하고 엄숙하며, 두 번째 구에서 "온 듯하네/来るらし"라
고 끊고 제4구에서 "옷을 널어 말리네/衣ほしたり"라고 끊
고 있다. "rashi/らし"와 "tari/たり"처럼 /i/로 끝나는 음을
반복적으로 사용해 일종의 장단을 맞추고 있다. 가키노모
토노 히토마로柿本人麿의 노랫가락처럼 예민하게 일렁이기
보다는 역시 여성 특유의 어조로 느껴진다. 아울러 마지막
구에서 "아름다운 가구산/天の香具山"이라는 명사로 마무
리한 것도 작품 전체를 단정하고 장중하게 만들고 있다. 지
토 덴노 재위 시절에는 가키노모토노 히토마로나 다케치노
구로히토高市黒人를 비롯해 탁월한 가인들이 다수 활약했는
데, 지토 덴노 본인에게도 이런 훌륭한 작품이 있는 것을 보
면 결코 우연이 아니었음을 알 수 있다.

  이 노래는 두 번째 구에 대해 'natsukinikerashi/ナツキ
ニケラシ'(구훈[旧訓]), 고사본에서는 'natsuzokinurashi/ナツ
ゾキヌラシ'(겐랴쿠교본[元暦校本]·루이주코슈[類聚古集])였던 것을

게이추契沖가 'natsukitarurashi/ナツキタルラシ'라고 읽었다. 제4구 'koromosaraseri/コロモサラセリ'(구훈[旧訓]), 고사본에서는 'koromohoshitari/コロモホシタリ'(『고요랴쿠루이주쇼[古葉略類聚抄]』), koromohoshitaru/コロモホシタル'(간다본[神田本]), 'koromohosutyou/コロモホステフ'(호소이본[細井本]) 등의 훈이 있으며, 아울러 『신고킨슈新古今集』나 『오쿠라백인일수小倉百人一首』에서는 "春過ぎて夏来にけらし白妙の衣ほすてふあまの香具山"라고 게재되어 있는데, 이런 약간의 차이로 작품 전체에 큰 차이점이 생길 수 있다는 점이 주목된다. 현재 가모키미촌鴨公村 다카도노高殿의 흙단에 서서 가구산 쪽을 내려다보면 이 노래가 얼마나 사실적이고 마치 그림을 그리듯 정밀한지, 이른바 사생적寫生的이라는 특징을 잘 이해할 수 있을 것이다. 가모노 마부치賀茂真淵의 『만요코万葉考』에 "여름이 시작될 무렵, 덴노가 하니야스埴安(현재의 가구산 부근-역주)에 있는 둑으로 행차하셨을 때, 여러 집들이 빨래를 널어 말리는 것을 보고, 진정 여름이 온 듯하다, 옷을 말리고 있다, 라고 눈에 보이는 대로 읊은 노래다. 여름에는 습기가 많으므로 모든 것들을 말리는 것이 일상이다. 그래서 이를 너무 가볍게 생각한 후세 사람들이 자기 생각대로 덧붙인 것이 많은데, 모두 이에 미치지 못한다. 옛 노래는 그 표현에 풍류를 엿볼 수 있는 것도 많지만,

마음을 그저 보고 느낀 그대로 읊은 것이기에 훌륭하다"라고 지적한 것은 명언으로 생각되기 때문에 길지만 인용해 두었다. 아울러 하니야스 연못은 현재보다 좀 더 북서쪽이다. 별채 북쪽에 '연못의 끝池尻'이라는 작은 글씨가 있는데 그 근처일지도 모른다. 아울러 하시모토 다다카橋本直香(『만요슈시쇼[万葉集私抄]』)는 가구산에 올라갔을 때의 덴노의 노래라고 추정했지만, 앞서 언급한 것처럼 궁에서 바라보고 읊은 노래일 것이다. 쓰치야 분메이土屋文明 씨는 아스카노키요미하라궁明日香浄御原宮으로부터 가구산의 남쪽 촌리를 바라보며 읊은 노래로 해석했다.

참고 작품으로 다음과 같은 것들이 있다. "아득한 저편 아름다운 가구산 이 저녁 무렵 안개가 끼어있네 봄이 온 것이려나/ひさかたの天の香具山このゆふべ霞たなびく春たつらしも"(권10·1812), "그 먼 옛날의 일들 모른다 해도 내가 보아도 오래된 산이로세 멋진 가구산이여/いにしへの事は知らぬを我見ても久しくなりぬ天の香具山"(권7·1096), "바로 어제야 지난해가 끝났네 봄의 안개는 가스가의 산에서 빨리도 피어나네/昨日こそ年は極てしか春霞春日の山にはや立ちにけり"(권10·1843), "쓰쿠하산에 눈이 내리고 있나 아니 내리나 사랑스런 그녀가 천을 말리고 있나/筑波根に雪かも降らる否をかも愛しき児ろが布ほさるか

も”(권14·3351) 등이다. 『만요슈헤키안쇼万葉集僻案抄』에 “그저 하얀 옷을 말리는 것을 보시고 읊으신 노래로 볼 수밖에 없다”라고 말했던 것은 있는 그대로의 솔직한 해석이다. 『만요슈토모시비万葉集燈』의 “봄에 대한 노래를 사람들이 읊어 달라고 부탁한 일이 있었을까. 혹은 봄이 가기 전 다른 사람에게 말씀하신 일이 있었는데, 그 시기가 지나버렸기 때문에 그 사람을 재촉하고, 그 시기를 놓친 것을 원망하신 마음일 것이다”라는 지적은 지나치게 자의적이며 근거 없는 해석으로 매우 부적절하다. 이런 태도로 옛 노래를 대한다면 단 한 수도 올바르게 감상하지 못할 것이다.

사사나미楽浪의 시가의 가라사키 변함이 없건만
문무백관 태웠던 배는 오지를 않네

ささなみの志賀の辛崎幸くあれど大宮人の船待ちかねつ
しが　からさきさき　　おほみやびと　ふね ま

가키노모토노 히토마로柿本人麿〔권1·30〕

가키노모토노 히토마로柿本人麿가 황폐해진 오미궁近江宮
(덴지[天智] 덴노 오쓰궁[大津宮])의 터를 보고 읊은 장가의 반가反
歌다.

오쓰궁大津宮(시가궁[志賀宮]) 터는 현재의 오쓰시大津市 미나
미시가정南滋賀町 부근일 것이라는 설이 유력하다. 오미경近
江京의 범위는 그곳으로부터 남쪽 방향으로 펼쳐져 있으며
서쪽은 히에이산比叡山 기슭, 동쪽은 호수 주변까지였던 것
으로 추정된다. 이 작품은 689년(지토[持統] 3년) 경, 히토마로
가 27세 무렵 읊어진 작품으로 추정되고 있다. "사사나미/
ささなみ"(楽浪)는 오미시가군近江滋賀郡에서 다카시마군高島
郡에 걸쳐 호수 서쪽 일대의 땅을 광범위하게 지칭한 지명인
데 이 무렵 이미 그것이 형식화되어 있었음을 알 수 있다.

전체적인 의미는 '사사나미, 시가의 가라사키辛崎는 변함없이 옛 모습 그대로이건만, 문무백관들이 출입하던 곳은 황폐해져 이젠 뱃놀이 하던 사람들도 사라져 버렸다.' 때문에 시가의 가라사키가 문무백관의 배를 아무리 기다려도 소용이 없다는 내용이다.

　"변함이 없건만/幸くあれど"는 태평한 심정이어서 아무런 변함이 없다는 말이지만, 비정非情의 가라사키를 조금은 인간적으로 표현한 부분이다. "배는 오지를 않네/船待ちかねつ"는 아무리 기다려 봐도 부질없다는 말이기 때문에 이것 역시 인간적으로 전해져 온다. 노랫가락이라는 측면에서 생각해본다면 단가 형식인 5·7·5·7·7조가 아니라 5·7·6·7·7조가 되어 있으므로 제3구는 한 글자가 더 많지만, 마지막 구가 4·3조로 형태가 잘 갖춰져 있다. 전체적으로 더할 나위 없이 침통해서 들뜬 느낌이 전혀 없다. 현대를 사는 우리들은 의인법을 연상시키는 표현에서 진부함을 느끼거나 반감을 가져버리지 말고, 작품 전체의 태도나 기백에 동화되고자 노력해야 할 것이다. 작품은 가인 히토마로의 노래치고는 초기 작품인 것 같지만 이미 이처럼 원숙한 경지를 드러내고 있다.

사사나미楽浪의 시가志賀의 바닷물은 여전하건만
그 옛날 그 사람들 어찌 다시 만나리오

ささなみの志賀の大曲よどむとも昔の人に亦も逢はめやも

가키노모토노 히토마로柿本人麿〔권1·31〕

앞서 나온 작품과 함께 가키노모토노 히토마로柿本人麿가 읊은 노래다. 오미近江(현재의 시가현[滋賀県] 부근-역주)의 호수 중 일부, 육지로 깊이 파고든 물길이 사람을 그리워하며 고여 있지만, 그리운 문무백관들은 더 이상 만날 수 없다는 내용을 담고 있다. 오쓰경大津京과 연관된 호수의 일부, 육지로 깊이 들어와 있는 물길이 마치 누군가를 기다리는 표정으로 고여 있다는 풍취를 그려내고 있다. 그런데 "owada/オホワダ"를 '큰 바다大海' 즉 오미近江 호수 전체라고 해석하는 설이 있다. '호수의 물길이 시가현 세타勢多에서 우지宇治로 흘러가야 하는데 그것이 정체되어 흐르지 않게 되더라도'라는 가정적인 내용을 "yodomutomo/ヨドムトモ"라고 표현했다는 설(『만요슈토모시비[万葉集燈]』)이다. 이는 너무

이치를 하나하나 따져서 다소 억지스러운 면이 없지 않다. 히토마로의 노래 중에는 이렇게 이론적으로 해석이 불가능한 구들이 종종 발견된다. 여기에 나온 "여전하건만/淀むとも"에는 현재의 실감이 좀 더 생생하게 살아있다.

이 노래 역시 벅찬 감개를 담아낸 것으로 매우 주관적인 노래다. 앞에 나온 노래의 제3구에 "변함이 없건만/幸くあれど"이라고 되어 있었던 것처럼, 이 노래의 제3구 "여전하건만/淀むとも"에 감개어린 심정이 담겨 잠깐 흐름이 멈춘 듯하다. 이런 표현에는 자칫 작품 전체를 나약하게 만들 위험성이 도사리고 있기 마련이다. 그럼에도 불구하고 히토마로의 노래는 앞의 작품이나 이 작품 모두 "배는 오지를 않네/船待ちかねつ", "어찌 다시 만나리오/またも逢はめやも"라고 강하게 이어지며 전체를 통일시키고 있다. 가히 놀랄 만한 이런 역량은 와카를 읊을 때의 히토마로의 진솔한 태도에 의거한 것으로 해석하고 싶다. 가인 히토마로는 초기부터 이렇듯 훌륭한 노래를 읊고 있는 것이다.

그 먼 옛날의 사람인 것일까요

사사나미楽浪의 옛 도읍지 바라보니 슬픈 마음이어라

いにしへの人にわれあれや楽浪の故き京を見れば悲しき

다케치노 후루히토高市古人〔권1·32〕

다케치노 후루히토高市古人가 오미近江(현재의 시가현[滋賀県]
부근-역주)의 옛 도읍지를 보고 감상에 젖어 읊은 노래다. 다
이시題詞(일종의 제목-역주) 밑에 '어떤 책에서 말하기를 다케치
노 무라지 구로히토高市連黒人'라는 주가 달려 있기 때문에
구로히토의 작품으로 음미하는 사람이 많다. "그 먼 옛날의
사람인 것일까요/いにしへの人にわれあれや"는 요즘 보
통 사람이라면 옛 도읍지 터를 봐도 이토록 슬퍼하지 않았
을 텐데, 이리도 슬픈 것은 옛날 사람이기 때문일까, 라고
스스로에게 자문하는 표현이다. 주정적인 경향의 이 주관
구主觀句는 상당히 탁월해서 그냥 지나쳐버리기 어려운 측
면을 가지고 있다. 아울러 권3(305)에 다케치노 무라지 구로

히토高市連黒人의 "이런 까닭에 아니 보려 했건만 사사나미

楽浪의 옛 도읍 보여주어 마음 슬프게 하네/斯^かくゆゑに見

じといふものを楽浪^{ささなみ}の旧き都を見せつつもとな"라는 작

품이 있는데 역시 전반부인 제3구까지가 주관적이다. 하지

만 이런 주관구들이 언뜻 보기에 표현상으로 절실함에도

불구하고 간절하게 느껴지지 않는 이유는 어째서일까. 가

키노모토노 히토마로만큼의 치열함이 없다는 말이 될 수도

있을 것이다.

산과 강의 신 모두 같이 섬기는 신이신 채로
격류 흐르는 강가에 배를 내고 계시네

山川もよりて奉ふる神ながらたぎつ河内に船出するかも

가키노모토노 히토마로柿本人麿〔권1·39〕

　지토持統 덴노의 요시노吉野 행차에 동행했던 가키노모토
노 히토마로柿本人麿의 노래다. 지토 덴노의 요시노 행차는
도합 32회(재위 중 31회, 양위 후 1회)에 이르지만『만요슈연표万
葉集年表』(쓰치야 분메이[土屋文明] 작성)에서는 691년(지토 5년) 봄
에서 여름으로 바뀔 무렵일 거라고 보고 있다. 그렇다면 히
토마로의 추정 연령은 29세 정도 되었을까.

　전체적인 의미는 '산의 신山祇과 강의 신河伯 모두가 섬기
는 사람의 모습을 한 신 자체로, 덴노께서는 이 요시노강吉
野川의 급류가 흐르는 가와치河内에 여러 신하들과 함께 배
를 내고 계신다'라는 뜻이다.

　"격류 흐르는 강가/滝つ河内"는 현재의 미야타키宮滝 부
근에 있는 요시노강이다. 물살이 세고 굽이쳐 흐르는 지

형이다. 히토마로는 이 노래의 창작을 위해 삼가 긴장하고 있기에 자연히 노랫가락도 거대하고 장엄하다. 앞부분은 자칫 형식적으로 보이지만 히토마로 본인으로서는 진정성을 담아 온 몸으로 읊고 있었을 것이다. 그리고 "격류 흐르는 강가/滝つ河内"라는 현실도 놓치지 않고 있다. 작품 전체에 걸친 조화로운 가락을 화성적으로 분석해보면 신기하게도 ka행의 개구음開口音이 보이기도 하기 때문에 여러 측면에서 배울 점이 매우 많은 노래다. 고인이 되신 이토 사치오伊藤左千夫 스승님께서는 "신과 인간 모두 서로 화합하며 어우러지는 고귀한 시대의 모습이다"(『만요슈신샤쿠[万葉集新釈]』)라고 평하셨는데 실로 그 말씀 그대로라고 할 수 있다. 두 번째 구의 고전 원문("因而奉流")을 'yorite/ヨリテ·tsukahuru/ツカフル'라고 읽었는데 'yorite/ヨリテ·matsureru/マツレル'라고 읽는 방식도 있다. 하지만 'matsureru/マツレル'라고 읽으면 가락이 좋지 않다. 마지막 구의 고전 원문("船出為加母")은 'hunade/フナデ·sesukamo/セスカモ'라고 경어로 읽는 방식도 있다.

참고로 근년에 쓰치야 분메이土屋文明 씨는 "격류 흐르는 강가/滝つ河内"에 대해 좀 더 하류에 있는 시모이치정下市町을 중심으로 한 고시베越部나 무다六田 부근일 거라고 고증한 바 있다.

아고의 포구 뱃놀이하고 있을 아가씨들의
빛나는 옷자락에 물결이 넘실댈까

あご うら ふなの　　　　　　　　　　　　　　ら　たまも　すそ　しほみ
英虞の浦に船乗りすらむをとめ等が珠裳の裾に潮満つらむか

가키노모토노 히토마로柿本人麿(권1·40)

지토持統 덴노가 이세伊勢로 행차(692년·지토6년 3월)했을 때,
히토마로는 아스카키요미하라궁飛鳥淨御原宮(694년·지토 8년 12
월 6일 후지와라궁[藤原宮]으로 천도)에 머물고 있으면서 덴노의
행차 모습을 상상하며 읊은 노래다. 첫 번째 구는 고전 원
문이 "嗚呼見浦爾"이기 때문에 'aminourani/アミノウラニ'
라고 읽어야 한다. 그러나 사실상 '아고행궁阿胡行宮' 운운의
표현이 있고 시마志摩에 아고군英虞郡이 있다. 권15(3610)의
옛 노래 형태에서는 "agonoura/安胡乃宇良"라고 되어 있
다. 아마도 히토마로의 원작은 'agonoura'였을 것이고 『만
요슈』권1의 'aminoura/アミノウラ'는 다르게 전승된 형태
중 하나일 것이다.

작품 전체의 의미는 '덴노를 모시며 따라갔던 많은 젊은

나인(여성 관인)들이 아고 포구에서 배를 타고 노닐고 있는 그 때, 그 여성 나인들이 입은 치맛자락은 바닷물에 젖어있을까'라는 뜻이다.

행차는 3월 6일(양력 3월 31일)부터 3월 20일(양력 4월 14일)까지 계속되었기 때문에 해변에서 노닐기에 적당한 계절이었을 것이다. 젊고 아름다운 궁중 여인들이 야마토大和(현재의 나라현[奈良県] 부근-역주)의 산지에서 해변가로 나와 바닷물을 신기해하며 놀고 있을 모습이 마치 눈앞에 보이는 듯하다. 경쾌하고 아름다우며 즐거운 노래다. 심지어 이 노래에는 "ramu/らむ"이라는 조동사가 두 번이나 사용되고 있어서 마치 흐르는 듯한 가락을 이루고 있다. 이런 대목을 살펴보면 역시 히토마로 특유의 탁월한 표현이라고 말할 수밖에 없다. "빛나는 옷자락/玉裳"은 '아름다운 치마' 정도로 파악하면 된다. 작품 전체에 친근한 감정이 전해져 오는 것은 여성 나인들 중 히토마로의 연인도 있었기 때문일 거라고 상상해보는 시각도 있다.

파도 가득한 이라고섬 근처를 노 젓는 배에
그녀 타고 있을까 거친 섬 주위 돌며

潮騒に伊良虞の島辺榜ぐ船に妹乗るらむか荒き島回を

가키노모토노 히토마로柿本人麿〔권1·42〕

앞의 노래에 이어지는 노래다. "이라고섬/伊良虞島"은
미카와三河 아쓰미군渥美郡 이라고곶 근처에 있다. 말은 "섬"
이지만 곶이라 해도 무방한데, 이는 나중에 나오는 "가고
섬/加古の島" 부분과 마찬가지다.

작품 전체의 의미는 '물결 밀어닥쳐 파도소리 세찰 무렵,
이라고섬 가까이로 노 저어가는 배에, 덴노를 모시러 가 있
던 나의 여인도 타고 있을까. 그토록 파도가 거친 섬 주위
에서'라는 뜻이다.

이 노래에서는 분명 "그녀/妹"라고 되어 있기 때문에 세
심하고 각별한 정감이 담겨 있어 전혀 서먹한 거리감이 느
껴지지 않는다. 그리고 "그녀 타고 있을까/妹乗るらむか"
이라는 구가 작품 전체에 통일감을 주며 중심을 이루고 있

다. 배에 익숙하지 않은 것을 가엾게 여기며 지금쯤 겪고
있을 어려움에 대해 하염없이 마음속으로 헤아리다가, 그
저 "그녀 타고 있을까/妹乘るらむか"라고 말할 뿐이다. 그
리고 그 표현을 마지막 구인 "거친 섬 주위 돌며/荒き島回
を"에 접속시키고 있다.

나의 남편은 어디쯤 가고 있을까
깊고도 깊은 나바리의 산 너머로 오늘 가고 있을까

吾背子_{わがせこ}はいづく行_ゆくらむ奧_{おき}つ藻_もの名張_{なばり}の山_{やま}を今日_{けふ}か越_こゆらむ

다기마노 마로_{当麻麿}의 아내〔권1·43〕

　다기마노 마히토 마로_{当麻真人麿}의 아내가 남편이 여행길에 나선 후 읊은 노래다. 혹은 덴노의 이세_{伊勢} 행차 등으로 인해 집을 비운 남편을 그리워하며 읊은 노래일지도 모른다. 나바리 산_{名張山}은 이가_{伊賀} 나바리군_{名張郡}에 있는 산으로 이세로 넘어가기 위한 길목에 있다. "okitsumono/奧つ藻の"는 나바리_{名張}에 걸리는 마쿠라코토바_{枕詞}(특정 어구 앞에 붙는 5음의 수식어로 그 의미를 강조하거나 어조를 고르는 기법-역주)다. 바다 깊숙이 숨어 있어 잘 보이지 않는 해초라는 의미에서, '숨기다'라는 뜻 'nabaru/ナバル(namaru, ナマル)'와 음이 비슷한 지명 '나바리_{名張}'를 수식한다.

　작품 전체의 뜻을 살펴보면 다음과 같다. '남편은 지금쯤 어디에 있을까. 오늘쯤 아마도 나바리산을 넘고 있을까'. 전

체적으로 살펴보면 조사 "ramu/らむ"가 제2구와 마지막 구에 두 번이나 사용되어 전체적인 가락을 가다듬고 있다. 여기서 사용된 "ramu/らむ"는 앞서 나왔던 와카에 보였던 "아침 사냥하시나/朝踏ますらむ" 같은 표현보다 다소 경쾌하다. 이 노래는 예부터 걸작 중 하나로 감상되어 왔는데 『만요슈』의 다른 노래에 비해 비교적 이해하기 쉽고 어조도 훌륭하기 때문으로 추정된다. 그러나 한편으로는 바로 그런 점에 이 노래의 소극적인 측면도 존재한다고 말할 수 있을 것이다. 하지만 그럼에도 불구하고 『고킨와카슈古今和歌集』 이후의 노래와 달리 깊이가 있고 나바리산이라는 현실을 반영한 부분에 주목할 필요가 있다.

이 노래는 권4(511)에 중복해서 실려 있다. 아울러 『만요슈』 중에 "뒤에 남아서 나는 그리워하네 하얀 구름이 드리워진 저 산을 오늘 넘고 있을까/後れゐて吾が恋ひ居れば白雲の棚引く山を今日か越ゆらむ"(권9·1681), "실로 어여쁜 시마쿠마의 산을 저녁 무렵에 혼자일까 그대는 산길 넘고 있을까/たまがつま島熊山の夕暮にひとりか君が山路越ゆらむ"(권12·3193), "목숨과 같이 내가 그리는 그대 동트는 방향 아즈마의 고개를 오늘 넘고 있을까/息の緒に吾が思ふ君は鶏が鳴く東の坂を今日か越ゆらむ"(권12·3194) 등 마지막 구가 동일한 작품이 있다는 점에 주목할 필요가 있다.

아키 들녘에 머무는 나그네들

편히 누워서 잠들 수 있으려나 옛 생각에 잠겨

阿騎の野に宿る旅人うちなびき寐も寝らめやも古おもふに

가루軽 황자가 아키阿騎 들판(우다군[宇陀郡] 마쓰야마정[松山町]
부근의 들판*)에서 밤을 맞이하며 아버지인 구사카베草壁 황자
를 추억했다. 그때 가키노모토노 히토마로柿本人麿가 읊은
단가 4수가 있는데, 그중 첫 번째 노래다. 가루 황자(몬무[文
武] 덴노)의 즉위는 697년(지토[持統] 11년)이기 때문에 이 노래
는 그 이전인, 아마도 692년(지토 6년)이나 693년(지토 7년)경
일 것으로 추정된다.

전체적인 의미는 '여행 길, 아키 들판에서 하룻밤 잠을 청
하는 사람들은 새록새록 떠오르는 옛 생각에 편히 잠들지
못하리라'는 것이다. "편히 누워서/うち靡き"는 사람이 잠
을 잘 때의 모습을 형용하는 표현이지만 여기서는 형식적
인 표현에 그치고 있다. "잠들 수 있으려나/寐も寝らめや

も"에 사용된 "yamo/やも"는 반어법으로, 강하게 반문하면서 내면에 감회를 담아내고 있다. "나그네들/旅人"는 복수의 사람들이다. 가루 황자가 가장 핵심적 인물이며 그를 따르는 신하들이 있는데, 그 중에 히토마로 본인도 있다는 상황이다. 이 노래는 각각의 구에 따라 상이한 반향을 보여주기 때문에 결코 단순하지 않으며 이에 따라 긴 여운을 남기고 있다.

동쪽 들녘에 동트는 새벽 햇살 환히 빛나서
뒤돌아 바라보니 서쪽에 달 기우네

ひむがしの野にかぎろひの立つ見えてかへり見すれば月かたぶきぬ

가키노모토노 히토마로柿本人麿〔권1·48〕

이것도 앞의 노래와 마찬가지로 4수 가운데 한 작품이다. 전체적인 의미를 살펴보면 '아키 들판에서 하룻밤을 지낸 다음 날 아침, 동이 트기 전 동쪽 하늘에 이미 새벽빛이 환히 빛난다. 그 풍경이 눈 내린 아키 들판에도 환히 펼쳐진다. 그때 서쪽 방향으로 돌아보니 이미 달은 막 지고 있다'는 말이다.

이 노래는 앞의 노래처럼 "옛 생각에 잠겨/古へおもふに" 등의 구는 없지만, 전체적으로 회고적 감정이 내면 깊숙이 감춰져 있는 노래다. 그런 심정이 있기 때문에 "뒤돌아 바라보니 서쪽에 달 기우네/かへりみすれば月かたぶきぬ"라는 구가 더더욱 멋스럽게 들린다. 돌아가신 이토 사치오伊藤左千夫 스승님은 "치기어림에서 여전히 벗어나지 못하

제1권 101

고 있다"라고 평하셨지만 다소 가혹한 평가이지 않을까. 히토마로는 이렇게 보고 느끼고 영탄하며, 마치 그림을 그리듯 정밀하게 묘사하고 있으며, 그것이 곧 범접할 수 없는 탁월한 노래를 읊을 수 있었던 힘이 되었다.

"들녘에·동트는 새벽 햇살/野に·かぎろひの"이라는 부분은 이른바 구가 끊어지는 곳이다. "te/て", "ba/ば" 등의 조사로 이어져 갈 경우 자칫 가락이 느슨해질 우려가 있기 마련인데, 여기서는 오히려 일종의 혼연일체가 된 가락을 완성시키고 있다는 점에서 실로 훌륭하다고 생각된다. 아울러 히토마로는 제3구에서 잠깐 쉬었다가 제4구에서 다시 도약하는 수법을 자주 쓴다. 그래서 이토 사치오가 "뒤돌아 바라보니/かへり見すれば"를 "가부키 배우의 몸짓 비슷해서"라고 평했던 것은 약간 온당치 못한 느낌도 없지 않다.

이 노래는 고전 원문의 훈독방식이 정해지기까지 우여곡절이 있었다. "동쪽 들녘에 연기가 자욱하게 일어나기에/東野のけぶりの立てるところ見て"라고 읽어왔던 것을, 게이추契沖나 마부치真淵의 노력으로 "동쪽 들녘에 동트는 새벽 햇살 환히 빛나서/ひむがしの野にかぎろひの立つ見えて"라는 훈독에 가까스로 도달할 수 있었다. 후대를 사는 우리들은 그 사실을 잊지 말아야 한다. 다치바나 모리베橘守部는 이 노래에 대해 "하룻밤 머문 광야의 새벽녘 풍경이

마치 눈에 보이는 듯하다. 이런 새벽 햇살은 해가 솟을 때 비치는 여광을 말하는 깃이다"(『만요슈킨요[万葉集緊要]』)라고 평한 바 있다.

태양과 같은 히나미시 황자께서
말고삐 당겨 사냥을 떠나시던 그 시간 돌아왔네

日並の皇子の尊の馬並めて御猟立たしし時は来向ふ

ひなみし　みこ　みこと　うまな　　　みかりた　　　とき　きむか

가키노모토노 히토마로柿本人麿〔권1·49〕

　이것도 앞의 노래와 마찬가지로 4수 중 하나로 그 마지막
작품이다. '드디어 사냥을 떠나실 날이 되었다. 그리운 황태
자께서 살아생전 말들을 달리게 하시며 사냥을 하셨던 바
로 그때처럼, 드디어 사냥을 떠날 시간이 되었다'라는 내용
이다.

　이 작품 역시 너무 세세한 부분까지 신경 쓰지 않고 대범
한 가풍으로 읊고 있는 노래다. 지나치게 기교에 치우치지
않고 매우 정중하고 진솔하게 자신의 심정을 표현하고 있
다. 전반적으로 히토마로의 작품은 장중하고 결코 가볍지
않은 것을 특색으로 하는데, 이는 덴노의 명령에 따라 부른
노래나 덴노에게 바치는 노래가 많았기 때문만은 결코 아
닐 것이다. 어떤 경우든 대체로 그런 경향을 보인다는 사실

을 기억해야 한다.

아울러 마지막 구에 나오는 "돌아왔네/来向ふ" 같은 가어도 히토마로가 만든 표현 중 하나라고 할 수 있다. "올해 지나고 다가오는 여름엔/今年経て来向ふ夏は", "봄이 지나고 여름이 찾아오면/春過ぎて夏来向へば"(권19·4183·4180) 등 오토모노 야카모치大伴家持의 작품에도 그런 용례가 있는데 이는 히토마로의 "그 시간 돌아왔네/時は来向ふ"에 바탕을 둔 것이다. 히토마로 이후의 『만요슈』 가인들 중, 히토마로의 영향을 받는 자가 적지 않다. 바꿔 말해 히토마로는 『만요슈』 안에서 가장 그 진가를 인정받았던 가인이다. 후세에 히토마로에 대해 "가성歌聖" 운운 하는 목소리가 높지만, 부질없는 우상숭배에 지나지 않는다.

우네메들의 소맷자락 나부낀 아스카 바람
공연히 부는구나 도읍 멀기만 한데

采女の袖吹きかへす明日香風都を遠みいたづらに吹く

^{うねめ}^{そでふ}^{あすかかぜ}^{みやこ}^{とほ}

시키志貴 황자(권1·51)

아스카경明日香(飛鳥)京에서 후지와라경藤原京으로 천도
후, 아스카의 쇠락해진 모습을 슬퍼하며 시키志貴 황자가
읊은 노래다. 천도는 694년(지토[持統] 8년) 12월이기 때문에
그 이후에 읊은 노래라는 말이 된다. 우네메는 당시 궁중에
서 일했던 여성들로 각지에서 신분도 좋고 용모도 아름다
운 여성들이 뽑혔다. '스루가우네메駿河婇女'(권4), '스루가우
네메駿河采女'(권8)처럼 두 한자 모두 사용되고 있다.

전체적인 의미는 '아스카明日香에 와 보니 이미 도읍도 다
른 곳으로 바뀌었구나. 이곳이 도읍이었다면 아름다운 우
네메采女들의 소맷자락을 나부끼게 했을 아스카의 바람이
지금은 홀로 불고만 있누나' 정도의 뜻으로 파악하면 된다.

"아스카의 바람/明日香風"은 아스카 지역에 부는 바람이

라는 의미다. '하쓰세의 바람泊瀬風', '사호의 바람佐保風', '이
카호의 바람伊香保風' 등과 같은 예가 있어서 당시에 사용된
고어의 특색을 보여주고 있다. 지금은 황량해진 아스카에
와서 그 감개를 표현하기 위해 우네메가 소매를 나부끼며
걷고 있던 모습을 연상하며 노래를 읊고 있다. 그것을 아스
카의 바람에 집중시킨 이유는 의식적으로 와카 창작을 위
해 포착한 것이기 때문이겠지만 당시에는 감동이 우선이었
으므로 자연스럽게 이렇게 된 것으로 보인다. 우네메에 대
한 묘사가 대부분이기 때문에 감미로운 표현으로 읊었는
가 하면 결코 그렇지 않다. 황자 특유의 구체적이고 엄숙한
가락으로 통일되어 있다. 단 "소맷자락 나부낀/袖ふきかへ
す"을 주된 느낌으로 삼았다는 점에서, 마음을 다잡지 못하
는 불안감이 깊숙이 내재되어 있다고 말할 수 있을지도
모른다. 바로 이 "소맷자락 나부낀/袖ふきかへす"이라는
구에 대해 "소맷자락 나부끼던/袖ふきかへしし"이라고 과
거형으로 읊었어야 했다는 설도 있지만 여기서는 굳이 따
지지 않고 해석해도 무방하다.

　첫 구는 구훈旧訓에서는 'taoyameno/タヲヤメノ'였다.
『만요슈스이쇼万葉拾穂抄』에서는 'taharemeno/タハレメノ'
다.『만요슈헤키안쇼万葉集僻案抄』의 경우는 'miyahimeno/
ミヤヒメノ'다.『만요코万葉考』는 'tawayameno/タワヤメ

ノ'다. 『만요슈코기万葉集古義』의 'otomeno/ヲトメノ'처럼 읽는 방식도 있다. 고사본 중 겐랴쿠교본元暦校本에 빨간 글씨로 '혹은 unemeno/ウネメノ'라고 되어 있는 것에 따랐는데, 아울러 'ohoyameno/オホヤメノ'나 'taoyameno/タオヤメノ'이라는 훈도 있기 때문에 구훈旧訓, 혹은『만요코万葉考』의 훈에 따라 음미할 수도 있다. 요컨대 "우네메는 관녀를 칭하지만 뜻에 따라 'taoyame/タヲヤメ'로 빌려쓴 것이다"(『만요슈미후구시[万葉集美夫君志]』)라는 설을 전혀 부정하지 않는다. 어느 쪽이든 첫 구에 나오는 4음인 'unemeno/ウネメノ'는 다소 불안하기 때문에 반드시 'uneme/ウネメ'라고 읽어야 한다면 'unemerano/ウネメラノ'라고 'ra/ラ'를 넣어 복수형으로 만드는 게 나을지도 모르겠다.

히쿠마들의 빛나는 싸리들판 헤치고 들어가
옷을 물들여보세 여행길 증표삼아

引馬野ににほふ榛原いり乱り衣にほはせ旅のしるしに

나가노 오키마로長奧麿〔권1·57〕

702년(다이호[大宝] 2년·몬무[文武] 덴노), 이미 양위한 지토持統
덴노가 미카와參河로 행차했을 때, 나가노 이미키 오키마로
長忌寸奧麿(생몰연대 미상)가 읊은 노래다. 히쿠마들引馬野은 도
토우미遠江(현재의 시즈오카현[靜岡県] 서부-역주) 후치군敷智郡(지금
의 하마나군[浜名郡]) 하마마쓰浜松 부근의 들을 말한다. 미카타
가하라三方原*에서 남쪽으로 히쿠마촌曳馬村**이 있기 때문
에 그 부근일 것으로 해석되어왔다. 그러나 근년에 미카와
三河 호이군宝飯郡 미토御津 부근일 거라는 설(이마이즈미 다다오
[今泉忠男], 히사마쓰 센이치[久松潜一])이 유력해졌다. "harihara/
榛原"는 '싸리들판萩原'이라고 해석된다.

전체적인 의미는 '히쿠마들引馬野에 아름답게 피어 있는
싸리들판 속으로 들어가 마음껏 노닐면서 여기까지 여행을

왔다는 기념으로 싸리꽃 향기가 옷에 흠뻑 스며들 수 있도록 하세요' 정도의 뜻일 것이다.

이를 바탕으로 "풀베개 베고 나그넷길 떠나며 반드시 물들고 말 아름다운 싸리꽃/草枕旅ゆく人も行き触ればにほひぬべくも咲ける芽子かも"(권8·1532)의 예처럼 옷에 향기가 스며든다는 의미로 해석했는데, 『속일본기続日本紀』에 의하면 덴노의 행차는 10월 10일(양력 11월 8일)부터 11월 25일(양력 12월 20일)에 걸쳐 있기 때문에 대부분의 싸리꽃은 이미 다 저버렸을 것으로 추정된다. 때문에 "harihara/榛原"는 싸리가 아니라 오리나무로 그 열매를 우려내어 천에 검게 물을 들이는 것을 "옷을 물들여보세/衣にほはせ"라고 표현한 것이라는 설이 제기되게 되었고 현재 그 설이 유력시되고 있다. 그러나 만약 오리나무 열매로 검게 물을 들인 것이라면 "헤치고 들어가 옷을 물들여보세/入りみだり衣にほはせ"라는 구와는 썩 어울리지 않는다. 아울러 설령 그 무렵 싸리꽃의 개화시기가 이미 지나버렸다 하더라도 싸리꽃이 아니라 나무 자체가 단풍든 것일지도 모른다(쓰치야 분메이[土屋文明] 씨도 만약 싸리라면 싸리꽃이어도 무방하지만, 나뭇잎이 단풍든 것, 내지는 여타 잡목들이 단풍든 것일지도 모른다고 지적했다). 싸리나무 잎사귀가 단풍이 들면 매우 빛깔이 선명하고 아름답기 때문에 그토록 아름다운 덤불을 헤치고 들어가 옷자

락에 그 향이 스며들게 하고 싶다는 심정이라고 해석할 수
도 있다. 요컨대 실제로 옷을 물들이지 않더라도 향기를 스
며들게 하고 싶다는 마음으로 해석된다. 아울러 오리나무는
『신센지쿄新撰字鏡』(헤이안시대에 편찬된 일종의 한화[漢和] 사전으로
한자의 발음과 의미, 일본어 훈을 적어놓음-역주)에 '총생왈진叢生曰榛'
이라고 되어 있기 때문에 '관목 덤불'로 추정된다. 그렇다면
역시 꽃보다는 잎사귀라고 여겨진다. 어쨌든 오리나무라면
"빛나는 harihara"라는 느낌은 아니다. 이 "빛나다/にほふ"
라는 단어가 꼭 꽃이 아니어도 무방하다는 설은 이미 가다
노 아즈마마로荷田春満도 지적한 바 있다. "빛난다는 말은 비
단 〔잎사귀〕꽃에만 한정지어 말하는 것이 아니라 색을 나타
내는 단어이기 때문에 꽃이 져버려도 빛나는 harihara라고
말할 만하다"(『만요슈헤키안쇼[万葉集僻案抄]』).

  그리고 오리열매로 검게 물을 들이는 설은 앞서 나왔던
『속일본기』의 10월, 11월의 기록이 있었기 때문에 가능하
다. 그러므로 이 기록만 없었다면 싸리꽃이라고 곧이곧대
로 감상할 수 있는 노래였다. 참고로 『속일본기』의 내용이
라도 절대적이라고 말할 수 없는 경우가 충분히 있을 수 있
다. 이런 식으로 생각해버리면 너무 자유로운 해석이 되겠
지만 일단은 그런 자유로움도 허용 가능할 것이다.

  한편 다른 측면도 살펴보자. 만약 싸리나무 잎사귀로 옷

을 물들이는 것이라고 확정하면, 이 노래가 가진 자연스럽고 투명하며 경쾌한 성조를 접할 수 있다. 작품 안에 사용된 "빛나는/にほふ", "물들여보세/にほはせ"라는 표현도 자연스럽게 받아들일 수 있다. 다음으로 근년에 "란/亂"이란 글자를 '4단 활용 자동사'로 활용시킨 예가 『만요슈』에 없음을 근거로 "irimidare/入り亂れ"라고 읽는 설(오모다카 히사타카[沢瀉久孝] 씨)이 있는데, 이미 "midarini/みだりに"라는 부사가 있는 이상 4단 활용 자동사로 용인해도 좋다고 생각했다. 동시에 "irimidari/いりみだり"가 음향학적으로도 훨씬 더 양호하다.

아울러 이 노래는 히쿠마들에서 읊은 것이 아니라 궁에 남아 있다가 덴노의 행차에 동행한 사람들에게 보낸 작품이라는 설(다케다 유키치[武田祐吉])이 있다. 즉 다케다 유키치 박사는 "작자는 이 행차에는 동행하지 않았기 때문에 덴노를 모시고 떠났던 사람들에게 건넨 노래다. 아마도 행차가 결정되고 함께 떠날 사람들도 정해진 준비 기간 동안 읊어진 노래일 것이다. 행차를 떠날 곳의 가을 풍경을 상상하고 있다. 훌륭한 작품이다. 작자가 직접 덴노를 모시고 떠나서 읊은 것이라고 파악하는 설은 온당치 못하다"(『만요슈소샤쿠[万葉集総釈]』)고 지적하고 있다. 하지만 음력 10월 10일 이후 싸리꽃잎은 져 버린다는 것을 전제로 한, 상상에 기반한 학

설에 불과하다. 그리고 마부치真淵 같은 학자들도 "또한 생각해 볼진대 덴노 행차 시에는 가까운 지역의 백성을 부르는 기록이『일본서기』에도 보인다, 그렇다면 이에 앞서 8, 9월 경부터 도토우미에 있었던 관인들이 이 들을 지나갈 때 읊었는지도 모른다"(『만요코[万葉考]』)고 언급하고 있다. 상상에 기반을 둔 학설을 이미 말하고 있는 것이다. 어차피 상상에 기반을 둔 학설이라면 노래의 감상이라는 측면에서 마부치의 의견이 좀 더 적절하다. 이 노래는 아무래도 직접 보면서 읊은 노래라는 느낌이 들기 때문이다. 상상하면서 읊은 노래는 아닐 것 같다. 이 노래는 역시 덴노 행차 시 옆에서 직접 보필하며 미카와 현지에서 읊은 노래일 거라는 생각이 든다. 그리고 적어도 그 해에는 아직 싸리꽃이 피어 있었을 것이다. 날씨나 기온에 관한 한, 현재를 근거로 당시의 일에 대해 결코 단언할 수 없다.『만요슈헤키안쇼』에 "보통 때라면 10월에는 꽃도 지고 잎사귀도 시들 싸리꽃이, 이 히쿠마들에는 꽃도 여전히 남아 있고 잎사귀도 아름답게 빛나고 있기 때문에 이렇게 읊었다고 생각해도 무방하다. 초목은 경우에 따라 평상시와 달리, 혹은 지역에 따라 늦거나 빠른 경우가 항상 있기 마련이다"라고 되어 있다.『만요코』도 "덴노의 이 행차는 10월이지만 도토우미遠江는 매우 따뜻해서 10월에 이렇게 꽃이 아름답게 피는 해도 많았다"고 지적하고 있다. 그 지적이 맞을 것이다. 필자는 1935년(쇼와[昭和] 10년) 11월 말경, 이카호(伊香保) 온천에서 싸리꽃이 피어 있는 것을 본 적이 있다. 그 때 이카호의 산에는 이미 눈이 내린 상태였다. 아울러 702년에 행해진 행차는 오와리(尾張·미노(美濃)·이세(伊勢)·이가(伊賀)를 거쳤고, 도읍지로 돌아온 것이 11월 25일이었다. 이를 보면 그 해는 별로 춥지 않았을지도 모른다.

참고로 "그 먼 옛날에 있었다는 사람도 이를 찾아서 옷을 염색했었을 마노의 싸리들판/古にありけむ人のもとめつつ衣に摺りけむ真野の榛原"(권7·1166), "흰사초 자란 마노(真野)의 싸리들판 뜻하지 않게 내가 입은 옷에도 물들여 버렸다네/白菅の真野の榛原心ゆもおもはぬ吾し衣に摺りつ"(권7·1354), "스미노에(住吉)의 들에 핀 싸리꽃에 물을 들여도 나는 물들지 않네 물들어 있고파라/住吉の岸野の榛に染ふれど染はぬ我やにほひて居らむ"(권16·3801), "애틋한 그녀의 옷을 물들이는데 곱게 물들여 섬의 싸리나무들 가을이 아니라도/思ふ子が衣摺らむに匂ひこせ島の榛原秋立たずとも"(권10·1965) 등에 나오는 염색 방식은 싸리꽃의 납염(염색법의 하나로, 평판에 포를 놓고 형지를 놓아 염료를 쇄모에 바르거나 형목으로 염료를 찍는 방식-역주)이라면 바로 가능하지만 오리나무 열매를 달여 검게 물들이는 것이라면 그리 간단하

114

지 않다. 물론 『만요슈코쇼万葉集攷證』에는 "이 오리나무의
염색법은 나무의 껍질로 비비는 것이다"라고 되어 있지만,
이것도 기술을 요하는 방식이라 이 노래와는 어울리지 않
는다. 때문에 이 두 작품에 나오는 "hari/榛"는 오리나무 열
매가 아니라 싸리꽃이라고 생각한다. 아울러 "잡아당겨서
꺾으면 스러질 듯 매화꽃잎을 소매 속에 넣었네 물들면 물
들라지/引き攀ぢて折らば散るべみ梅の花袖に扱入れつ
染まば染むとも"(권8·1644), "물결 치듯이 아름다운 등꽃에
마음 끌려서 옷소매에 넣었네 물들면 물들라지/藤浪の花
なつかしみ, 引よぢて袖に扱入れつ, 染まば染むとも"(권
19·4192) 등도 검게 물들이는 것을 가리키는 분위기이지 꼭
납염으로 한다는 것은 아니다. 요컨대 "옷을 물들여보세/
衣にほはせ"라는 마음이다. 아울러 'hari/榛'는 싸리냐 오리
나무냐 하는 문제로, "자아 모두들 어서 야마토 향해 흰사
초 자란 마노真野의 싸리들판 손으로 꺾어 가세/いざ子ども
大和へはやく白菅の真野の榛原手折りてゆかむ"(권3·280)
에 나오는 "손으로 꺾어 가세/手折りてゆかむ"는 싸리라면
가능하지만 오리나무라면 적당치 않다. 그 다음 노래인 "흰
사초 자란 마노의 싸리들판 오고가면서 당신은 보았겠죠
마노의 싸리들판/白菅の真野の榛原ゆくさ来さ君こそ見
らめ真野の榛原"(권3·281)도 싸리에 가깝다. 이상 종합해서

"히쿠마들의 빛나는 싸리들판/引馬野ににほふ榛原" 역시 싸리꽃으로 현지에서 읊은 노래라고 결론지었던 것이다. 이상과 같은 의견은 결과적으로 볼 때 모두 새로운 학설을 부정하고 과거의 학설을 따른 것이 된다.

어느 나루에 배를 대고 있을까
아레安礼의 곶을 노 저어 들어간 널 없는 작은 배

いづくにか船泊すらむ安礼の埼こぎ回み行きし棚無し小舟

다케치노 구로히토高市黒人〔권1·58〕

다케치노 구로히토高市黒人의 노래다. 구로히토의 생몰연
대는 미상이지만 지토持統 덴노와 몬무文武 덴노 재위기에
궁중에서 활동했기 때문에 대략적으로 생각했을 때 가키노
모토노 히토마로柿本人麿와 같은 시대라고 할 수 있다. "배
를 댐/船泊"은 여기서는 명사로 사용하고 있다. "아레의 곶"
은 미카와국参河国(지금의 아이치현[愛知県] 부근-역주)에 있었던
곶이겠지만, 현재 어디에 해당하는지 분명치 않다(아라이[新
居] 곶*일 거라는 설도 있으며, 아울러 근년에 이마이즈미 다다오[今泉忠男]
씨와 히사마쓰 센이치[久松潜一] 씨는 미토[御津] 부근의 곶일 거라고 고증
한 바 있다). "널 없는 작은 배/棚無し小舟"는 배의 좌우의 현
에 걸쳐 덮어놓은 나무판을 널(덕판)이라고 하기 때문에 널
(덕판) 없는 작은 배를 말한다.

전체적인 의미는 '지금, 미카와의 아레 곳 부근을 노 저어 가고 있는, 바로 저 널 없는 작은 배는 도대체 어디에 머물지 알 수가 없다'라는 것이다.

이 노래는 여행 중 읊어진 노래이기 때문에 다른 여행의 노래와 마찬가지로 쓸쓸한 심정과 고향(아내)을 그리워하는 마음이 교차되고 있다. 하지만 이 노래는 객관적으로 사물을 정밀하게 묘사하는 이른바 사생寫生을 결코 소홀히 하지 않는다. 그리고 아레의 곳이든, 널 없는 작은 배든 구체적으로 표현해야 할 것은 하면서도 "어느 나루에 배를 대고 있을까/何処にか船泊すらむ"라는 감개를 드러내고 있는 점에 그 특색이 있다. 노래의 가락은 히토마로만큼 크지 않으며, "있을까/すらむ" 등의 표현이 보이긴 하지만, 히토마로의 그것만큼 자연스럽게 흘러가지 않는다. 마지막 구 "널 없는 작은 배/棚無し小舟"처럼 4·3조의 명사형 종결은 산뜻하게 긴장감이 감돌게 하는 수법이다.

자아 모두들 어서 야마토(일본) 향해

오토모大伴의 미쓰 해변 소나무도 애타게 기다릴 터

いざ子どもはやく日本へ大伴の御津の浜松待ち恋ひぬらむ

야마노우에노 오쿠라山上憶良〔권1·63〕

야마노우에노 오쿠라山上憶良가 당나라에 있었을 때 고향인 일본을 그리워하며 읊은 노래다. 오쿠라는 몬무文武 덴노 재위기인 701년(다이호[大宝] 원년), 견당대사遣唐大使 아와타노 마히토粟田真人를 보필하는 신분으로 당나라에 들어가 704년(게이운[慶雲] 원년) 7월 무렵 일본에 들어왔다. 따라서 이 노래는 귀로를 위한 출항날짜가 가까워졌을 무렵 읊은 노래로 추정된다. "오토모/大伴"는 나니와難波(현재의 오사카[大阪] 부근-역주) 주변 일대의 지명으로, 원래 그 일대가 오토모 씨의 영지였기 때문에 붙은 명칭일 것이다. "오토모의 다카시의 해변의 소나무 뿌리/大伴の高師の浜の松が根を"(권1·66)도 오토모 지역에 있던 다카시 해변高師の浜이라는 말일 것이다. "미쓰/御津"는 나니와에 있던 항구, 좀 더 자

세히 말하면 나니와라기보다는 스미노에쓰住吉津, 즉 오늘날의 사카이堺였을 것으로 추정되고 있다.

전체적인 의미는 '자 모두들 어서 일본으로 돌아갑시다, 오토모의 미쓰 해변에 있는 소나무 숲도 우리를 애타게 기다리고 있을 터이니'라는 뜻이다. 역시 오쿠라의 노래에 "오토모의 미쓰의 소나무 숲 청소하고서 기다리고 있어요 어서 돌아오세요/大伴の御津の松原かき掃きて吾立ち待たむ早帰りませ"(권5·895)가 있으며 아울러 "아침뜸에는 양쪽 노 저어나가 계속 봐왔던 미쓰의 소나무 숲 물결 너머 보이네/朝なぎに真楫榜ぎ出て見つつ来し御津の松原浪越しに見ゆ"(권7·1185)가 있기 때문에 규모가 큰 소나무 들판이 있었다는 사실을 알 수 있다.

"자아 모두들/いざ子ども"은 부하나 나이가 어린 사람들에게 친숙하게 말을 거는 표현으로 이미 『고사기古事記』오진應神 권에 "자아 모두들 산달래 캐러 달래 캐러/いざ児ども野蒜つみに蒜つみに"라는 표현이 보인다. 『만요슈』중에 나오는 "자아 모두들 어서 야마토 향해 흰사초 자란 마노真野의 싸리들판 손으로 꺾어 가세/いざ子ども大和へ早く白菅の真野の榛原手折りて行かむ"(권3·280)는 다케치노 구로히토高市黒人의 노래이므로 오쿠라의 노래보다 앞서 있다. "하얀 이슬을 잡으면 꺼지겠지 자아 모두들 이슬과 겨루면

서 싸리꽃을 즐겨요/白露を取らば消ぬべしいざ子ども露
に競ひて萩の遊びせむ"(권10·2173) 역시 마찬가지다. "자아
모두들 가시히 개펄에서 새하얀 색의 소매까지 적시며 아
침 해초 땁시다/いざ児ども香椎の潟に白妙の袖さへぬれ
て朝菜採みてむ"(권6·957)는 오토모노 다비토大伴旅人의 노
래로 오쿠라의 노래보다 나중에 나온 작품이다. 요컨대 다
비토가 오쿠라의 영향을 받았을지도 모른다.

이 노래는 창작 환경이 당나라기 때문에 자연스럽게 그
심정도 작품 전체에 반영되었으며, 그런 점에서 규모가 큰
노래라고 말할 수 있다. 후반부 가락이 약간 느슨하고 약한
것이 결점이다. 다른 곳에서 잠깐 언급해둔 바와 같이 오쿠
라는 한학에 정통한 학자였기 때문에 오히려 일본어의 전
통적 성조를 이해할 수 없었을지도 모른다. 작품 전체로는
조금 더 긴밀한 성조를 요하고 있다. 훗날 736년(덴표[天平] 8
년)의 견신라국사遣新羅国使 등이 읊은 노래 중 "칠흑과 같은
밤이 밝을 때까지 배 저어 가자 미쓰의 소나무는 기다리고
있겠지/ぬばたまの夜明しも船は榜ぎ行かな御津の浜松
待ち恋ひぬらむ"(권15·3721), "오토모의 미쓰의 선착장에 배
를 대고서 다쓰타의 산들을 언제 넘어 갈거나/大伴の御津
の泊に船泊てて立田の山を何時か越え往かむ"(권15·3722)
라고 되어 있는 것은 바로 이 오쿠라의 노래를 모방한 것이

다. 아울러 오토모노 사카노우에노 이라쓰메大伴坂上郎女의 노래에 "머나먼 하늘 이슬 서리 내리는 계절 되었네 고향에 남겨둔 이 기다리고 있겠지/ひさかたの天の露霜置きにけり宅なる人も待ち恋ひぬらむ"(권4·651)라는 것이 있는데 이 작품 역시 오쿠라의 영향 하에 있을지도 모른다. 이처럼 오쿠라의 노래는 당시 사람들에게 존경받았던 것으로 보이는데 이는 아마도 그가 한학자였을 뿐만 아니라 와카 방면에서도 학자였기 때문으로 생각된다. 그러나 일반인 입장에서 그런 노래들이 이해하기 쉽고 상식적이며 합리적인 성조로 읊어졌기 때문이라고도 해석할 수 있다. 즉 오쿠라의 이 노래 같은 경우는 미세한 감정적 진폭이 없고, 때문에 다소 이완된 측면이 있는 노래다.

갈대밭 위로 날아가는 오리 등에 서리 맺히어
차가운 해질녘엔 야마토大和 그리워라.

葦べ行く鴨の羽がひに霜降りて寒き夕べは大和し思ほゆ

시키志貴 황자(권1·64)

 몬무文武 덴노가 706년(게이운[慶雲] 3년, 9월 25일부터 10월 12일
까지) 나니와궁難波宮에 행차했을 때 시키志貴 황자(덴지[天智]
덴노의 제4황자, 716년·레이키[靈龜] 2년 타계)가 읊은 노래다. 나니
와궁이 어디 있었는지는 현재 확실치 않다.

 전반적인 내용은 '나니와 땅으로 떠나오니 갈대숲을 날고
있는 오리 날개에 서리가 내릴 정도로 추운 밤에는 고향 야마토
大和(현재의 나라현[奈良縣] 부근-역주)가 너무나 그립기만 하
다. 오리도 그 배필과 함께 밤을 맞이하거늘'이라는 뜻이다.

 "갈대밭 위로 날아가는 오리/葦べ行く鴨"라는 구는 표면
적으로는 갈대밭을 날아간다는 뜻이지만 갈대밭에 사는 오
리라는 뜻으로 받아들여도 무방할 것이다. "갈대 옆 나는
오리들의 날갯짓 그 소리만을/葦べゆく鴨の羽音のおとの

みに"(권12·3090), "갈대 숲 나는 기러기의 날개를 보게 될 때면/葦べ行く雁の翅を見るごとに"(권13·3345), "오리조차도 자기들 짝과 함께 먹이 찾으며/鴨すらも己が妻どちあさりして"(권12·3091) 등의 예를 참고할 수 있다.

시키志貴 황자의 노래는 가락이 명쾌하면서도 감동이 식상하거나 조잡하지 않다. 이 노래에서도 오리의 날개에 서리가 맺힌다는 것은 현실의 실상을 자잘하게 보여준다기보다는 하나의 "느낌"으로 표현하고 있다. 그 "느낌"은 막연한 것이 아니라 인간의 관찰이 바탕이 되고 있다는 점에 강점이 있다.

거기에서 "서리 맺히어/霜ふりて"라고 단정지은 표현이 유효하다. "갈대밭 위로 날아가는/葦べ行く"라는 구만해도 약간 어렴풋한 구석이 있지만, 그럼에도 불구하고 전체적인 표현이 시종일관 희미한 것은 아니다.

『만요슈』중에는 "사키타마의 오사키의 늪에서 날개를 터네 오리의 꼬리 위의 서리 털려나보네/埼玉の小埼の沼に鴨ぞ翼きる己が尾に零り置ける霜を払ふとならし"(권9·1744), "하늘을 나는 기러기의 날개로 덮인 하늘의 어느 곳이 새어서 서리가 내리는가/天飛ぶや雁の翅の覆羽の何処もりてか霜の降りけむ"(권10·2238), "해가 빛나는 나니와難波 호리에의 갈대 근처에 기러기는 잤을까 서리가 내리는데/

押し照る難波ほり江の葦べには雁宿たるかも霜の零らく
に"(권10·2135) 등의 노래가 있다.

싸락눈 내리는 아라레 소나무 숲 스미노에住吉의
오토히오토메弟日娘 볼수록 아름답네

あられまつばら　すみのえ　おとひをとめ　み　　　あ
あられうつ安良礼松原住吉の弟日娘と見れど飽かぬかも

나가長 황자(권1·65)

　나가長 황자(덴무[天武] 덴노 제4황자)가 셋쓰攝津의 스미노에
住吉 해안*, 아라레安良礼 소나무 숲에서 읊은 노래다. 그곳
에 있던 오토히오토메弟日娘라는 아름다운 아가씨와 함께
소나무숲을 찬미했을 때의 기쁨을 표현하고 있다. 이 노래
에 나온 "to/と(-와/과)"의 용법에 대해 아라레 소나무 숲과
오토히오토메弟日娘가 양쪽 모두 볼수록 아름답다고 해석하
는 설도 있다. 오토메는 여기저기를 떠돌아다니는 유녀로
추정되니 필시 아름다운 여성이었을 것이다. 첫 구에 나오
는 "arareutsu/あられうつ"는 바로 뒤에 나오는 "arare/あ
られ"를 수식하는 마쿠라코토바枕詞(특정 어구 앞에 붙는 5음의
수식어로 그 의미를 강조하거나 어조를 고르는 기법-역주)인데, 나가 황
자가 만들어낸 표현으로 간주해도 좋다. 기분이 좋아지면

서 즉흥적으로 읊은 노래겠지만 신기하게도 들뜨거나 성적인 묘사가 없으며, 오히려 경건하다고 표현할 정도의 가락이다. 격조 있는 언어들을 사용했기에 비로소 가능했던 표현으로 해석할 수 있어서, 그 대표적 존재로 이 노래를 골라 보았다. "볼수록 아름답네/見れど飽かぬかも"라는 구는 『만요슈』에 용례가 제법 많은 표현이다. "와카사국의 미카타 바닷길 해변 맑기에 가던 길도 오던 길도 볼수록 아름답네/若狭なる三方の海の浜清みい住き還らひ見れど飽かぬかも"(권7·1177), "수없이 많은 섬들 주위 돌아서 저어왔지만 아와粟의 작은 섬은 볼수록 아름답네/百伝ふ八十の島廻を榜ぎ来れど粟の小島し見れど飽かぬかも"(권9·1711), "하얀 이슬을 구슬로 보게 하는 구월 달에는 새벽녘 보이는 달 볼수록 아름답네/白露を玉になしたる九月のありあけの月夜見れど飽かぬかも"(권10·2229) 등, 이 작품 이외에도 15, 6수의 예를 찾아볼 수 있다. 그림처럼 정밀하게 묘사하는 이른바 사생寫生에 따라 배합하면 현대에도 이런 표현을 활용할 수 있다.

이 노래와 가까운 위치에 배열된 노래에 스미노에노오토메淸江娘子의 노래가 있다. 오토메가 나가 황자에게 바친 노래로, "풀베개 베는 길 떠날 그대임을 알았더라면 언덕의 황토 흙에 옷 물들여 드릴 걸/草枕旅行く君と知らませば岸

の埴土ににほはさましを"(권1·69)이라는 노래다. 이 스미노에노오토메는 오토히오토메弟日娘子일 거라는 설이 있는데 어쩌면 오토메娘子는 한 사람만이 아니었을지도 모른다. 스미노에의 기슭에 있는 황토 흙으로 옷을 아름답게 물들여 기념으로 삼고 싶다는 정취를 자아낸다. "길 떠날/旅ゆく" 이란 표현은 이제 궁으로 돌아갈 것이기에 애석하다는 의미다. 헤어지기 힘겨워하는 심정이 고스란히 표현된 것을 보면 직업과 관련된 인위적 교태로만 보이지는 않는다. 아울러 이 노래는『만요슈』권1에 수록된 작품인데 이런 노래를 뽑아 권1에 수록한 태도 역시 높이 평가한다. 특정한 잣대를 들이대지 않는 균형 잡힌 태도라고 칭할 만하다.

야마토大和에는 울며 날아왔을까
뻐꾸기여 기사象의 나카야마中山 울며 넘는 듯하네

大和には鳴きてか来らむ呼子鳥象の中山呼びぞ越ゆなる

다케치노 구로히토高市黒人〔권1·70〕

　지토持統 덴노가 요시노吉野 이궁離宮에 행차했을 때 동행
했던 다케치노 무라지 구로히토高市連黒人가 읊은 노래다.
'yobukodori/呼子鳥'는 뻐꾸기나 두견새, 혹은 양자 모두
를 그렇게 불렀다는 설이 있다. 아직 명확한 결론이 난 것
은 아니지만, 뻐꾸기를 'yobukodori/呼子鳥'라고 하는 경
우가 좀 더 많은 듯하다. "기사의 나카야마/象の中山"는 요
시노 이궁이 있던 미야타키宮滝로부터 남쪽에 있던 산이다.
기사象라는 토지 안에 있는 산이라는 뜻일 것이다. "날아왔
을까/来らむ"는 "날아갔을까/行くらむ"란 말로 먼 곳(야마
토) 입장에 서서 표현한 말이다(야마다 요시오[山田孝雄] 박사의
설). 요컨대 멀리 있는 야마토를 오히려 가깝게 느끼고 있는
것이다.

전체적인 뜻은 '(지금 요시노[吉野] 이궁[離宮]으로 와 보니), 뻐꾸기가 기사의 나카야마를 울면서 넘어가고 있다. 아마 야마토大和(현재의 나라현[奈良県] 부근-역주)에 있는 궁(후지와라경[藤原京]) 쪽으로 날아가고 있는 것이리라'라는 의미로 고향이 그립게 떠올려진다는 뜻을 포함하고 있다.

'yobukodori/呼子鳥(뻐꾸기)'이므로 "yobizo/呼びぞ(울면서)"라고 표현했다. 단순히 "울다/鳴く"라는 단어로 표현하기보다는 이런 편이 더 적절한 경우도 있다. 이 노래에는 "울다/鳴く"라는 단어도 포함되어 있으므로 이 "울며/鳴きてか"는 다소 간접적인 표현이고 "울면서/呼びぞ" 쪽이 현재 상태에서 직접적이었을 것이다. "야마토에는/大和には"의 "에/に"는 방향을 말한다. "는/は"는 영탄적 요소가 포함된 조사다. 이 노래를 읊조리고 있노라면 정말 탁월한 노래라는 느낌이 든다. 전체적으로 매우 구체적이고 현실적이며, 그에 동반되는 성조가 결코 평범하거나 통속적이지 않다는 점에 있을 것이다. 첫 번째 구의 "에는/には"과 제2구의 "-을까/らむ", 마지막 구의 "듯하네/なる" 부분에 농밀한 감정이 담겨 있다. 제3구 "뻐꾸기새여/呼子鳥"이라는 부분은 문법적으로 그 다음 구로 이어지지만, 앞부분과 뒷부분모두에 붙는 것으로 감상해도 무방하다. 다케치노 구로히토는『만요슈』에서도 굴지의 가인 중 한 사람이지만, 그런 구

로히토의 노래 가운데서도 매우 훌륭한 작품으로 생각된다.

　일반적인 경우라면 "날아갔을까/行くらむ"라고 말해야 할 상황인데 이 노래에서는 "날아왔을까/来らむ"라고 표현하고 있다. "날아갔을까/行くらむ"는 대상이 자신으로부터 벗어나는 기분, "날아왔을까/来らむ"는 자신에게로 접근해 온다는 느낌이다. 그러므로 본인 스스로 야마토의 후지와라경藤原京 쪽에 있는 것처럼 표현한다면 요시노吉野 쪽으로부터 울면서 날아온다는 뜻으로 파악할 수 있다. 이런 사고라면 "날아왔을까/来らむ"라고 표현할 수 있다고 파악해서 예부터 그런 해석이 많았다. 『만요다이쇼키万葉代匠記』에서는 "원래 야마토에 살았기 때문에 자기 쪽이라 생각해 이렇게 말한 것이다"라고 해석하고 있고, 『만요슈코기万葉集古義』는 "본인이 그렇게 생각하는 도읍 주변에 지금 울면서 날아왔을까, 라며 마치 본인이 야마토에 있는 것처럼 말하고 있다"라고 해석하고 있다. 이는 작자가 그 순간 후지와라경 속에 있다는 심정으로 해석하고 있다. 하지만 야마토를 안이라고 파악한다는 면에서 "울며 날아왔을까/鳴きてか来らむ"의 해석에 무리가 있다. 한편 야마다 요시오山田孝雄 박사에 의하면 엣추越中(현재의 도야마현[富山県] 부근-역주) 지방에서는 '먼 저쪽'을 중심에 놓고 파악할 때 "온다/来る"고 표현한다고 한다. 그러므로 야마토大和(후지와라경[藤原京]) 입장에서 그곳에 뻐꾸기가 날아간다는 것을 표현할 때는 "뻐꾸기가 야마토의 후지와경으로 온다"라는 말이 될 것이다. "야마토에는 와서 울고 있을까 두견새들아 네가 울면 언제나 죽은 사람 생각나네/大和には啼きてか来らむ霍公鳥汝が啼く每に亡き人おもほゆ"(권10·1956)라는 노래에 나오는 "와서 울고 있을까/啼きてか来らむ"도 야마토 쪽으로 가서 운다는 소리다. 즉 야마토 쪽을 오히려 가깝게 느끼며 표현한 셈이다. 아울러 "내 사랑을 남편은 알고 있나 가는 저 배는 지나와도 좋을까 말을 전하고 싶네/吾が恋を夫は知れるを行く船の過ぎて来べしや言も告げなむ"(권10·1998)에 나오는 "지나와도 좋을까/来べしや" 역시 "지나가도 좋을까/行くべしや"라는 뜻이며, "안개 자욱한 후지의 산기슭에 내가 온다면 어느 쪽을 향해서 그녀 탄식을 할까/霞る富士の山傍に我が来なば何方向きてか妹が嘆かむ"(권14·3357)에 보이는 "내가 온다면/我が来なば"도 "내가 간다면/我が行かば"이라는 뜻이 된다.

아름다운 산 요시노의 거친 바람 차가운 바람
혹여 다시 오늘 밤도 홀로 잠을 청할까

み吉野の山のあらしの寒けくにはたや今夜も我がひとり寝む

작자 미상[권1·74]

　선대의 덴노(몬무[文武] 덴노)가 요시노吉野에 행차했을 때
동행한 사람이 지은 노래다. "혹여 다시/はたや"은 "또다
시/またも"와 비슷하지만 좀 더 영탄의 의미가 강하다. 이
노래는 별다른 기교 없이 있는 그대로 읊고 있는데, 그 마음
이 순수하기 때문에 충분히 감동적이다. 이런 종류의 성조
를 지닌 노래는 이해하기 쉬운 탓에 자칫 이를 모방한 노래
가 대거 나와 결국 평범한 노래로 전락하기 마련인데, 그렇
다고 이 노래의 가치가 하락하지는 않는다. 이름조차 남아
있지 않은 사람이 이 정도 수준의 노래를 지었다는 사실에
놀랄 뿐이다. "여러 날 지난 옷 끝에 부는 바람 매서운 밤에
나의 임께옵서는 홀로 잠을 청할까/ながらふるつま吹く風
の寒き夜にわが背の君はひとりか寝らむ"(권1·59)도 걸작

으로 뽑았으나, 한정된 지면 탓에 참고삼아 여기에 덧붙이
는 선에서 그치도록 했다.

대장부들의 활을 쏘는 소리여

용맹한 장수 진을 치는 연습하며 방패 세우나 보다

ますらをの鞆の音すなりもののふの大臣楯立つらしも
とも おと おほまへつぎみたて た

겐메이元明 덴노〔권1·76〕

708년(와도[和銅] 원년) 겐메이元明 덴노가 지은 노래다. 나라 지역으로 천도한 것이 710년(와도[和銅] 3년)이기 때문에, 이 해 덴노는 아직 후지와라궁藤原宮에 있었다. 708년은 즉위한 해였다.

전체적인 뜻은 '병사들의 활 쏘는 소리가 계속 나고 있다. 장군이 병사들을 훈련시키고 있는 것 같은데, 무슨 일이라도 있는 걸까'라는 내용이다. "활팔찌/鞆"는 활을 쏠 때 왼쪽 팔꿈치에 대는 원형의 가죽 받침을 말한다. 왼쪽 팔꿈치에 대고 활을 쏘면 활시위가 반동을 받는 순간 소리가 난다. 많은 사람들이 한꺼번에 그런 소리를 내기 때문에 여성 덴노의 귀에도 그 소리가 들렸던 것이다. "용맹한 장수/もののふの大臣"는 군대를 통솔하는 장군을 말한다.『속일
おほまへつぎみ

본기續日本紀』에 의하면, 709년(와도[和銅] 2년)에 에미시蝦夷를 정벌한 장군은 고세노 마로巨勢麿, 사에키노 이와유佐伯石湯이기 때문에 이 노래에 보이는 장군도 이 두 장군일 것으로 추정되고 있다. 노래에 보이는 "방패/楯"는 손에 드는 방패가 아니라 좀 더 크기가 크고 견고한 것으로 그것을 쭉 늘여 세우는 것, 즉 군진軍陣 훈련을 하는 것을 가리킨다.

어째서 이런 노래를 읊은 것일까. 이것은 군대가 훈련하는 소리를 듣고 근심하는 마음이 생겼기 때문일 것이다. 『만요코万葉考』에 "이 시기에 북부의 에치고越後(오늘날의 니가타현[新潟県] 부근-역주)의 에미시 종족이 반란을 일으켜 이를 토벌하기 위해 병사를 보냈는데, 그 군사 훈련을 도읍에서 하고 있던 상황에 북소리, 활 소리 등(활시위와 활이 부딪혀 나는 소리)이 시끄러운 것을 들으시고 자신이 즉위하자마자 변이 생긴 것을 한탄스럽게 생각하는 마음에서 이렇게 읊으신 것이다. 이 덴노의 노래에 그런 것까지는 나와 있지 않지만 이 노래 다음에 나온 노래와 함께 생각해 보면 이런 사정이 확연하다"라고 되어 있다.

이 노래에 대해 미나베御名部 황녀가 화답하여 노래를 읊고 있다. 미나베 황녀는 덴노의 언니에 해당된다. "나의 대왕이어 아무 걱정 마소서 조상신께서 당신 섬기게 하신 제가 곁에 있으니/吾が大王ものな思ほし皇神の嗣ぎて賜へ

る吾無けなくに"(권1·77)라는 답가다. '전하, 부디 걱정하시지 마시옵소서, 저도 조상신의 녕에 의해 언제라도 대신해 드릴 수 있사옵니다'라는 내용이다. "저"란 황녀 본인을 가리킨다. 덴노가 지은 노래든 그 답가든 고도의 긴장감이 감도는 상황이다. 연애의 노래와는 차원이 다른 거대한 상황을 감지할 수 있다. 개인을 초월해 집단적, 국가적으로 긴장감 감도는 상황에 대한 심적 세계를 잘 표현하고 있다. 덴노의 노래도 물론 탁월하지만 그 언니에 해당되는 황녀가 자신의 여동생인 여성 덴노에게 이런 노래를 바쳤다는 것은 후대를 사는 우리들의 입장에서 매우 감동적이다. 여동생을 향해 "나의 대왕이시어 아무 걱정 마소서/吾が大王ものな思ほし"라고 표현한 것은 여동생이 천하를 다스리는 현신인으로서의 덴노이기 때문이다.

길조 가득한 아스카의 마을을 두고 떠나면
그대 있는 주변을 볼 수 없게 되려나

飛ぶ鳥の明日香の里を置きて去なば君が辺は見えずかもあらむ

겐메이元明 덴노, 710년(와도[和銅] 3년) 봄날 2월, 후지와라
궁藤原宮에서 나라 지역으로 천도할 때, 나가야들판長屋原(야
마베군[山辺郡] 나가야[長屋]*)에서 수레를 잠시 멈춰 세운 후 멀
리 후지와라경藤原京 쪽을 바라보며 부른 노래다. 작자명이
명확히 적혀 있지 않지만 황자나 황녀의 노래로 추정되므
로, 덴노의 언니에 해당하는 미나베御名部 황녀(덴지[天智] 덴
노의 딸, 겐메이[元明] 덴노의 언니)의 노래라고 생각하는 것이 진
실에 가까울 것이다.

"tobutorino/飛ぶ鳥の"는 "asuka/明日香"에 걸리는 마쿠
라코토바枕詞(특정 어구 앞에 붙는 수식어로 그 의미를 강조하거나 어조
를 고르는 기법, 의미가 불분명한 경우도 있음-역주)다. 어째서 후지와
라藤原라고 말하지 않고 아스카明日香(飛鳥)라고 했을까. 아

스카는 그 주변에 대한 총칭으로 아스카노키요미하라궁飛鳥淨御原宮(덴무[天武] 덴노 재위기의 수도)에 국한되지 않는다. 때문에 후지와라경藤原京으로 천도한 후에도 그곳과 인접해 있던 아스카明日香에는 여전히 황족들의 주거지가 있었을 것이다. 이 노래에 나오는 "그대/君"란 작자와 친숙한 남성을 가리키는 것 같다.

이 노래 역시 마음 가는 대로 담담히 그 심정을 표현할 뿐, 굳이 이렇다 할 기교를 구사하지 않고 있다. 그런 점에서 오히려 깊은 느낌을 표현하고 있다. "두고/置きて"라는 표현은 이외에도 "야마토를 두고/大和を置きて", "도읍을 두고/みやこを置きて" 등의 예가 있어서 주의해야 한다. 마지막 구에 나오는 "볼 수 없게 되려나/見えずかもあらむ"에 나오는 "볼 수 없다/見えず"라는 표현도 감각에 직접 와닿아 좋은데, 이와 유사한 표현은 『만요슈』에 다수 발견된다.

왠지 쓸쓸한 생각 가눌 길 없네
드넓은 하늘 늦가을의 소나기 하염없이 내리니

うらさぶる情さまねしひさかたの天の時雨の流らふ見れば

나가타노오키미長田王〔권1·82〕

고토바가키詞書(노래 본문에 앞서 창작 관련 상황설명이 필요한 경우 먼저 나오는 일종의 서문-역주)에는 712년(와도[和銅] 5년) 4월, 나가타노오키미長田王(나가[長] 황자의 아들로 추정)가 이세伊勢 야마베山辺에 있는 미이御井(야마베[山辺] 이궁[離宮]의 미이, 혹은 이치시군[壹志郡] 신계촌[新家村]*으로 추정)에서 읊었다고 하는데, 원문의 좌주左注(일종의 주석-역주)에는 다른 내용이 적혀 있다. 좌주에서는 이 노래를 미이에서 창작된 노래가 아니라 그 자리에서 암송된 옛 노래였을 것으로 추정하고 있다. 계절도 초여름 같지 않다. 'urasaburu/ウラサブル'는 "마음이 쓸쓸하다"는 뜻이다. 'samaneshi/サマネシ'의 'sa/サ'는 접두어이며 'maneshi/マネシ'는 "많다", "끊임없이" 등에 해당하는 말이다. 'nagarahu/ナガラフ'는 'nagaru/ナガル'라는

'Ra/良행 하2단 동사'를 다시금 'Ha/波행 하2단'으로 활용시킨 형태다. 시간적 지속을 나타내는 것은 'chiru/チル(散る, 지다)'가 'chirahu/チラフ(계속 지다)'가 되는 경우와 마찬가지다.

작품의 전체적인 뜻은 '하늘에서 늦가을 내리는 비가 계속 내리는 것을 보고 있노라니 어쩐지 쓸쓸한 심정을 가눌 길 없다'는 의미다.

'늦가을 소나기/時雨'는 일반적으로 가을에서 겨울에 걸쳐 내리는 비를 가리키기 때문에 역시 그 때 이 옛 노래를 암송했던 것일까. 여행 중 읊조리기에 적합한 노래다. 고풍스러운 가락으로 차분한 기분이 들게 하는 작품이다. 구체적으로 드러나는 현상으로는 "하늘 늦가을의 소나기 내리는 것/天の時雨の流らふ"뿐이다. 전반부 제3구까지에는 주관적인 표현이며, 거기에 마쿠라코토바枕詞(특정 어구 앞에 붙는 5음의 수식어로 그 의미를 강조하거나 어조를 고르는 기법-역주) 등도 들어가 있기 때문에 내용적으로는 극히 단순한 작품이다. 그러나 이런 단순함이 결국 옛 노래의 장점으로, 작품 전체를 종합해 보면 그 때문에 매우 조화로운 양상을 보인다. 비가 내리는 것을 'nagarahu/ナガラフ(계속 내리다)'라고 표현하고 있는 것도 이 작품 이외에 용례가 또 있지만, 작품 전체의 느낌에 매우 긍정적인 영향을 끼치고 있다.

가을이 오면 지금 보고 있듯이
아내 그리워 사슴 울 산이라네 다카누의 들판 위

_{あき} _{いま み} _{つま} _{か な} _{やま たかぬはら うへ}
秋さらば今も見るごと妻ごひに鹿鳴かむ山ぞ高野原の上

나가長 황자〔권1·84〕

나가長 황자(덴무〔天武〕 덴노 제4황자)가 시키志貴 황자(덴지〔天智〕 덴노 제4황자)와 함께 사키궁佐紀宮에서 연회를 열었을 때 읊은 노래다. 두 사람은 사촌지간이다. 사키궁은 현재의 이코마군生駒郡 헤이조촌平城村, 미아토촌都跡村, 후시미촌伏見村 부근*으로, 나가長 황자의 궁이 있던 장소로 추정된다. 시키志貴 황자의 궁은 다카마토高円에 있었다. 다카누들판高野原은 사키궁 근처의 높은 지대였을 것이다.

작품 전체의 뜻을 살펴보면 '가을이 오면 지금 두 사람 앞에 펼쳐진 다카누들판 일대에 아내를 그리워하며 사슴이 울고 있을 것이다'라는 의미다. 아울러 '만일 그렇다면 그 역시 한층 풍취를 더할 것이니 다시금 찾아오라'는 뜻도 담겨 있다.

이 노래에서는 "가을이 오면/秋さらば"이라고 표현하고 있으니 아직 가을이 아니라는 사실을 알 수 있다. "사슴 울 산이라네/鹿鳴かむ山ぞ"라는 표현까지 있으니 더더욱 확연하다. 거기에 "지금 보고 있듯이/今も見るごと"라는 시각적인 구가 삽입되어 있기 때문에 다양한 해석이 가능한데, "지금 보고 있듯이/今も見るごと"라는 구를 곧바로 "아내 그리워/妻恋ひに", "사슴 울 산이라네/鹿鳴かむ山"로 이어가지 말고, 오히려 "산이라네/山ぞ", "다카누의 들판 위/高野原の上" 쪽으로 이어서 해석하는 편이 낫다. 즉 현재 멀리 조망하고 있는 다카누들판 일대의 아름다운 경치가 가을이 오면 더 한층 흥취가 더해져 사슴이 우는 소리가 들릴 거라는 의미가 된다. "지금 보고 있듯이/今も見るごと"는 "현재 아름다운 경치를 보이는 이 다카누들판에"라는 표현으로 이어져 단순히 시각적 풍경에 머물지 않고 좀 더 광범위한 의미가 된다. 때문에 시각과 청각의 모순을 피할 수 있는 것이다. 다른 학자들의 이런저런 해석은 모두 부자연스러운 듯하다.

이 노래는 풍부하고 농밀한 가락을 지니고 있으며 감정이 섬세함에도 불구하고 그런 주관적 느낌을 나타내는 용어 자체가 없다. 미세하게나마 그런 느낌을 담고 있는 표현으로 "울/鳴かむ"이나 "산이라네/山ぞ" 등의 표현을 들 수 있다. 아울러 "다카누의 들판 위/高野原の上"라는 명사형으로 중후하게 마무리하는 부분과 조화를 이루며 『만요슈』 가풍의 대표적 기법 중 하나를 형성하고 있다. 아울러 "지금 보고 있듯이/今も見るごと"라는 삽입구를 통해 오히려 노랫가락을 상식적인 선에 머무르게 하지 않고 있다. 오토모노 야카모치大伴家持가 "귀한 사람과 이렇게 놀아보세 지금 보고 있듯이/思ふどち斯くし遊ばむ, 今も見るごと"(권 17·3991)라고 읊었던 것도 아마 이 작품의 영향일 것이다.

이 노래의 고토바가키詞書(노래의 본문에 앞서 창작 관련 상황설명이 필요한 경우 나오는 일종의 서문-역주)는 "나가 황자, 시키 황자와 사키궁에서 함께 연회가 있었을 때 읊은 노래"라고 되어 있으며, 좌주左注(일종의 주석-역주)는 "위 한 수는 나가 황자의 노래"라고 되어 있을 뿐 "어가/御歌"라는 표현은 없다. 이것도 나카치 스메라미코토中皇命의 노래(권1·3)의 다이시題詞(일종의 제목-역주)를 이해하는 데 참고가 될 것이다. 목차에 "나가 황자의 어가/長皇子御歌", 즉 "어/御"가 달려 있는 것은 목차 제작자의 필치로 작품 쪽에는 애당초 없었을 것이다.

제 2 권

가을 들녘에 이삭 위를 감도는 아침 안개여
내 사랑도 어딘가로 사라질 수 있으리오

秋の田の穂のへに霧らふ朝霞いづへの方に我が恋やまむ
あき　た　ほ　　　き　あさがすみ　　　　かた　わ　こひ

이와노히메磐姫 황후〔권2·88〕

닌토쿠仁德 덴노의 부인 이와노히메磐姫 황후가 덴노를 그
리워하며 읊었다는 노래 4수가 『만요슈』의 권두가로 게재
되어 있다. 이 노래는 그 네 번째 작품이다. 4수는 어떤 상
황에서 창작된 노래들일까. 이와노히메 황후는 닌토쿠 덴
노가 훗날 비妃로 맞이한 야타八田 황녀와의 삼각관계가 전
해 내려오는 여성이기 때문에, 격하면서도 풍요로운 감정
의 소유자로 보인다.

전체적인 의미는 '가을밭 벼 이삭 위에 낀 아침안개가 언
제 어디로랄 것도 없이 사라져 버리는 것처럼(이상 조코토바[序
詞]) 이리도 애절한 내 사랑도 어딘가로 사라져갈 수 있을까
요, 그리 되지 못해 너무나 괴롭기만 하옵니다'라는 뜻이다.

"감도는 아침 안개/霧らふ朝霞"는 '아침에 인 안개'라는

의미인데 당시에는 'kiri/霧'가 아니라 'kasumi/霞'라고 했다. 'kirahu·asagasumi/キラフ·アサガスミ'라는 단어는 역시 중후한 표현으로 결코 평범하지 않다. 제3구까지는 조코토바序詞(특정 단어 앞에 놓인, 길이 제한이 없는 수사 어구로 비유나 동음이의어 등에 의한 경우가 많음-역주)지만 구체적으로 표현하고 있기 때문에 상징의 의미로 받아들일 수 있다. "내 사랑도 사라질 수 있으리오/わが恋やまむ"는 간절함을 나타내는 표현이다. 『만요슈』에도 "커다란 배가 흔들리는 바다에 닻을 내리듯 어찌 하면 되려나 내 사랑 멈추려면/大船のたゆたふ海に碇おろしいかにせばかもわが恋やまむ"(권11·2738), "남들이 보고 뭐라 탓하지 않을 꿈에서나마 계속 나타나주오 내 사랑 쉴 수 있게/人の見て言とがめせぬ夢にだにやまず見えこそ我が恋やまむ"(권12·2958) 같은 예가 있다.

이 노래가 진정으로 이와노히메 황후의 작품이라면 좀 더 고풍스러운 가락이어야 하겠지만, 사랑의 노래라는 측면에서는 작자미상의 민요가民謠歌와 비슷한 구석이 있다. 그러나 『만요슈』 편집 당시에는 황후의 작품이라는 전승을 별다른 위화감 없이 수용하며 다른 사람의 작품이라고 의심하지 않았을 것이다. 따라서 필자는 연애가의 오래된 형태 중 하나로 이 노래를 선택해 읊조리곤 한다. 나머지 세 작품 모두 훌륭한 작품이기에 참고하지 않을 수 없다.

당신 가시고 오랜 시간 흘렀네

산길 물어서 마중을 나가 볼까 그냥 기다려볼까

君が行日長くなりぬ山尋ね迎へか行かむ待ちにか待た

む(권2·85)

이렇게 당신 그리워만 하지 말고

높은 산 위의 바위 베개 삼아서 죽어버리고 말 것을

斯くばかり恋ひつつあらずは高山の磐根し枕きて死な

ましものを(권2·86)

이렇게 앉아 당신을 기다리리

바람에 날리는 내 검은 머리 위에 서리 내릴 때까지

在りつつも君をば待たむうち靡く吾が黒髪に霜の置く

までに(권2·87)

　좌주左注(일종의 주석-역주)에 의하면 85번 노래는 오쿠라憶
良의 『루이주카린類聚歌林』에 이런 형태로 실려 있었다고 한
다. 그러나 『고사기古事記』에는 가루輕 태자가 이요伊豫 온천
으로 유배당했을 때 가루노오이라쓰메輕の大郎女(소토오리히메
[衣通王])가 부른 노래로 "당신 가시고 꽤나 시간 흘렀네 산길
물어서 마중을 나가 볼까 그냥 기다려볼까/君が行日長く

なりぬ山たづの迎へを行かむ待つには待たじ"라는 작품이 나와 있다. 『고사기』의 제3구는 마쿠라코토바枕詞(특정 어구 앞에 붙는 5음의 수식어로 그 의미를 강조하거나 어조를 고르는 기법-역주)로 사용되고 있어서 가락으로는 좀 더 고풍스럽다. 86번 노래에 나오는 "그리워만 하지 말고/恋ひつつあらずは"는 영탄의 의미가 첨가된 형태다. "그리워하지 않으면서/恋ひつつあらずして"라는 것만으로는 만족할 수 없는 상태로, 그 이상을 바라는 마음이 담긴 표현이다. 산문으로 고치면 종래의 해석처럼 "……라기보다는"이라는 것으로 귀착된다.

그대 집이라도 항상 보고 싶구나
야마토 땅의 오시마 봉우리에 집 있으면 좋으련만

妹が家も継ぎて見ましを大和なる大島の嶺に家もあらましを

いも いへ つ やまと おほしま ね いへ

덴지天智 덴노가 가가미노오키미鏡王女에게 보낸 노래다.
가가미노오키미鏡王女는 가가미노오키미鏡王의 딸로 누카
타노오키미額田王의 언니다. 훗날 후지와라노 가마타리藤原
鎌足의 정실부인이 되었다고 여겨지는 인물인데, 이 작품은
그 이전의 작품인지, 아니면 가마타리 사후(669년·덴지 8년) 가
가미노오키미가 야마토大和(현재의 나라현[奈良県] 부근-역주)로
돌아와 있을 때 보낸 노래인지 확실치 않다. 아울러 "야마
토 땅의/大和なる"라는 단서를 달고 있기 때문에 덴노는 오
미경近江京(덴지 덴노가 현재의 시가현[滋賀県] 부근에 조성했던 새로운
도읍지-역주)에 있었을 것이다. "오시마 봉우리/大島の嶺"는
어디를 말하는지 불확실하지만 가가미노오키미의 집 근처
로 상당히 유명한 산일 거라고 상상할 수 있다. (『일본후기[日

150

本後紀』808년·다이도[大同] 3년, 헤구리노 아소미[平群朝臣]의 노래에 나오는 'oshima/オホシマ' 부근일 거라는 설이 있다. 그렇다면 현재의 이코마군[生駒郡] 헤구리촌[平群村] 근처일 것이다)

전체적인 의미는 '당신의 집도 계속해서 보고 싶습니다. 야마토에 있는, 바로 그 오시마 산봉우리에 당신의 집이 있으면 좋겠는데' 정도의 뜻일 것이다.

"보고 싶구나/見ましを", "있으면 좋으련만/あらましを"처럼 비슷한 음으로 가락을 다듬고 있다. 덴노의 거처가 오시마 산봉우리에 있으면 좋겠다는 말은 아닐 것이다. 만약 그렇다면 노래 자체는 평범해진다. 혹은 통속적인 노래가 된다. 여기서는 유사한 표현을 반복하고 있기 때문에 고풍스러운 가락의 단순함과 소박함에 의해 멋진 노래가 되고 있는 것이다. 앞에 나온 삼산三山의 노래도 걸작이었지만, 이 노래는 좀 더 자연스럽고 얽매임이 없는 가운데, 좀 더 광활한 느낌을 전해주고 있다. 덴노 특유의 크고 강한 성조로 그 기백을 반영하고 있다. "집이라도/家も"의 "mo/も(-도)"는 "omo/をも(-을/를)"의 뜻이기 때문에, 물론 가가미노오키미를 보고 싶지만, 하다못해 그 "집이라도"이라고 표현한 것이다. 강한 영탄이 담겨져 있다고 봐야 할 것이다.

이 작품은 연애의 심정을 담은 노래일까. 혹은 넓은 의미에서 상대방의 안부를 묻는 노래일까. 어투로 보자면 연애의 노래지만 덴노와의 관계는 확실치 않다. 아울러 683년 (덴무[天武] 12년) 가가미노오키미의 병이 위독했을 때 덴무 덴노가 직접 문안을 왔을 정도이므로, 그 이전부터 귀한 대접을 받고 있었음을 알 수 있다. 때문에 이 노래는 연애의 노래가 아니라 안부를 묻는 노래라는 설(야마다 요시오[山田孝雄] 박사)이 있다. 가마타리 사후에 창작된 덴노의 노래라면 어쩌면 그럴지도 모른다. 그러나 설령 그렇더라도 감정에 중심축을 두고 깊이 음미해 보면 넓은 의미에서 연애의 노래로 감상할 수 있다.

가을 산 속의 나무 밑에 가린 채 흐르는 물처럼
제가 더 하겠지요 생각하신 마음보다

秋山の樹の下がくり逝く水の吾こそ益さめ御思よりは
あきやま　こ　した　　　　ゆ　みづ　われ　　ま　　みおもひ

앞서 나온 덴지天智 덴노의 노래에 가가미노오키미鏡王女
가 화답한 노래다.

전체적인 의미는 '가을 산 나무 아래로 보이지 않게 흐르
는 물처럼 겉으로 드러나지는 않지만 그대를 사모하는 내
마음이 더 깊겠지요. 저를 생각해 주시는 그대의 마음보다
는'이라는 뜻이다.

"더 하겠지요/益さめ"라는 표현에 사용된 동사 원형
"masu/益す"에는 물의 양이 증가하는 것처럼 그리워하는
마음이 더 커진다는 의미가 있다. 제2구까지는 조코토바序
詞(특정 단어 앞에 놓인, 길이 제한 없는 수사 어구로 비유나 동음이의어 등
에 의한 경우가 많음-역주)다. 이 정도의 조코토바는 『만요슈』에
서 그다지 보기 드문 예는 아니지만, 역시 진지하고 성실

하게 사물을 있는 그대로 묘사하려는 태도가 보인다. 아울러 "제가 더 하겠지요 생각하신 마음보다/われこそ益さめ御思^{みおもひ}よりは"라는 구는 섬세한 정취가 돋보이면서도 자기도 모르게 여성적인 말투가 나오고 있음에 주의해야 한다. 특히 마지막 구를 "생각하신 마음보다/御思よりは"라고 끝마치는 대목은 강렬한 여운을 남기며 더할 나위 없이 감미롭다. 이 노래도 표현 자체로만 보면 연애의 노래를 연상시키는데, 어딘지 모르게 겸손하고 음전한 자태를 보이고 있다는 측면에서, 화답하는 노래로서의 가치를 인정할 수 있을 것이다. 참고로 동일 작자가 후지와라노 가마타리藤原鎌足의 아내가 되었을 때 가마타리에게 보냈던 노래 "빗 상자처럼 닫는 것이 쉽다고 날 밝고 가시면 임 이름은 몰라도 내 이름 아쉬워라/玉くしげ覆^{おほ}ふを安^{やす}み明けて行かば君が名はあれど吾が名し惜しも"(권2·93)는 다소 편한 마음으로 읊고 있어서, 이 노래의 분위기와는 사뭇 다르다는 사실을 발견할 수 있다. 아울러 "당신 이름은 몰라도 내 이름 아쉬워라/君が名はあれど吾が名し惜しも"라는 구에도 여성적 말투가 보이고 있어 다시금 돌아보게 만든다.

미무로 산속 덩굴들이 얽히듯
그대와 함께 잠 못 들면 결국 살아갈 수 없겠지

玉くしげ御室の山のさなかづらさ寝ずは遂にありがつましじ

후지와라노 가마타리藤原鎌足〔권2·94〕

　내대신內大臣 후지와라노 가마타리藤原鎌足가 가가미노오
키미鏡王女에게 화답한 노래다. 가가미노오키미는 가마타리
에게 "빗 상자처럼 닫는 것이 쉽다고 날 밝고 가시면 임 이
름은 몰라도 내 이름 아쉬워라/玉くしげ覆ふを安み明け
て行かば君が名はあれど吾が名し惜しも"〔권2·93〕라는 노
래를 보냈다. '빗 상자/櫛笥'의 뚜껑은 쉽게 닫을 수 있고 열
때도 어렵지 않으므로 '날이 밝다'와 '열다'의 의미를 가진
"akete/明けて"에 이어지며 조코토바序詞(특정 단어 앞에 놓인,
길이 제한 없는 수사 어구로 비유나 동음이의어 등에 의한 경우가 많음-역
주) 기법으로 표현한 것이다. '날이 밝은 후 댁으로 돌아가시
면 다른 사람들에게 들켜 버릴 거여요. 염문이 생겨도 당신
께서는 상관없으시겠지만, 저는 곤란합니다. 아무쪼록 날

이 밝기 전 돌아가 주세요'라는 의미의 노래였다. 가마타리의 이 노래는 그에 대한 답가라고 할 수 있다.

"미무로 산속 덩굴들이 얽히듯/玉くしげ御室の山のさなかづら"까지는 "잠/さ寝"으로 이어지는 조코토바다. 아울러 빗 상자를 열어 본다는 'mi/見(ミ)'로부터 '미무로산/御室山'의 'mi/ミ'로 이어갔다. 혹은 'mi/ミ'는 'nakami/中身なかみ(내용)'의 'mi/ミ'라는 설도 있다. 미무로산은 즉 '미와산/三輪山'을 말한다. "덩굴들/さな葛"은 여기서는 남오미자 덩굴을 말하며 여름에 흰 꽃이 피고 열매는 빨갛다. 전체적인 의미는 '아무리 그래도 당신과 함께 잠들지 못하면 어찌 견딜 수 있을까요'라는 뜻이다. 이 마지막 구의 고전 원문("有勝麻之自")은 예부터 다양한 훈독방식이 시도되었는데 결국 하시모토 신키치橋本進吉 박사의 방식이 학계의 정설이 되었다. 박사는 'katsu/カツ'라고 청음으로 읽고 있다. 'gatsu/ガツ'는 견딘다는 뜻으로 'gatenakuni/ガテナクニ(견딜 수 없는데)', 'gatenukamo/ガテヌカモ(견딜 수 없으리라)'의 'gate/ガテ'와 동일한 동사다. 'mashizi/マシジ'는 'mazi/マジ(아닐 것이다)'라는 조동사의 원형이므로 'gatsu/ガツ·mashizi/マシジ'는 결국 'gatsu/ガツ·mazi/マジ'라는 의미로, '견디기 어려울 것이다, 견딜 수 없을 것이다, 참을 수 없을 것으로 보인다' 정도의 뜻이 된다. 이대로 이렇게 함께 잠들 수 없다

면 도저히 견딜 수 없을 거라는 이야기다. "이리도 멀리 그
대 떠나가시면 어찌 살 수 있으리/いや遠く君がいまさば
有不勝自"(권4·610), "해안이든 바다에든 견딜 수 있으리오/
ｱﾘｶﾞﾂﾏｼｼﾞ
辺にも沖にも依勝益士"(권7·1352) 등의 예가 있다.
ﾖﾘｶﾞﾂﾏｼｼﾞ

　가가미노오키미의 노래도 정취가 넘치지만, 후지와라노
가마타리의 작품 역시 명료하고 신체적으로 직접 표현한
노래로 파악된다. 상당히 좋은 작품이라고 평가할 수 있다.
신체적으로 직접 표현했다는 말은 요컨대 마음을 직접적으
로 드러냈다는 말이다. 그것을 나타내는 용어도 구체적이
었다는 이야기가 될 것이다. "mashizi/ましじ(없겠지)"라는
추측 표현도 매우 정중하고 거칠게 강요하는 측면이 없다
는 점에서 섬세함이 돋보인다. "결국/つひに"이라는 부사
도 강하고 효과적이어서 이 노래에서 없어서는 안 될 소중
한 표현이다. "살아있는 자 언젠가는 사라질 운명이라면/生
けるもの遂にも死ぬるものにあれば"(권3·349), "마지막까
　　　　　　　つひ
지 그대를 못 만나면/すゑ遂に君にあはずは"(권13·3250) 등
　　　　　　つひ
의 예가 있다.

진정으로 난 야스미코 얻었네
모든 사람이 얻기 힘들다 하던 야스미코 얻었네

吾はもや安見児得たり皆人の得がてにすとふ安見児得たり

<small>후지와라노 가마타리</small>藤原鎌足〔권2·95〕

　내대신內大臣 후지와라노 가마타리藤原鎌足가 우네메采女
인 야스미코安見児를 취했을 때 읊은 노래다.

　전체적인 의미는 '나는 지금 실로 아름답기 그지없는 야
스미코를 얻었다네. 세상 사람들이 쉽사리 얻기 힘들다던,
그토록 아름다운 야스미코를 얻었다네'라는 뜻이다.

　"진정으로 난/吾はもや"의 "moya/もや"는 영탄을 나타
내는 조사로 강한 감정을 표현하고 있다. "글쎄"라든가 "진
정으로"라든가 "실로" 등의 말을 덧붙여 해석하면 된다. 궁
중에서 일하는 우네메에게는 엄격한 규칙이 있어서 아무나
함부로 취할 수 없었다. 그럼에도 불구하고 어떤 사정에 의
해 결국 그녀를 얻게 된 것이므로 "모든 사람이 얻기 힘들
다 하던/皆人の得がてにすとふ"이라는 구가 나온 것이다.

물론 그런 제도에 대해 굳이 고려하지 않고 미녀에 대한 일반적인 감정으로 이 구를 다룰 수도 있을 것이다. 그 어느 쪽이든 작자가 환희에 가득 차 득의양양하게 노래를 읊고 있는 것이 여실히 드러나 있다. 특히 제2구와 제5구에서 동일한 구를 반복하고 있는 대목이 그러하다.

단순 명쾌한 가락으로 노래를 탁하게 만드는 기교를 굳이 구사하지 않고 있다. 이런 솔직함이 독자의 마음을 사로잡아 종래에도 걸작으로 취급되어왔다. 주석 중에는 다른 사물에 빗대어 풍자한 우의적 표현이라는 지적도 있다. 예를 들어 다치바나 모리베橘守部는 "이 노래는 덴노에 대해 '다스리시던 우리 대왕/安見知し(yasumisisi) 吾大君'이라고 표현하고 황자에 대해서도 '다스리시던 황자/安見す御子'라는 표현이 있듯이, 이 우네메의 이름을 야스미코/安見子(yasumiko)라고 부른다는 점에 착안, 지금 나는 야스미코를 얻었다고 이야기하며 동시에 이미 덴노의 자리에 오른 것이나 진배없다는 농을 하고 있는 것이다. 때문에 세상 모든 사람들이 얻기 힘들다고 말하던, 이라는 표현도 비단 우네메에 대한 이야기에 그치지 않고, 덴노의 지위는 평범한 사람들이 얻기 힘들다는 의미를 내포하고 있다. 또한 얻었다는 표현을 다시금 반복하는 것도 농담이라는 취지를 다시한번 분명히 하기 위함이다. 그럼에도 이런 것들을 소홀히 여기며 그냥 지나침으로써『만요슈』에는 아무런 기교도 정취도 없다고 생각한다. 이것이야말로 본인이 해석을 잘 하지 못하는데서 오는 오류일 것이다"(『만요슈킨요[万葉集緊要]』)라고 지적하고 있다. 하지만 이것은 지나치게 비약적인 학설에 불과하다고 생각한다. 이 노래는『만요슈』중에서 뛰어난 가작 중 하나로, 흥에 겨운 나머지 마음을 한꺼번에 쏟아놓은 예 중 하나일 것이다. 내면에 깊이를 가진 중후한 작품은 아니라고 할 수 있다. 이 노래처럼 비슷한 구를 반복하는 경우라도, 앞서 나온 덴지天智 덴노의 노래 "그대의 집도 항상 보고 싶구나/妹が家も継ぎて見ましを" 쪽이 좀 더 중후하다. 노래를 읊는 태도라기보다는 성격이라고 표현해야 할 것 같다. 그런 점에서 다치바나 모리베의 설은 지나치게 비약적인 지적이긴 하지만, "농을 하고 있는 것이다"라는 대목은 일부 정확한 지적이라고 할 수 있다.

우리 마을에 많은 눈이 내렸네
오하라의 한적한 마을에는 나중에 내리겠지

わが里に大雪降れり大原の古りにし里に降らまくは後
<ruby>さと</ruby> <ruby>おほゆきふ</ruby> <ruby>おほはら</ruby> <ruby>ふ</ruby> <ruby>さと</ruby> <ruby>ふ</ruby> <ruby>のち</ruby>

덴무天武 덴노〔권2·103〕

   덴무天武 덴노가 후지와라藤原 부인에게 보낸 노래다. 후
지와라 부인은 가마타리鎌足의 딸인 이오에노이라쓰메五百
重娘를 말한다. 니타베新田部 황자의 어머니였으며 오하라노
오토지大原大刀自라는 이름으로도 불리던 인물이다. 부인이
란 궁중에서 일하는 여성의 직위 명으로 비妃 다음 자리라
고 할 수 있다. 오하라大原는 지금의 다카이치군高市郡 아스
카촌飛鳥村 오하라小原* 지역이다.

   전체적인 의미는 '우리 마을에는 지금 많은 눈이 내렸다.
참으로 아름답기 그지없는데 그대가 있는 오하라大原의 한
적한 마을에는 한참 있다가 내릴 것이다'라는 뜻이다.

   덴노가 아스카노키요미하라궁飛鳥清御原宮에 있으면서 그
곳으로부터 다소 떨어진 오하라에 있는 부인에게 보낸 노

래다. 이른바 즉흥적인 유희지만 친밀한 심정을 담은 어투가 그대로 표출되어 있다. 증답가에서만 보이는 특징이다. 내면으로 깊이 몰입하는 독영가에는 보이지 않는 분위기다. 심지어 이런 직접적인 어투는 후세의 증답가에서는 좀처럼 찾아볼 수 없게 되었다. 요컨대 인간적이지 않고 회화적이지도 않으면서, 그저 기교에만 충실한 시가 되어 버렸다.

이곳 언덕의 용신에게 고하여 내리게 했던
눈의 그 조각들이 그곳에 내렸군요

<small>をか おかみ い ふ ゆき くだけ そこ ち</small>
わが岡の籠神に言ひて降らしめし雪の摧し其処に散りけむ

후지와라<small>藤原</small> 부인〔권2·104〕

후지와라<small>藤原</small> 부인이 앞에 나온 덴노의 노래에 화답한 노
래다. 'okami/<small>おかみ</small>籠神'란 중국에서라면 용신을 가리키는 말로
물과 비와 눈보라를 지배하는 신을 말한다. 전체적인 의미
는 '폐하는 그리 말씀하시지만 그쪽에 많은 눈이 내린다는
것은, 기실은 저희 마을의 용신에게 기원을 드려 내리게 했
던 바로 그 눈의, 그저 작은 조각들이 거기 내린 것에 불과
하지요'라는 말이다. 덴노의 노래에 나오는 야유에 결코 지
지 않을 유머로 응수하고 있으나 역시 친밀감이 섬세하게
표현된 매력적인 노래다.

덴노의 노래가 대범하고 남성적인 데 반해 부인의 노래
는 섬세한 심정표현이 여성적이며 기교도 뛰어나다는 특징
이 있다. 노래 자체로는 앞선 덴노의 노래가 우위에 있지만

덴노 입장에서는 이렇듯 여성적인 답가 쪽이 오히려 더 기뻤을 것이다.

사랑하는 이 야마토로 보내려

밤은 깊은데 새벽녘의 이슬에 젖어 서성이노라

我が背子を大和へ遣ると小夜更けてあかとき露にわが立ち濡れし

わ　せこ　やまと　や　さよふ　つゆ　た　ぬ

오쿠大伯 황녀〔권2·105〕

오쓰大津 황자(덴무[天武] 덴노 제3황자)가 은밀히 이세신궁伊
勢神宮에 찾아와 사이구斎宮(이세신궁에서 신을 모시는 미혼의 황녀
로 덴노가 바뀔 때마다 새롭게 간택됨-역주)로 와 있던 오쿠노大伯 황
녀를 만났다. 이것은 오쓰 황자가 야마토大和(현재의 나라현[奈
良県] 부근-역주)로 돌아갈 때 오쿠 황녀가 읊은 노래다. 오쿠
황녀는 오쓰 황자의 누나로 두 사람은 같은 어머니의 소생
이었다.

전체적인 의미는 '내 동생 오쓰 황자가 야마토로 돌아
가는 것을 배웅하기 위해 깊은 밤 서성이다가 새벽녘의
이슬에 젖어버렸네'라는 뜻이다. 새벽은 원문에 '계명로/
鶏鳴露'라고 되어 있는데, 닭 울음소리(사경, 축시)는 오전
2시부터 4시까지다. 또한 『만요슈』에는 '새벽녘의 이슬에/

アカトキツユ

五更露爾'アカトキツユニ(권10·2213)라는 표현도 있는데 여기서는 오경五更이라는 표현이 사용되고 있다. 오경(인시)은 오전 4시부터 6시까지이기 때문에 한밤중에서 새벽녘으로 이어진다. 그러므로 노래에 나오는 "밤은 깊은데 새벽녘의 이슬에/さ夜ふけてあかとき露に"라는 구를 이해할 수 있으며 그 시간 내내 서 있었다는 것을 알 수 있다.

오쓰 황자는 덴무 덴노가 세상을 떠난 후 모반을 꾀한 것이 드러나 686년(슈초[朱鳥] 원년) 10월 3일 죽으라는 명령을 받게 되었다. 이세에 갔던 시기는 그 전후로 추측되는데 역사적 사실은 확인이 불가능하다. 이 노래만 살펴보면 표현 자체는 연애(친애)의 분위기가 감도는 노래다. 하지만 석별의 아쉬움이 절실하면서도 전반적으로 쓸쓸한 느낌이 작품 전체를 관통하고 있어서 역사적 사실과 관련시켜가면서도 음미할 수 있는 노래다. "사랑하는 이/わが背子"는 보통 연인 혹은 남편을 가리키는데 이 경우에는 남동생에 대한 표현에 사용되고 있다. 친밀감이라는 측면에서 따져보자면 결국 동일한 심정이기 때문일 것이다. "야마토로 보내려/大和へやる"의 "보내다/やる"라는 단어에도 주의를 기울일 필요가 있다. 그저 "돌아가다/帰る"라든가 "가다/行く" 같은 표현과 달리, 보내는 자신의 의지가 살아 숨쉬고 있기 때문이다. 더할 나위 없이 아쉽지만 돌려보내준다는 의

지가 있으며, 그 점에 강한 감동이 담겨 있다고 할 수 있다. "가서 전해 줄 심부름꾼 없으니/かへし遣る使なければ"(권15·3627), "이 아이를요 당나라로 보내니 부디 축복해주소서/この吾子を韓国へ遣るいはへ神たち"(권19·4240) 등의 예가 있다.

둘이 넘어도 넘어가기 힘겨울 이 가을 산을
어찌하여 그대는 홀로 넘고 있을까

二人行けど行き過ぎがたき秋山をいかにか君がひとり越えなむ
ふたり ゆ　　　　 ゆ　　 す　　　　　　　 あきやま　　　　　　　 きみ　　　　 こ

오쿠大伯 황녀가 읊은 노래로 앞에 나온 노래와 이어지고
있다고 봐도 좋다. 전체적인 의미는 '둘이 함께 간다고 해도
쓸쓸하기 그지없을 저 가을 산을, 나의 동생은 지금쯤 어찌
홀로 넘어가고 있을까' 정도의 의미일 것이다.

앞서 나온 노래에 보이는 슬픈 분위기가 이어지며 역시
비애어린 심정을 보이는데, 이 노래에는 단순한 친밀감만
으로는 해결할 수 없는 것이 저변에 감춰져 있는 느낌이다.

『만요다이쇼키万葉代匠記』에 "특히 간절하게 생각되는 까
닭은, 모반의 뜻도 담겨 있어 거사가 성사되지 않았다는 것
을 안타까워하며 또 언제쯤이나 다시 대면하게 될지 알 수
없다는 그 심정 때문일 것이다"라는 지적이 있는데, 어쩌면
정확한 해석일지도 모른다.

아울러 "그대 홀로/君がひとり"라고 되어 있지만 수행하는 사람도 있었을 것이다.

깊은 산속의 이슬이 떨어져도

그대 오기만 기다리다 젖었네 산 속의 이슬 탓에

あしひきの山の雫に妹待つとわれ立ち沾れぬ山の雫に

오쓰_{大津} 황자〔권2·107〕

오쓰_{大津} 황자가 이시카와노이라쓰메_{石川郎女}(생몰연대 미상)에게 보낸 노래다. 전체적인 의미는 '그대가 오기를 기다리느라 산의 나무아래 서 있었기 때문에 나뭇가지에서 떨어지는 빗방울에 다 젖어버렸다오'라는 말이다. "그대 오기만 기다리다/妹待つと"는 "그대를 기다리느라", "그대를 기다리고자, 그대를 기다리기 위해"라는 표현이다. "ashihikino/あしひきの"는 『만요슈』에서는 이 노래에서 처음으로 나온 마쿠라코토바_{枕詞}(특정 어구 앞에 붙는 5음의 수식어로 그 의미를 강조하거나 어조를 고르는 기법, 의미가 불분명한 경우도 있음-역주)로 어떤 의미를 지녔는가에 대해서는 여러 가지 설이 분분하다. 노리나가_{宣長}의 "ashihikiki/足引城"설이 평범하긴 하지만 가장 진상에 가깝다고 해야 할지도 모르겠다. "ashi/足는 산

170

기슭, hiku/引는 길게 퍼져있는 모습을 말한다. ki/城는 모두 한 덩어리로 된 땅을 말하므로, 이는 즉 산이 평평한 부분을 가리킨다"(『고사기전(古事記伝)』)라고 설명하고 있다. 이 노래는 반복되는 구절이 있기 때문에 내용이 단순해졌다. 하지만 그 때문에 오히려 더 친밀감이 깊어졌다고 여겨진다. 우선 그 노랫가락이 매우 경쾌하다. 제2구의 "이슬이 떨어져도/雫に"는 "젖었네/沾れぬ"로 이어졌다가 마지막 구 "이슬 탓에/雫に"에서 다시금 나온다. 이런 단순한 표현이 막상 창작에 임해 활용하려고 할 때는 그리 간단치 않다.

　이 노래에 화답한 이시카와노이라쓰메石川郎女는 "날 기다리며 그대가 젖었다는 깊은 산속의 떨어지는 이슬이 나는 되고 싶어라/吾を待つと君が沾れけむあしひきの山の雫にならましものを"(권2·108)라고 읊고 있다. '그 이슬이 되고 싶사옵니다'라는 미태를 보인 여성스런 말투다. 이라쓰메의 노래는 수동적이긴 하지만 재치있게 맞받아치고 있기 때문에 이토록 친근한 노래가 만들어졌다. 양쪽 모두 서로 미소를 머금고 창화하고 있는데 오쓰 황자의 노래가 좀 더 야무진 구석이 있다.

그 먼 옛날을 그리워하는 새여

굴거리나무 우물 위를 울면서 날아올라가누나

古に恋ふる鳥かも弓弦葉の御井の上より鳴きわたり行く

유게弓削 황자〔권2·111〕

　지토持統 덴노가 요시노吉野로 행차했을 때 이를 수행했던 유게 황자(덴무[天武] 덴노 제6황자)가 궁에 남아 있던 누카타노오키미額田王에게 보낸 노래다. 지토 덴노의 요시노 행차는 도합 32회에 이르는데 두견새가 울 무렵이라면 690년(지토 4년) 5월이나 691년(지토 5년) 4월이었을 것이다.

　전체적인 의미는 '이 새는 지나간 과거를 그리워하며 우는 새일까, 굴거리나무의 우물 주변을 울면서 날아올라가네'라는 뜻이다.

　"그 먼 옛날/古" 즉 과거의 일이란 덴무天武 덴노를 말한다. 유게 황자의 부친이자 요시노라는 지역과도, 혹은 누카타노오키미와도 관계가 깊었다는 점에 착안하여, 두견새를 계기로 문득 과거를 회상했던 것이다. 그런 정황을 보여

주는 것이 "그 먼 옛날을 그리워하는 새여/古に恋ふる鳥か も"라는 구이다. 간단명료한 가운데 서정성 넘치는 표현으 로 더할 나위 없는 구라고 할 수 있다. 그리고 이어 두견새 의 행동을 묘사함으로써 구체적이고 현실적인 작품을 구현 하고 있다. 이런 방식은 예술이 항상 나아가는 노선이지만 그런 형태로 정묘하게 표현된 것은 극히 드물다는 사실을 알아두어야 할 것이다. "굴거리나무 우물/弓弦葉の御井" 은 이미 고유명사가 되어 있었겠지만, 굴거리나무 중에서 도 특별히 멋진 나무가 맑은 샘 근처에 있었기 때문에 그런 이름을 얻었을 것이다. 나중에 나오는 "황매화꽃이 아름답 게 피어난 산속의 샘물/山吹のたちよそひたる山清水"(권 2·158)도 마찬가지다. 그리고 이런 것들이 모두 노래 전체의 중요한 요소로 포함되어 있다. "위를/上より"은 경과하는 의미로 "yori/より", "yu/ゆ", "yo/よ" 등은 대부분 운동과 관련된 단어에 이어지는데 여기서는 "울면서 날아올라가누 나/啼きわたり行く"라는 운동 관련 단어로 이어지고 있다. 이런 단어들도 고풍스러운 가락의 묘미가 매우 탁월하다. 이미 노년에 접어든 누카타노오키미도 이 노래를 듣고 깊 은 감개에 젖어 버렸을 것이다. 이 노래는 가키노모토노 히 토마로柿本人麿와 동시대이지만 히토마로에게 없는 간결하 고 힘차면서도 조용하고 온화한 분위기를 머금고 있다.

누카타노오키미는 이 노래에 대해 "그 먼 옛날을 그리워하는 새는 두견새겠죠 아마도 울었겠죠 제가 그리워하듯/ 古_{いにしへ}に恋ふらむ鳥は霍公鳥_{ほととぎす}けだしや啼きしわが恋ふるごと"(권2·112)이라는 노래로 화답하고 있다. 유게 황자의 노래에서는 두견새임이 확연히 드러나 있지 않았기 때문에 이 노래를 통해 명확히 말하고 있는 것이다. 그리고 누카타노오키미가 절실히 그리워하고 있듯, 두견새도 먼 옛날이 그리워 울고 있었을 거라는 의미를 담아내고 있다. 이 노래는 유게 황자의 노래에는 미치지 못한다고 판단해 걸작으로 따로 뽑아내지 않았다. 그러나 이미 노년에 접어든 누카타노오키미의 노래로 눈여겨볼만한 가치는 충분하다. 어째서 유게 황자의 노래에 미치지 못한다고 판단했을까. 창화한 노래는 수동적인 위치에 있기 때문에 만약 스모라면 상대방의 움직임에 따라 맞서는 형식이 된다. 노래를 먼저 보내는 쪽은 우선적인 감동을 바탕에 두지만 창화하는 쪽은 아무래도 간접적이 될 소지가 많다.

사람들 소문 소란하고 괴로워

태어나 처음 건너 본 적 없었던 새벽 강을 건너네

人言をしげみ言痛みおのが世にいまだ渡らぬ朝川わたる
<small>ひとごと　　　　　こちた　　　　よ　　　　　　　わた　　あさかは</small>

다지마但馬 황녀〔권2·116〕

다지마但馬 황녀(덴무[天武] 덴노의 딸)가 호즈미穗積 황자(덴무 덴노 제5황자)를 사모한 노래 중에는 "가을 들판의 벼이삭 쏠리듯이 한쪽에 쏠려 그대만 생각하오 소문이 괴로워도/秋の田の穗向のよれる片寄りに君に寄りなな言痛かりとも"(권2·114) 같은 예도 있다. "사람들 소문/人言を"으로 시작되는 이 노래는 황녀가 다케치高市 황자의 궁에 있을 때 몰래 호즈미 황자와 관계를 맺고 이 사실이 드러나자 읊은 노래다.

"가을 들판의/秋の田の"로 시작되는 노래의 경우, 전반부에 조코토바序詞(특정 단어 앞에 놓인, 길이 제한이 없는 수사 어구로 비유나 동음이의어 등에 의한 경우가 많음-역주)가 나온다. 기교도 기교지만 "그대만 생각하오/君に寄りなな"라는 구가 강렬하고

순수하며 어투도 여성스러워 완성도가 높다. "사람들 소문/
人言을"으로 시작되는 이 노래는 태어나서 한 번도 경험한
적이 없는 새벽 강을 건넜다고 말하고 있다. 이는 사물을
있는 그대로 정밀하게 묘사하는 표현으로 매우 구체적이라
는 점에서 매력적이다. 특히 황녀가 황자를 만나기 위해 몰
래 새벽 강을 건너는 상황을 상상해 보면 더더욱 간절함이
더해지기 마련이다. 보통은 남자가 밤에 여자를 찾아가는
법이다. 이 노래에서처럼 여자가 남자에게 가는 경우는 극
히 드물기 때문이다.

이와미국石見国의 다카쓰누산高角山 위의 나무 사이로
내가 흔드는 소매 임은 보고 계시려나

石見のや高角山の木の間よりわが振る袖を妹見つらむか

가키노모토노 히토마로柿本人麿〔권2·132〕

가키노모토노 히토마로柿本人麿가 이와미국石見国에 아내
를 두고 홀로 상경할 때 부른 노래다. 당시 히토마로는 이
와미의 국부国府(지금의 나카군[那賀郡] 시모코카미코[下府上府]*)에
있었던 것 같다. 아내는 그 근처인 쓰누노사토角の里(지금의
쓰노쓰[都濃津] 부근**)에 있었다. 다카쓰누산高角山은 쓰누노사
토에 있는 높은 산을 지칭하는 말로 지금의 시마노호시산島
星山일 것이다. 쓰누노사토를 지나 시마노호시산의 산기슭
을 지나 고노가와江川 언덕으로 나왔던 것 같다.

전체적인 의미는 '이와미 다카쓰누산의 산길을 걷다가 그
나무 사이사이로 아내가 있는 마을을 향해 흔든 내 소맷자
락을 아내는 과연 보았을까'라는 뜻이다.

쓰누노사토로부터 산까지는 제법 거리가 있으므로 실제

로는 아내가 보지 못했을지도 모르지만, 절절한 마음에서 자기도 모르게 나온 표현이라고 할 수 있다. 그리고 히토마로 특유의 파동적 성조로 그것을 통일하고 있다. 표현상으로만 기세 넘치는 성조가 아니라, 내면에 아내를 향한 농밀한 애정이 묻어나고 있음에 주목해야 할 것이다.

조릿대 잎은 온 산 가득 속삭임 소란하지만
나는 아내 생각뿐 헤어지고 왔기에

小竹の葉はみ山もさやに乱れども吾は妹おもふ別れ来ぬれば

가키노모토노 히토마로柿本人麿〔권2·133〕

이전 노래에 이어지는 작품이다. 히토마로가 말을 타고 지금의 오치군邑智郡의 산중 부근을 지날 때의 노래로 추정되고 있다. 필자는 히토마로가 지금까지 걸어온 길을 교토와 이즈모出雲를 잇는 길이나, 산인도山陰道(옛 광역행정구역 중 하나로 지금의 교토 일부와 시마네현[島根県], 돗토리현[鳥取県] 등에 해당-역주)를 통과하지 않고 지금의 오치군邑智郡(시마네현 부근-역주)에서 아카나赤名(시마네현 부근-역주)를 넘어 빈고備後(현재의 히로시마현[広島県] 부근-역주)로 나와 세토나이카이瀬戸内海에 있는 배를 탔을 것으로 추정하고 있다.

대략적인 뜻은 '지금 지나고 있는 산속의 조릿대 잎사귀에 바람이 불어 잎사귀들이 속삭이는 소리로 온 산이 가득하건만 내 마음은 오로지 홀로 남겨두고 떠나온 아내만 그리워하고 있노라'라는 의미다.

지금 산속을 걷고 있노라니 불어오는 바람 때문에 조릿대 잎사귀가 사각거리는 소리로 가득하다. 그럼에도 불구하고 오로지 아내 생각뿐이다. 이런 표현이 통속적으로 들리지 않는 이유는 이 작품이 가지고 있는 고풍스러운 가락과 히토마로 특유의 성조 때문일 것이다. 히토마로는 이런 부분을 말하기 위해 결코 경묘한 방식으로 읊어 내려가지 않는다. 실감을 바탕으로 집요할 정도로 끝까지 표현에 집착하며 결코 경묘한 표현으로 대충 얼버무리지 않는다.

제3구의 'midaredomo/ミダレドモ'는 고점古点(950년경 『고센슈』 편찬과 더불어 진행된 『만요슈』 훈독작업-역주)에서 'midarutomo/ミダルトモ'라고 되어 있던 것을 센가쿠仙覚가 'midaredomo/ミダレドモ'라고 고쳤던 것에 따랐다. 그것을 가모노 마부치賀茂真淵는 'sawagedomo/サワゲドモ'로, 다치바나 모리베橘守部는 'sayagedomo/サヤゲドモ'라고 읽어 최근에는 이렇게 읽는 방식이 유력해졌다. "(sa)ササの葉は/(mi)み山も/(sa)サヤに/(sa)サヤげども"라고 Sa/サ 음으로 리듬을 이루고 있다고 해석되고 있는데, 오히려 "(sa)ササの葉は/(mi)ミヤマも/(sa)サヤに/(mi)ミダレども"처럼 Sa/サ 음과 Mi/ミ 음 양방향으로 리듬을 타는 것으로 해석하는 편이 좀 더 정확하다고 할 수 있다. 'sayagedomo/サヤゲド

モ'로 읽어버리면 Sa/サ 음이 너무 많아져 지나치게 가벼워
진다. 다음으로『만요슈』에는 4단四段으로 활용한 'midaru/
ミダル'의 예는 없으며, 설령 있더라도 타동사이므로 활용
이 불가능하다고 논하는 학설(오모다카 히사타카[沢瀉久孝] 박사)
이 거의 정설이 되고 있는데, 이미 'midarini/ミダリニ'의
부사가 있고 그것이 자동사처럼 사용되고 있는 이상(『일본
서기日本書紀』에서 람[濫]·망[妄]·랑[浪] 등의 한자를 달고 있다), 4단으
로 활용했다는 증거가 된다. 법화경法華経 고훈古訓에 나오
는 "개시를 함부로 하지 않는다/不妄開示", 『노자老子』고훈
에 나오는 "영원불변을 알지 못하면 함부로 만들어 재앙이
된다/不知常妄作凶" 등을 참고할 수 있다. 즉『만요슈』시
대의 사람들은 이미 그것을 'midarini/ミダリニ'라고 읽고
있었을 것이다. 그 외에도 'midarigahashi/ミダリガハシ',
'midarigoto/ミダリゴト', 'midarigokochi/ミダリゴコチ',
'midariashi/ミダリアシ' 등의 용례가 옛날부터 있었다. 아
울러 자동사와 타동사의 구별이 절대적이지 않은 이상, 4단
四段의 'midaru/ミダル'를 헤이안平安 시대 이후처럼 타동사
로 한정시키는 것을 히토마로 시대로 거슬러 올라가 적용
시키는 것도 무리가 있다. 아울러 이 경우 조릿대 잎사귀의
상태는 단순한 청각이라기보다는, 오히려 청각을 동반한
시각에 중점을 두어야 한다. 만약 그렇다면 'midaredomo/

ミダレドモ'라고 읽는 편이 좋을 것이다. 만약 절대로 4단 동사로 활용시킬 수 없다고 한 발 양보해서 '하2단下二段 동사'로 활용시킨다면, 고훈의 예에 따라 'midarutomo/ミダルトモ'라고 읽어도 감상에는 전혀 지장이 없다. 앞에 나왔던 히토마로의 노래 "사사나미楽浪의 시가志賀의 바닷물은 여전하건만/ささなみの志賀の大わだヨドムトモ"(권1·31)의 경우와 마찬가지로 현재의 광경에서도 'tomo/トモ'라고 사용할 수 있다. 성조라는 측면에서 생각해 보자면 'midarutomo/ミダルトモ'여도 'sayagedomo/サヤゲドモ'보다 좀 더 낫다. 하지만 'midaredomo/ミダレドモ'라고 읽으면 훨씬 더 좋기 때문에 여기서는 'midaredomo/ミダレドモ'라는 훈독방식에 집착하고 있다. (이 책은 간략함이 요구되기 때문에 'midaru/ミダル 4단 동사설'은 다른 곳에서 논해 두었다)

권7에 "다카시마의 아토의 흰 파도는 철썩거려도 나는 집 생각 하네 나그넷길 서글퍼서/竹島の阿渡白波は動めども(さわげども)われは家おもふ廬悲しみ"(권7·1238)라는 작품이 있는데 이 작품과 흡사하다. 히토마로의 노래를 모방한 것으로 추정된다.

푸른 색 말이 날아갈 듯 빠르기에

구름 저 멀리 아내의 집근처를 지나와 버렸구나

靑駒の足搔を速み雲居にぞ妹があたりを過ぎて来にける

가키노모토노 히토마로柿本人麿 [권2·136]

이 노래도 가키노모토노 히토마로柿本人麿가 이와미石見로부터 야마토大和(현재의 나라현[奈良県] 부근-역주)로 올라올 때 읊은 노래로, 두 번째 장가의 반가라는 형식을 취하고 있다. "푸른 색 말/靑駒"은 이른바 푸른색 털을 가진 말을 말한다. 검은색의 털에 푸른 빛깔이 감도는 것으로 거의 검은 말이라고 해도 무방하다. 흰말을 가리킨다는 설은 온당치 않다. "너무나 빠르기에/足搔を速み"는 말이 달리는 모습을 가리킨다.

전체적인 의미는 '아내가 있는 곳을 좀 더 보고 싶지만, 내가 타고 있는 푸른 말이 너무도 빨리 달리기에 아내가 있을 곳으로부터 어느새 멀어져 버렸노라'라는 뜻이다.

내용은 간단하지만 노래의 풍모가 크고 강해서 히토마

로 특유의 성조를 유감없이 발휘하고 있다. 사랑의 비애라 기보다는 오히려 장중함에 압도되는 성조다. 그런 점에서 히토마로 특유의 어떤 유형이 자연스럽게 연상되는데, 히토마로는 자잘한 세부까지는 굳이 묘사하지 않은 채 진솔하게 진정성을 담아 읊는 것이 특징이기 때문에 내용도 단순해지고 있다. "구름 저 멀리/雲居にぞ"라고 말한 뒤 "지나와 버렸구나/過ぎて来にける"라고 마무리하는 것도 아주 좋다. 물론 이런 가락은 후지와라궁藤原宮의 우물御井과 관련된 장가長歌에도 "구름 저편에 멀리 떨어져 있네/雲井にぞ遠くありける"(권1·52)라는 표현이 있다. 이 노래 다음에 "가을 산에서 지는 단풍잎이여 잠시 동안은 흩날리지 마시게 아내 집 보려하네/秋山に落つる黄葉しましくはな散り乱れそ妹があたり見む"(권2·137)이라는 작품이 있다. 이것도 객관적이라기보다는 내적인 가락으로 노래하고 있다. 이런 경향을 싫어하는 사람은 싫어하겠지만, 경박함에 빠져버리지 않고 있다는 점을 결코 간과해서는 안 될 것이다. 이와미에서 상경할 때 읊은 이런 노래들은 히토마로의 인생을 돌이켜 살펴보면 만년의 작품에 속할 것이다.

이와시로의 해변 소나무 가지 함께 묶어서
만약 무사하다면 다시 올 때 보겠지

磐代の浜松が枝を引き結び真幸くあらば亦かへり見む

아리마有間 황자〔권2·141〕

사이메이斉明 덴노의 재위 시절(658년·사이메이 4년 11월), 아
리마有間 황자(고토쿠[孝徳] 덴노의 황자)는 소가노 아카에蘇我赤
兄의 계략에 넘어가 덴노에게 기이紀伊 지역 무로牟婁 온천
(지금의 유자키[湯崎] 온천)*으로의 행차를 권한다. 그 후 덴노가
부재중인 것을 틈타 모반을 꾀했으나 사건이 사전에 폭로
되어 11월 5일 붙잡히게 되었다. 따지고 보면 소가노 아카
에 때문에 붙잡히게 된 것인데, 결국 9일 기이 온천에 있는
행궁으로 끌려가 황태자 나카노오에中大兄 황자(훗날의 덴지
[天智] 덴노-역주)의 심문을 받게 되었다. 『일본서기日本書紀』의
사이메이斉明 덴노 재위시절 기록에는 "이에 황태자가 친히
아리마 황자에게 묻기를, 어찌하여 모반을 꾀했는가, 라고
물으니 답하여 말하기를, 하늘과 아카에가 알고 있으며 나

는 전혀 알지 못 한다"라는 내용이 보인다. 이 노래는 행궁으로 끌려가던 도중 이와시로磐代(지금의 기이[紀伊] 히다카군[日高郡] 미나미베초[南部町] 이와시로[岩代]) 해안을 통과할 때 읊었던 노래다. 황자는 11일 행궁에서 호송되어 후지시로자카藤白坂에서 처형되었다. 향년 19세였다. 『만요슈』의 고토바가키 詞書(노래의 본문에 앞서 창작 관련 상황설명이 필요한 경우 나오는 일종의 서문-역주)에 "아리마 황자 스스로 슬퍼하여 소나무 가지를 묶는 노래 2수"라고 나온 것은 이상과 같은 사정이 있었기 때문이다.

전체적인 의미는 '나는 이런 처지에 놓여 이와시로磐代까지 오게 되었지만 지금 해변의 소나무 가지를 묶으며 행운을 기원하고 간다. 혹여 무사할 수 있다면 다시 왔을 때 지금 묶은 이 나뭇가지를 다시 한번 볼 수 있겠지'라는 뜻이다. 소나무 가지를 묶는 것은 초목을 묶어 행복을 기원하는 신앙이 있었기 때문이다.

'만약 무사히 다시 돌아올 수 있다면'이란 표현은 '황태자의 심문에 대해 해명할 수 있다면'이라는 의미이므로 아리마 황자는 어쩌면 그럴 수 있을 거라고 믿고 있었을지도 모른다. "하늘과 아카에가 알고 있다"는 한 마디는 비통하기 그지없다. 하지만 노래는 더더욱 애절하다. 만일의 경우에 임해서도 그저 주관적인 말들을 토해내지 않고 본인 스스

로를 있는 그대로 솔직하게 표현하고 있다. 그리고 마지막 구에서 "다시 올 때 보겠지/またかへり見む"라는 표현으로 자신의 감개를 응축시키고 있다. 이것은 저절로 이루어진 사생寫生이다. 서정시抒情詩로서의 단가短歌가 취해야 할 태도는 이 이외에는 없노라고 말해도 좋을 정도다. 작자는 단지 있는 그대로 묘사했을 뿐인데, 후대의 우리들이 그 기법을 음미하면 많은 것들에 대해 이야기할 수 있다. 예를 들어 제 3구에서 "함께 묶어서/引き結び"라고 말한 후 "만약 무사하다면/まさきくあらば"으로 이어지게 하고 있는데 그 사이에서 잠깐 흐름을 끊는다. 이런 전개방식은 "웅대한 구름 위에 석양 비치니/豊旗雲に入日さし"라고 말하고 나서 "오늘 밤 뜨는 달은/こよひの月夜"으로 이어질 때 잠깐 흐름이 멈춘 것과 비슷하다(『만요슈』〔권1·15〕참조- 역주). 이런 표현들이 자연스럽게 펼쳐지고 있기 때문에, 후대 노래처럼 가락이 지나치게 상식적이거나 통속적인 경향을 보이지 않는 것이다.

집이었다면 그릇에 담았을 밥

여행길에서 모밀잣밤나무의 잎에 가득 담노라

家にあれば笥に盛る飯を草枕旅にしあれば椎の葉に盛る

아리마有間 황자[권2·142]

아리마有間 황자의 두 번째 노래다. 원문에 보이는 "그릇/笥"은 『와묘루이주쇼和名類聚抄』에 '밥을 담는 그릇이다/盛食器也'라고 되어 있기 때문에 식기를 말하는 것이라고 할 수 있다. 참고로 그 당시 고귀한 신분의 사람들의 식기는 은그릇이었을 것으로 고증되고 있다(야마다 요시오[山田孝雄] 박사).

전체적인 의미는 '자신의 집(저택)에 있었다면 밥을 담는 그릇(은그릇)에 담았을 밥을 이렇게 나그넷길에 오르니 모밀잣밤나무 잎사귀에 담는구나'라는 뜻이다. 밥을 담는 그릇으로 은그릇과 모밀잣밤나무의 작은 잎사귀는 그야말로 천양지차라고 할 수 있다.

앞서 나온 아리마有間 황자의 노래는 "만약 무사하다면 다

시 올 때 보겠지/真幸くあらば亦かへり見む"라는 강한 감
개를 내비치고 있었는데 그토록 복잡한 심경을 이리도 단
순히 표현할 수 있었다는 사실에 놀랄 뿐이었다. 이 노래의
경우 거의 감개를 드러내는 단어가 없을 뿐만 아니라 영탄
을 나타내는 조사나 조동사조차 없다. 하지만 그 저변에 흐
르는 애잔한 분위기를 결코 외면할 수 없다. 어째서일까.
우리들의 상식으로는 "여행길에서/草枕旅にしあれば"라면
보통 여행의 어려움을 노래하는 내용일 것이다. 그러나 그
것과 다른 것을 느끼게 하는 이유는 무엇 때문일까. 역사적
사실을 고려하기 때문만은 결코 아닐 것이다. 역사적 사실
을 염두에서 제거해버려도 마찬가지이기 때문이다. 아리마
有間 황자가 생사의 문제에 직면해 직접 경험한 현실을 그
즉시 있는 그대로 고스란히 표현하고 있다는 점이 결국 일
반적인 기려가羈旅歌(주로 여정[旅情]을 읊은 운문 장르-역주)와 차
별성을 가지고 있었던 것이다. 사생寫生의 심오한 진리는
바로 그 점에 있을 것이며, 이 결론은 거의 정확할 거라고
생각한다.

나카노오에中大兄 황자의 "가구의 산과 미미나시의 산이
서로 다툴 때 직접 보러 오셨던 이나미들판이여/香具山と
耳梨山と会ひしとき立ちて見に来し印南国原"(권1·14)라는
노래에도 이런 객관적인 장엄함이 존재했지만 그것은 결국

전설을 노래했던 작품이었다. 때문에 "아내 쟁탈전다운" 감개가 설령 그 깊숙이 감춰져 있다 해도 대상이 대상인만큼 이 작품과는 엄연히 다르다고 할 수 있다. 하지만 아리마 황자는 고작 19살이라는 어린 나이에 이런 객관적인 장엄함을 성취할 수 있었다.

아리마 황자의 이상과 같은 두 작품, 특히 앞선 노래는 당시 사람들에게 깊은 감동을 준 것으로 보인다. "이와시로의 해안 소나무 가지 묶었던 사람 돌아와서 다시금 이것을 보았을까/磐代の岸の松が枝結びけむ人はかへりてまた見けむかも"(권2·143), "이와시로의 들판 위에 서 있는 소나무 가지 마음 여전히 묶인 채 옛 일이 생각나네/磐代の野中に立てる結び松心も解けずいにしへ思ほゆ"(권2·144, 나가노이미키오키마로[長忌寸意吉麿]), "나는 새처럼 이곳에 다니면서 보고 있겠지 사람들은 몰라도 소나무는 알 것이니/つばさなすあり通ひつつ見らめども人こそ知らね松は知るらむ"(권2·145, 야마노우에노 오쿠라[山上憶良]), "훗날 보려고 황자께서 묶어놓은 이와시로의 어린 소나무 가지 다시금 보았을까/後見むと君が結べる磐代の子松がうれをまた見けむかも"(권2·146, 가키노모토노 히토마로 가집[柿本人麿歌集]) 등이 있다. 하지만 이 노래들은 하나같이 아리마 황자의 노래에 미치지 못한다. 그 마음이 직접적이지 않고 간접적일 수밖에 없었기 때문일 것이다. 아울러 호즈미노 아소미 오유穗積朝臣老가 오미近江 행차(717년·요로[養老] 원년 추정)에 동행했을 때 부른 노래 "나의 목숨이 행여 무사하다면 다시 보고파 시가의 오쓰에 밀려드는 흰 파도/吾が命し真幸くあらばまたも見む志賀の大津に寄する白浪"(권3·288)도 있는데, 아리마 황자의 노래만큼 간절히 느껴지지 않는다.

고전원문에 보이는 "모밀잣밤나무의 잎/椎の葉"은 『와묘루이주쇼和名類聚抄』에 "shihi/椎子和名之比"라고 나오기 때문에 모밀잣밤나무라고 생각해도 무방하겠지만 졸참나무楢 잎사귀라는 설도 있다. 『신센지쿄新撰字鏡』(헤이안시대에 편찬된 일종의 한화[漢和] 사전으로 한자의 발음과 의미, 일본어 훈을 적어놓음-역주)에 "shihi, 졸참나무다/椎, 奈良乃木也"라고 되어 있는 것도 그 증거가 될 것이다. 그러나 음력 10월 상순이라면 이미 잎사귀들이 다 떨어진 이후다. 아울러 "늦든 빠르든 기다리겠습니다 모밀잣밤나무 어린 가지 만나 듯 만날 수 있겠지요/遲速も汝をこそ待ため向つ峰の椎の小枝の逢ひは違はじ"(권14·3493)라는 노래와 해당 노래에 대한 설명에 나오는 '어떤 책의 노래/或本の歌' "모밀잣밤나무 어린 가지처럼 무성한 때가 지나도/椎の小枝の時は過ぐとも"에 나오는 'shii/椎'는 'shihi/思比', 'shihi/四比'라고 쓰고 있기 때문에 졸참나무楢는 아닐 것이다. 그렇다면 모밀잣밤나무의 어린 가지를 꺾어 그것에 밥을 담는다고 해석해도 좋을 것이다. "한쪽 경사진 이 건너편 언덕에 모밀잣밤나무 씨 뿌리면 올 여름 그 그늘 보이려나/片岡の此向つ峯に椎蕡 かば今年の夏の陰になみむか"(권7·1099)에 나오는 것도 모 밀잣밤나무일까. 권7의 이 노래는 '산맥을 읊는' 작품이기 때문에 모밀잣밤나무의 생장生長과 관련하여 그리 합리적 이지 않더라도 문득 그런 기분이 들었기 때문에 읊은 노래 일 것이다.

드넓은 하늘 저 멀리 바라보면
우리 대왕의 수명 영원하시어 하늘에 가득 찼네

天の原ふりさけ見れば大王の御寿は長く天足らしたり

야마토히메倭姫 황후〔권2·147〕

덴지天智 덴노가 병이 났을 때 황후(야마토히메노오키미〔倭姫
王〕)가 바친 노래다. 덴노는 671년(덴지〔天智〕 10년) 9월에 발병
한 후, 10월에 위독해졌다가 12월에 오미궁近江宮에서 세상
을 떠났다. 때문에 이것은 9월이나 10월경의 노래로 추정
된다.

전체적인 뜻은 '하늘 저 멀리 올려다보니 드넓기 그지없
다. 지금, 덴노의 수명 역시 이 하늘처럼 가득 차 계시리라,
목숨은 영원히 계속 되시리라'라는 의미다.

덴노가 병중에 있다는 사실을 알지 못했다면, 그저 무병
장수를 기원하는 노래로 받아들일 수 있는 노래다. 그러나
거듭 반복해서 읊어보며 병이 낫기를 기원하는 애절한 마
음, 절실한 슬픔이 내재되어 있음을 느낄 수 있다. 특히 마

지막 구에 "하늘에 가득 찼네/天足らしたり"라고 강하게 단정하고 있는 것은 오히려 더할 나위 없는 영탄이라고 할 수 있다. 다치바나노 모리베橘守部는 이 노래에 나온 "드넓은 하늘/天の原"은 하늘을 말하는 것이 아니라 집의 지붕을 가리킨다고 고증하고 있다. 새로 지은 집의 완성을 축하하는 축사 중에 나오는 "하늘처럼 광대한 궁전을 바라보니 앞으로 만년토록 이대로만 있었으면 좋겠습니다/み空を見れば万代にかくしもがも" 등등의 표현을 근거로 삼았다. 그러나 지붕을 하늘에 비유한 것은 새로운 가옥을 축복하는 것이 주된 동기이기 때문에 자연스럽게 그렇게 된 것이다. 아울러 『만요슈』 니이나메에新嘗会의 노래 "하늘 위에는 많은 그물 쳐졌네 만대까지도 나라 지배하려고 많은 그물 쳐졌네/天にはも五百つ綱はふ万代に国知らさむと五百つ綱延ふ"(권19·4274)에서도 궁전 안에서 행해진 만찬이기 때문에 이런 표현이 나온 것이다. 덴노의 병이 낫길 바라는 노래와는 그 바램이나 동기가 당연히 달라야 할 것이다. 설령 실제로 길흉을 짐작하는 행위였다고 해도, 실제 하늘을 올려다보면서 하지 못한다는 법도 없고, 그런 행위는 현재 전해져 내려오지 않기 때문에 정확한 것은 알 수 없다. 그러나 이 노래 안에 "드넓은 하늘 저 멀리 바라보면/天の原ふりさけ見れば"라는 표현이 있기 때문에 있는 그대로 하

194

늘을 올려다보았다고 해설하는 과거의 주석 쪽이 오히려 애당초 노래에 담겨진 진실을 전하고 있을 거라고 생각한다. 모리베의 설은 지나치게 앞서간 바람에 오히려 실상에서 벗어난 측면이 없지 않다.

이 노래는 "드넓은 하늘 저 멀리 바라보면/天の原ふりさけ見れば"이라고 말한 뒤 바로 "우리 대왕의 수명/大王の御寿は"으로 이어시고 있다. 이것만 보면 길흉을 점쳐 길하다는 계시를 얻었다는 의미로 받아들일 수도 있을 것이다. 하지만 아마도 아닐 것이다. 여기에는 상식적 의미에서 생략과 단순화가 존재하기 때문이다. 이는 옛 노래가 가진 특징이다. 산문이라면 '푸른 하늘이 끝없이 펼쳐진 것처럼' 등등으로 보충할 수 있는 부분이다. 이 노래 후반부의 구에 대한 훈독방식도 고사본 중에서는 교토京都대학 소장본이 이렇게 읽고 있으며 근래에는 다치바나 지카게橘千蔭의『만요슈랴쿠게万葉集略解』가 이렇게 읽어 대부분의 연구자들이 이를 따르게 되었다.

푸르른 수목 고하타산 주위를 오가는 영혼
눈에는 보이지만 직접 만날 길 없네

靑旗の木幡の上を通ふとは目には見れども直に逢はぬかも
あをはた　こはた　　　　かよ　　　め　　み　　　　ただ　あ

　　노래의 내용을 살펴보면, 덴지天智 덴노가 세상을 떠난
후 야마토히메 황후가 읊은 노래라고 봐도 좋을 듯하다. 첫
번째 구에 보이는 "aohatano/靑旗の"는 바로 밑에 나오는
"kohata/木幡"로 이어지는 마쿠라코토바枕詞(특정 어구 앞에
붙는 5음의 수식어로 그 의미를 강조하거나 어조를 고르는 기법-역주)다.
푸른 수목이 번성해 있다는 의미를 나타내며, 뒤에 나오는
'hata/ハタ' 음과도 관련시킨 마쿠라코토바라고 할 수 있다.
"고하타木幡"는 지명으로 야마시로山城(현재의 교토부 남부 지역-
역주)의 고하타를 말한다. 덴지 덴노의 능이 있는 야마시나
山科(교토 동부에 있는 지역명-역주)와 가까워서, "야마시나의 고
하타의 산에는 말은 있지만/山科の木幡の山を馬はあれ
ど"(권11·2425)이라는 노래가 있는 것처럼 야마시나의 고하타

196

木幡라고 하는 경우도 있었다. 덴노의 능 주변을 보면서 읊은 노래일 것이다. 이상은 대체로 게이추契沖의 설을 따른 파악방식인데, "푸르른 수목 고하타/靑旗の木幡"가 장례식 때 사용하는 깃발을 가리킨다는 설(『만요코[万葉考]』·『만요슈히노쓰마데[万葉集檜嬬手]』·『만요슈코쇼[万葉集攷證]』)도 있다. 필자도 한때 그 설을 따랐던 적이 있지만, 이번엔 게이추의 학설을 따랐다.

작품의 전체적인 의미를 살펴보자. 〔아오하타노/靑旗の〕(마쿠라코토바) 고하타산木幡山 묘지 주위로 덴노의 혼이 왔다 갔다 하는 것이 확연히 보이지만, 직접 그 분을 만날 수가 없구나'라고 말하고 있다.

이 노래는 단순하며 고색창연하다. 쓸데없는 겉치레나 기교를 사용하지 않고 있다. 앞에 나왔던 노래와 마찬가지로 『만요슈』 전체에 걸쳐 손꼽히는 걸작 중 하나다. "직접/直に"은 실제로 살아있는 몸과 몸이 직접 만나는 것을 말한다. 때문에 『만요슈』에는 용례가 제법 많다. "셀 수도 없이 마음은 생각해도 직접 만날 수 없네/百重なす心は思へど直に逢はぬかも"(권4·496), "현실에서는 직접 만날 수 없어/うつつにし直にあらねば"(권17·3978), "직접 만날 수 없어 그리워만 하노라/直にあらねば恋ひやまずけり"(권17·3980), "꿈에서나마 계속 나타나주오 직접 만날 때까지/夢にだに

継ぎて見えこそ直に逢ふまでに"(권12·2959) 등이다. "눈에는 보이지만/目には見れども"은 눈앞에 나타난다는 말로 이미지든 환영으로든, 혹은 꿈에서라도 보이는 것을 말한다. 여기서는 이미지로 떠오르는 것을 말하는 것일까. "하늘 떠가는 멋진 달님의 모습 매일 밤마다 눈으로는 보지만 가까이 할 수 없네/み空ゆく月読男ゆふさらず目には見れども寄るよしもなし"(권7·1372), "사람들 소문 소란하고 괴로워 사랑하는 임 눈으로는 보아도 만날 방법도 없네/人言をしげみこちたみ我背子を目には見れども逢ふよしもなし"(권12·2938) 등의 노래가 있는데, 모두 민요풍의 가벼운 내용으로 이 작품만큼 절실한 면은 없다.

남들은 비록 잊는다 하더라도
돌아가신 분 그 모습 어른거려 잊을 수가 없어라

人は縦し思ひ止むとも玉かづら影に見えつつ忘らえぬかも

야마토히메倭姬 황후〔권2·149〕

이 작품에는 "덴노가 세상을 떠난 후 야마토 태후가 읊은 노래 1수"라는 명확한 고토바가키詞書(노래의 본문에 앞서 창작 관련 상황설명이 필요한 경우 나오는 일종의 서문-역주)가 존재한다. 여기 나온 야마토 태후란 야마토히메 황후를 말한다.

전체적인 의미는 '다른 사람들이 설령 고인이 되신 덴노를 더 이상 그리워하지 않고 마침내 잊어버린다 해도, 내게는 오로지 덴노의 환영이 언제까지나 눈앞을 아른거릴 뿐, 잊고 싶어도 도저히 잊을 수 없네요'라는 뜻으로 파악된다. 독영가적인 특징을 지니고 있다.

"tamakazura/玉かづら"는 관다발식물인 석송Lycopodium clavatum을 가발 위에 '걸어서' 장식한다고 표현할 때의 '걸어서(kake/カケ)'에 해당하는 일본어와 비슷한 음이라는 이

유로 'kage/カゲ(影)'에 걸리는 마쿠라코토바枕詞(특정 어구 앞
에 붙는 5음의 수식어로 그 의미를 강조하거나 어조를 고르는 기법-역주)
로 파악했다. 야마다 요시오山田孝雄 박사는 장례식 때 사용
하는 화만(불상의 머리 위에 늘어뜨리는 꽃다발 장식-역주)으로 파악
해, 단순히 마쿠라코토바로 쓰인 것이 아니라고 지적한 바
있다. 이 노래에서는 "그 모습 어른거려/影に見えつつ"라
고 되어 있기 때문에 직전에 나왔던 노래도 역시 이미지로
해석할 수 있을 것이다. "만났던 임의 말씀하시던 모습 눈
앞에 어른거려/見し人の言問ふ姿面影にして"(권4·602), "눈
앞에 항상 어른거리는 그대 잊을 수가 없기에/面影に見え
つつ妹は忘れかねつも"(권8·1630), "그림자처럼 눈앞에 어른
거려 저절로 떠오르네/面影に懸かりてもとな思ほゆるか
も"(권12·2900) 등의 용례가 많다.

　이 노래는 "남들은 비록 잊는다 하더라도/人は縱し思ひ
止むとも"라고 강하게 주관을 드러내고 있지만 전체적으로
는 오히려 앞에 나온 두 작품보다 약한 면이 있다. 그 이유
는 아마도 작품 후반부의 성조 때문으로 추정된다.

황매화꽃이 아름답게 피어난 깊은 산 샘물

뜨러 가고 싶지만 길을 알 수 없기에

山吹の立ちよそひたる山清水汲みに行かめど道の知らなく

다케치高市 황자〔권2·158〕

도치十市 황녀가 세상을 떠났을 때, 다케치高市 황자가 지은 노래 3수 중 한 작품이다. 도치 황녀는 덴무天武 덴노의 제1황녀로 어머니는 누카타노오키미額田女王다. 고분弘文 덴노의 비妃였으나 임신壬申의 난 이후, 아스카키요미하라궁 明日香淸御原宮(덴무 덴노의 궁전)으로 돌아왔다. 675년(덴무 7년) 4월 이세伊勢 행차 직전에 갑자기 세상을 떠났다. 『일본서기 日本書紀』의 덴무 덴노 재위기의 기록에 의하면 '675년(덴무 7 년) 여름 4월 1일 사이구齋宮(이세신궁에서 신을 모시고자 황실에서 파견된 미혼의 황녀, 혹은 황녀가 거처하던 곳-역주)에 가고자 점을 쳐 보았다. 4월 7일이 좋다고 나와서 평단平旦(인시, 오전 4시경) 시각에 경필警蹕(덴노가 공적으로 궁 밖으로 나갈 것을 대비하여 경호 를 위해 사람들에게 그 사실을 알리고 준비시키는 풍습-역주)하고 이미 움직이기 시작했다. 문무백관이 줄을 서고 수레 준비가 끝난 후 막 출발하려던 차에 도치 황녀가 갑자기 발병하여 궁중에서 세상을 떠났다. 때문에 덴노의 행렬이 멈춰 섰고 행차가 불가능해졌다. 결국 이세로 가서 신을 모시지 못했다'라고 되어 있다. 다케치 황자는 배다른 남동생에 해당한다. 묘지는 아카호赤穂, 지금의 아카오赤尾에 조성되었다.

전체적인 뜻은 '아름다운 황매화꽃이 지천으로 피어 있는 산속 깊숙이에 있는 샘으로 물을 뜨러 가고 싶지만, 어떤 길로 가야 그 물을 뜰 수 있을지 모르겠다'는 의미다. 황매화꽃을 닮았던 누나 도치 황녀가 급히 세상을 떠나 어찌해야 할 바를 모르겠다는 심정이 담겨 있다.

작자는 산속 깊은 샘 주변에 황매화꽃이 아름답게 피어 있는 모습을 직접 묘사하며 머릿속으로 떠올리고 있다. 이른바 도치 황녀와 관련된 하나의 상징이다. 그래서 어찌해야 좋을지 모르는 슬픔 심정을 "길을 알 수 없기에/道の知らなく"라고 말하고 있다. 자연스러운 감정상 전혀 무리한 이야기는 아니다. 하지만 상식적으로 생각할 때 특정한 샘을 상정하고 있다면 "길을 알 수 없기에/道の知らなく"라는 표현은 다소 부자연스럽다. 이에 따라 다치바나노 모리베橘守部처럼 "황매화꽃이 아름답게 피어난 깊은 산 샘물/山吹の立ちよそひたる山清水"이라는 것은 "황천/黄泉"이

라는 한자어를 일본어로 풀어서 표현한 것으로 해석하는 경우도 있다. 황천까지 따라가고 싶지만 저승과 이승은 엄연히 다르므로 어디로 가야할지 길을 알 수 없다는 말로 해석한다. 다치바나노 모리베의 해석은 상식적으로 생각해 볼 때 논리적으로는 오류가 없다. 어쩌면 작자는 실제로 그런 의도로 작품을 창작했을지도 모른다. 하지만 노래를 감상할 때는 표현 그 자체를 우선시해야 한다. 그렇다면 자연스레 본서의 해석처럼 이해가 되며, 이렇게 생각해도 감정상 전혀 위화감이 없다.

제2구에 나오는 고전원문("立儀足")은 구훈旧訓에서는 'sakitaru/サキタル'였던 것을 『만요다이쇼키万葉代匠記』가 'tachiyosohitaru/タチヨソヒタル'라고 읽었다. 그 외에도 여러 가지 훈독방식이 있지만 거의 『만요다이쇼키』의 방식이 정착된 듯하다. 'yosohu/ヨソフ'라는 단어는 "물새와 같이 떠날 준비에 바빠/水鳥のたたむヨソヒに"(권14·3528)를 비롯하여 다양한 예가 있다. "황매화꽃이 아름답게 피어난 산속의 샘물/山吹の立ちよそひたる山清水"이라는 구가 이미 사물에 대한 형상을 묘사한 내용이 선명하기 때문에 본 작품이 가작이 되었던 것이다. 작품 전체의 의미도 이부분을 밀고 나가 음미하면 이 노래가 얼마나 탁월한 작품인지를 알 수 있다. 고풍스러운 가락의 더할 나위 없는 묘미가 느껴질 뿐만 아니라 의미적으로도 순수하고 자연스럽다. 황천 운운하는 해석은 표현 깊숙이 담아놓고 만가挽歌(장례와 관련된 노래-역주)라는 측면에서 감상해야 한다. 그런데 어째서 이 노래의 전반부인 제3구까지는 이토록 애절할까. "개구리 우는 가무나비의 강에 그림자 비춰 지금 피어 있을까 황매화의 꽃잎은/かはづ鳴く甘南備河にかげ見えて今か咲くらむ山吹の花"(권8·1435) 등과 같이 당시 사람들이 지극히 사랑했던 꽃이기 때문이다.

북쪽 산 위로 흘러가는 구름은
푸른 구름의 별을 떠나서 가고 달을 떠나서 가네

北山につらなる雲の青雲の星離りゆき月も離りて
きたやま　　　　　　くも　あをぐも　ほしさか　　　　　つき　さか

지토持統 덴노〔권2·161〕

덴무天武 덴노가 세상을 떠날 때 황후(훗날의 지토[持統] 덴노)
가 읊은 노래다. 원문에는 '어떤 책에서 말하기를 덴노가 사
망했을 때 태상덴노太上天皇가 읊은 노래'라고 되어 있다. 몬
무文武 덴노 치세라는 점을 생각해보면 지토 덴노를 태상덴
노라고 불렀을 것이므로, 요컨대 지토 덴노가 읊은 노래로
파악되어 왔다.

전체적인 의미는 '북쪽 산 위로 흘러가고 있는 구름의, 푸
른 구름 안의(파란 하늘) 별도 떠나가고 있고, 달도 떠나가고
있네'라는 뜻이다. 덴노가 세상을 떠난 후 모든 것들이 사
라져간다는 심경을 읊은 노래이겠지만, 그저 머릿속으로만
그려내는 추상적인 표현이 아니라, 좀 더 구체적인 의미로
해석해도 좋다.

일단 대략적으로 해석해 보았지만 실은 매우 난해한 작품이라 다양한 설이 있다. "북쪽 산 위로/北山に"라고 훈독한 원문은 "향남산/向南山"이었다. 남쪽 방향에서 보면 야마시나山科(교토 동부에 있는 지역명-역주)에 있는 덴노의 능은 북쪽 편에 있다. 그 능이 있는 산을 바라보며 "향남산/向南山"이라고 표현했을 것이다. "흘러가는 구름은/つらなる雲の" 부분의 고전원문("陣(陳)雲之")에 대해서 구훈旧訓에서는 'tanabikukumono/タナビククモノ'라고 읽었는데 고사본 중에는 'tsuranarukumono/ツラナルクモノ'라고 읽은 책도 있다. 하지만 과거에서 현재에 이르기까지 'tsuranarukumo/ツラナルクモ'라는 용례는 없기 때문에 야마다 요시오山田孝雄 박사 같은 분도 구훈旧訓을 따랐다. 하지만 'tsuranarukumo/ツラナルクモ'가 훈독방식으로 가능하다면 이편이 좀 더 파격적이고 오히려 깊이가 있다. 그 다음, "푸른 구름/青雲"은 '청공青空・청천青天・창천蒼天' 등을 가리키기 때문에 구름이라고 표현하면 이상한 듯하지만 "푸른 구름이 끼어 있는 날조차 보슬비가 내리네/青雲のたなびく日すら霖そぼ降る"(권16·3883), "푸른 구름이 나오듯 나의 그녀/青雲のいでこ我妹子"(권14·3519), "푸른 구름이 드리워진 나라에/青雲の向伏すくにの"(권13·3329) 등의 표현도 있기 때문에 맑게 개인 파란 하늘도 푸른 구름이라고 믿었던 것으로 추측된다. 그러므로 "북쪽 산으로 이어지는 파란 하늘/北山に続く靑空"을 "북쪽 산 위로 흘러가는 구름은 푸른 구름의/北山につらなる雲の靑雲の"라고 표현했다고 해석할 수 있는 것이다. 이 점으로부터 별이든 달이든 그저 "사물이 변해 별이 자리를 옮겨 가을은 몇 번이 지났던가/物変星移幾度秋" 따위의 표현상의 기법으로서가 아니라, 현실의 별, 현실의 달이 지나간 것을 보고 저절로 발해진 영탄이라고 해석하고 있다.

까다로운 노래지만 이상과 같이 해석하며 거의 존경심을 가지고 애송하고 있다. "봄이 지나고 여름이 온 듯하네/春過ぎて夏来るらし"(권1·28)와 거의 동등한 위치에 두고 있는 것이다. 뭔가 애매하게 느껴지기도 하고 명확히 딱 떨어지지 않는 면에 오히려 마음이 끌리는 탓일까. 그보다는 좀더 진실한 뭔가가 이 노래에 존재하기 때문일 것이다. "북쪽 산 위로 흘러가는 구름은/北山につらなる雲の"이라는 표현만으로도 이미 존경심이 엄습해 버리기 때문에 그만큼 고풍스러운 가락을 높이 평가하고 있다는 말이 되겠으나, 이는 어쩌면 다소 편향되어 있을지도 모르겠다.

이세국伊勢国에서 있었으면 좋으련만
무엇 하려고 예까지 왔을까 그대조차 없건만

神風の伊勢の国にもあらましを何しか来けむ君も有らなくに

오쓰大津 황자가 세상을 떠난 후 오쿠大来(오쿠[大伯]) 황녀가 이세伊勢에서 상경했을 때 지은 노래다. 두 사람이 남매 사이였음은 이미 앞에 나왔던 작품에서 언급한 바 있다. 황자는 686년(아카미토리[朱鳥] 원년) 10월 3일 죽음을 맞이했다. 아울러 황녀가 덴무 덴노 사망에 따라 사이오齋王(미혼의 황족 중 선발되어 덴노를 대신해 이세신궁[伊勢神宮]에서 신을 모시던 여성으로, 오쿠 황녀가 최초이며 이후 60명 이상이 존재했음-역주)에서 내려와(덴노가 즉위할 때마다 교체됨) 귀경길에 올랐던 것도 역시 686년(아카미토리[朱鳥] 원년) 11월 16일이므로 황녀는 황자의 죽음에 대해 대략 알고 있었다고 생각하지만 귀경 후 비로소 자세한 내막을 전해 들었을 것이다.

전체적인 뜻을 살펴보면, ˹가무카제노/神風の˼(마쿠라코토

바) 이세국伊勢国에 그대로 있었더라면 좋았을 것을, 궁중에 있어야 할 동생도 이미 이 세상을 떠난 마당에 무엇 때문에 여기로 돌아온 것일까'라는 의미일 것이다.

"이세국에서 있었으면 좋으련만/伊勢の国にもあらましを"이라는 구는 황녀의 있는 그대로의, 진정성 있는 목소리였을 것이다. 고향인 야마토大和(지금의 나라현[奈良県] 부근-역주), 특히 궁중에 돌아온 것이니 필시 기쁠 텐데, 이런 표현이 있다는 사실은 읽는 이의 마음을 슬프게 한다. 제3구에서 "있었으면 좋으련만/あらましを"이라고 한 후 마지막 구에서 "없건만/あらなくに"이라고 표현한 것도 무겁고 비통하기 그지없다.

아울러 같은 시기에 읊은 작품에 "보고 싶다고 생각하는 그대도 이젠 없건만 무얼 하러 왔던가 말만 지치게 하며/見まく欲り吾がする君もあらなくに何しか来けむ馬疲るるに"(권2·164)가 있다. 앞선 작품의 마지막 구 "그대조차 없건만/君もあらなくに"이라는 구가 이 노래에서는 제3구에 놓여져 "말만 지치게 하며/馬疲るるに"라는 주변의 일상적인 이야기를 담은 구로 마무리하고 있다. 이 마지막 구에도 역시 호소하는 느낌이 감돌고 있다. 이상과 같은 2수는 연작이기 때문에 두 가지 모두 걸작으로 뽑고 싶었지만 지금은 일단 나머지 하나를 종속적으로 다루기로 했다.

살아서 남은 나는 내일부터는

후타가미산 동복의 동생이라 여기며 보려 하네

現身の人なる吾や明日よりは二上山を弟背と吾が見む

오쿠大来 皇女〔권2·165〕

갯바위 위로 돋아난 마취목 꺾고 싶지만

보여주고픈 그대 이미 여기 없기에

磯の上に生ふる馬酔木を手折らめど見すべき君がありと云はなくに

오쿠大来 皇女〔권2·166〕

　　오쓰大津 황자를 가즈라키葛城의 후타카미산二上山에 묻었을 때 오쿠大来 황녀가 슬퍼하며 지은 노래다. "동생/弟背"은 원문에서는 "제세/弟世"라고 되어 있어 'imose/イモセ', 'otose/ヲトセ', 'nase/ナセ', 'wagase/ワガセ' 등 여러 가지 훈독방식이 있지만 신훈新訓의 'irose/イロセ'를 따랐다. 어머니가 같은 형제를 'irose/イロセ'라고 칭하는 것은 『고사기古事記』에 "아마테라스오미카미의 동복동생/天照大御神之伊呂勢", "그 동복형인 이쓰세노미코토/其伊呂兄五瀬命" 등의 용례가 있다.

　　대략적인 뜻을 살펴보면 다음과 같다. 첫 번째 노래의 경우, '살아서 현세에 남아 있는 나는 내일부터는 이 후타카미산二上山을 동복동생이라고 여기며 바라보겠노라, 오늘 결국 여기에 동생을 묻었노라'는 내용이다. 두 번째 노래는 '갯바위에 피어난 아름다운 마취목馬醉木 꽃을 꺾고 싶지만 그것을 가지고 가서 보여줄 동생이 이미 이 세상 사람이 아니기에 꺾을 필요도 없네요'라는 의미다.

"그대 이미 없기에/君がありと云はなくに"는 말 그대로 "세상 사람들이 그대가 살아 있다고 말하지 않는다"라는 이야기다. 가키노모토노 히토마로柿本人麿의 노래에도 "사람들이 말하기에/人のいへば" 운운이라고 나와 있는 것처럼 일반적으로 그리들 말하기에, 그것이 사실이라고 강조한 표현이 되기도 하며, 어쨌든 그런 표현이 실제로 쓰이고 있는 것이다. 마취목에 대해서는 "산길 가득히 피어있는 마취목, 밉지 않은 그대를 언제쯤이면, 어서 가서 보고파/山もせに咲ける馬醉木の, 悪くからぬ君をいつしか, 住きてはや見む"(권8·1428), "마취목처럼 아름다운 그대가 파 논 우물의/馬醉木なす栄えし君が掘りし井の"(권7·1128) 등이 있다. 자생 식물로 사람들에게 사랑받았던 꽃이다.

이 두 작품은 앞서 나왔던 노래들에 비해 다소 차분하고 깊이가 있는 표현으로 생각된다. "무엇 하려고 예까지 왔을까/何しか来けむ"과 같은 격앙된 어조가 사라지고 "살아서 남은 나는/現身の人なる吾や"이라고 표현하고 있다. 체념

한 듯한 심경에 도달한 말투지만 두 작품 모두 매우 훌륭한
노래다.

하늘의 해는 밝게도 빛나건만
칠흑과 같은 밤하늘 떠가는 달 숨는 것 아쉬워라

あかねさす日は照らせれどぬばたまの夜渡る月の隠らく惜しも

가키노모토노 히토마로柿本人麿〔권2·169〕

히나미시노미코노미코토日並皇子尊의 빈궁殯宮(덴노나 황족
이 사망했을 때 그 관을 장례식 때까지 안치해 두었던 임시 어전-역주) 때,
가키노모토노 히토마로柿本人麿가 지은 장가長歌의 반가反歌
다. 미코노미코토皇子尊라고 쓴 것은 황태자이기 때문이다.
히나미시노미코노미코토日並皇子尊(구사카베[草壁] 황자)는 689
년(지토[持統] 3년) 세상을 떠났다.

　"칠흑과 같은 밤하늘 떠가는 달 숨는 것/ぬばたまの夜わ
たる月の隠らく"이라는 것은 구사카베 황자가 세상을 떠
났음을 나타낸 말이다. 아울러 "하늘의 해는 밝게도 빛나건
만/あかねさす日は照らせれど"이라는 구는 표현상의 흐
름에 따라 형식적으로 나온 부분이라고 파악해도 좋다. 요
컨대 "달 숨은 것이 아쉽네/月の隠らく惜しも"가 가장 중

요한 핵심 부분이다. 전체를 어떤 의미에서 상징적으로 노래하고 있다. 그리고 그 노랫가락이 결코 단순하지 않고 매우 깊이가 있다는 사실에 좀 더 주의를 기울여야 한다.

이 노래의 두 번째 구는 "하늘의 해는 밝게도 빛나건만/日は照らせれど"이기 때문에 이상과 같은 해석으로는 약간 부족하게 느껴져서 "밝게 빛나는 해/あかねさす日"를 지토持統 덴노에 비유한 것으로 해석하는 설이 많다. 그러나 구사카베 황자가 세상을 떠날 당시에는 아직 지토 덴노가 즉위하지 않았다는 역사적 사실 때문에, 상식적으로 생각해볼 때 실은 앞뒤가 맞지 않은 이상한 노래다. 하지만 이 점에 대해서는 가모노 마부치賀茂真淵가 『만요코万葉考』에서 "하늘의 해는 빛나건만, 이라는 표현은 달이 숨어버리는 것에 대한 한탄을 강하게 읊기 위한 표현일 뿐이다"라고 지적했던 것을 따르면 된다고 생각한다. 어쩌면 이 노래는 연대가 명확한 히토마로 작품 중 최초의 것으로 초기(추정 연령 27세 정도) 작품으로 봐도 좋을 것이다. 때문에 약간 상식적, 산문적으로 말하면 납득이 가지 않는 측면이 있을지도 모른다. 특히 히토마로의 작품은 구와 구가 이어질 때 생략된 부분이 존재하기 때문에 그것을 고려하지 않으면 해석에 무리가 생기는 경우가 있다.

시마의 궁의 마가리 연못으로 방류된 새는
사람 눈 그리워해 물 위에 떠 있을 뿐

島の宮まがりの池の放ち鳥人目に恋ひて池に潜かず

가키노모토노 히토마로柿本人麿〔권2·170〕

가키노모토노 히토마로柿本人麿가 구사카베草壁 황자의 빈궁殯宮 때 지은 노래 중, '어떤 책의 노래 1수或本歌一首'라는 설명이 달려 있는 작품이다. "마가리 연못/勾の池"은 시마궁島の宮(시마노쇼[島庄]에 있었다고 전해지는 구사카베 황자의 궁전-역주)에 있는 연못으로 현재 다카이치군高市郡 다카이치촌高市村*의 소학교 부근일 거라고 추정되고 있다. 전체적인 뜻은 '마가리 연못/勾の池'에 방류된 새들은 황자가 세상을 떠난 다음에도 여전이 사람을 그리워하며 물속에 들어가지 않고 물 위에 떠 있다는 내용이다.

마부치真淵는 이 작품을 히토마로의 노래가 아니라 측근 관인(도네리[舍人])의 작품으로 파악했다. 잘못해서 관인의 작품이 섞여 들어가는 바람에 여기 나온 것이라는 지적인데,

관인들의 작품들은 바로 뒤에 연달아 나오는 23수 모두 히토마로의 작품에 비해 완성도가 떨어지는 경향이다. 예를 들어 "시마의 새여 길들여 주는 이가 이제 없다고 거칠어지지 말게 황자 아니 계셔도/島の宮上の池なる放ち鳥荒びな行きそ君坐さずとも"(권2·172), "항상 가시던 정원을 등지 삼아 사는 새들도 거칠어지지 말기를 해가 바뀔 때까지/御立せし島をも家と住む鳥も荒びなゆきそ年かはるまで"(권2·180) 등 측근 관인들의 작품은 히토마로의 작품과 내용은 유사하지만 어딘가 모르게 차이점이 느껴진다. 그래서 참고삼아 이 노래를 걸작으로 뽑아 두었다.

동쪽 폭포의 문 앞에서 여전히 서 있었건만

어제나 오늘이나 부르시는 말씀 없네

東の滝の御門に侍へど昨日も今日も召すこともなし

히나미시日並 황자 궁宮의 도네리舍人〔권2·184〕

아침 해 환한 시마 궁 문 앞에는

아련하게도 징적만이 흐를 뿐 서글프기 그지없네

あさ日照る島の御門におぼほしく人音もせねばまうらがなしも

히나미시日並 황자 궁宮의 도네리舍人〔권2·189〕

　히나미시日並 황자를 모시던 도네리舍人(관인)들이 통곡하
며 읊은 노래 23수 중 2수를 뽑아 놓았다. "동쪽 폭포의 문/
東の滝の御門"은 히나미시 황자의 시마궁의 정문으로 아스
카강飛鳥川으로부터 물을 끌어다 폭포를 만들어 놓았던 것
으로 추정되고 있다. "정적만이 흐를 뿐/人音もせねば"은
사람들의 출입이 드물어 한적해진 모습을 표현하고 있다.

　전체적인 의미를 살펴보면 첫 번째 노래의 경우 '시마 궁
동쪽 폭포가 흐르는 문 근처에서 근무하고 있는데 어제도
오늘도 부르시는 말씀이 없으시네. 더 이상 분부를 내리시
는 그 목소리를 들을 수 없구나'라는 의미다. 두 번째 노래
의 경우 '과거 황자께서 살아계실 때는 아침 햇살이 환히 비

추기만 했던 시마 궁의 정문이었는데, 지금은 사람들의 발
길이 끊겨 정적만이 가득 차 마음도 어쩐지 서글프기만 하
다'는 의미다.

관인들의 노래 23수는 있는 그대로의 심정을 토해내며
당시의 와카에 담겨 있던 성조를 전해주고 있다는 점에 주
목해야 하겠는데, 히토마로가 대신 읊어 주었다는 설은 어
떻게 생각해야 할까. 충분히 음미해 보면 다소 쉽기도 하고
약간 미진한 부분도 있는 듯하다. 아울러 23수 가운데는 다
음과 같은 작품도 있다.

아침 해 환한 사다佐太의 언덕 위에

무리지어서 섬기는 우리에겐 눈물 마를 날 없네

朝日てる佐太の岡べに群れゐつつ吾が哭く涙やむ時も

なし(권2·177)

항상 가시던 연못 속 갯바위를 바라보나니

나지 않던 잡초도 무성히 자라있네

御立せし島の荒磯を今見れば生ひざりし草生ひにける

かも(권2·181)

구름 낀 아침 해도 가려졌나니

서서 계시던 연못가 내려앉아 탄식을 하였노라

あさぐもり日の入りぬれば御立せし島に下りゐて嘆き

つるかも (권2·188)

옷소매 서로 겹치며 아낀 그대

오치누 지나 이미 가버리시니 만날 길 있으리오

しきたへ　そでか　　きみたまだれ　　　ぬ　　す　　また　あ
敷妙の袖交へし君玉垂のをち野に過ぎぬ亦も逢はめやも

가키노모토노 히토마로柿本人麿〔권2・195〕

이 노래는 가와시마川島 황자가 세상을 떠났을 때 가키노
모토노 히토마로柿本人麿가 하쓰세베泊瀨部 황녀와 오사카베
忍坂部 황자에게 바친 노래다. 가와시마 황자(덴지[天智] 덴노의
제2황자)는 하쓰세베 황녀의 남편이었으며 하쓰세베 황녀와
오사카베 황자는 서로 남매간이었다. 히토마로가 가와시마
황자의 죽음을 슬퍼하며 두 사람에게 동시에 이 노래를 읊
어주었다고 해석해도 좋다. "shikitaheno/敷妙の"와 "tama-
dareno/玉垂の"는 모두 각각 그 다음 단어를 수식하는 마
쿠라코토바枕詞(특정 어구 앞에 붙는 5음의 수식어로 그 의미를 강조
하거나 어조를 고르는 기법-역주)다. "옷소매 서로 겹치며/袖交へ
し"에 나오는 동사 'kahu/カフ'는 'ha행は行 하2단下二段'으
로 활용하며 옷소매를 서로 겹쳐서 동침하는 것을 가리킨

다. "옷소매를 겹치며 사랑을 나누던/白妙の袖さし交へて 靡き寝し"(권3·481)이라는 용례도 있다. 고전원문에 나오는 "sugu/過ぐ"는 세상을 떠난 것을 가리킨다.

전체적인 의미는 '소매를 서로 겹치며 사랑을 언약했던 가와시마 황자께서는, 지금 오치누越智野(야마토국[大和国] 다카이치군[高市郡])에 묻혀계신다. 앞으로 두 번 다시 만날 수 있으려나, 결코 그런 날은 오지 않을 것이다'라는 뜻이다.

이 노래는 스스로 황녀가 되었다는 심정으로 황녀를 깊이 동정하며 바친 노래다. 히토마로는 이런 경우일지라도 마치 자신의 일처럼, 완전히 그 입장이 되어 노래를 읊을 수 있었던 것으로 보인다. 때문에 작품 전체의 완성도가 매우 높아 결코 타자로서의 머뭇거림이나 서먹함이 느껴지지 않는다. 제4구에 나오는 "오치누 지나 이미 가버리시니/越智 野に過ぎぬ"에서 일단 한번 끊었다가 다시금 어조를 가다듬어 "만날 길 있으리오/またもあはめやも"라고 마무리한 가락에는 그야말로 읽는 이로 하여금 눈물을 머금게 하는 어떤 힘이 내재되어 있다.

내리는 눈아 조금만 내려다오
요나바리의 이가이 언덕길 가로막지 않도록

零る雪はあはにな降りそ吉隠の猪養の岡の塞なさまくに

호즈미穗積 황자〔권2·203〕

　다지마但馬 황녀가 세상을 떠난(708년·와도[和銅] 원년 6월) 때
로부터 몇 달인가 지나 눈이 내린 겨울 날, 호즈미穗積 황자
가 멀리 황녀의 묘지(이가이[猪養] 언덕)를 바라보며 슬픔에 잠
겨 눈물을 흘리며 읊은 노래다. 황녀와 황자와의 관계는 이
미 언급했던 바와 같다. 요나바리吉隠는 시키군磯城郡 하세
정初瀬町*에 속해 있던 곳으로 이가이 언덕은 바로 그 요나
바리에 있었을 것이다. "조금만 내려다오/あはにな降りそ"
는 여러 설이 있으나, '부디 너무 많이 내리지 말기를'이라
는 뜻을 따르겠다. "가로막지 않도록/塞なさまくに"는 '막
지 않도록, 막아버릴 터이니'라는 뜻이다. 하지만 이 역시
여러 설이 있다. 가나자와본金沢本에는 한자 "새/塞"가 "한/
寒"이라고 되어 있기 때문에 신훈新訓에서는 "추울테니/寒

からまくに"라고 읽었다.

전체적인 뜻은 '내리는 눈은 너무 많이 내리지 말기를. 다지마 황녀의 묘지가 있는 요나바리의 이가이 언덕으로 가는 길을 가로막아 방해가 되니까'라는 의미다. 황자가 후지와라경藤原京(다카이치군[高市郡] 가모키미촌[鴨公村]**)으로부터 이요나바리(하세정[初瀨町]) 쪽을 멀리 바라보고 있었다는 것을 상상할 수 있다.

황녀가 세상을 떠났을 때 황자는 지다이조칸지知太政官事라는 직책에 있었다. 매우 다망한 와중에도 어느 눈 내리던 날, 지나간 날들을 회고하며 요나바리 쪽을 향해 이 노래를 읊었을 것이다. 해석에 이견이 많아 감상할 때도 방해 받는 측면이 없지 않지만, 대략 이상과 같은 뜻이라는 전제로 감상한다면 그것으로도 충분히 만족할 수 있지 않을까. 이미 앞서 나왔던 "그대만 생각하오/君に寄りなな"라든가 "새벽강을 건너네/朝川わたる" 등의 표현은 모두 황녀의 노래에 나왔던 표현이다. 그리고 이 노래에서 비로소 우리들은 황자의 목소리를 처음으로 듣게 된다. 그것은 바로 황녀의 묘지에 대해서였다. 황자는 피를 토하는 심정으로 이 노래를 읊었을 것이다. 마지막 구 "막혀 버릴 터이니/塞なさまくに"는 읽는 이의 내면에 성큼 다가오는 표현이다.

가을 산이여 단풍이 무성하여

길 잃으신 그대 찾아 떠나는 나도 길을 모르네

秋山の黄葉を茂み迷はせる妹を求めむ山道知らずも

가키노모토노 히토마로柿本人麿[권2·208]

이것은 아내와 사별한 후 히토마로가 읊은 노래다. 장가
長歌를 2수나 짓고 있는데 이 작품은 그에 대한 반가反歌 중
하나다. 히토마로의 아내라는 이 여성은 가루軽라는 마을
(지금의 우네비정[畝傍町] 오가루[大軽] 와다[和田] 이시카와[石川] 고조노
[五條野]*)에 살고 있었다. 당시에는 남성이 여성의 처소를 방
문하는 결혼형태가 일반적이었으므로 히토마로도 아내가
사는 곳으로 다니러 왔던 것으로 보인다. 그런 아내가 갑
작스럽게 세상을 떠났다는 사실을 전해 듣게 되었다는 내
용이 이 작품보다 앞서 나온 장가에 담겨 있었다.

노래의 의미를 살펴보면 '내 사랑하는 아내는 가을 산속
의 단풍잎이 무성하기 때문에 그 안에 들어가 길을 잃어 버
렸다. 그 아내를 찾으러 가고 싶은데 어디로 가야할지 길을

알 수 없다'는 뜻이다.

　죽어서 산 속에 묻히게 된 것을 '가을 산에 들어가 길을 잃어버렸다'는 취지로 읊고 있다. 이런 표현 방식은 현세의 생과 연속적인 형식으로 먼 길을 떠났다는 분위기를 자아 낸다. 당시에는 여전히 그렇게 믿어지고 있었을 것이다. 때 문에 애석한 마음이 여전히 강하게 남는다. "길 잃으신/迷 はせる"은 길을 잃어 헤매신다는 식으로 경어 표현을 쓰고 있다. 죽은 사람에 대해서는 특히 경어를 사용했던 것으로 보이는데, 이 작품 이외의 히토마로의 작품에도 비슷한 예 가 있다. 이 노래에서는 세상을 떠난 아내를 그리워하고 그 죽음을 슬퍼하는 마음이 너무나 간절해서 단숨에 마음을 토해낸 것처럼 읊고 있다. 그 진심이 소용돌이치듯 작품 깊 숙이에 꿈틀거리고 있는 것이다. "찾아 떠나는/求めむ"이 라는 표현도 단순히 찾으러 떠난다기보다는 좀 더 감각적 으로 히토마로의 신체에 밀착된 표현일 것이다.

　아울러 애절하게 아내를 그리워하는 히토마로의 노래로 "작년 가을 달 올해도 휘영청 밝기만 한데 함께 본 내 아내 는 점점 멀어져가네/去年見てし秋の月夜は照らせども相 見し妹はいや年さかる"(권2·211), "후스마길아 히키테 산중 에 당신을 두고 산길을 지나가니 산 것 같지를 않네/衾道を 引手の山に妹を置きて山路をゆけば生けりともなし"(권

2·212)가 있다. 두 작품 모두 간절하기 그지없는 아픔을 묘사
한 노래다. 211번 노래의 제3구는 "휘영청 밝기만 한데/照
らせれど"라고 읽고 있다. 일주기一周忌 노래일 거라는 설
도 있지만 꼭 그렇게 일일이 캐내려 하지 않아도 이번 가을
의 밝은 달을 보고 아내를 추억하며 한탄하는 분위기를 음
미할 수 있다면 이미 충분하다. "husumazio/衾道を"는 아
무래도 마쿠라코토바枕詞(특정 어구 앞에 붙는 5음의 수식어로 그 의
미를 강조하거나 어조를 고르는 기법, 의미가 불분명한 경우도 있음-역주)
인 듯하다. "히키테산/引手山"이 어느 산을 지칭하는지는
명확하지 않지만, 가스가春日에 있는 하가이산羽易山 안, 혹
은 그 근처일 것으로 추정되고 있다.

사사나미의 시가쓰의 여인이 떠나가 버린

강여울 길 바라보니 쓸쓸하기 그지없네

<ruby>楽浪<rt>ささなみ</rt></ruby>の<ruby>志我津<rt>しがつ</rt></ruby>の<ruby>子<rt>こ</rt></ruby>らが<ruby>罷道<rt>まかりぢ</rt></ruby>の<ruby>川瀬<rt>かはせ</rt></ruby>の<ruby>道<rt>みち</rt></ruby>を見ればさぶしも

가키노모토노 히토마로柿本人麿[권2·218]

　기비쓰吉備津의 우네메采女가 죽었을 때 히토마로가 읊은

노래다. "시가쓰의 그녀가/志我津しがつ의 子こら"라고 되어 있기 때

문에 시가쓰志我津, 즉 지금의 오쓰大津 부근에 살고 있던 여

성임을 알 수 있다. 아마도 기비국吉備国(비젠[備前], 빗추[備中],

빈고[備後], 미마사카[美作])에서 온 우네메로 추정된다. 현직에

서 떠난 후 오미近江(오늘날의 시가현[滋賀県] 부근-역주)의 오쓰大

津 주변에 살았던 것으로 추측된다. 고전원문 "그녀가/子ら"

라는 표현에 보이는 일본어 "ra/ら"는 친애하는 대상임을 나

타내는 단어이지 복수형이라는 의미는 아니다. "떠나간 길/

罷道まかりぢ"은 이 세상을 떠나 황천으로 가는 길이라는 뜻이다.

　작품 전체의 의미는 '시가쓰志我津에 살던 기비쓰의 우네

메를 저 세상으로 떠나보내며 강여울을 바라보네, 참으로

슬프기 그지없어라'라는 내용이다. "강여울 길/川瀬の道"이라는 말은 고대어로 주의를 기울여야 한다. 실제 광경이었겠지만 특히 "강여울/川瀬"라는 단어에 매우 몰입하고 있다는 사실을 음미할 필요가 있다. 강여울의 세찬 물소리도 작자의 가슴 깊숙이 젖어들었다고 보인다.

이 노래는 더할 나위 없이 서글픈 가락을 지니고 있다. 전체적으로는 볼 때 각 구에 이렇다할 굴절이나 생략도 없으며 전혀 까다롭지 않은 노래인데, 그러면서도 신기할 정도로 가슴 깊숙이 젖어드는 노래다. 어떤 장면에서 히토마로가 이 우네메의 죽음과 조우하게 되었는지, 혹은 의뢰를 받아 읊은 노래였는지, 그런 것들을 다각도로 연구해봄직한 작품이다. 히토마로는 이 때 "오쓰의 그녀 만나던 날 무심코 만나버렸네 이제는 다시 없이 아쉬워지는구나/あまかぞふ大津の子が逢ひし日におほに見しかば今ぞ悔しき"(권2·219)라는 노래도 읊고 있다. 생전에 어찌어찌한 인연으로 언젠가 한번 만나본 적이 있었는데, 그 때는 그저 아무렇지도 않게 지나쳤을 뿐이기에, 지금 돌이켜 생각해 보니 매우 유감스럽다는 의미다. 이것을 보면 히토마로는 의뢰를 받아 노래를 대신 읊었던 것이 아니라 스스로 감개에 젖어 노래하고 있음을 알 수 있다. 우네메는 미모로 명성이 자자했던 여성이었던 것 같기도 하다.

아내 있다면 사이좋게 뜯었을
사미산 비탈 쑥부쟁이는 이미 철지나 버렸구나

妻もあらば採みてたげまし佐美の山野の上の宇波疑過ぎにけらずや

가키노모토노 히토마로柿本人麿〔권2·221〕

가키노모토노 히토마로柿本人麿가 사누키讚岐 사미네섬狹
岑島에서 익사자를 보고 읊은 장가長歌의 반가反歌다. 지금
은 나카타도군仲多度郡에 속해 있으며 샤미섬砂弥島이라고
부른다. 사카이데정坂出町*으로부터 가깝다.

전체적인 의미는 '만약 아내가 있었다면 함께 산비탈의
쑥부쟁이를 뜯어서 먹었을 텐데, 서글프게도 홀로 세상을
떠나버리고 말았다. 들판에 핀 쑥부쟁이는 이제 철이 지나
버린 것은 아닐는지'라는 뜻이다.

원문 'tagemasi/たげまし'에서 사용한 'tagu/タグ'라는 동
사는 하2단으로 활용하는 동사로 '먹다'는 의미다. 히토마
로는 이런 종류의 노래도 매우 공들여 창작에 임하고 있다.
자신의 피붙이나 연인이라는 심정으로 노래를 읊고 있다.

때문에 그 태도는 결코 가볍지 않으며 자신의 삶으로부터 유리되지 않은 대상으로 받아들일 수 있다.

가모산 아래 바위를 베개 삼아

내가 죽은 걸 아무것도 모른 채 그녀 기다리겠지

_{かもやま} _{いはね} _ま _{われ} _し _{いも} _ま
鴨山の磐根し纏ける吾をかも知らにと妹が待ちつつあらむ

가키노모토노 히토마로柿本人麿〔권2·223〕

　가키노모토노 히토마로柿本人麿가 이와미국石見国에 있다가 죽음에 이르게 되었을 때 스스로 슬퍼하며 읊은 노래다. 당시 히토마로는 이와미 국부国府(일본의 나라시대부터 헤이안시대에 걸친 율령체제에서 중앙에서 관리가 파견된 지방행정도시-역주)의 관리로 출장 비슷한 여행길에 올랐다가 가모산鴨山 부근에서 세상을 떠난 것으로 보인다.

　전체적인 의미는 '가모산의 바위를 베개 삼아 내가 이미 죽었다는 것도 모른 채, 내 아내는 내가 돌아오기를 얼마나 기다리고 있을는지, 슬프기 그지없다'는 뜻이다.

　히토마로가 죽었을 때 아내인 사요미노오토메依羅娘子는 "행여 오려나 내 기다리던 그대는 이시카와의 계곡과 뒤섞이어(원문 '조개와 뒤섞이어') 있다 하지 않는가/けふけふと吾が

待つ君は石川の峽に(原文, 石水貝爾)交りてありといはずや

も"(권2·224)라고 읊고 있다. 사요미노오토메는 아마도 쓰누

노사토角の里에 있던 히토마로의 아내와 동일인일 것이다.

만약 그렇다면 "가모산"은 이시카와石川 근처에 있던 산으

로 국부로부터 적어도 10수 리 정도 떨어진 곳으로 상상할

수 있다. 이에 따라 필자는 1934년 「가모산 고찰鴨山考」을

썼다. 이시카와를 현재의 고강江川이라고 간주하고, 오치군

邑智郡 가스부치촌粕淵村*의 쓰노메산津目山이 가모산鴨山일

거라는 가설을 세워본 것이다. 그런데 1937년 1월, 같은 가

스부치촌의 (오아자)유카카에(大字)湯抱에 "가모산鴨山"이라

는 이름의 산이 실제로 존재한다는 사실을 발견했다. 이것

은 두 개의 봉우리를 가진 낮은 산(360m)으로 쓰노메산으로

부터 약 0.5리 정도 떨어져 있다. 이에 대해서는 「가모산 고

찰 후편鴨山後考」(1938년 『문학[文学]』 6-1)에 발표했다.

이 노래는 히토마로가 세상을 떠날 때 읊은, 이른바 절명

시다. 히토마로의 일반적인 노래가 가지고 있었던 위세가

사라지고 좀 더 평범하고 잔잔한 비애감이 서려있다. 또한

히토마로는 죽음에 임해 뭔가를 깨우친 듯한 이야기를 입

에 담고 있지 않다. 그저 아내에 대해 말하고 있다는 사실

이 제법 근사하다. 또한 히토마로가 언제 죽었는지에 대해

마부치真淵는 710년(와도[和銅] 3년)경으로 보고 있지만, 필자

는 707년(게이운[慶雲] 4년)경 이와미石見에서 역병疫病이 유행했을 때 세상을 떠났을 것으로 추정해 보았다. 그렇다면 마부치의 설보다 수년 먼저 젊은 나이로 죽었다는 말이 되는데, 그래도 45세쯤은 되었을 것이다.

제 3 권

우리 대왕은 신이신 까닭으로
천둥이라는 이름 가진 산 위에 행궁을 지으셨네

大君は神にしませば天雲の雷のうへに廬せるかも
おほきみ かみ　　　　あまぐも いかづち　　　　　いほり

가키노모토노 히토마로柿本人麿[권3·235]

　지토持統 덴노가 이카즈치산雷岳(다카이치군[高市郡] 아스카촌
[飛鳥村] (오아자)이카쓰치[(大字)雷]*)에 행차할 때 가키노모토노
히토마로가 바친 노래다.

　전체적인 의미는 '덴노는 살아있는 신이기 때문에 지금
하늘에 치고 있는 천둥(이카즈치)이라는 이름의 산 위에 행궁
을 지으셨다네'라는 뜻이다. 천둥은 이미 당시 사람들에게
는 하늘에 있는 신이었다고 할 수 있다. 즉 덴노는 벼락의
신 바로 그 위에 신 그 자체로 존재한다는 말이다.

　히토마로가 덴노의 위덕을 칭송하며 바친 노래다. 히토
마로의 진솔한 태도가 저절로 강하고 거대한 노랫가락을
이루고 있다. 이카즈치라는 곳은 후지와라궁藤原宮(다카이치
군[高市郡] 가모키미촌[鴨公村] 다카도노[高殿]의 전설지)로부터 0.5리

정도 되는 곳이기 때문에 오늘날의 관념에서 보자면 산책 삼아 갈 수 있는 곳으로 받아들여질 수 있다. 게다가 이카즈치산은 낮은 구릉이기 때문에 이 노래를 어마어마한 과장이라고, 혹은 "노래의 흥"을 돋우기 위한 표현에 지나지 않는다고 가볍게 보는 경향도 없지 않다. 혹은 중국문학의 영향으로 지나치게 기교에 치우친 노래라고 평하는 이도 있을 것이다. 그러나 이 노래의 장중한 가락은 그런 가벼운 심경으로는 결코 완성시킬 수 없는 경지에 이르렀다는 점에 주목해야 한다. 서정시로서의 와카의 성조는 다른 사람을 기만할 수 없는 것이며, 논쟁의 여지가 없는 것임을 와카 창작에 임하는 사람들은 마음 속 깊이 간직해야 한다. 그리고 노래를 음미하는 자는 마음의 긴장감을 결코 늦추지 않고 각오를 굳건히 해야 할 것이다. 현재도 이카즈치산 위에 올라서면 저명한 세 개의 산(삼산(三山))을 아우른 야마토大和 평야가 훤히 내려다보이며 시야 가득 들어올 것이다. 히토마로는 마지막까지 스스로를 기만하지 않고 타인 역시 속이지 않는 가인이었다는 사실을 우리들도 비로소 알게 되는데, 가모노 마부치賀茂真淵는 이 노래를 "산 이름에 빗대어 덴노의 가히 헤아릴 수 없는 위력을 표현한 것은 이 가인이 가장 먼저 한 기법이다"(『신사이햐쿠슈카이·신채백수해[新採百首解]』)라고 평했다. 이는 마부치가 히토마로를 완벽하게 이

해했다는 사실을 드러낸다. 마지막 구는 'surukamo/スル
カモ', 'sesukamo/セスカモ' 등의 훈독방식이 있는데, 이
책에서는 'serukamo/セルカモ'를 따랐다. 이것은 아라키다
히사오이荒木田久老(마부치[眞淵] 문인[門人])의 훈독방식이다.

이 노래에 대해 어떤 책에서는 오사카베忍壁 황자에게 바
친 노래로 "우리 대왕은 신이신 까닭으로 구름에 숨어 천둥
이란 이름의 산에 궁전을 지으셨네/大君は神にしませば雲
隠る雷山に宮敷きいます"라고 되어 있다고 좌주左注(일종의
주석-역주)에 소개되고 있다. 아울러 이 노래에 대해 참고할
만한 작품으로 "우리 대왕은 신이신 까닭으로 밤색 털 말도
잠기는 진흙 밭도 도읍으로 만드시네/大君は神にしませば
赤駒のはらばふ田井を京師となしつ"(권19·4260), "우리 대
왕은 신이신 까닭으로 물에 사는 새 떼 지어 우는 늪도 도읍
으로 만드시네/大君は神にしませば水鳥のすだく水沼を
皇都となしつ"(권19·4261), "우리 대왕은 신이신 까닭으로 나
한송 우거진 험한 산 속에서도 바다를 만드시네/大君は神
にしませば真木の立つ荒山中に海をなすかも"(권3·241) 등
이 있다.

이 중 권19(4260)의 "밤색 털 말도 잠기는 진흙 밭/赤駒の
はらばふ田井"의 노래는 임신壬申의 난 평정 이후 대장군大
將軍, 사후 우대신右大臣으로 추증된 오토모경大伴卿의 작품

이다. 이 대장군이 바로 오토모노 미유키大伴御行로, 오토모노 야스마로大伴安麿(『만요슈』의 편자 오토모노 야카모치[大伴家持]의 조부-역주)의 형에 해당된다. 701년(다이호[大宝] 원년)에 세상을 떠난 후 우대신右大臣으로 추증되었다. 임신壬申의 난에서 덴무天武 덴노 측 군사를 지휘했다. 이 노래는 아스카노키요미하라飛鳥淨見原의 교토京都를 찬미한 것으로 "밤색 털 말도 잠기는/赤駒のはらばふ"은 밭 주변에서 말이 누워있는 형상이다. 이 노래는 히토마로의 노래보다 이전 시대의 노래다. 고풍스러운 가락이 제법 멋진 작품이어서 권19에서 이야기할 내용 일부를 이곳에서 미리 언급해두었다. 4261번 노래는 다른 판본에서는 동요풍으로 나와 있다. 4260번의 노래가 히토마로의 노래보다 이전에 읊어진 작품이라면 히토마로에게 영향을 끼쳤다고도 볼 수 있겠지만, 이 노래를 처음 들었던 시기는 752년(덴표쇼호[天平勝宝] 4년) 2월 2일이라고 밝히고 있기 때문에 전후 사정은 자세히 알 수 없다.

싫다 하여도 시히가 억지로 해준 이야기

요 근래 못 들으니 다시 듣고 싶어라

否といへど強ふる志斐のが強ひがたりこの頃聞かずてわれ恋ひにけり

지토持統 덴노〔권3·236〕

싫다 하여도 계속 이야기하라 분부하셔서

시히가 드린 말씀 '억지이야기'라시네

否といへど語れ語れと詔らせこそ志斐いは奏せ強語と詔る

시이志斐 노파〔권3·237〕

이 두 작품은 지토持統 덴노와 시히志斐 노파와의 문답가
다. 이 나이든 여성은 가타리베語部(고대에 전승담을 공적인 자리
에서 이야기하던 직업을 세습하던 사람들-역주) 등의 직책에 있으며
기억력도 탁월하고 이야기도 분명 감칠맛 나게 했을 것이
다. 첫 번째 노래는 지토 덴노의 노래다. 억지로 계속 이야
기를 들려주던 그대의 이야기도, 요 근자에 한동안 듣지 않
았더니 다시 듣고 싶어진다는 내용이다. 두 번째 노래는 늙
은 여성이 화답한 노래다. '이제 이야기는 그만하자고 말
씀드려도 계속 이야기를 해보라고 말씀하셨지요. 그런데
도 지금 고집 세게 억지로 하는 이야기라고 말씀하시네요.
그것은 무리하신 말씀이십니다'라는 뜻이다. '시히/志斐'라

는 이름과 '억지이야기/強語'를 나타내는 일본어 음이 비슷하다는 점에 착안한 해학적인 문답가問答歌이기 때문에 즉흥적이며 기지가 번뜩인다. 그 가락을 단어의 반복 등을 통해 파악할 수 있다. 하지만 서로에 대한 친밀감이 이 정도로 자유자재로 표현된다는 사실은 후대의 우리들과 매우다른 점이라고 봐야 한다. 『만요슈』의 노래는 천차만별이지만 히토마로의 신정성 있는 작품들이 존재하는 사이사이로 이런 종류의 노래가 수록되어 있는 것도 매력적이며 가히존경할만하다. 첫 번째 노래의 다이시題詞(일종의 제목-역주)에는 그저 "덴노/天皇"이라고만 되어 있으나 여러 학자들이하나같이 지토 덴노일 것으로 지적하고 있다. 그렇다면 "봄이 지나고 여름이 온 듯하네/春過ぎて夏来るらし"(권1·28)등의 작품과 함께, 가인으로서의 덴노의 역량을 짐작할 수있다. 가까운 신하의 조력을 얻어 창작하는 수준이었다는등의 상상이 얼마나 사실에서 빗나갔는지를 여실히 증명해 주는 노래라고 할 수 있다. "시히/志斐い"의 "i/い"는 어조를 가다듬게 도와주는 조사로 "기 나라 문지기들은 못 가게 잡을 건가/紀の關守い留めなむかも"(권4·545) 등과 동일하다. 야마다 요시오山田孝雄 박사는 "여기에 나오는 'i/イ'는주격을 나타내는 고대의 조사"라고 지적하고 있다.

행궁 안까지 들려오고 말고요

그물 당기려 인부들 지휘하는 어부의 외침소리

大宮の内まで聞ゆ網引すと網子ととのふる海人の呼び声

나가노 이미키 오키마로長忌寸意吉麻呂〔권3·238〕

나가노 이미키 오키마로長忌寸意吉麻呂가 덴노의 명령에
응해 바친 노래로, 지토持統 덴노나 몬무文武 덴노 시절 나니
와궁難波宮(나가라노토요사키궁[長柄豊崎宮]. 현재의 오사카[大阪] 도요
사키정[豊崎町]*)에 행차했을 때의 작품일 것이다.

해안에서 그물을 당기는 사람들의 수에 따라 다양한 신
호를 보내는 어부들의 목소리가 행궁 안까지 들려온다는
노래다. 덴노의 명령에 응해 읊은 노래이기 때문에 가락이
진중하긴 하나 있는 그대로의 모습을 잘 묘사하고 있다. 그
러나 있는 그대로 읊고 있기 때문에 산으로 둘러싸인 야마
토大和(오늘날의 나라현[奈良県] 부근-역주)라는 내륙에서 해변까
지 나온 사람들이 얼마나 기쁘고 신기해했을지 자연스럽게
드러나 있다. 억지로 심정을 드러내고자 해도 그리 잘 나타

나지 않는 법이다.

　아울러 이 노래는 덴노의 명령에 응해 읊은 노래이지만, 그렇다고 딱히 덴노의 덕을 칭송한 표현은 찾아볼 수 없으며 행궁에 들려오는 어부들의 목소리를 축으로 작품 전체를 만들어가고 있을 뿐이다. 하지만 그럼에도 불구하고 덴노의 명령에 응한 작품으로 훌륭한 형태를 갖추고 있는 것을 보면 『만요슈』 곳곳에 제법 보이는 덴노에게 바치는 노래 중에서 굳이 풍자적인 비유를 담은 노래를 찾아내는 것은 잘못된 판단일지도 모른다는 생각마저 든다. 예를 들어 "다무산에는 안개가 자욱하네 그런 탓일까 호소카와 강여울 물줄기 세차도다/うち手折り多武の山霧しげみかも細川の瀬に波のさわげる"(권9·1704)라는 노래가 있다. 도네리舍人 황자에게 바친 노래라는 이 작품마저 풍자를 담은 노래라고 파악하는 학설이 있을 정도다. 요컨대 똑같이 "명령에 응해 지은 노래"라고 해도 눈에 직접 보이는 사물을 읊어야 하는 경우가 분명 있었을 거라고 생각한다.

폭포수 위의 미후네 산에 걸린 구름과 같이
영원히 살리라곤 아니 생각하건만

滝の上の三船の山に居る雲の常にあらむとわが思はなくに

유게弓削 황자〔권3·242〕

유게弓削 황자(덴무[天武] 덴노의 제8황자, 669년·몬무[文武] 덴노 3년 사망)가 요시노에 행차했을 때의 노래다. 폭포는 미야타키宮滝 동남 쪽 방향에 그 유적지가 남아 있다. 미후네산三船山은 그 남쪽에 있다.

　폭포 위 미후네산에는 저처럼 항상 구름이 머물러 있지만, 우리들은 저처럼 영원히 이곳에 존재할 수 없다. 그것이 서글프다는 것이다. 표현상으로는 "걸린 구름과 같이/居る雲の"가 "영원/常"을 수식하고 있다. "영원히 살리라곤 아니 생각하건만/常にあらむとわが思はなくに"라는 구에 깊은 감개가 배어 있으며 가키노모토노 히토마로柿本人麿의 "스러지는 파도는 가야 할 곳 모르네/いさよふ波の行方しらずも" 등의 표현과도 일맥상통하는 것이 있다. 이처럼 당시 사람들의 마음속에는 그런 공통된 관상적觀相的 경향이 있었다고도 해석된다. 아울러 『만요슈』 안에는 "영원했으면 좋겠네/常にあらぬかも", "덧없는 것이므로/常ならめやも"라는 구를 동반하고 있는 작품이 있으므로 참고해볼 만하다. 어쨌든 이 노래는 서경가 형식을 취하면서도 인간의 내면 깊숙이 파고드는 무언가를 가지고 있다. 이 노래에 대해 가스가노오키미春日王는 "황자께서는 천년도 사시겠죠 하얀 구름도 미후네산 위에서 사라질 날 있으리오/大君は千歳にまさむ白雲も三船の山に絶ゆる日あらめや"(권3·243)이라고 화답하고 있다.

해초를 뜯는 미누메를 지나서
풀이 무성한 누지마 곶으로 배는 가까워졌네

<ruby>玉藻<rt>たまも</rt></ruby>かる<ruby>敏馬<rt>みぬめ</rt></ruby>を<ruby>過<rt>す</rt></ruby>ぎて<ruby>夏草<rt>なつくさ</rt></ruby>の<ruby>野島<rt>ぬじま</rt></ruby>の<ruby>埼<rt>さき</rt></ruby>に<ruby>船<rt>ふね</rt></ruby>ちかづきぬ

가키노모토노 히토마로柿本人麿〔권3·250〕

'가키노모토노 아소미 히토마로柿本朝臣人麿의 기려가羈旅
歌(주로 여정[旅情]을 읊은 운문 장르-역주) 8수'라는 제목이 달린 노
래들 중 한 작품이다. 여행과 관련된 노래 8수는 순수한 의
미에서의 연작이 아니라, 서쪽으로 향하는 분위기의 노래
도 있는가 하면 동쪽으로 향하는 노래도 있다. 그러나 8수
모두 배와 관련된 여행이라는 사실에 주의할 필요가 있을
것이다. 미누메敏馬는 셋쓰攝津(오늘날의 오사카 일부와 효고현 동
남부 일대-역주)의 무코군武庫郡, 오노하마小野浜에서 와다미사
키和田岬까지의 일대, 고베시神戸市의 나다구灘区로 편입되
어 있다. 누지마野島는 아와지淡路 쓰나군津名郡에 노지마촌
野島村*이 있다.

전체적인 의미는 '〔다마모카루/玉藻かる〕(마쿠라코토바) 셋

쓰攝津의 미누메敏馬를 지나서 드디어 배는 〔나쓰쿠사노/夏草の〕(마쿠라코토바) 아와지淡路의 누지마野島 곶으로 다가와 있다'는 뜻이다.

　내용은 단순하기 그지없어 이것이 전부이지만, 그 단순함 자체가 나쁘지 않기 때문에 마지막 구 "배는 가까워졌네/船ちかづきぬ"에 각별한 무게가 느껴진다. 하나의 작품에 마쿠라코토바枕詞(특정 어ᄀ 앞에 붙는 5음의 수식어로 그 의미를 강조하거나 어조를 고르는 기법, 의미가 불분명한 경우도 있음-역주)가 두 개, 지명이 두 개나 나오기 때문에 말하는 의미 내용이 간단해지는 것이다. 이 노래에 나오는 "배는 가까워졌네/船ちかづきぬ"라는 마지막 구는 객관적이면서도 농밀한 감정이 담겨 있어 놀라울 만큼 좋은 구라고 할 수 있다. 『만요슈』안에는 "동쪽 들녘에 동트는 새벽 햇살 환히 빛나서 뒤돌아 바라보니 서쪽에 달 기우네/ひむがしの野にかぎろひの立つ見えてかへり見すれば月かたぶきぬ"(권1·48), "바람 강하여 바다엔 흰 파도가 높기도 해라 어부의 낚싯배는 포구로 돌아오네/風をいたみ奥つ白浪高からし海人の釣舟浜に帰りぬ"(권3·294), "긴 세월 동안 변함없이 오래도록 사랑한 아내 그 아내 그리워할 달이 가까워졌네/あらたまの年の緒ながく吾が念へる児等に恋ふべき月近づきぬ"(권19·4244) 등의 예가 있는데, 이런 작품들의 마지막 구는 문법적으로는 객관적인 표현이지만 그 깊숙이 강한 감정이 담긴 작품이다. 제3구에 나오는 "나쓰쿠사노/夏草の"를 단순한 마쿠라코토바가 아니라 현실 속에서 실제로 존재하는 사물에 대한 묘사라고 해석하는 설도 있다. 그러나 이것은 "여름풀이 바람에 나부끼듯 함께 자는/夏草の靡き寢"과 같은 표현에 의해 "nu/寢(자다)"와 "nu/野(들)"가 '동음同音'이라는 이유로 마쿠라코토바가 되었다고 해석했다. 아울러 이렇게 해석하면 "nuru/奴流"(寢)는 "nunoshima/奴島"(권3·249)의 'nu/ヌ'와 마찬가지로 때로는 "nu/努"(nu/野)로도 통용되고 있었다는 사실을 알 수 있다. '산을 넘고 들을 지나/阿之比奇能夜麻古要奴由伎'(권19·3978)의 "nuyuki/奴由伎"는 "nuyuki/野ゆき"이기 때문에 "nu/奴", "nu/努"가 통용된 실제 예이다. 즉 갑류甲類 을류乙類의 가나통용仮名通用의 예이기도 하며 'no/野'의 중간음으로 'nu/ヌ'라고 발음한 적극적인 예가 될 수도 있으며, 'no/ノ'라고 쓰는 것이 오류라는 사실도 알 수 있게 된다. 아울러 현재 아와지淡路 미하라군三原郡에 누시마촌沼島村*이 존재하는 것은, '누지마野島'가 변화한 형태라고 한다면 '노시마野島'를 '누시마ヌシマ'라고 발음했다는 증거가 될 것이다.

이나비들판도 지나가기 힘들다 생각했더니
마음속에 그리던 가코섬이 보이네

稲日野も行き過ぎがてに思へれば心恋しき可古の島見ゆ

가키노모토노 히토마로柿本人麿 〔권3·253〕

　히토마로의 작품으로 이 노래 역시 이전 노래와 마찬가
지로 여행과 관련된 기려가羈旅歌(주로 여정〔旅情〕을 읊은 운문 장
르-역주) 8수 중 한 작품이다. 이나비들판稲日野은 印南野(이나
미들판)이라고도 하는데, 하리마播磨(일본의 옛지명으로 현재의 효
고현 부근-역주)의 이나미군印南郡의 동부, 즉 가코강加古川 유
역의 평야와 가코加古·아카시明石 3개 군郡에 걸쳐있던 지역
을 가리켰던 것으로 추정된다. 요컨대 이나미들판이란 가
코강 동쪽 방향과 서쪽 방향 모두에 걸쳐 있던 평야라고 해
석해도 무방하다. 가코섬可古島은 현재의 다카사고정高砂町*
근처일 거라고 추정되고 있다. 섬이 아니라 곶인 경우에도
섬이라고 불렀던 것은 이라고섬伊良虞島에 대한 설명 부분
에서 언급했으며 나중에 또 나올 야마토섬倭島 부분에서도

분명히 드러나 있다. 가코加古는 현재의 가코군加古郡이지만 원래는(1889년·메이지[明治] 22년까지) 이나미군이었다.

전체적인 의미는 '광활한 이나비들판稲日野 근처 바다를 항해할 때 배가 빨리 나아가지 않아 번민하고 있노라니 드디어 그리운 가코섬加古島이 보이기 시작했다'라는 뜻으로 서쪽에서 동쪽을 향해 배가 나아가고 있을 때의 노래다.

"이나비들판도/稲日野も"의 "도/も"는 "산도 울리며 내리쳐 솟구치는 세찬 급류의/足引のみ山も清に落ちたぎつ"(권6·920), "쓰쿠바산의 바위도 울리면서 내리치는 물/筑波根の岩もとどろに落つるみづ"(권14·3392) 등의 작품에 나오는 "도/も"와 마찬가지로 가볍게 다루어도 무방할 것이다. "지나가기 힘들다/過ぎがてに"는 배의 움직임이 느려서 광활한 이나비들판 주변을 좀처럼 통과하지 못한다는 말이다. 배는 될 수 있으면 해안가 근처를 벗어나지 않기 때문에 이나비들판이 보인다는 상황이다. "생각했더니/思へれば"는 이런 저런 생각에 잠긴다는 뜻으로 이 구와 그 앞의 구 사이에서 잠깐 흐름이 멈췄다. 이것 역시 히토마로다운 면모기 때문에 "번민에 잠긴다/ものおもふ" 정도의 뜻으로 파악하면 된다. 요컨대 여행의 어려움에 대한 토로라고 할 수 있다. 그런데도 종래까지는 이 구를 이나비들판의 경치가 아름다워 차마 떠나기 어렵다는 심정을 나타낸 구라고 해석한 연구자들(게이추[契沖] 이후 거의 동일한 설)의 설이 많았다. 하지만 이 경우에는 납득하기 어려운 설이다. 그렇게 파악해 버리면 노래의 재미가 사라져 버리기 때문이다. 아울러 용어의 사례로는 "나하 포구에 소금 굽는 연기는 저녁이 되면 흘러가지 않은 채 산 위에 자욱하네/繩の浦に塩焼くけぶり夕されば行き過ぎかねて山に棚引く"(권3·354)가 있어서 필자의 해석이 무리한 시도가 아님을 보여주고 있다.

이 노래는 여행 중의 감개를 나타낸 것으로 풍경의 변화에 따라 일렁이는 마음을 있는 그대로 읊고 있으며, 표현 역시 이를 잘 반영해 좀처럼 보기 드문 완성도를 보이고 있다. 그리고 "마음속에 그리던 가코섬/心恋しき加古の島" 등에 보이는 분위기에는 연애감정과 일맥상통하는 그리운 정감이 흐르고 있는데, 히토마로는 전체적으로 그런 서정적 방면에서 매우 탁월함을 보인 가인이었다.

밝게 불을 켠 아카시 해협으로 들어가는 날
고향과 이별이네 집도 보이지 않고

ともしびの明石大門に入らむ日や榜ぎ別れなむ家のあたり見ず

가키노모토노 히토마로柿本人麿〔권3·254〕

가키노모토노 히토마로柿本人麿의 작품으로 기려가羈旅歌 (주로 여정[旅情]을 읊은 운문 장르-역주) 8수 중 하나다. 이 노래에서는 배를 타고 서쪽 방향으로 향해 가는 분위기다.

전체적인 의미는 '[도모시비노/ともしびの](마쿠라코토바) 아카시明石 해협을 통과할 무렵에는 드디어 고향 야마토大和(현재의 나라현[奈良県] 부근-역주)의 산들과도 이별하게 되겠지. 그 무렵에는 고향 야마토도 더 이상 보이지 않을 것이다'라는 뜻이다. "들어가는 날/入らむ日や"의 "ya/や"는 의문을 나타내며, "이별이네/別れなむ"로 이어진다.

노래의 규모가 매우 거대하다. 그런 점에서는 『만요슈』 안에서도 좀처럼 보기 드문 노래 중 하나일 것이다. 그리고 "들어가는 날/入らむ日や"라고 말했다가 "이별이네/別れな

む”라는 표현으로 어조를 가다듬고 있는 것도 노랫가락의 파동을 크게 늘리게 하고 있으며, “no/の”, “ni/に”, “ya/や” 등 조사를 사용하는 방식이 매우 능수능란하면서도 당당하다. 특히 제4구에서 “고향과 이별이네/梅ぎ別れなむ”로 끊고, 마지막 구에서 “집도 보이지 않고/家のあたり見ず”라고 독립적으로 표현한 것도 그 기법이 가히 존경스러울 정도다. 원래 “보이지 않고/あたり見ず” 같은 표현에는 문법적으로 영탄의 요소가 거의 없기 마련이다. “kamo/かも”라든가 “keri/けり”, “haya/はや”라든가 “서글퍼라/あはれ” 등의 표현을 써야 비로소 영탄적인 요소가 들어오게 된다. 문법적으로는 그렇지만, 노래의 성조 방면에서 살펴본다면 그 분위기라는 측면에서 논하기 때문에 “보이지 않고/あたり見ず”로 충분히 영탄적인 느낌이 있으며 마지막 구로서 “kamo/かも” 또는 “keri/けり”에 필적하는 효과를 거두고 있다. 이 점은 『만요슈』의 걸작에 다수 발견된다. “풀이 무성한 들판/その草深野”, “널 없는 작은 배/棚無し小舟”, “이나미들판이여/印南国原”, “신성한 나무숲길/厳樫が本”등의 부류든, “달 기우네/月かたぶきぬ”, “가코섬이 보이네/加古の島見ゆ”, “집도 보이지 않고/家のあたり見ず” 등에서든, 혹은 영탄적인 요소가 포함되어 있는 “볼수록 아름답네/見れど飽かぬかも”, “보면 슬퍼지누나/見れば悲しも”,

"가려서 되겠는가/隠さふべしや" 등에서도 결국 마찬가지다. 그런 것들을 『만요슈』의 가인들이 이미 실천에 옮기고 있기 때문에 놀라 존경하게 된다. 이런 점들에 대해서는 머지않아 나올 필자의 저서 『단카 첫 학문短歌初学門』에서도 약간 언급해 두었을 것이다.

멀고도 먼 길 긴 뱃길에 고향을 그리워하니

아카시明石 해협에서 야마토 보이누나

天ざかる夷の長路ゆ恋ひ来れば明石の門より倭島見ゆ

あま ひな ながぢ こ あかし と やまとしまみ

가키노모토노 히토마로柿本人麿〔권3·255〕

　가키노모토노 히토마로柿本人麿의 작품으로 기려가羈旅歌
(주로 여정[旅情]을 읊은 운문 장르-역주) 8수 중 하나다. 이 작품에
는 서쪽에서 동쪽으로 향해 돌아올 때의 분위기가 감돈다.
전체적인 의미는 '멀리 서쪽 지방에서 긴 뱃길을 따라 고향
을 그리워하며 돌아오는데 아카시 해협까지 오자 벌써부터
멀리로 야마토大和가 보인다'는 뜻이다. 여행과 관련된 노래
이긴 하지만 매우 자연스럽게 읊고 있다. 주의해야 할 것은
작품 전체가 히토마로 특유의 성조를 보이며 강하고 거대
하고 풍요롭다는 점이다. 그러면서도 부종에 걸린 것처럼
여기저기가 부어있지 않고, 굳세다고 표현할 수 있을 만큼
표현력이 풍부하다. 이런 노랫가락 역시『만요슈』가인들에

제 3 권　255

게 일반적으로 보이는 완성도는 아니다. 오토모노 야카모치大伴家持 등의 가인도 이런 가락에 접근하긴 했지만, 결국 이 경지에까지는 도달하지 못했다. 이런 점들을 곰곰이 생각해보면 결코 쉽게 결론지을 수 없는 복잡한 문제가 내포되어 있다고 생각해야 할 것이다. 이 노래의 "그리워하니/恋ひ来れば"도 앞에 나온 "마음속에 그리던/心恋しき"과 비슷한 유형이다. 심정을 나타내는 표현을 오로지 한 곳에서만 사용하고 있는 것이다. 참고할 만한 노래 한 두 작품을 열거해 보면 다음과 같다. "나그넷길을 떠나도 그리움은 여전하건만 산 아래로 붉은 배 먼 바다로 노저어가네/旅にして物恋しきに山下の赤のそほ船沖に榜ぐ見ゆ"(권3·270)는 다케치노 구로히토高市黒人의 작품이다. "호리堀江 강에서 물길 거슬러 가는 노 젓는 소리 끊임없이 나라奈良가 그립기만 하누나/堀江より水脈さかのぼる楫の音の間なくぞ奈良は恋しかりける"(권20·4461)는 오토모노 야카모치大伴家持의 작품이다. 양쪽 모두 "그리움/恋"이라는 뜻을 담은 단어가 들어가 있다.

아울러 히토마로의 기려가羈旅歌 중에는 "게히 바다의 물결 잔잔한 듯해 여기저기서 배 저어가는구나 어부의 낚시배여/飼飯の海の庭よくあらし苅ごもの乱れいづ見ゆ海人の釣船"(권3·256)라는 것도 있는데 이 역시 차마 외면하기 힘든 노래다. 게히飯飯 바다는 게이노마쓰바라慶野松原 근처의 바다를 지칭하는 것으로 보인다. 게이노마쓰바라는 아와지淡路 서쪽 해안에 있는 미하라군三原郡 미나토정湊町* 근처에 있는 소나무숲 경승지다. 아울러 히토마로가 쓰쿠시筑紫(현재의 규슈[九州] 지역 일부-역주)로 내려갔을 때 불렀던 노래 "이름도 멋진 이나미 바다의 세찬 파도의 천 겹 속에 숨었네 야마토 섬의 모습/名ぐはしき稲見の海の奥つ浪千重に隠りぬ大和島根は"(권3·303), "우리 대왕의 머나먼 조정으로 향하는 신하 떠나는 해협 보면 옛 시대 생각나네/大王の遠のみかどと在り通ふ島門を見れば神代し念ほゆ"(권3·304) 등이 있다. 두 작품 모두 좋은 노래지만, 이 작품들까지 뽑아버리면 히토마로의 노래를 너무 많이 선정하게 되므로 여기서 이런 형태로나마 적어두는 데 그치도록 했다. 견신라사와 연관된 관인들이 배 위에서 읊었던 옛 노래 중에는 "멀고도 먼 길 긴 뱃길에 고향을 그리워하니 아카시明石 해협에서 고향이 보이누나/天離るひなの長道を恋ひ来れば明石の門より家の辺見ゆ"(권15·3608)가 있다. 이는 히토마로의 노래에 대해 이미 알고 있었기 때문에 그의 노래를 알기 쉽게 변화시킨 형태로 보인다.

야쓰리산의 나무숲 안 보이게 흰 눈이 내려
눈길에 말달리는 아침이 즐거워라

<ruby>矢釣山<rt>やつりやま</rt></ruby><ruby>木立<rt>こだち</rt></ruby>も<ruby>見<rt>み</rt></ruby>えず<ruby>降<rt>ふ</rt></ruby>り<ruby>乱<rt>みだ</rt></ruby>る<ruby>雪<rt>ゆき</rt></ruby>に<ruby>驟<rt>うくつ</rt></ruby>く<ruby>朝<rt>あした</rt></ruby>たぬしも

가키노모토노 히토마로柿本人麿〔권3·262〕

가키노모토노 히토마로柿本人麿가 니타베新田部 황자에게
바친 장가長歌의 반가反歌다. 장가는 "우리 대왕님 해의 황
자께서 군림하시는 궁전 위 내리는 눈발 하늘에서 내리는
흰 눈과 같이 계속해서 다니자 한없이 영원하게/やすみし
し吾大王, 高耀る日の皇子, 敷きいます大殿の上に, ひさ
かたの天伝ひ来る, 雪じもの往きかよひつつ, いや常世ま
で"라는 간단명료한 노래다. 본 작품의 후반부 구에 해당하
는 고전원문("落乱 雪驟 朝楽毛")에 대해서는 예부터 다양한 훈
독 방식이 시도되었다. 필자가 과거 히토마로의 노래에 대
한 주해를 행했을 때는 신훈新訓(사사키[佐佐木] 박사)의 "눈길
에 말달리는 아침이 즐거워라/雪に驟うつ朝たぬしも"를
따랐다. 그러나 이번에는 고故 이쿠타 고이치生田耕一 씨의

258

"눈길에 말달리는 아침이 즐거워라/雪に驟く 朝楽しも"를
따르고자 한다. 작품에 보이는 '말이 빨리 달리다/驟く' 즉
'ukutsuku/ウクツク'는 『신센지쿄新撰字鏡』(헤이안시대에 편찬
된 일종의 한화[漢和] 사전으로 한자의 발음과 의미, 일본어 훈을 적어놓음 -
역주)에 '취驟이다, 음은 ukutsuku/驟也, 宇久豆久'라고 되어
있으며, 위세 좋게 말이 달리게 한다는 의미다. 야쓰리산矢
釣山은 다카이치군高市郡 야쓰리촌八釣村*에 있을 것이다. 이
노래를 대략 이렇게 훈독한 후 음미해보면 상당히 좋은 노
래이기 때문에 선정하지 않을 수 없었다. "야쓰리산의 나
무들도 안 보이네 흰 눈이 내려/矢釣山木立も 見えず降り
みだる" 부분의 장단은 히토마로가 아니라면 그 누구도 흉
내낼 수 없는 어떤 것을 가지고 있다. 마지막 구의 훈독방
식도 매우 다양해서 『만요코万葉考』에 나온 'mawirikuraku-
mo/マキリクラクモ'라는 훈을 따르는 학자들도 많다. 야
마다 요시오山田孝雄 박사는 "눈길에 말을 달려 찾아뵈러 왔
다네/雪にうくづきまゐり来らくも"라고 읽으며, "옛날에
는 첫눈에 문안을 했는데, 첫눈뿐만 아니라 눈이 많이 내렸
을 때는 이른 아침에 늦지 않게 찾아뵈어 문안을 올리는 예
법이 있었다"(『만요슈코기[万葉集講義]』)라고 지적하고 있다. 참
고로 요시다 마스조吉田増蔵 씨는 "눈길에 말고삐 당겨 찾아
뵈러 왔다네/雪に馬並めまゐり来らくも"라고 읽고 있다.

또한 "란/乱"이라는 한자를 'magahu/マガフ, sawagu/サワグ' 등으로도 읽고 있다. 이것은 4단 자동사로 활용되지 않는다는 결론에 바탕을 둔 근거도 있지만, 필자는 이번에도 'midaru/ミダル'를 따랐다. 만약 'mawirikurakumo/マヰリクラクモ'라고 읽는다면 "퍼붓는 눈에 허리까지 잠기며 찾아왔더니 찾아온 보람 있네 새해 시작할 무렵/ふる雪を腰になづみて参り来し験もあるか年のはじめに"(권19·4230)이라는 노래가 참고가 될 것이다.

우지강 속의 어살말뚝에 막혀 머뭇거리며
스러지는 파도는 가야할 곳 모르네

もののふの八十うぢ河の網代木にいさよふ波のゆくへ知らずも

가키노모토노 히토마로柿本人麿〔권3·264〕

가키노모토노 히토마로柿本人麿가 오미近江(오늘날의 시가
현[滋賀県] 부근-역주)에서 야마토大和(오늘날의 나라현[奈良県] 부
근-역주)로 올라갈 때 우지강宇治川 근처에서 읊은 노래다.
"mononohunoyasouzi/もののふの八十氏"는 무사들もの
のふ에게는 많은 성씨うじ가 있기 때문에 야소우지八十氏라
고 해서 동음이의어인 우지강宇治川[うじがわ]으로 이어지는
조코토바序詞(특정 단어 앞에 놓인, 길이 제한이 없는 수사 어구로 비유
나 동음이의어 등에 의한 경우가 많음-역주)로 활용했다. '어살말뚝/
網代木'은 그물網 대용代用이라는 의미로 겨울에 우지강의
빙어氷魚를 잡기 위해 물속에 다수 박아놓았던 말뚝을 말한
다. 아마도 상류를 향해 좁아지도록 박았다고 생각되는데
물살이 세지 않기 때문에 고기들이 모여들면 그 때 고기를

잡는 것이다. 이 노래도 앞서 나왔던 "멀고도 먼 길 긴 뱃길에/あまざかる夷の長道ゆ"의 노래처럼 직선적으로 뻗어가는 가락을 지니고 있다. 이 노래의 전반부, 5·7·5의 제3구까지는 이른바 조코토바이다. 현대 가인의 창작태도라는 측면에서 살펴보면 오히려 감상에 방해가 되는 표현이지만 우리들은 그것을 방해라고 느끼지 말고 작품 전체의 성조적声調的 효과라고 받아들여야 한다. 그리하면 풍요롭고 굵직하며 호쾌한 가락 안에서 간절하면서도 더할 나위 없이 슬픈 여운을 느낄 수 있다. 이 애잔한 여운이 "머뭇거리며 스러지는 파도는 가야할 곳 모르네/いさよふ波の行方知らず"에 담겨있다는 사실을 알게 되면, 앞서 나온 형식적인 조코토바가 오히려 후반부 구의 효과를 도와주고 있다고 해석할 수도 있는 것이다. 이 한없이 애잔한 여운은 몇 번이고 거듭해서 암송해야만 비로소 마음에 전해져 오기 마련이다. 세속적인 해석으로 끝나서는 안 될 작품이다.

이 슬픈 여운은 오미近江의 옛 도읍지를 지나쳐 올라올 때의 심경이 여전히 영향을 미치고 있기 때문일 것이라고 지적되고 있다. 물론 부정할 수 없는 논리다. 아울러 이 슬픈 여운은 중국문학의 영향, 혹은 불교사상의 영향일 것이라는 주장도 있다. 히토마로 정도의 역량을 가진 가인이라면, 그 표현의 발전 과정도 복잡하고 중국문학이든 불교든 모

든 것들이 녹아내려 있다고도 해석할 수 있지만 이 노래가
만들어질 당시의 히토마로의 태도는 자연에 몰입하고 순순
히 그에 따랐을 뿐이다. 그 관계를 전후 혼동해서 이런저런
판단을 해봤자 어차피 무의미할 뿐이다. 때문에 언뜻 보기
에 아무리 상세한 고찰인 것처럼 여겨져도 이 노래로부터
유리된 무의미한 언사가 될 뿐이다. 어떤 사람은 이 노래를
공허한 노래라고 경시하는데 필자는 역시 히토마로 일생일
대의 걸작 중 하나로 존경하는 작품이다.

난처하여라 비까지 내리는가
미와 곶 근처 사누의 나루터에 집조차도 없건만

苦^{くる}しくも降^ふり来^くる雨^{あめ}か神^{みわ}が埼狭野^{さきさぬ}のわたりに家^{いへ}もあらなくに

나가노 오키마로長奧麻呂〔권3·265〕

나가노 이미키 오키마로長忌寸奧麻呂(意吉麻呂)의 노래다.
미와곶神が埼(미와곶[三輪崎])은 기이국紀伊国 히가시무로군東
牟婁郡의 해안에 있다. 사누狭野(佐野)는 그 근처 서남쪽 방향
으로 지금은 모두 신구시新宮市에 편입되어 있다. 원문에 보
이는 일본어 "watari/わたり"는 나루터를 뜻한다.

제2구에서 "비까지 내리는가/降り来る雨か"라는 영탄의
뜻을 담아 호소하는 듯한 느낌을 가지게 한 데 이 노래의 중
심이 있을 것이다. 있는 그대로의 솔직한 심정이 독자들에
게도 큰 무리 없이 받아들여져 예부터 『만요슈』의 걸작으로
평가받았다.

"말을 세우고 소매 위 눈을 터는 그림자 없네 사노佐野의
나루터의 눈 오는 해질 무렵/駒とめて袖うち払ふかげも

なし佐野のわたりの雪の夕ぐれ" 같은 노래처럼 후지와라 노 데이카藤原定家의 혼카도리本歌取(옛 노래에 나오는 시어를 의식 적으로 사용해 옛 와카의 분위기와 감정을 연상시키는 수사 기법-역주) 작 품이 나올 정도. 그만큼 통상적인 감정을 읊고 있다고도 말할 수 있지만 오키마로奧麻呂는 실제 그 지역을 여행하고 있었기 때문에 이 정도의 노래를 지을 수 있었다. 후지와 라노 데이카의 공상적인 모방가와 비교할 만한 성질의 것 이 아니다. 벤키弁基(가스가노쿠라비토오유[春日藏首老])의 노래에 "미쓰치산을 저녁에 넘어가서 이호사키의 스미타카들에서 나 홀로 잠이 들까/まつち山ゆふ越え行きていほさきの 角太河原にひとりかも寝む"(권3·298)라는 작품이 있다. 이
すみたかはら
무렵의 사람들은 자유롭게 읊으면서도 느낌이 잘 관철되어 있어 읽고 있으면 정말 기분이 좋다.

최근 쓰치야 분메이土屋文明 씨는 "미와곶神之埼"을 'kami-nosaki/カミノサキ'라고 훈독하는 설을 긍정적으로 검토하 고 있다. 아울러 이곳 위치를 기이紀伊의 신구新宮 부근이라 고 상정하면 『만요슈』 시대의 교통로를 추정해 볼 때 부자 연스러운 것 같다며, 이즈미和泉(오늘날의 오사카 남부-역주)의 히 네군日根郡의 고자키神前*로 추정하기에 이르렀다. 또한 사 노佐野도 근접한 지역으로 양쪽 모두 『만요슈』 시대부터 존 재했던 지명으로 추정할 수 있으며, 이즈미라면 기이紀伊로

행차行幸할 때의 경로이기 때문에 덴노 행차에 동행한 작자가 읊은 것이라고 볼 수가 있다는 이야기다.

오미 바다의 해질녘 파도 위로 나는 물새여
네가 울면 애타게 옛날이 그리워라

淡海の海夕浪千鳥汝が鳴けば心もしぬにいにしへ思ほゆ
あふみ　うみゆふなみ ちどり な　　な　　こころ　　　　　　　　　　おも

가키노모토노 히토마로柿本人麿〔권3·266〕

가키노모토노 히토마로柿本人麿의 노래인데 권1의 오미近
江의 옛 도읍지를 회상했을 때와 같은 시기의 작품인지 아
닌지는 확실치 않다. "해질녘 파도 위로 나는 물새/夕浪千
鳥"는 해질녘 파도가 칠 때 울며 날아다니는 물떼새, 호수
위의 낮은 하늘에 떼 지어 우는 물떼새로 고대 조어법의 하
나다. 전체적인 의미는 '오미 호수에서 해질녘 파도 위로 물
떼새가 무리지어 울고 있다. 물떼새여, 너희들이 우는 소리
를 들으니 참으로 우울해지며 그 옛날 도읍지의 영화롭던
모습이 더할 나위 없이 그립게 느껴진다'는 뜻이다.

이 노래는 앞서 나온 우지강宇治河의 노래보다 좀 더 다양
한 변화를 보이는 가락으로 그 안에 "물새여 네가 울면/千
鳥汝が鳴けば"이라는 구가 있기 때문에 가락이 굴절되는

동시에 가라앉으면서 중후한 분위기를 연출하고 있다. 또한 홀로 읊는 듯한 독영적獨詠的 노래가 상대방을 상정하는 대영적對詠的 노래라는 경향을 띠게 되었는데, 이 점은 요컨대 권1의 "시가志賀의 가라사키 변함이 없건만/志賀の辛崎幸くあれど"과 같은 경향이라고 말할 수 있다. 어쩌면 권1의 노래와 같은 시기에 지어진 작품일지도 모른다.

권3(371)에 가도베노오키미門部王의 "오우飫宇의 바다 강어귀의 물떼새여 너희가 울면 내 고향 사호강佐保河이 못 견디게 생각나서/飫宇の海の河原の千鳥汝が鳴けば吾が佐保河の念ほゆらくに"가 있으며 권8(1469)에는 사미沙弥가 지은 작품으로 "산에 우는 두견새여 너희가 울면 고향에 있는 아내가 언제나 생각나네/足引の山ほととぎす汝が鳴けば家なる妹し常におもほゆ", 권15(3785)에 야카모리宅守의 작품으로 "두견새들야 잠시 울음을 멈춰다오 너희가 울면 나의 그리운 마음 어찌할 도리 없어/ほととぎす間しまし置け汝が鳴けば吾が思ふこころ甚も術なし"가 있는데 모두 히토마로의 이 노래에는 미치지 못할 뿐만 아니라 히토마로의 이 노래를 배운 후에 지은 작품일지도 모른다.

날다람쥐는 나무 끝 찾으려다
깊은 산속의 사냥꾼에게 결국 들키고 말았구나

鼯鼠_{むささび}は木_こぬれ求_{もと}むとあしひきの山_{やま}の猟夫_{さつを}にあひにけるかも

시키志貴 황자〔권3·267〕

시키志貴 황자의 노래다. 시키 황자는 덴지天智 덴노의 넷째 아들이며 지토持統 덴노(덴지 덴노의 제2황녀)의 동생이자 고닌光仁 덴노의 아버지에 해당된다.

전체적인 의미는 '날다람쥐가 수풀 사이에 있는 잔가지를 날아서 건너다가 사냥꾼에게 발견되어 잡혀버리고 말았다'는 뜻이다.

이 노래에는 어딘지 모르게 마음을 숙연하게 만드는 구석이 있기 때문에 예부터 풍자적인 의미로 파악하는 설이 있었다. 즉 쓸데없는 야망을 품은 탓에 실각해 버렸다는 것을 풍자적으로 표현했다는 이야기다. 하지만 이 노래에는 날다람쥐에 대한 이야기가 나와 있기 때문에 날다람쥐에 대해 서로 노래를 주고받은 작품으로 이해하며 음미해야

한다. 풍자적인 의미는 표현의 가장 깊숙이에 감춰두는 것이 현대인의 감상 태도로 바람직하다. 그렇게 음미해 보면 이 노래에는 황자 특유의 사생법寫生法과 감상感傷이 표현되어 있으며 인생에 대한 숙연한 깨달음을 암시하고 있다는 사실을 느낄 수 있게 된다. 걸작을 뽑는다면 뽑아야 할 작품에 속해 있다고 할 수 있을 것이다. 풍자적인 의미라는 학설이 생긴 이유는 이런 절실하고 감상적인 느낌 때문이겠지만 그것을 풍자라고 노골적으로 받아들여버리기 때문에 전체를 파괴해 버리는 것이다. 739년(덴표[天平] 11년) 오토모노 사카노우에노 이라쓰메大伴坂上郎女의 노래에 "대장부들이 다카마토산高円山에서 쫓아냈기에 마을에 내려왔던 날다람쥐네 바로/ますらをの高円山たかまとに迫せめたれば里に下おりける鼯鼠むささびぞこれ"(권6·1028)라는 작품이 있으며 이것은 실제로 이 작은 짐승을 포획했을 때의 노래이지 풍자적인 작품이 아니다. 이 작은 짐승에 대한 주注를 달아 "세간에서는 이 동물의 이름을 날다람쥐라고 한다"라고 되어 있다. 사랑스러운 작은 짐승으로 사람들의 주목을 끌던 대상일 것이다. 『만요슈랴쿠게万葉集略解』에 나오는 "이 노래는 헛된 욕망으로 망한 자들을 비유하고 있다. 이 황자의 노래에도 그런 마음이 역시 보인다. 오토모大友 황자나 오쓰大津 황자의 일들을 직접 눈앞에서 보시고 이렇게 생각하신 것이다"라

는 언급 등은 풍자설에 지나치게 빠져 있다. (『만요슈히노쓰마데[万葉集檜嬬手]』도 『만요슈랴쿠게[万葉集略解]』의 설을 그대로 답습하고 있다)

나그넷길을 떠나도 그리움은 여전하건만
산 아래로 붉은 배 먼 바다로 노저어가네

旅にしてもの恋しきに山下の赤のそほ船沖に榜ぐ見ゆ

다케치노 구로히토高市黒人〔권3·270〕

다케치노 무라지 구로히토高市連黒人의 기려가羈旅歌(주로 여정(旅情)을 읊은 운문 장르-역주) 8수 중 하나다. 이 노래에 나오는 "산 아래로/山下の"는, "가을 산 곱게 물든 단풍잎처럼 아름다운 아내/秋山の下ぶる妹"(권2·217) 등의 표현과 마찬가지로, 단풍잎의 아름다움과 관련시키고 있다는 점 때문에 "붉은/赤"의 마쿠라코토바枕詞(특정 어구 앞에 붙는 5음의 수식어로 그 의미를 강조하거나 어조를 고르는 기법, 의미가 불분명한 경우도 있음-역주)로 사용한 것으로 추정된다. 본문에 나오는 "soho/そほ"는 자토赭土에서 채취한 염료로, 자토뿐만 아니라 적토赤土, 철분을 포함한 이토泥土, 붉은 색 안료 등 여러 가지가 있다. 이런 쓰임새로 공들여 만든 제품을 'masoho/真朱'라고 지칭했으며 "불상 만드는 붉은 흙 부족하면/仏つくる

真朱足らずは"(권16·3841)의 예가 있다. "붉은 배/赤のそほ
船"라는 표현은 빨갛게 칠한 배를 가리킨다. "멀리 노저어
가는 붉은 빛 작은 배/沖ゆくや赤羅小船"(권16·3868)도 빨갛
게 칠한 배를 말한다. 그러므로 노래 전체의 의미는 '여행길
에 나서면 무엇을 보든 고향이 그립기만 한데, 먼 바다 쪽
을 보니 빨갛게 칠한 배가 지나간다. 저 배는 고향으로 가
는 배일까. 부럽기 그지없어라'라는 의미다. 오늘날의 관
점에서 보면 기려가羈旅歌에 자주 보이는 상투적 표현 같기
도 하지만 당시의 가인들 입장에서는 언제나 실감에 바탕
을 둔 표현이었을 것이다. 다케치노 구로히토의 노래는 구
상적具象的이며 묘사도 선명하지만 가키노모토노 히토마로
柿本人麿의 노랫가락만큼 간절하지 않다. 때문에 "그리움은
여전하건만/もの恋しき"라는 표현을 쓰거나 "그 먼 옛날의
사람인 것일까요/古への人にわれあれや" 등의 표현이 보
이기는 하지만, 약간 통속적으로 느껴지는 여유가 있다. 권
1(67)의 "여행길에서 외롭고 쓸쓸할 때 들리는 소리 들리지
않는다면 그리워 죽었겠지/旅にしてもの恋しぎの鳴くこ
とも聞えざりせば恋ひて死なまし"는 지토持統 덴노가 나
니와難波로 행차했을 때 다카야스노 오시마高安大島가 읊었
던 노래인데 전반부가 비슷하다.

사쿠라다로 학 울며 날아가네

야유치 개펄 썰물 되었나보다 학 울며 날아가네

桜田へ鶴鳴きわたる年魚市潟潮干にけらし鶴鳴きわたる

다케치노 구로히토高市黒人〔권3·271〕

　다케치노 구로히토高市黒人의 작품으로 기려가羈旅歌(주로 여정[旅情]을 읊은 운문 장르-역주) 8수 중 하나다. "사쿠라다/桜田"는 『와묘루이주쇼和名類聚抄』의 오와리국尾張国 아이치군愛知郡 사쿠라향作良郷, 현재 아쓰타熱田 동남쪽에 사쿠라桜*가 있다. 바로 그 사쿠라桜라는 해변에 가까운 지역의 밭을 말한다. 혹은 사쿠라다桜田라는 지명地名이라는 설도 있다. "아유치 개펄/年魚市潟"은 『와묘루이주쇼和名類聚抄』에 오와리국尾張国 아이치군愛知郡 아이치阿伊智라고 되어 있다. 아쓰타熱田 남쪽에 있는 해변 일대가 바로 '아유치年魚市(『일본서기[日本書紀]』에서는 '아유치[吾湯市]') 개펄이다. 사쿠라는 그 일부라고 할 수 있다. 지금의 아쓰타신덴熱田新田이라고 칭해지는 부근도 옛날에는 바다였다고 전해진다. 전체적인

의미는 '육지 쪽에서 바다에 가까운 사쿠라다 쪽으로 학들이 무리지어 날아가고 있는데, 아마도 아유치 개펄 일대가 썰물이 되었기 때문일 것이다'라는 말이다. 노래 한 수에 지명이 두 번이나 들어가 있다. 심지어 "학 울며 날아가네/鶴鳴きわたる"라는 표현을 두 번이나 반복하고 있다. 때문에 내용적으로는 지극히 단순한 형태가 되어 버렸다. 하지만 작품 전체가 고고한 분위기를 간직하고 있음에 주목할 필요가 있다. 내용이 자질구레하지 않기 때문으로 "사쿠라다로 학 울며 날아가네/桜田へ鶴鳴きわたる"라는 유일한 현재적 내용이 오히려 선명해지면서 작품 전체의 풍격도 높아졌다. 그 사이에 "아유치 개펄 썰물 되었나보다/年魚市潟潮干にけらし"라는 추측 표현이 들어가 있는데, 이런 추측도 대략 이미 알고 있는 현실에 대한 추량으로 막연한 상상이 전혀 아니라는 점에 특색이 있다. 하지만 이 노래는 사쿠라다가 중심으로 사쿠라다를 바라보는 위치에 작자가 서 있는 분위기다. 아유치 개펄이란 곳은 좀 더 떨어진 곳일 것이다. 노래의 형태를 살펴보면 앞서 나왔던 "진정으로 난 야스미코 얻었네 모든 사람이 얻기 힘들다 하던 야스미코 얻었네/吾はもや安見児得たり皆人の得がてにすとふ安見児得たり"(권2·95) 등과 거의 비슷하다. 아울러 내용적으로는 "아유치 개펄 썰물이 되었을까 지타 포구에 아침 노

젓는 배도 바다로 가고 있네/年魚市潟潮干にけらし知多の浦に朝榜ぐ舟も沖に寄る見ゆ"(권7·1163), "가시후 강에 학 울며 날아오네 시카 포구에 먼 바다 흰 파도가 일어나 오는가 봐/可之布江に鶴鳴きわたる志珂の浦に沖つ白浪立ちし来らしも"(권15·3654) 등 비슷한 발상의 노래가 많다. 마찬가지로 다케치노 구로히토의 노래라도 "스미노에의 에나쓰에 선 채로 내려다보다 무코의 항구에서 노저어가는 뱃사공/住吉の得名津に立ちて見渡せば武庫の泊ゆ出づる舟人"(권3·283)은 다소 형식미가 떨어져 가키노모토노 히토마로柿本人麿의 "여기저기서 배 저어나가네 어부의 낚시배여/乱れいづ見ゆあまの釣舟"(권3·256)에는 미치지 못한다. 하지만 다케치노 구로히토에게는 그만의 독특한 세계가 있어서 히토마로조차 가지고 있지 않은 어떤 것을 지니고 있기 때문에 그것을 놓치지 않도록 노력해야 할 것이다.

이 작품에 이어 나오는 "시하쓰산을 넘어서 바라보니 가사누이섬 노 젓다 사라지는 널 없는 작은 배/四極山うち越え見れば笠縫の島榜ぎかくる棚無し小舟"(권3·272)도 걸작이다. 훗날 야마베노 아카히토山部赤人에게 영향을 끼친 작품이다. 시하쓰산四極山, 가사누이섬笠縫島은 미카와三河라는 설과 셋쓰攝津라는 설이 있는데 지금은 일단 게이추契沖 이후 계속 이어지고 있는 '미카와국三河国 하즈군幡豆郡 시하

276

토磯泊*(之波止)' 설에 따라 음미하기로 하겠다. 아울러 "내 님
도 나도 한 몸이기 때문일까 미카와국의 후타미란 길에서
헤어지기 괴로워/妹も吾も一つなれかも三河なる二見の
道ゆ別れかねつる"(권3·276)라는 작품도 있다. 미카와의 후
타미二見는 고유御油에서 요시다吉田로 나오는 10km 정도
되는 길이라고 한다. "아내妹"는 한동안 친하게 지냈던 그
지역 이성일 것이다. 전반부에서는 '그대도 나도 한 몸이기
때문일 거라고' 기지를 발휘한 표현이다. 다케치노 구로히
토의 작품 중에는 전반부에 이런 주관구主觀句가 들어있는
노래가 많다. 그런 표현이 성공한 것도 있는가 하면, 없는
게 나았을 경우도 있다.

어드메인가 오늘밤 내 머물 곳
다카시마의 가치누 들녘에서 해가 저무는구나

何処にか吾は宿らむ高島の勝野の原にこの日暮れなば

다케치노 구로히토高市黒人〔권3·275〕

　　다케치노 구로히토高市黒人의 작품으로 앞의 노래와 마찬
가지로 기려가羈旅歌(주로 여정[旅情]을 읊은 운문 장르-역주)가 계
속되고 있다. "다카시마高島의 가치누勝野(통상적으로는 오노산
이라고 하나 본서에 따름-역주)"는 오미近江 다카시마군高島郡 미오
三尾 안, 지금의 오미조정大溝町**이다. 다케치노 구로히토
의 기려가羈旅歌는 이 작품을 봐도 장소의 이동에 따라 그때
그때 읊었다는 사실을 알 수 있다. 이것은 가치누 들판에서
해가 저물 때 읊은 노래다. 현실적인 내용으로 "어드메인가
오늘밤 내 머물 곳/何処にか吾は宿らむ"은 그에 동반되는
자연스러운 영탄이다. 이렇게 영탄을 첫 구와 제2구에 두는
것은 다케치노 구로히토의 하나의 경향이라고 말할 수 있
다. 이 영탄은 솔직하고 매우 간결해서 오히려 효과적이라

고 할 수 있다. 전체적으로는 여행 중의 쓸쓸한 심정을 표현할 수 있다. 다케치노 구로히토의 작품으로 오미近江(현재의 시가현[滋賀県] 부근-역주)와 관련성이 있는 작품은 "갯바위 있는 곳 노 저어 돌아가면 오미의 바다 배 닿는 항구마다 학들이 높이 우네/磯の埼榜ぎたみゆけば近江の海八十の湊に鶴さはに鳴く"(권3·273), "내가 탄 배는 히라의 항구에 닻을 내리자 바다로 떠나지 말게 밤도 이미 깊었으니/吾が船は比良の湊に榜ぎ泊てむ沖へな放りさ夜ふけにけり"(권3·274)라는 노래가 있다. "바다로 떠나지 말게/沖へな放かり"라는 표현은 해안가에서 너무 먼 바다로 떠나지 말라는 의미로 특색있는 구라고 할 수 있다. "내가 탄 배는 아카시 포구에 닻을 내리자 바다로 떠나지 말게 밤도 이미 깊었으니/わが舟は明石の浦に榜ぎはてむ沖へな放かりさ夜ふけにけり"(권7·1229)라는 노래는 다케치노 구로히토의 노래가 전승되는 과정에서 변형을 거쳐 "아카시/明石"라는 곳으로 뒤바뀌었기 때문일 것이다.

더 일찍 와서 봤으면 좋았을 걸
야마시로의 다카의 느티나무 숲 낙엽만 남아있네

疾く来ても見てましものを山城の高の槻村散りにけるかも

다케치노 구로히토高市黒人〔권3·277〕

다케치노 구로히토高市黒人의 기려가羈旅歌(주로 여정[旅情]을
읊은 운문 장르-역주) 8수 중 하나로 여기서는 야마시로山城 여
행에 관한 내용을 담고 있다. 고전원문에 나오는 "고규촌/
高槻村"에 대해 구훈旧訓에서는 'takatsukimurano/タカツ
キムラノ'라고 읽었는데 『만요코쓰키노오치바万葉考槻落葉』
가 'takatsukinomura/タカツキノムラ'라고 읽은 후 "무성
하게 물푸레나무가 나 있는 숲을 말할 것이다"라고 언급해
많은 학자들이 이를 따랐다. 하지만 이쿠타 고이치生田耕一
씨가 '다카高는 야마시로국山城国 쓰즈키군綴喜郡 다카향多賀
郷의 taka/タカ로 오늘날의 다가多賀·이데井手* 근처일 것이
라는 가설을 세운 후, 다른 노래의 예로 "야마시로의 샘물
옆 괭이사초/山城の泉の小菅", "야마시로의 이와타의 신사

280

에/山城の石田の杜" 등의 노래가 있는 것을 참조로 "야마시로의 다카의 느티나무 숲/山城の高の槻村"이라고 파악했다. 이후 여러 학자들이 그것을 허용하기에 이르렀다.

전체적인 의미는 '좀 더 빨리 와 봤으면 좋았을텐데 이제야 와 보니 이곳 야마시로의 다카高라는 마을의 느티나무 수풀의 잎들도 다 져 버렸다'라는 뜻이다. 따라서 다카高(다기향[多賀鄕])의 느티나무 숲은 당시에도 유명했을 가능성이 있다. 혹은 다카高라는 것이 설령 마을 이름이었더라도 작자의 의식 속에서는 "키가 큰 느티나무/高い槻の木"라는 것을 넌지시 암시하고자 했을지도 모른다. 그렇게 하면 종래처럼 『만요코쓰키노오치바』의 설에 따라서도 음미할 수 있다. 이 노래에서는 "야마시로의 다카의 느티나무 숲 낙엽만 남아있네/山城の高の槻村散りにけるかも"라는 영탄이 핵심인데 마음 깊이 스며드는 여운이 없다. 또한 "더 일찍 와서 봤으면 좋았을 걸/疾く来ても見てましものを"이라고 표현하고는 있지만 애절한 맛이 전혀 없이 씩씩하기만 하다. 이것은 단순히 여행과 관련된 노래이므로 이 정도의 감개에 그치고 있는데, 요컨대 다케치노 구로히토의 스타일을 보여주고 있다는 말이 될 것이다.

여기서 보면 집은 어드메일까

하얀 구름이 길게 드리워진 산 넘어서 예 왔노라

此処にして家やもいづく白雲の棚引く山を越えて来にけり

こ こ　　　い へ　　　　し ら く も　た な び　や ま　こ　　　き

이소노카미경石上卿〔권3·287〕

　시가志賀로 행차했을 때 이소노카미경石上卿이 읊은 노래
인데, 작자의 생몰연대는 미상이다. 어느 덴노의 행차였는
지도 분명치 않다. 아라키다 히사오이荒木田久老는 702년(다
이호[大宝] 2년) 태상덴노太上天皇(지토[持統] 덴노)가 미카와三河
미노美濃로 행차했을 때 오미近江(오늘날의 시가현[滋賀県] 부근-역
주)에도 잠깐 들렀을 거라고 지적하고 있다. 만약 그렇다면
이소노카미노 마로石上麻呂일지도 모른다. 좌대신左大臣 이
소노카미 마로는 717년(요로[養老] 원년) 3월 세상을 떠났기 때
문에 후대 사람이 다이시題詞(일종의 제목-역주)를 썼다고 치면
"경卿"이어도 무방하다. 하지만 717년(요로 원년) 9월 행차(겐
쇼[元正] 덴노) 때라면 역시 『만요코쓰키노오치바万葉考槻落葉』
에서 지적했던 것처럼 이소노카미노 도요니와石上豊庭일 거

라는 말이 된다. 도요니와라는 학설이 유력하다.

　아득히 먼 곳까지 여행을 온 느낌으로 직선적으로 노래를 읊어내려가고 있어서, 상당한 감정이 표출된 노래다. 오토모노 다비토大伴旅人의 노래에 "여기에 보면 쓰쿠시는 어드메 저 흰 구름이 드리워진 산으로 저쪽 편 같노라/此処にありて筑紫や何処白雲の棚引く山の方にしあるらし"(권4·574)라는 노래가 있는데 이 작품과 형태가 비슷하다. 이것은 오토모노 다비토의 노래보다 일찍 나온 작품인데, 일단은 두 작품을 같이 나란히 놓고 감상하기로 하겠다. 이 노래에 보이는 "하얀 구름이 길게 드리워진 산 넘어서 예 왔노라/白雲の棚引く山を越えて来にけり"도 오미 쪽에서 읊고 있는 것이므로 직접적인 표현이다. 오토모노 다비토는 도읍지인 나라에 있으며 쓰쿠시筑紫(현재의 규슈[九州] 지역 일부-역주)에 대해 읊고 있으므로 간접적일 것 같지만 이는 쓰쿠시에 남아 있는 사미沙弥 만제이満誓에게 답한 노래이므로 그런 의미에서 내면적으로 직접적인 성격이 있다고 할 수 있다.

낮에 봤다면 보고 또 봐도 멋질 다고田児 포구를
우리 대왕 송구하여 밤에야 보았다오

昼見れど飽かぬ田児の浦)大王のみことかしこみ夜見つるかも

다구치노 마스히토田口益人〔권3·297〕

다구치노 마스히토田口益人가 708년(와도[和銅] 원년) 가미쓰
케누국上野国의 관리가 되어 부임하던 도중 스루가국駿河国
기요미淨見 곶을 지나왔을 때 읊은 노래다. 중앙에서 파견
되는 지방 관리는 가미守·스케介·조掾·사칸目 등으로도 통하
는데, 여기서는 가장 높은 자리인 고쿠시国守다. 기요미淨見
곶은 이오하라군廬原郡의 해안으로 오늘날로 치면 오키쓰興
津 세이켄사清見寺* 근처라고 추정된다. 이 노래 직전에 "이
호하라의 기요미 곶에 있는 미호 포구의 풍요로운 바다 보
니 시름도 사라지네/廬原の清見が埼の三保の浦の寛けき
見つつもの思ひもなし"(권3·296)라는 작품이 있다. 미호三保
는 오늘날 시미즈시清水市지만 과거에는 이호하라군廬原郡
이었다. "기요미 곶에 있는/清見が埼の"도 "미호 포구의/三

284

保の浦の"도 모두 "풍요로운/寛けき"에 이어지고 있다. "다고田児 포구"는 지금은 후지군富士郡이지만 과거에는 이호하라군廬原郡에 걸친 광범위한 곳이었다. 에도江戸에서 교토京都에 이르는 해안선을 낀 가도인 도카이도東海道의 명소 그림에 "기요미淸見 오키쓰興津로부터 동쪽 우키시마가하라浮島原의 해변 모두를 지칭한다"라고 되어 있다.

한편 이 노래는 '낮에 봤다면 더할 나위 없이 멋질 다고 포구 풍경을 우리 대왕님에 의해 부임하는 길이기 때문에 밤에 보았다'라는 말이다. 낮에 보는 풍경은 훨씬 더 멋질 거라는 뜻이 담겨 있는 것이다. 아울러 어째서 밤에 보았는지에 대해 야마다 요시오山田孝雄 박사의 고증이 있다(『만요슈코기[万葉集講義]』). 스루가국부駿河国府(현재의 시즈오카[静岡])를 출발해 오키쓰息津, 간바라蒲原를 거쳐 오는데 그 간바라까지 올 동안에 다고田児 포구가 있다. 시즈오카에서 오키쓰까지는 9리里, 오키쓰에서 간바라까지는 4리里, 이것을 1일간 갈 수 있는 일정이라고 치면 간바라에 도착하기 전에 밤이 되어버렸을 거라는 이야기다.

이 노래는 위와 같이 사실에 바탕에 두고 읊은 노래지만 이 노래를 읽을 때면 항상 불가사의한 어떤 것을 느꼈다. 지금 역시 그러하다. 그것은 "밤에야 보았다오/夜見つるかも"라는 구에 있다. "밤夜"이라는 표현에 특유의 느낌이 있

다고 생각된다. 작자는 "다고 포구의 밤"을 그저 사실에 근거해 그렇게 말했을 뿐이지만 그럼에도 불구하고 그 밤의 감동이 후대에 사는 우리들에게도 전달되고 있을지 모른다.

덧붙여 기록한다. 최근에 오모다카 히사타카澤瀉久孝 씨는 다고 포구에 대해 고증을 시도한 후 "삿타薩埵 고개의 동쪽 기슭에서 유이由比, 간바라蒲原를 거쳐 후키아게노하마吹上浜에 이르는 활모양 해변을 상대上代의 다고 포구라고 한다"라고 말했다.

다고의 포구 나와서 바라보니

새하얗게도 후지산 봉우리에 흰 눈 내리고 있었네

田児の浦ゆうち出でて見れば真白にぞ不尽の高嶺に雪は降りける

야마베노 아카히토山部赤人〔권3·318〕

야마베노 스쿠네 아카히토山部宿禰赤人가 후지산不尽山을 읊은 장가長歌의 반가反歌다. "다고의 포구/田児の浦"가 과 거에는 후지富士·이오하라廬原 등 두 개의 군郡에 걸쳐 있던 해안가를 광범위하게 가리켰다는 점에 대해서는 앞서 언급 한 바 있다. "다고의 포구/田児の浦ゆ"의 고전 원문에 보이 는 "yu/ゆ"는 "yori/より(-로부터)"라는 의미로 움직여가는 단 어에 이어지는 경우가 많다. 여기서는 "나와서/打ち出で て"로 이어진다. "집에서 나와 3년이란 사이에/家ゆ出でて 三年がほどに", "아나시의 강에서 흐르는 물의/痛足の川ゆ 行く水の", "노사카의 포구에서 배를 띄워서/野坂の浦ゆ船 出して", "산 근처에서 이즈모 아가씨는/山の際ゆ出雲の 児ら" 등의 용례가 있다. 또한 "yu/ゆ"는 멀리 아래를 거시적으로 살펴본다(조망한다)는 행위와도 연관성이 있기 때문에 "바라보니/見れば"로도 이어진다. "내가 잠자던 평상의 위로부터 새벽의 달이 환하게 보이기에/わが寝たる衣の上ゆ朝月夜さやかに見れば", "어부의 낚시배가 바다 위로 보이네/海人の釣舟浪の上ゆ見ゆ", "후나세에서 보이는 아와지시마/舟瀬ゆ見ゆる淡路島" 등의 예가 있다. 앞서 나왔던 "우물 위를 울면서 날아올라가누나/御井の上より鳴きわたりゆく"의 "yori/より" 부분에서도 언급했지만 언어란 자연스럽게 흘러가는 것이기 때문에 대략적인 약속에 의한 용례에 의거하여 그에 대해 끝까지 추구하면 된다. 이왕이면 기하학에서 쓰는 증명 따위처럼 딱딱하지 않은 편이 낫다. 요컨대 여기서 야마베노 아카히토가 어째서 "yu/ゆ"를 사용했느냐 하면, 작자의 행위·위치를 나타내려는 의도와 "ni/に"라고 하면 "새하얗게도/真白にぞ"의 "ni/に"를 방해하게 된다는 미묘한 점 때문이었을 것이다.

이 작품 직전에 나온 야마베노 아카히토의 장가長歌도 간결하고 훌륭하다. 이 작품 다음에 나온 작자 미상(다카하시노 무라지 무시마로[高橋連虫麿]의 가능성 있음)의 장가보다 더 멋진 작품이다. 또한 이 반가反歌는 사람들의 많은 사랑을 받아 오랫동안 회자되던 노래로 서경가叙景歌의 절창絶唱으로 여겨지던 작품이었다. 그럴 만한 가치가 있는 야마베노 아카히

토의 작품 중 걸작이다. 야마베노 아카히토의 와카는 전체적으로 볼 때 건강하고 깔끔하며 가락이 느슨한 구석이 없다. 때문에 규모가 크고 긴밀한 성조로 읊어야 할 대상의 경우, 다른 가인들보다 훨씬 더 월등한 완성도를 보여준다. 이 노래 안에서 가장 주의해야 할 두 개의 구, 즉 제3구에서 "새하얗게도/真白にぞ"라고 크게 말한 후, 마지막 구에서 "흰 눈 내리고 있었네/雪は降りける"라고 연체형連体形으로 마무리한 것은, 가키노모토노 히토마로柿本人麿의 "푸른 색 말이 날아갈 듯 빠르기에 구름 저 멀리 아내의 집근처를 지나와 버렸구나/靑駒の足掻を速み雲居にぞ妹があたりを過ぎて来にける"(권2·136)라는 노래와 형태상 매우 유사함에도 불구하고 가키노모토노 히토마로의 노래가 훨씬 자연스럽게 흘러가고 있다고 할 수 있다. 이에 비해 야마베노 아카히토의 노래는 맑고 강하다고 표현될 수 있는 방면에서 높은 완성도를 보인다. 『만요슈코기万葉集古義』에서 "새하얗게도/真白くぞ"라는 훈독방식을 취하고, 『신코킨슈新古今集』에서 "다고의 포구 나와서 바라보니 새하얗게도 후지산 봉우리에 흰 눈 계속 내리네/田子の浦に打出て見れば白妙の富士の高根に雪は降りつつ"라고 일부 내용을 고쳐서 게재한 것은 다양한 측면에서 비교해 가며 음미하는 데 편리하다. 또한 작자미상의 반가反歌 "후지산 위에 내려

쌓인 흰 눈은 유월이 되어 십오일에 녹더니 그날 밤 또 내렸
네/不尽の嶺に降り置ける雪は六月の十五日に消ぬれば
その夜降りけり"(권3·320)도 좋은 노래이므로 여기에 두고
감상해도 무방하다.(부기[附記]. 야마다 요시오[山田孝雄] 박사의 『만
요슈코기[万葉集講義]』에서는 "다고 포구 안의 어떤 곳으로부터 나와서 바
라본다는 것으로 충분할 것이다. 작자가 서 있는 곳도 다고 포구 안이다"라
고 설명하고 있다)

푸르게 빛나는 나라의 도읍지는
활짝 핀 꽃이 곱고 향기롭듯이 절정 맞이했노라

あをによし寧楽の都は咲く花の薫ふがごとく今盛なり

오누노 오유小野老(권3·328)

　다자이太宰의 쇼니少弐 직책에 있던 오누노 오유노 아소
미小野老朝臣의 노래다. 작자는 738년(덴표[天平] 10년·『속일본기
[続日本紀]』에서는 9년), 다자이후의 다이니大弐 직책에 있다가
세상을 떠났다. 이 노래를 읊은 당시에는 오토모노 다비토
大伴旅人가 다자이노소치太宰帥였을 무렵으로, 그 부하로 있
었을 것이다. 권5의 730년(덴표[天平] 2년) 정월, 매화꽃을 노
래한 32수가 집중적으로 보이는 부분에 "쇼니小弐 오누노
마에쓰키미小野大夫"의 노래가 있기 때문에 이 노래는 그 후
우연히 귀경했을 무렵의 노래로 추정된다. 덴표 시절의 수
도 나라寧楽가 도읍지로 얼마나 번영하고 있었는지를 찬미
한 작품이다. 직선적으로 단번에 읊어 내려가며 전혀 막힘
이 없다. "봄꽃과 같이 아름답게 피고서 가을 잎처럼 아름

답게 빛났던/春花のにほえ盛えて, 秋の葉のにほひに照れる"(권19·4211)처럼 아름다운 사람을 형용했던 예가 있지만, 이 작품은 수도의 성대함을 노래한 것이므로 좀 더 내용이 복잡하고 광대해졌다. 하지만 동시에 개념화되어 가는 경향도 이미 조성되고 있다는 점은, 단순히 이 노래만이 아니라 일반적으로 경향문학이 나아가야 할 운명이기도 하다. 아울러 이 노래의 작풍은 오토모노 다비토의 작품에서 발견되는 명쾌하고 풍요로운 것이기 때문에 몇 번이고 반복하다보면 밋밋하고 통속적으로도 느껴질 수 있다. 가키노모토노 히토마로柿本人麿 이전의 노랫가락등과 비교해 보면 그 차이가 이미 현저하다고 할 수 있다. "매화꽃은요 지금 한창이네요 여러분들도 머리 치장해봐요 지금 한창이네요/ 梅の花いまさかりなり思ふどち挿頭にしてな今さかりなり"(권5·820)라는 노래도 참고가 될 것이다.

젊었던 그 시절 돌아올 수 있을까
아닐 것이야 나라의 도읍지도 못 볼지도 모르리

わが盛また変若めやもほとほとに寧楽の京を見ずかなりなむ

_{さかり} _{をち} _{なら} _{みやこ}

오토모노 다비토 大伴旅人〔권3·331〕

다자이노소치 太宰帥 오토모노 다비토 大伴旅人가 쓰쿠시 筑
紫(현재의 규슈[九州] 지역 일부-역주) 다자이후 太宰府에서 읊은 5수
중 하나다. 다비토는 62,3세 무렵(726년·진키[神龜] 3년, 727년·진
키[神龜] 4년), 다자이노소치라는 직책에 임명되었다가, 730
년(덴표[天平] 2년) 다이나곤 大納言 자리에 올라 두 가지 직책을
겸직한 상태로 상경했다가 731년(덴표[天平] 3년) 67세의 나이
로 세상을 떠났다. 그러므로 이 노래는 63,4세 무렵에 읊은
작품으로 추정되고 있다.

전체적인 의미는 '내가 다시 젊어질 수 있을까. 이젠 이루
어질 수 없는 꿈이겠지. 이렇게 나이들어 변방 땅에 있으면
도읍지 나라의 모습마저도 못 보고 끝나버릴지도 모르겠지'
라는 뜻이다. "otsu/をつ"라는 상2단 활용의 동사는 원래로

돌아간다는 뜻인데, 여기서는 다시 젊어진다는 표현에 사용되고 있다. "전에 봤을 때보다 훨씬 젊어졌네요/昔見し より変若ましにけり"(권4·650)는 옛날에 봤을 때보다도 오히려 젊어졌다는 의미로 오토모노 다비토의 노래에 나오는 "ochi/変若"와 마찬가지다.

오토모노 다비토의 노래에는 결점이 있었다. 물론 그는 문학적 소양이 풍부한 가인이었기 때문에 자유자재로 노래를 읊고 있으며, 사상적 서정시라는 방면도 개척한 측면이 있다. 그러나 노래 자체가 지나치게 명쾌하기 때문에 작품 전체의 성조에 아우라가 없다는 아쉬움이 남는다. 그런 가운데 이 노래 같은 예는, 노년에 접어들기 시작한 시점에서 읊어진 작품이기 때문에, 감개 역시 다른 작품과 차별화된 깊이가 느껴진다.

나의 이 목숨 영원할 수 없을까
그 옛날 봤던 기사의 작은 강을 다시 한번 보고자

わが命も常にあらぬか昔見し象の小河を行きて見むため

오토모노 다비토大伴旅人〔권3·332〕

　　오토모노 다비토의 작품 5수 중 하나다. 전체적인 의미는
'내 목숨도 항상 변치 않는 것이었으면 좋으련만. 과거에 본
적 있던 요시노吉野 기사象의 작은 강을 보기 위해서라도'라
는 뜻이다. "영원할 수 없을까/常にあらぬか"에서 문법적
으로는 의문을 나타내는 조사를 쓰고 있지만 이렇게 자문
하는 것은 그것을 진정으로 바라는 마음 때문이므로 결국
같은 말이 된다. "난처하여라 비까지 내리는가/苦しくも降
りくる雨か"에서도 마찬가지다. 이 노래 역시 바로 이해가
되는 노래이지만 평범하거나 속되지 않고 오토모노 다비토
의 탁월한 점을 드러내 준 작품일 것이다. 애처로운 여운이
이렇게까지 눈에 띄지 않고 표현 속에 담겨져 있을 수 있다
면 가인으로서 일류라고 할 수 있다. 역시 오토모노 다비토

의 작품에 "그 옛날 봤던 기사象의 작은 강을 이제 와 보니 더더욱 깨끗하고 맑게 변해 있구나/昔見し象の小河を今見ればいよよ清けくなりにけるかも"(권3·316)라는 작품이 있다. 이것은 요시노궁吉野宮으로 행차行幸했을 때의 노래로 쇼무聖武 덴노가 즉위한 후인 724년(진키[神亀] 원년)이라고 한다면 "나의 이 목숨/わが命も"의 노래보다 이전 작품으로 아직 다자이후太宰府로 가지 않았을 무렵의 작품이라는 말이 된다.

(시라누히) 쓰쿠시의 옷감(면)은

몸에 걸치고 입어보지 않아도 따스해 보이누나

しらぬひ筑紫の綿は身につけていまだは着ねど暖けく見ゆ

사미沙弥 만제이満誓〔권3·336〕

사미沙弥 만제이満誓가 면綿에 대해 읊은 노래다. 만제이
는 가사노 아소미 마로笠朝臣麻呂로 출가 후 만제이라는 이
름으로 바뀌었다. 723년(요로[養老] 7년) 만제이로 하여금 쓰
쿠시筑紫(현재의 규슈[九州] 지역 일부-역주)의 간제온사観世音寺를
조영하게 만들었다는 기록이 『속일본기続日本紀』에 보인다.
만제이의 노래로는 "이 세상일을 무엇에 비유할까 아침이
되자 노를 저어 간 배가 자취 없는 것 같네(자취 없는 것 같네)/
世の中を何に譬へむ朝びらき榜ぎ去にし船の跡なきが
如(跡なきごとし)"(권3·351)라는 노래가 유명하다. 당시에는 불
교적 깨달음을 담아낸 노래로 틀림없이 참신한 작품이었을
것이다. 작자도 출가한 이후이기 때문에 그런 깊은 감개가
배어난 것이겠지만, 사상적인 노래의 경우 설령 충분한 역

량을 갖추고 있다 해도 모두 성공적이라고는 장담할 수 없다. 현세의 무상함을 노래한 작품에 비하면 쓰쿠시 면을 다룬 이 노래가 한 수 위의 완성도를 보인다고 할 수 있다.

이 면은 품질이 매우 좋은 설면자(풀솜, 누에고치 솜)라는 설과 면(목면)이라는 설이 있는데, 아마도 설면자 쪽일 것이다. 설면자 설을 주장하는 근거는, 목면의 경우 당시 쓰쿠시에서 재배되지 않았고 다이시題詞(일종의 제목-역주)에 나오는 "면緜"이라는 글자가 당나라에서도 설면자를 가리키는 말이기 때문이다. 아울러『속일본기續日本紀』에 "769년(진고케이운[神護景雲] 3년) 3월 27일, 처음으로 매년 다자이후의 면 20만 둔屯을 날라 경고京庫에 저장했다"라고 되어 있기 때문에 규슈九州가 면의 산지였음을 알 수 있는데 그 면이 설면자라는 것은『삼대실록三代実録』884년(간교[元慶] 8년) 내용("五月庚申朔, 太宰府年貢綿十万屯, 其内二万屯, 以絹相轉進之")에 의해 명확하다. 즉 창고에 남아 있는 비단으로 대신했다는 의미다. 아울러 중국에서도 인도로부터 목면이 들어온 것은 송나라 말기라고 한다. 일본에는 799년(엔랴쿠[延暦] 18년) 쿤룬崑崙 산맥의 사람(인도인이라는 설도 있음)이 표류 끝에 미카와三河에 이르렀는데 그 배에 목면의 씨앗이 있었던 것을 재배한 것이 최초라고 전해지고 있다. 또한 목면설을 주창하는 사람은, 769년(진고케이운[神護景雲] 3년)의『속일본기續日本紀』에 나온 기록은 목면에 대한 내용으로, 아마도 중국과의 무역에 의해 일본에 전해진 것이며, 중국과의 무역은 그 이전부터 행해졌을 거라는 추정을 바탕으로 하고 있다. 그런 주장에 대해 야마다 요시오山田孝雄 박사는 "견당사 파견이 대명大命을 받들어 목숨을 걸고 몇 년씩이나 걸려 왕복하던 마당에 오로지 면만 해도 매년 20만 둔屯씩이나 수입되었다고 생각할 수 있을까"(『만요슈코기[万葉集講義]』)라고 지적했다.

전체적인 의미는 '[시라누히/白縫](마쿠라코토바枕詞) 쓰쿠시筑紫의 면은 명산품이라 들었는데 지금 보니 과연 훌륭한 상품이로다. 아직 입어보지도 않았는데 보기만 해도 따스할 것 같다'라는 뜻이다. "쓰쿠시의 옷감(면)은/筑紫の綿は"이라고 일부러 표현한 이유는 쓰쿠시가 면의 명산지였기 때문에 작자에게 매우 신기하게 보였기 때문이었을 것이다. 몇십만 둔屯(6냥[両]을 1둔[屯]이라 함)이나 되는 새하얀 면을 보고 "따스해 보이누나/暖けく見ゆ"라고 표현한 것이 지극히 자연스럽기도 하다. 와카로서는 매우 보기 드문 작품이면서 동시에 상당한 수작이다.

신기해하는 마음과 친밀감이 있기 때문에 자연스럽게 감각적인 말투가 동반된다고 보이는데, 여성의 몸과 관련된 풍자나 우의적 표현일 거라는 설도 있다. 예를 들어 "사미만제이는 유희적으로 읊고 있는 것으로 그 면을 몸에 걸쳐

입어보진 않았지만 보기에는 따스하게 보인다는 말은 여성에 비유한 표현일 것이다"(『만요슈코쇼[万葉集攷證]』)라는 식의 언급을 떠올릴 수 있다. 이처럼 우의적인 표현으로 보는 설은 전혀 채택할 수 없는 학설이지만, 그만큼 이 노래가 육감적인 무언가를 가지고 있다는 증거도 될 수 있으며, 그런 만큼 오히려 이 노래를 천박한 관념가로 만들어버리지 않았던 연유라고도 생각할 수 있다. 즉 이런 노래를 읊은 동기가 눈앞에 당장 펼쳐진 일 때문이었다 해도, 완성된 노래는 좀 더 암시적이고 상징적인 작품이 되어 있다. 마지막 구는 구훈旧訓에서는 'atatakanimiyu/アタタカニミユ'였던 것을 노리나가宣長가 'atatakekumiyu/アタタケクミユ'라고 읽었다. 아울러 이 노래에 대해 게이추契沖는 "면을 많이 쌓아놓은 것을 보고 면이 얼마나 유용한지를 칭찬한 노래다"(『만요다이쇼키[万葉代匠記]』 정찬본[精撰本]), "면이 보기보다 따스해 보인다는 것은 자비로운 사람에게는 자비로운 상이 나타나고 교만한 사람에게는 교만한 상 나타나니, 모든 것들이 이런 이치이기 때문에 교훈으로 삼을 만한 노래일까"(『만요다이쇼키[万葉代匠記]』 초고본[初稿本])라고 말했는데, 마부치真淵는 "그 정도의 뜻까지는 없을 것이며, 그저 본대로 이해해야 한다"(『만요코[万葉考]』)라고 지적했다.

오쿠라 일행 떠나고자 합니다

아이 울겠죠 그 아이의 어미도 나를 기다리겠죠

憶良等は今は罷らむ子哭くらむその彼の母も吾を待つらむぞ

<small>おくらら いま まか こ な か はは わ ま</small>

야마노우에노 오쿠라<small>山上憶良〔권3·337〕</small>

'야마노우에노 오쿠라노 오미<small>山上憶良臣</small>가 연회에서 물러날 때 읊은 노래 1수'라는 제목이 달려 있다. 야마노우에노 오쿠라는 701년<small>(다이호[大宝] 원년)</small> 견당사의 일원으로 바다를 건너 704년<small>(게이운[慶雲] 원년)</small> 일본으로 돌아와 716년<small>(레이키 [霊亀] 2년)</small> 호키국伯耆国<small>(오늘날의 돗토리현[鳥取県] 부근-역주)</small>의 가미守, 726년<small>(진키[神亀] 3년)</small> 경 지쿠젠국筑前国<small>(오늘날의 후쿠오카현 서부 부근-역주)</small> 가미守, 733년<small>(덴표[天平] 5년)</small> '중병에 걸려 스스로 슬퍼하는 글/沈痾自哀文<small>(권5·897)</small>'에는 나이가 74세라고 나와 있다. 이 노래는 아마도 지쿠젠노카미筑前守 시절의 작품일 것이다. 그리고 이 전후로 오토모노 다비토大伴旅人, 사미沙弥 만제이満誓, 사키모리防人 쓰카사노스케司佑, 오토모노 요쓰나大伴四綱의 노래들이 나오기 때문에 다자이후太

宰府에서의 연회 때 나온 노래일 것이다.

전체적인 의미는 '나는 이제 가려고 한다. 집에 가면 아이들도 울고 있을 테고 그 아이들의 어미(즉 아내)도 기다리고 있을 터'라는 뜻이다. 고전 원문 "그 아이의 어미도/其彼母毛"는 'sonokanohahamo/ソノカノハハモ'라고 훈독하며 "그 아이들의 엄마도"라는 의미가 된다.

야마노우에노 오쿠라는 『만요슈』 안에서도 손꼽히는 대가大家라고 할 수 있으나, 아스카飛鳥 시절이나 후지와라궁藤原宮 주변 가인들의 작품에 익숙한 사람들에게는 느닷없이 완전히 이질적인 어떤 것을 접하는 느낌을 줄 것이다. 즉 한수 한수의 성조에 세련됨이 부족하여, 히토마로의 노래 "우지강 속의 어살말뚝/もののふの八十うぢがはの網代木に"에 보이는 힘찬 가락에는 도저히 미치지 못한다. 하나의 노래 안에서 세 번이나 조사 "ramu/らむ"를 사용하면서도 표현 자체는 머뭇거리고 있으며 가락이 흘러내려가는 느낌이 부족하다. "나의 남편은 어디쯤 가고 있나 깊고도 깊은 나바리의 산 너머로 오늘 가고 있으려나/わが背子は何処ゆくらむ沖つ藻の名張の山をけふか越ゆらむ"(권1·43)에서 보이는 "ramu/らむ"의 양상과도 이질적이다. 마지막 구에서 "나를 기다리겠죠/吾を待つらむぞ"라고 해도, 가키노모토노 히토마로의 "임은 보고 계시려나/妹見つら

むか"와도 역시 다르다. 하지만 어딘가 실질적인 구석이 있으면서 결코 경박하거나 속된 표현으로 전락하지 않는 것이 특색이라고 할 수 있다. 그렇게 매끈하게 뻗어나가지 않는 노랫가락이 당시 사람들에게도 오히려 참신하게 느껴졌을지 모른다. 야마노우에노 오쿠라는 다이쇼大正 시대나 쇼와昭和 시대의 가단歌壇에서 '생활의 노래'라는 것이 주창되어질 때, 가장 먼저 그 대표적 가인으로 다루어졌다. 사실 그 지적이 타당한 측면도 있다. 오쿠라의 노래에 담긴 인간적인 내용이 가인으로서의 오쿠라의 가치를 중요하게 만들어주고 있다.

해학과 미소 속에서 읊어진 생활기반적이고 직접적인 가풍의 이 노래만 봐도 그 특색을 충분히 짐작할 수 있다. 이 작품은 야마노우에노 오쿠라의 단가短歌 중에서 역시 걸작이라고 할 만하다. 야마노우에노 오쿠라가 와카를 좋아했고 와카에 대해 공부도 했다는 것은 『루이주카린類聚歌林』을 편찬한 것만 봐도 알 수 있다. 하지만 예부터 내려오던 일본어 고유의 성조에 완전히 익숙해질 수 없었던 것은 한문적 소양 때문이었을지도 모른다. 한문에 익숙했던 지식인이었기 때문에 오히려 고유한 일본어 세계가 흔들린 것이다. 권1(63)에 나오는 "자아 모두들 어서 야마토(일본) 향해 오토모大伴의 미쓰 해변 소나무도 애타게 기다릴 터/いざ

子どもはやく大和へ大伴の御津の浜松待ち恋ひぬらむ"라는 노래는 유명하지만 가락이 어딘가 약하고 뭔가가 부족하다. 이 작품보다는 오히려 다케치노 구로히토高市黒人의 "자아 모두들 어서 야마토 향해 휜사초 자란 마노真野의 싸리들판 손으로 꺾어 가세/いざ児ども大和へ早く白菅の真野の榛原手折りて行かむ"(권3·280) 쪽이 더 나은 듯하다. 그렇지만 오쿠라에게는 역시 오쿠라적인 것이 있을 것이다. 때문에 나중에 나오는 노래에 대해 한마디 덧붙인다.

오토모노 야카모치大伴家持의 노래에 "봄의 꽃이여 지는 날이 올 때까지 만날 수 없어 날짜를 세어가며 내 님 기다리겠지/春花のうつろふまでに相見ねば月日数みつつ妹待つらむぞ"(권17·3982)라는 것이 있다. 이것은 747년(덴표天平 19년) 3월, '그리운 마음을 이야기한 노래/恋緒を述ぶる歌'라는 장가長歌와 단가短歌 중 한 작품인데, 마지막 구 "내 님 기다리겠지/妹待つらむぞ"는 바로 이 야마노우에노 오쿠라의 노래를 모방한 것이다. 아울러 "칠흑과 같은 밤하늘 떠가는 달 몇 밤 지났나 세어보며 그녀는 나를 기다리겠지/ぬばたまの夜渡る月を幾夜経と数みつつ妹は我待つらむぞ"(권18·4072), "이리 밤새워 오늘밤은 마시자 두견새들은 밝아오는 아침엔 울며 지나가겠지/居りあかし今宵は飲まむほととぎす明けむあしたは鳴きわたらむぞ"(권18·4068)라

는 노래가 있다. 두 편 모두 오토모노 야카모치大伴家持의 작품이라는 사실에 주목할 필요가 있을 것이다.

쓸모도 없는 고민만 하지 말고

한잔 가득히 따라 준 흐린 술을 마시는 게 나으리

驗_{しるし}なき物_{もの}を思_{おも}はずは一坏_{ひとつき}の濁_{にご}れる酒_{さけ}を飲_のむべくあるらし

오토모노 다비토<small>大伴旅人</small>〔권3·338〕

　　다자이노소치<small>太宰帥</small> 오토모노 다비토<small>大伴旅人</small>의 "찬주가/
酒を讚<small>ほ</small>むる歌"라는 것이 13수 있는데 그 중 가장 먼저 나온
노래다. "고민만 하지 말고/思はずは"는 "고민에 빠지지 말
고" 정도의 의미로 파악하면 될 것이다. 종래엔 노리나가<small>宣</small>
<small>長</small>가 파악하던 식으로 "고민하기 보다는 오히려"라고 해석
했지만, 결국 그렇게 해석한다고 해도 "ha/は"를 영탄의 조
사로 취급하게 되었다<small>(하시모토[橋本] 박사)</small>.

　　전체적인 의미는 '쓸데없이 끙끙거리지 말고 한잔의 탁주
를 마셔야 한다'라는 이야기다. 쓸데없는 일 때문에 맘 상하
지 말고 막걸리나 한 사발 들이키라는 것이 오늘날의 표현
이라면, 오토모노 다비토의 이 작품도 그 당시로서는 마치
대화할 때 쓰는 말투였을 거라고 봐도 무방하다. 즉 대인

적이고 회화적인 친근함이 이 노래가 발휘하는 진가다. 혼자 읊조리는 것 같지만 동시에 상대방을 의식하고 있는 친근함이 있다. 그런 직접성이 있기에 우리들은 13수 중 우선 이 작품을 으뜸으로 꼽는데, 오토모노 다비토가 창작한 최초의 노래는 역시 이것이지 않았을까.

술을 일컬어 성인이라 부르신 그 옛날 어른

대성인의 말씀은 참으로 좋은 말씀

酒の名を聖と負せし古の大き聖の言のよろしさ (권3·339)

그 옛날부터 현인이라 불리던 일곱 사람도

바라고 바라던 것 술이었을 것이리

古の七の賢しき人等も欲りせしものは酒にしあるらし

(권3·340)

잘난 척하고 떠들어대기보다

술에 취하여 흐느껴 우는 편이 훨씬 나은 듯하여

賢しみと物言ふよりは酒飲みて酔哭するし益りたるらし (권3·341)

뭐라 말해야 어찌해야 좋을지 모를 정도로

너무나 귀한 것이 바로 술인 듯하여
言はむすべせむすべ知らに(知らず)極まりて貴きものは

酒にしあるらし (권3·342)

어중간하게 사람으로 사느니

술병이라도 됐으면 좋았을 걸 술에 스며들도록
なかなかに人とあらずは酒壺に成りてしかも酒に染み

なむ (권3·343)

아하 꼴불견 잘난 척 해대면서 술 안 마시는 이

자세히 들여다보니 원숭이 닮은 듯
あな醜賢しらをすと酒飲まぬ人をよく見れば猿にかも

似る(よく見ば猿にかも似む) (권3·344)

비할 바 없는 보물이라 하여도

한잔 가득히 따른 흐린 술보다 나을 것 있으리오
価無き宝といふとも一坏の濁れる酒に豈まさらめや

(권3·345)

밤을 빛내는 구슬이라 하여도

술 마시고서 근심 푸는 일보다 나을 것 있으리오

夜光る玉といふとも酒飲みて情を遣るに豈如かめやも

(권3·346)

세상에 있는 도락의 길 중에서 즐거운 것은

취해서 흐느끼며 우는 일일 것이리

世の中の遊びの道に冷しきは醉哭するにありぬべから

し (권3·347)

이 세상에서 즐겁게 살아가면

저 세상에선 벌레라도 새라도 나 기꺼이 되리라

この代にし楽しくあらば来む世には虫に鳥にも吾はな

りなむ (권3·348)

살아 있는 것 결국에 죽고 마는 도리이기에

이 세상 사는 동안 즐겁게 지내리라

生者遂にも死ぬるものにあれば今世なる間は楽しくを

あらな (권3·349)

무뚝뚝하게 잘난 척하기보단

술 마시고서 취해서 우는 것이 훨씬 나은 일이로다

默然居りて賢しらするは酒飲みて酔泣するになほ如か

ずけり (권3·350)

　나머지 12수는 이상과 같다. 일종의 사상이라고 표현할
수 있는 감회를 읊고 있는데, 오토모노 다비토가 이런 표현
을 자유자재로 나타낼 정도의 역량을 가지고 있었음을 알
수 있다. 내용은 중국적이지만 상당히 복잡한 느낌을 각각
의 작품에 따라 전혀 고뇌하지 않고 거침없이 표현하고 있
다. 중국문학의 영향에 대해서는 이미 앞선 여러 학자들의
지적이 있었기에 여기서는 생략하지만, 돌이켜 생각해보면
이런 노래들도 당시로서는 그야말로 최첨단 노래였던 것일
까. 하지만 오늘을 사는 우리들의 사고방식으로부터 약간
유리된 태도라고 할 수 있다. 사상적 서정시가 어려운 점은
이런 대가들의 작품만 봐도 알 수 있다. 모든 노래를 걸작
선에 다 뽑을 수 없기에 한 작품만 취해 전체를 대표해서 검
토해 보았다.

무코 포구를 노저어 오는 배여

아와의 섬을 뒤로 하고 노젓는 부러운 작은 배여

武庫の浦を榜ぎ回む小舟粟島を背向に見つつともしき小舟

야마베노 아카히토山部赤人 [권3·358]

야마베노 아카히토山部赤人의 노래 6수 중 하나다. "무코 포구/武庫の浦"는 무코강武庫川 강어귀로부터 서쪽 부근으로, 오늘날의 고베神戸 근방까지의 일대를 가리켰다. "아와 섬/粟島"은 권9(1711)에 "아와粟의 작은 섬은 볼수록 아름답네/粟の小島し見れど飽かぬかも"라고 되어 있는 부분의 "아와의 작은 섬/粟の小島"과 동일한 장소겠지만 현재의 어느 곳에 해당하는지 확실치 않다. 아와지淡路의 북단 부근일 것이라는 설이 있다. 전체적인 의미는 '무코 포구를 노저어 돌아오고 있는 작은 배여, 한쪽으로 기울어질 듯이 돌아보면서 아와섬粟島을 뒤로 하고 노 저어오는, 부럽기 그지없는 작은 배여'라는 뜻이다. "작은 배/小舟"를 반복해서 쓰고 있지만 지나치게 거칠지 않고 산뜻한 느낌을 주고 있다.

뒤에 나오는 5수도 대체로 그런 특색을 가졌기 때문에 이
한 수를 대표적인 형태로 간주해서 살펴보았다.

나하 포구의 저편으로 보이는 오키 섬 돌아

배는 노저어 가네 고기 낚고 있는지

繩の浦ゆ背向に見ゆる奥つ島榜ぎ回む舟は釣し(釣を)

すらしも (권3·357)

아베 섬이여 사다새 갯바위에 파도만 치듯

끊임없이 요즈음 야마토 그리워라

阿倍の島鵜の住む磯に寄する浪間なくこのごろ大和し

念ほゆ (권3·359)

요시노에 있다는 나쓰미의 강물이 고인 그곳에
오리 우는 것 같네 산 뒤편에 숨어서

吉野なる夏実の河の川淀に鴨ぞ鳴くなる山かげにして

유하라노오키미湯原王〔권3·375〕

유하라노오키미湯原王가 요시노吉野에서 지은 노래다. 유하라노오키미가 정확히 누구인지는 확실치 않으나 시키志貴 황자의 둘째 아들로 고닌光仁 덴노의 형제일 것이다. 『일본후기日本後紀』에 "805년(엔랴쿠[延曆] 24년) 11월(중략)이치시노오壹志濃王 세상을 떠나다, 다하라田原덴노(시키[志貴] 황자)의 손자, 유하라湯原 친황의 둘째 아들" 운운의 내용이 나와 있다. "나쓰미/夏実"는 요시노강吉野川의 일부로, 미야타키宮滝의 상류에 있다. 오늘날에는 '나쓰미/菜摘*'라고 칭하고 있다.(쓰치야 분메이[土屋文明] 씨의 새로운 학설이 있음)

전체적인 의미는 '요시노에 있는 나쓰미 강변에서 오리가 울고 있다. 산 속의 그늘지고 조용한 곳이다'라는 뜻이다. 이것은 실제로 오리들이 헤엄치고 있는 것을 보고 지은 노

래일 것이다. 마지막 구에 보이는 "산 뒤편에 숨어/山かげ にして"는 오리가 헤엄치고 있는 나쓰미강의 강물이 고여 있는 곳에 대한 설명이지만, 결과적으로는 단순한 설명에 그치지 않고 작품 전체의 분위기를 결정짓는 중요한 구라 고 할 수 있다. 여기에 작자의 감개가 응축되어 있기 때문 이다. 따라서 장소에 대한 설명일지라도 작품 전체의 성조 라는 측면에서 보자면 단순한 설명을 뛰어넘는 부분이다. 마지막 구에서 이런 효과를 거두는 경우에 대해서는 앞서 나왔던 가키노모토노 히토마로柿本人麿의 노래(권3·254) 부분 에서도 설명한 바 있다. 이 노래는 종래 서경가叙景歌의 극 치를 보여준 작품으로 다루어졌는데 그런 측면을 그야말로 유감없이 보여주고 있다. 그러나 걸작이라고 평가하는 결 론 안에 서정시로서의 성조라는 점을 빠뜨릴 수 없다. 아울 러 이 노래가 유명해진 이유는『만요슈』의 가풍을 보여주는 노래 중에서 비교적 이해하기 쉽기 때문이라는 측면도 있 다. 하나의 작품 안에 "naru/なる"라는 음이 두 번이나 들어 가 있으며 ka음으로 시작되는 음들이 많다는 점도 충분히 분석대상이 될 수 있다.

가루의 연못 물가를 노니는 오리조차도
연못 물풀 위에서 혼자 잠들지 않건만

軽の池の浦回行きめぐる鴨すらに玉藻のうへに独り宿なくに

_{かる} _{いけ} _{うら みゆ} _{かも} _{たまも} _{ひと} _ね

기紀 황녀〔권3·390〕

　기紀 황녀의 노래다. 황녀는 덴무天武 덴노의 딸로 호즈미
穂積 황자의 여동생에 해당된다. 전체적인 의미는 '가루 연
못의 기슭 부분을 헤엄치면서 노닐고 있는 저 오리조차도
물풀 위에서 혼자 잠드는 일이 없건만 나는 홀로 잠들어야
한다'라는 뜻이다.『만요슈』에서는 이른바 비유가로 분류하
고 있는데 내용은 사랑의 노래라고 할 수 있다. 오리에 빗
대고 있다고 표현하면 그렇다고도 할 수 있겠지만, 좀 더 직
접적으로 특정한 누군가에게 보낸 노래 같다. 단순히 내용
적인 측면에서 살펴보자면 작자미상의 민요적인 노래에 이
런 작품은 얼마든지 있지만, 이 노래의 경우 좀 더 황녀 입
장에 서서, 그 서글픈 가락을 독자들에게 잘 전달하고 있다
는 장점이 있다. 쓰치야 분메이土屋文明 씨의『만요슈』연표

에, 권12(3098)에 관해 전해 내려오는 내용을 참조로, 연인 다카야스노오키미高安王가 이요伊豫로 좌천을 당했을 때의 노래일 거라고 추측하고 있다.

미치노쿠의 마누의 가야하라 비록 멀지만
마음 속에 어렴풋이 보인다고 하건만

陸奥の真野の草原遠けども面影にして見ゆとふものを
_{みちのく　まぬ　かやはらとほ　おもかげ　み}

가사노이라쓰메笠女郎〔권3·396〕

　　가사노이라쓰메笠女郎(생몰연대 미상)가 오토모노 야카모치
大伴家持에게 보낸 3수 중 하나다. "마누/真野"는 이와키磐
城(오늘날의 후쿠시마현과 미야기현 일부-역주)의 소마군相馬郡 마노
촌真野村* 부근 들판일 것으로 추정된다. 전체적인 의미는
'미치노쿠陸奥에 있는 마누의 가야하라草原는 그토록 멀지
만, 문득 마음속에 떠오른 모습으로 당신이 보이는 일은 정
녕 없을까요, 하지만 당신은 전혀 나타나지 않으시네요'라
는 이야기다. 아울러 일설에 의하면 "미치노쿠의 마누의 가
야하라/陸奥の真野の草原"까지는 "멀고/遠く"로 이어지는
조코토바序詞(특정 단어 앞에 놓인, 길이 제한이 없는 수사 어구로 비유
나 동음이의어 등에 의한 경우가 많음-역주)로, '이렇게 당신으로부터
멀리 떨어져 있어도 당신이 눈앞에 어른거립니다. 제 심정

을 아시는지요'라고 강조했다고 파악한다. 때문에 "보인다고 하건만/見ゆとふものを"은 "보인다고 하던데"란 뜻으로 사람들이 일반적으로 말하는 듯한 투로 이를 확인했던 것이다. 이런 말투는 결국 이미 언급했던 바와 같이 "보인다고 하는 것을", "보이는 것이라는 것을"라는 뜻으로 결국 정리가 된다. 가사노이라쓰메가 아직 젊디젊은 오토모노 야카모치大伴家持에게 호소하는 심정으로 어리광을 부리는 측면이 있다. 『만요슈』 성립 말기의 섬세함이 드러나는 양상으로 그 중에서 걸작으로 뽑을 수 있는 작품일지도 모른다. 아울러 조코토바 기법 등을 구사하고 있으며, 다소 민요적인 기법이기도 하지만 이것 역시 앞에 나온 기紀 황녀의 노래와 마찬가지로 가사노이라쓰메의 심정을 잘 표현하고 있는 작품으로 음미해보면 그 특색이 잘 드러날 것이다.

이와레 연못 울고 있는 오리를

오늘까지만 바라보고 난 이만 구름 너머로 가나

百伝ふ磐余の池に鳴く鴨を今日のみ見てや雲隠りなむ

오쓰大津 황자〔권3·416〕

　다이시題詞(일종의 제목-역주)에는 '오쓰 황자가 죽임을 당할
때 이와레磐余의 연못 둑에서 눈물을 흘리며 지은 노래 한
수'라고 되어 있다. 오쓰 황자는 모반 사실이 드러나 686년
(슈초[朱鳥] 원년) 10월 3일 자신의 거처였던 오사다譯語田 처소
에서 죽었으니, 그 때 읊었던 노래인 셈이다. 『일본서기日本
書紀』 지토持統 덴노 재위 당시 기록에 의하면, 황자는 24세
라는 젊은 나이로 오사다 처소에서 죽음을 명 받았다. 황자
의 비妃였던 야마베山辺 황녀는 머리를 풀어헤치고 맨발로
달려가 그대로 순사했다고 한다. 이를 보던 모든 이들이 흐
느껴 울었다는 것이다. 이와레의 연못은 오늘날 남아 있지
않지만 시키군磯城郡 아베촌安倍村 (오아자)이케우치(大字)池
内* 근방일 것이라고 전해진다. "모모즈타후/百伝ふ"는 마

쿠라코토바枕詞(특정 어구 앞에 붙는 5음의 수식어로 그 의미를 강조하거나 어조를 고르는 기법-역주)로 세어서 백에 이르게 된다는 의미로 'i/五十' 음에 걸리기 때문에 'iware/磐余(이와레)' 앞에 나왔다.

전체적인 의미는 '이와레 연못에서 울고 있는 오리를 보는 것도 오늘이 마지막일까, 나는 이제 정녕 죽는 것일까'라는 뜻이다. "구름 속에 숨다/雲隱る"는 "저 세상으로 갔네/雲がくります"(권3·441), "구름 되어 사라졌네/雲隱りにき"(권3·461)처럼 이 세상을 떠난다는 의미다. 아울러 황자는 이 때 "태양이 서쪽으로 저물 때/金烏臨西舍, 때를 알리는 북소리가 짧은 목숨을 재촉하나니/鼓聲催短命, 죽음으로 가는 나그넷길에 손님은 없으며/泉路無賓主, 이 저녁 시각에 집을 떠나 어디로 향하는가/此夕離家向"라는 시도 남기고 있다. 이는 『가이후소懷風藻』라는 한시집에 수록되었다. 황자는 일찍이 문필을 사랑해서 "한시문의 시작은 오쓰 황자로부터 시작된다"고 일컬어질 정도였다.

이 노래는 임종을 앞두고 오리에 대해 이야기하며 그 풍경을 향해 "오늘까지만 바라보고/今日のみ見てや"라고 탄식하고 있는데, 이렇게 연못에 있는 오리에 대해 구체적으로 언급했기 때문에 오히려 마지막 구인 "구름 너머로 가나/雲隱りなむ"의 표현력이 생생하게 살아난다. "오늘까지만 바라보고/今日のみ見てや"라는 주관구主觀句에 애잔한 감정이 깊이 담겨졌던 것이다. 연못에 있던 오리는 그 해든, 그 이전 해 겨울이든 평소에 보았던 대상이겠지만, 죽음에 임하자 그것에 모든 생명을 의탁한 듯한 말투는 후대의 우리들이 감탄하지 않을 수 없는 부분이다. 아리마有間 황자는 "만약 무사하다면/ま幸くあらば"라고 말했고 오쓰 황자는 "오늘까지만 바라보고/今日のみ見てや"라고 했다. 오쓰 황자 쪽이 가키노모토노 히토마로柿本人麿 등의 가인과 비슷한 시대의 사람이기 때문에 주관구主觀句에서 마음을 저미는 표현이 가능해지고 있다. 이것은 가풍의 시대적 변화라고 할 수 있다. 게이추契沖는 『만요다이쇼키万葉代匠記』에서 "노래든 시든 울음을 삼키고 눈물을 감추기에 바쁘다"고 평했는데 노래는 아리마 황자의 노래와 함께 『만요슈万葉集』가운데 손꼽히는 걸작 중 하나다. 아울러 비妃인 야마베 황녀가 결국 순사했다는 역사적 사실을 수반한 슬픈 노래로 영원히 기억되고 있다. 참고로 야마베 황녀는 덴지天智 덴노의 딸로 어머니는 소가노 아카에蘇我赤兄의 딸이다. 아카에 대신은 아리마 황자가 "하늘과 아카에가 알고 있다"라고 답변했던, 바로 그 아카에다.

도요쿠니의 가가미산에 가서

바위 문 닫고 숨어버린 듯하네 기다려도 오지 않고

豊国の鏡の山の石戸立て隠りにけらし待てど来まさぬ

다모치노오키미手持女王〔권3·418〕

바위 문 깰 힘 있으면 좋으련만

약하디 약한 여자인 까닭으로 어쩔 도리가 없네

石戸破る手力もがも手弱き女にしあれば術の知らなく

다모치노오키미手持女王〔권3·419〕

　가와치노오키미河内王를 부젠국豊前国(오늘날의 후쿠오카현과 오이타현 일부-역주) 가가미산鏡山(田川郡香春町附近勾金村字鏡山*) 에 묻었을 때 다모치노오키미手持女王가 읊었던 3수 중 2수 이다. 가와치노오키미는 689년(지토[持統] 3년), 다자이노소치 太宰帥가 된 인물로 694년(지토 8년) 4월 5일, 생전의 직책에 따라 장례식에 쓸 수 있는 물품을 지급받았다는 기록이 보 이기 때문에 그 무렵에 세상을 떠난 사람으로 추정되고 있 다(쓰치야 분메이[土屋文明] 씨 학설). 다모치노오키미의 생몰연대 는 미상이며, "바위 문/石戸"은 석관石棺을 안치하는 석실의 입구를 돌로 막는 것이기 때문에 바위 문이라고 한다. 이런 노래들도 추도하기 위해 매장한 묘지에 대해 말하고 있다.

첫 번째 노래에서는 "기다려도 오지 않고/待てど来まさぬ"이라는 구에 중심 감정이 담겨 있다. 비슷한 구가 『만요슈』에 몇 가지 있지만 이 구는 역시 이 노래 전속의 표현이라고 느껴진다. 두 번째 노래에 보이는 "바위 문 깰 힘 있으면 좋으련만/石戸わる手力もがも"은 그 당시 심정 그대로를 표현한 부분일 것이다. 양쪽 모두 여성적인 표현이나 말투가 자연스럽게 나와서 만가挽歌로서의 하나의 특색을 이루고 있다. 양쪽 모두 깊은 슬픔에 잠긴 노래다. 두 번째 노래가 다소 과장된 것처럼 보이는 것은 여성의 마음을 있는 그대로 표현했기 때문일 것이다.

구름 가득한 이즈모 아가씨의 검은 머리칼

요시노의 강 속에 너울대고 있구나

八雲さす出雲の子等が黒髪は吉野の川の奥になづさふ
やくも　　　いづも　こら　くろかみ　よしぬ　かは　おき

가키노모토노 히토마로柿本人麿〔권3·430〕

　　이즈모出雲 아가씨가 요시노강吉野川에서 익사했다. 이로
인해 요시노吉野에서 화장을 할 때 가키노모토노 히토마로
柿本人麿가 읊은 노래 2수 중 하나다. 나머지 하나는 "산 근
처에서 이즈모 아가씨는 안개인 걸까 요시노의 산 위의 고
개에 자욱하네/山の際ゆ出雲の児等は霧なれや吉野の山
の嶺に棚引く"〔권3·429〕다. 당시 야마토大和(오늘날의 나라현[奈
良県] 부근-역주)에서는 좀처럼 보기 드물던 '화장할 때의 연
기'에 대해 노래하고 있다. 이 노래의 "yakumosasu/八雲さ
す"는 "izumo/出雲"로 이어지는 마쿠라코토바枕詞(특정 어구
앞에 붙는 5음의 수식어로 그 의미를 강조하거나 어조를 고르는 기법-역주)
다. "아가씨의/子等"의 원문에 보이는 "등/等"은 복수형을
나타내는 것이 아니라 친근감을 나타내기 위해 붙인 표현

이다. 생전에 아름다웠던 처녀의 검은 머리칼이 요시노강 吉野川의 깊은 물에 잠기어 물의 흐름에 따라 떠밀리는 풍경을 표현하고 있다. 히토마로가 그것을 보았거나 항간에 떠돌던 이야기를 들려준 상황일 것이다. 어느 쪽이든 그런 이미지를 축으로 작품 전체를 완성시키고 있다. 히토마로는 어떤 것을 대상으로 삼든 진정성을 가득 담은 상태로 혼신의 힘을 다해 노래를 읊고 있나. 스스로를 위해 읊을 때든, 의뢰를 받아 노래를 지을 때든 항상 그런 태도로 임했던 것 같다.

나도 보았네 남에게도 전하자
가쓰시카의 마마의 데코나가 잠들어 있는 곳을

われも見つ人にも告げむ葛飾の真間の手児名が奧津城処

야마베노 아카히토山部赤人〔권3·432〕

야마베노 아카히토山部赤人가 동국東国 지방의 시모사下總 (오늘날의 치바현과 이바라키현 부근-역주) 가쓰시카葛飾의 마마노 오토메真間娘子의 무덤을 보고 읊은 장가長歌의 반가反歌다. 데코나手児名는 처녀를 뜻하는 말이라고 한다. "데코手児"(권 14·3398·3485)처럼 부모 그늘에 있는 소녀라는 뜻이다. 여기에 친근감을 표시하는 "na/な"음이 더해진 것으로 추정된다. 마마真間에는 아름다운 처녀가 있었는데 많은 남성들에게 구혼을 받았기에 결국 물에 빠져 죽었다는 전설을 이야기하고 있다. 전설지에 왔다는 여정旅情만이 아니라 평판이 자자한 전설 속의 처녀에게 야마베노 아카히토는 깊은 동정심을 품은 상태로 노래를 읊고 있다. 하지만 무의미하게 격렬한 감탄사를 연발하지 않고 매우 담담하게 표현을 엮

어가며 야마베노 아카히토 특유의 감회를 온전히 표현해내고 있다. 한편 이 작품 바로 뒤에 나오는 "가쓰시카의 마마의 강어귀에 너울거리는 물풀 따고 있었을 데코나 생각나네/葛飾の真間の入江にうち靡く玉藻苅りけむ手児名しおもほゆ"(권3·433) 같은 작품에 이르면 지나치게 담담한 감이 없지 않다. 그러나 "나도 보았네 남에게도 전하자/われも見つ人にも告げむ"라는 이 노래의 간결한 도입부에서는 야마베노 아카히토의 진가가 드러나고 있다. 훗날 오토모노 야카모치大伴家持의 "만대까지의 이야깃거리로서 아직도 못 본 사람에게 알리자/万代の語ひ草と, 未だ見ぬ人にも告げむ"(권17·4000) 등등의 표현을 통해, 야카모치가 이 구에 대해 이미 학습했음을 알 수 있다. 야마베노 아카히토가 후지산에 대한 노래도 읊었다는 사실에 대해서는 이미 언급한 바 있으므로, 이를 통해 동국 지방까지 여행길에 올랐다는 것을 알 수 있다.

그리운 임이 보았던 도모 포구 노간주나무
변치 않고 있건만 보았던 이만 없네

吾妹子が見し鞆の浦の室の木は常世にあれど見し人ぞ亡き

오토모노 다비토大伴旅人〔권3·446〕

다자이노소치太宰帥 오토모노 다비토大伴旅人가 730년(덴
표[天平] 2년) 겨울 12월, 다이나곤大納言 자리에 올라 귀경하
던 길에 빈고備後의 도모鞆 포구를 지나가며 읊은 3수 가운
데 하나다. "노간주나무/室の木"는 측백나무과에 속하는
상록교목으로 노가지나무라고도 한다. 당시 도모 포구에
는 노간주나무 거목이 있어서 사람들의 이목을 집중시켰던
것으로 보인다. 작품 전체의 의미는 '다자이후에 부임할 때
아내와 함께 보았던 도모 포구의 노간주나무는 지금도 변
함없이 그 자리에 있건만, 귀경을 하고자 이곳을 지나는 지
금, 아내는 이미 이 세상 사람이 아니네'라는 뜻이다. 따라
서 "그리운 임/吾妹子"과 "보았던 사람/見し人"은 동일인이
다. "사람/人"은 이후 "자라난 노간주나무 보았던 사람/根

はふ室の木見し人", "내 님도 없는 텅 빈 쓸쓸한 집/人も無
き空しき家"이라는 표현들처럼 아내나 사랑하는 여인이라
는 의미로 "사람/人"을 사용하고 있다. 오토모노 다비토의
노래는 매우 명쾌해서 표현 내부에 섬세한 파동이 부족하
다는 생각도 들지만, "보았던 이만 없네/見し人ぞ亡き" 깊
숙이에 영탄이 담겨 있어서 감정이 풍부한 노래라고 할 수
있다.

내 님과 왔던 바로 그 미누메 곳 귀경길에서
나 홀로 바라보니 눈물 앞을 가리네

<ruby>妹<rt>いも</rt></ruby>と<ruby>来<rt>こ</rt></ruby>し<ruby>敏馬<rt>みぬめ</rt></ruby>の<ruby>埼<rt>さき</rt></ruby>を<ruby>還<rt>かへ</rt></ruby>るさに<ruby>独<rt>ひとり</rt></ruby>して<ruby>見<rt>み</rt></ruby>れば<ruby>涙<rt>なみだ</rt></ruby>ぐましも

오토모노 다비토大伴旅人〔권3·449〕

앞에 나왔던 노래와 마찬가지로 오토모노 다비토가 귀경하는 길에 셋쓰攝津의 미누메敏馬 해안을 지나가며 부른 노래다. "눈물 앞을 가리네/涙ぐましも"라는 구는 『만요슈』에서 이 노래에서만 사용되고 있는 표현이지만 『고사기古事記』(『일본서기[日本書紀]』) 닌토쿠仁德 덴노 부분 기록에 "야마시로의 쓰쓰키 궁전에서 말씀 올리는 나의 소중한 임은(소중한 임을 보니) 눈물 앞을 가리네/やましろの筒城つつき の宮にもの申すあが背せ の君きみ は(吾兄を見れば わがせ)泪なみだ ぐましも"라는 노래가 나온다. 이 구는 이 시대에 만들어진 구이기 때문에 고대어와 잘 어울린다. 그래서 근자에 산문이든 보통 회화체문에서든 다용되고 있는 "눈물겹다/涙ぐましい"라는 단어는 어울리지 않는다.

이 노래는 그다지 고심하면서 창작한 작품은 아닌 것 같지만, 성조에 미세한 흔들림이 있어서, 작품 깊은 곳으로부터 배어나오는 비애감의 바탕이 되고 있다. 오토모노 다비토의 노래는 지나치게 내달려버리는 결점이 있는데 이 노래에는 그런 경향이 비교적 보이지 않는다. 그런 의미에서 오토모노 다비토의 작품 중 걸작이라고 꼽을 수 있을 것이다. 오토모노 다비토는 찬주가讚酒歌 같은 사상적 노래도 자유자재로 읊었지만, 이렇게 마음 깊숙이 애잔하게 스며드는 작품도 읊을 수 있는 역량을 갖추고 있었다. 아울러 이 노래를 읊을 때 "내려갈 적엔 둘이서 함께 봤던 미누메 곳을 나 홀로 지나려니 마음이 서글퍼라/往くさには二人吾が見しこの埼をひとり過ぐれば心悲しも"(권3·450)라는 노래도 만들었다. 역시 애잔한 느낌이 강한 노래다.

아내와 함께 둘이서 가꾸었던

우리 뜨락엔 나무들 높이 자라 무성해져 버렸네

妹として二人作りし吾が山斎は木高く繁くなりにけるかも

オトモ노 다비토大伴旅人〔권3·452〕

오토모노 다비토가 집으로 돌아와 아내가 없는 집에서 홀로 쓸쓸해하며 다자이후太宰府에서 세상을 떠난 아내를 그리워하는 노래다. 이 이외에 "내 님도 없는 텅 빈 쓸쓸한 집은 풀베개 베는 나그넷길보다도 더더욱 괴롭나니/人もなき空しき家は草枕旅にまさりて苦しかりけり"(권3·451), "그리운 임이 심었던 매화나무 바라볼 때면 가슴은 미어지고 눈물 앞을 가리네/吾妹子がうゑし梅の木見る每に心むせつつ涕し流る"(권3·453) 등의 2수도 읊고 있다. 하나같이 슬픔으로 가득한 애절한 작품이다.

이 노래의 의미는 '세상을 떠난 아내와 함께 둘이서 가꾸었던 정원은 나무들이 높게 자라 무성해져 버렸다'는 뜻이다. 단순명쾌한 의미 안에 이루 다 표현할 수 없는 깊은 감

회가 담겨 있다. 마지막 구에 보이는 "무성해져 버렸네/な
りにけるかも"라는 표현은 "가을 싸리의 가지가 휠 정도
로 흰 서리 내려 춥디추운 계절이 되었던 것일까요/秋萩
の枝もとををに露霜おき寒くも時はなりにけるかも"(권
10·2170), "다카시키의 우헤카타산이여 붉은색으로 몇 번
이고 물들인 색이 되어 버렸네/竹敷のうへかた山は紅の
八入の色になりにけるかも"(권15·3703), "힘찬 흐름의 격류
근처에 있는 고사리들도 싹이 돋아나오는 봄이 되었나 보
네/石ばしる垂水のうへのさ蕨の萌えいづる春になりに
けるかも"(권8·1418) 등과 같은 예처럼 매우 유효하다. 마찬
가지로 오토모노 다비토가 "그 옛날 봤던 기사象의 작은 강
을 이제 와 보니 더더욱 깨끗하고 맑게 변해 있구나/昔見し
象の小河を今見ればいよいよ清けくなりにけるかも"(권
3·316)라는 노래를 지어 효과를 거두고 있는 것은 오토모노
다비토의 노랫가락이 대체로 직선적이고 굵직하기 때문일
지도 모른다.

산도 환하게 피어났던 꽃들이 덧없이 지네
그렇게 스러져간 우리 대왕이시어

あしひきの山さへ光く咲く花の散りぬるごとき吾が大きみかも

오토모노 야카모치大伴家持〔권3·477〕

744년(덴표[天平] 16년) 2월 아사카安積 황자(쇼무[聖武] 덴노 아들)가 세상을 떠났을 때(향년 17세), 측근에서 모시던 오토모노 야카모치大伴家持가 읊은 노래다. 이 때 오토모노 야카모치는 장가長歌와 단가短歌 도합 6수를 짓고 있다. 전체적인 의미는 '온 산이 환할 정도로 흐드러지게 피어 있던 꽃들이 일시에 져버린 것처럼 황자께서 세상을 떠나 버리셨다'라는 뜻이다. 오토모노 야카모치가 이 직책에 올랐던 것은 740년(덴표 12년)경으로 추정되기 때문에 이 작품은 야카모치의 초기 작품에 속할 것이다. 그럼에도 불구하고 삼가 근신하는 마음으로 매우 신경을 써서 읊어 제법 좋은 노래로 완성되었다. 오토모노 야카모치는 그 유명한 가인 오토모노 다비토의 아들이다. 일찍부터 가키노모토노 히토마로柿本人

麿·야마베노 아카히토山部赤人·야마노우에노 오쿠라山上憶良
등의 작품들을 모아서 공부해 두었기 때문에, 이런 노래 6
수를 창작할 무렵부터 이미 대가의 풍모를 보이고 있다.

제 4 권

산 능선 따라 오리 떼 날아가듯 사람 많지만
나는 쓸쓸하다네 그대 여기 없기에

山の端に味鳧群騒ぎ行くなれど吾はさぶしゑ君にしあらねば

조메이舒明 덴노〔권4·486〕

　'오카모토岳本 덴노가 지은 노래 1수와 단가短歌'라는 제목
의 노래 중 단가 부분이다. 오카모토 덴노는 조메이舒明 덴
노를 가리키는데, 표현을 살펴보면 여성이 읊은 듯한 부분
이 있기 때문에 좌주左注(일종의 주석-역주)에는 후오카모토後
岳本 덴노, 즉 사이메이斉明 덴노의 작품일 수도 있다는 단서
가 달려있다. 요컨대 이런 의문은 상당히 오래 전부터 따라
다니고 있었다는 사실을 알 수 있다. 그러나 그에 대한 치
밀한 고증은 현재 필자의 능력으로는 불가능에 가깝다.『만
요슈코쇼万葉集攷證』에는 "덴노가 읊은 이 노래는 마치 여성
처럼 생각되도록 읊으신 것으로"라고 밝히고 있다.

　전체적인 의미는 '산등성이에서 오리 떼가 무리지어 울
며 날아가듯 수많은 사람들이 여기를 지나가고 있지만, 저

는 쓸쓸하기 그지없네요. 그 사람들은 내가 사랑하는 그대가 아니기에'라는 뜻이다. 역시 여성의 노래로 해석되는데, 그렇다면 작자는 사이메이 덴노일까. 확실히 알 수 없다. 그러나 오카모토 덴노(조메이 덴노)가 읊은 노래라고 명시되어 있기 때문에, 덴노가 연애감정을 담은 민요풍의 서정시를 지었다고 해석해도 좋고, 혹은 조메이 덴노 시대의 서정시가 덴노가 지은 노래로 전승되어왔다고 해석할 수도 있다. 그 어느 쪽이든 노래에 사용된 표현에 여성적 말투가 현저하다는 점에 대해서는 이미 선행하는 다수의 연구자들이 주목했던 대목이다. 다음으로 이 노래의 "오리 떼 날아가듯 사람 많지만/あぢ群さわぎ行くなれど"이란 구를 어떻게 해석할지에 대해 선행연구의 해석이 미묘하게 나뉘어 있다. 즉 실제로 오리 떼가 날아가고 있는 것을 본 것인지, 아니면 단지 비유로 오리 떼가 시끄러운 소리를 내며 날아가는 것처럼 사람들이 무리를 지어 시끄럽게 지나간다는 말인지, 약간 상이한 두 가지 의미가 존재한다. 하지만 필자는 "산 능선 따라 오리 떼 날아가듯/山の端にあぢ群さわぎ"은 "iku/行く(가다)"로 이어진다는 의미가 있는 조코토바序詞(특정 단어 앞에 놓인, 길이 제한이 없는 수사 어구로 비유나 동음이의어 등에 의한 경우가 많음-역주)로 해석했다. 그리고 누가 "가는지"에 대해서는 "다른 사람"이 가는 것이며, 이것은 장가長

歌 쪽에서 "많은 사람이 나라에 가득 차서, 오리 떼처럼 오고 가고 하지만, 내 사랑하는 이 그대 아니고 보니/人さはに国には満ちて，あぢ群の去来<ruby>ゆきき</ruby>は行けど，吾が恋ふる君にしあらねば"라고 되어 있는 부분을 근거로 삼아도 알 수 있다고 파악했다. 즉 오리 떼가 시끄러운 소리를 내며 가는 것처럼 사람들이 지나가지만, 이라고 해석했으며 그 편이 오히려 고풍스러운 가락이라고 생각한다.

　필자는 덴노가 읊은 이 노래를 소박한 서정시 중 매우 탁월한 작품 중 하나로 판단해서 걸작으로 선택했다. 특히 "오리 떼 날아가듯/あぢむら騒ぎ"라는 구에 완전히 마음을 빼앗겨 버렸다. 실제로 존재하는 사물을 보면서 그 모습을 직접 상세히 묘사함으로써 조코토바를 만들었다는 사실에 감탄했기 때문이었다. 물론 이런 용법은 "못 가운데는 오리가 짝을 부르고, 기슭 쪽에는 오리들 부산하네/奥べには鴨妻喚ばひ，辺つべに味むら騒ぎ"(권3·257), "물가에서는 물오리 떼가 놀고/なぎさには味むら騒ぎ"(권17·3991)와 같이 실제로 오리 떼가 있는 곳으로 표현한 노래도 있으며, "오리 떼처럼 서로 부산을 떠네 해변에 나가/あぢむらの騒ぎ競ひて浜に出でて"(권20·4360)처럼 실제로 오리 떼가 있는 것이 아니라 마쿠라코토바枕詞(특정 어구 앞에 붙는 5음의 수식어로 그 의미를 강조하거나 어조를 고르는 기법, 의미가 불분명한 경우도 있음-역

340

주)로 사용한 곳도 있지만, 어느 쪽이든 고풍스럽고 기분 좋게 사용하고 있다. 특히 단가短歌 부분에서 그저 "사람 많지만/行くなれど"이라고 하고 장가長歌에서는 "많은 사람이/人さはに"라는 주격까지 포함한 용법까지 구사한 점에 감탄하지 않을 수 없었다. 이 노래에 비하면 "가을 싸리를 져버릴 것 같기에 손으로 꺾어 볼수록 쓸쓸하네 그대가 아니기에/秋萩を散り過ぎぬべみ手折り持ち見れども不楽し君にしあらねば"(권10·2290), "겨울에 이어 봄은 이리 왔건만 매화의 꽃은 그대가 아니라면 초대할 사람 없네/み冬つぎ春は来れど梅の花君にしあらねば折る人もなし"(권17·3901) 등의 작품은 가락이 희미해져 거의 느슨할 정도다. 또한 "환히 빛나는 궁중으로 향하는 사람 많지만 내가 그리는 그대 오직 단 한사람/うち日さす宮道を人は満ちゆけど吾が念ふ公はただ一人のみ"(권11·2382)이라는 유사한 노래도 있는데, 이쪽은 좀 더 이해하기 쉽다.

이 노래 다음에 "아후미 길의 도코산을 흐르는 이사야의 강 요즈음 매일같이 그리워하며 있을까/淡海路の鳥籠の山なるいさや川日の此頃は恋ひつつもあらむ"(권4·487)라는 노래가 있는데 전반부는 조코토바지만 역시 고풍스러운 가락으로 아름다운 노래다. 그리고 이쪽은 남성의 노래를 연상시키는 말투이기 때문에, 혹은 이것이 덴노의 작품이고

"산 능선 따라/山の端に"의 노래 쪽이 덴노에게 바친 여성의 노래이지 않을까 싶다.

이상과 같이 "오리 떼 날아가듯/あぢむら騒ぎ"까지를 조코토바로 해석해 보았다. 그러나 "바다 저 멀리 우나카미가타의 모래섬에서 새들은 우짖지만 그대는 기별 없네/夏麻引く 海上潟の沖つ洲に鳥はすだけど君も音もせず"(권 7·1176), "우리 집 앞의 개오동 열매 먹는 수많은 새들 많은 새는 오지만 그대는 오지 않네/吾が門の榎の実もり喫む 百千鳥千鳥は来れど君ぞ来まさぬ"(권16·3872)라는 노래가 있는데, 이것은 실제로 새가 군집하는 분위기이기 때문에 이것을 표준으로 삼으면 "오리 떼 날아가듯/あぢむら騒ぎ"도 실제 경치로 파악해도 좋을지도 모른다. 그러나 이 권 7의 노래나 권16의 노래 모두 잘 음미해보면, 역시 바닷가에 사는 새들의 실제 모습을 묘사한 것으로, 그 연상에 의해 "우짖지만/すだけど" 혹은 "오지만/来れど"이라고 표현하고 있음을 알 수 있다. 요컨대 직접 눈으로 바라본 풍경은 아닌 것이다.

덴노가 지은 이 노래를 여성스러운 말투라고 언급했는데, 『만요다이쇼키万葉代匠記』에서는 남성의 노래라고 파악하며 『毛詩(시경[詩經])』 정풍편鄭風篇에 나오는 '그 동문을 나섰더니出其東門, 여자가 있어 마치 구름 같더라有女如雲, 비록 그녀들이 구름처럼 많다 하여도雖則如雲, 내 생각 속에 있는 이가 아니더라匪我思存'를 인용하고 있다. 즉 "그대/君"를 여자로 해석하고 있다. 『만요슈코쇼万葉集攷證』에서도 "덴노가 읊은 이 노래는 마치 여성처럼 생각되도록 읊으신 것으로", "나는 그대와 달리 말을 걸어주는 사람도 없기에 무척 쓸쓸하다고 말씀하는 것으로, 그대는 그대를 마음에 두고 말을 걸어주는 사람도 매우 많을 거라는 심정을 오리 떼가 날아가는 모습을 보시며 표현하셨다"고 말하고 있다. 어느 쪽이 진실일지 후대의 현명한 판단을 기다린다.

님 기다리며 그리고 있노라면

우리 집 문에 드리운 발 움직이며 가을바람이 부네

君待つと吾が恋ひ居れば吾が屋戸の簾うごかし秋の風吹く

누카타노오키미額田王 [권4·488]

누카타노오키미額田王가 덴지天智 덴노를 그리워하며 읊은 노래다. 누카타노오키미는 애초에 오아마大海人 황자(덴무[天武] 덴노)와 인연을 맺어 도치十市 황녀를 낳았지만 훗날 덴지 덴노의 총애를 받게 되었다는 사실에 대해 앞서 언급한 바 있다. 따라서 이 작품은 오미경近江京으로 가고 나서 읊은 노래일 것이다.

전체적인 의미는 '당신을 기다리며 이렇게 그리워하고 있노라니 내 집 문 앞에 드리워진 발을 움직이며 가을바람이 불어오네요'라는 뜻이다.

이 노래는 너무나 당연한 일에 대해 담담하게 말하고 있는 듯하지만, 그 내면에 섬세한 정감이 담긴 매력적인 노래다. 누카타노오키미는 재기가 넘치는 여성이었지만 풍요로

운 정서의 소유자이기도 했을 것이다. 그래서 자기도 모르는 사이에 이토록 서정적인 노래가 나왔을 것이다. 누카타노오키미의 노래 중에서도 그 문학적 재주가 크게 번뜩이지 않으면서, 각별히 근사한 작품 중 하나다. 이 노래에서는 그저 "드리운 발 움직이며 가을바람이 부네/簾動かし秋の風吹く"라고 읊은 것이 전부지만, 마치 누카타노오키미라는 여성의 그 음성마저 들려오는 듯한 느낌을 받게 된다. 이런 느낌은 그저 필자의 주관적인 기분 탓이 결코 아닐 것이다. 요컨대 마지막 구 "가을바람이 부네/秋の風ふく" 안에서 이미 여성적인 호소를 들을 수 있다고 말할 수 있다. 아울러 바람이 불어오는 것은 연인이 찾아올 전조라는 일종의 신앙 같은 것이 있었다고 주장하는 설(『만요슈코기[万葉集古義]』)이 있는데, 그것이 어떤 것인지 정확히 알 수 없다. 그러나 정말 그런 것이 있었다면 오히려 와카의 매력이 반감되어 버리는 느낌이 없지 않기 때문에 여기서는 있는 그대로, 표현 그대로 그저 덴노를 기다리는 애틋한 사랑의 노래로 받아들이는 편이 나을 듯하다.

이 노래 다음에 가가미노오키미鏡王女가 읊은 "바람이라도 그리는 일 부러워 바람이라도 기다릴 수 있다면 무엇을 한탄하리/風をだに恋ふるはともし風をだに来むとし待たば何か歎かむ"(권4·489)라는 노래가 실려 있다. 가가미노

오키미는 누카타노오키미의 언니에 해당하는 인물로 처음에 덴지天智 덴노에게 총애를 받았다가 훗날 후지와라노 가마타리藤原鎌足의 정실부인이 되었기 때문에, 아마도 이때는 오미경近江京에 살고 있었을 것이다. 그리고 누카타노오키미의 이 노래를 듣고 그녀에게 보낸 노래일 것이다. 이 노래에도 넓은 의미의 증답가로서의 정취가 있으며, 자매간의 따스한 혈육의 정이 느껴진다. 하지만 『만요슈』에서는 여동생에게 화답한 노래라고 명시되어 있지 않다.

새삼스럽게 무얼 근심하나요
내 마음 온통 오로지 당신에게 기울어져 버린 걸

今更に何をか念はむうち靡きこころは君に寄りにしものを

아베노 이라쓰메安倍女郎〔권4·505〕

　아베노 이라쓰메安倍女郎(생몰연대 미상)가 지은 노래 2수 중
하나다. 여성의 목소리가 직접 전해져오는 듯한 특색 있는
노래로 골랐는데, 그런 관점에서 다시 보니 있는 그대로를
솔직하게 표현한 수작이었다. 앞서 이미 "그대만 생각하오
소문이 괴로워도/君に寄りななこちたかりとも"(권2·114)라
는 노래를 인용했는데 이 노래는 그보다 좀 더 이해하기 쉽
다.

　아울러 이 노래 다음에 "사랑하는 임 근심하지 마소서 어
느 때라도 불길에든 물에든 나는 뛰어들 테니/吾背子は物
な念ほし事しあらば火にも水にも吾無けなくに"(권4·506)
라는 노래가 있다. 역시 동일한 작자의 작품으로 여성의 정
열을 읊고 있다. 이것도 여성적인 말투로 받아들이는 편이

나을 것이다. 이 시대에 이르면 감정을 일반화시켜 이해하기 쉽게 표현하고 있다. 오히려 "어느 때라도 오하쓰세산에 있는 석관에라도 들어가도 함께이니 걱정 말아요 그대/事し あらば小泊瀬山の石城にも籠らば共にな思ひ吾が背"(권16·3806) 쪽이 고대의 매력이 느껴진다고 생각된다. 권16의 이 작품도 걸작 중 하나로 미리 뽑아 두었다.

오하라의 신성한 작은 나무 언제쯤 볼까
내가 생각한 그대 오늘밤 만났구나

大原のこの市柴の何時しかと吾が念ふ妹に今夜逢へるかも

시키志貴 황자〔권4·513〕

시키志貴 황자의 노래로 "신성한 작은 나무/市柴"는 권
8(1643)에 "신성한 작은 나무/この五柴に"라고 나와 있는 것
과 동일해서 매우 무성하게 자란 섶나무를 가리킨다고 한
다. "언제쯤 볼까/いつしかと"로 이어진 조코토바序詞(특정
단어 앞에 놓인, 길이 제한이 없는 수사 어구로 비유나 동음이의어 등에 의
한 경우가 많음-역주)인데 실제 모습을 형용하고 있다. "오하라/
大原"가 다카이치군高市郡 오하라小原 지역을 가리킨다는 것
은 앞서 언급한 바 있다. 이 노래에 마음이 끌렸던 이유는
"오늘밤 만났구나/今夜逢へるかも"라는 구 때문이다. 이
구는 권10(2049)에 "은하수 배가 닿는 곳에 앉아서 오랜 세
월을 그리워해 온 그대를 오늘밤 만났구나/天漢川門にを
りて年月を恋ひ来し君に今夜逢へるかも"라는 노래에서

도 보인다.

아울러 권4(524)에 "따스한 이불 부드러운 그 속에 누워있
어도 그대가 곁에 없어 스산하기만 하여라/蒸ぶすまなご
やが下に臥せれども妹とし寝ねば肌し寒しも"라는 후지
와라노 마로藤原麻呂의 노래도 있다. 감각적인 노래인데 정
감은 황자의 노래 쪽이 더 깊은 것 같다. 이런 노래들은 내
세워 언급할 정도의 걸작은 아니지만 이 자리에서 간단하
게나마 더불어 음미해 보았다.

정원에 심은 삼베 베어 말리고 천을 말리는
아즈마의 여인을 잊지 말아 주소서

庭に立つ麻手刈り干ししき慕ぶ東女を忘れたまふな

히타치노 오토메_{常陸娘子} 〔권4·521〕

후지와라노 우마카이藤原宇合(후지와라노 후히토[藤原不比等]의
셋째 아들)가 히타치노카미常陸守(현재의 이바라키현[茨城県]에 파견
된 지방관-역주)가 되어 임지에서 몇 년간 지내다가 임기를 마
치고 중앙으로 돌아올 때(723년·요로[養老] 7년경으로 추정), 히타
치노 오토메常陸娘子가 보낸 노래다. 히타치노 오토메는 유
녀 비슷한 부류의 여성이었을 것이다. "정원에 심은/庭に立
つ"은 정원에 심어두었다는 의미다. "麻手"은 삼베를 말한
다. 권14(3454)에 "마당에 심은 삼베로 만든 침구/庭に殖つ
麻布小ぶすま"라는 예가 있다. 『루이주코슈類聚古集』에 의
거해 "te/手"는 "te/乎"라고 파악하면 이해하기 쉽다. "베어
말리고/刈り干し"까지는 "천을 말리는/しきしぬぶ"을 이
끄는 말로 추측되는데, 이것은 의미가 통하는 표현이기 때

문에 조코토바序詞(특정 단어 앞에 놓인, 길이 제한이 없는 수사 어구-역주)라고도 생각할 수 있다. 지방에 있던 유녀가 중앙정부에서 파견된 관리들을 챙겨주고 대접해 주다가 막상 헤어질 때가 되자 그간 쌓였던 정을 끊기 어려워하며 다정한 노래를 건넸던 것으로 보인다. 마치 농가의 처녀들 같은 노래를 읊고 있지만 가벼운 해학도 담겨 있다. 여성스러운 친밀감이 묻어나는 노래다. 지금의 관동지방에 해당하는 이른바 동국의 여인이 스스로 "아즈마(동국)의 여자"라고 칭한 것도 감칠맛 나는 표현이다.

권14(3457)에 "환히 빛나는 궁으로 가는 그대 야마토 여인 무릎을 벨 때마다 저를 잊지 마소서/うち日さす宮の吾背わがせは大和女の膝枕やまとめ ひざまくごとに吾を忘らすなあ"라는 노래가 있다. 이것은 고대의 아즈마우타東歌라기보다는 도읍지에서 온 관리들이 귀환할 때 읊은 노래라는 점에서 비슷한 분위기를 띠고 있다. 유녀 층의 어투이기 때문에 아즈마우타(동국 지방의 노래-역주) 중에는 이런 종류의 것도 섞여 있음을 알 수 있다.

예 있노라니 쓰쿠시는 어드메

저 흰 구름이 드리워진 산으로 저쪽 편인 것 같네

ここにありて筑紫やいづく白雲の棚引く山の方にしあるらし

오토모노 다비토大伴旅人〔권4·574〕

오토모노 다비토大伴旅人가 다이나곤大納言이 되어 귀경했다. 다자이후太宰府에 남아 간제온사観世音寺를 짓는 일에 종사하던 사미沙弥 만제이満誓는 "항상 보고픈 그대가 떠나간 후 홀로 남아서 아침이며 저녁이며 쓸쓸하게 지내오/真十鏡見飽かぬ君に後れてや旦夕にさびつつ居らむ"〔권4·572〕 등의 노래를 보내왔다. 이런 사미 만제이의 노래에 응답한 작품이다.

오토모노 다비토의 노래는 굵직한 가락으로, 그다지 가볍거나 익살스러운 구석이 없다. 찬주가조차 "원숭이를 닮은 듯/猿にかも似る"이라고는 해도 결코 다른 사람을 웃게 하지 못한다. 오토모노 다비토의 노랫가락은 미세한 떨림이 적으며 아들 오토모노 야카모치大伴家持의 가락보다 굵직하다.

그대 그리워 어찌할 바 몰라서

나라산平山 올라 작은 소나무 아래 홀로 서서 탄식
하네

君_{きみ}に恋_こひいたも術_{すべ}なみ平山_{ならやま}の小松_{こまつ}が下_{した}に立_たち嘆_{なげ}くかも

가사노이라쓰메笠女郞〔권4·593〕

가사노이라쓰메가 오토모노 야카모치大伴家持에게 보낸
24수 가운데 하나다. 나라산平山은 나라奈良의 북쪽에 있
는 나라산那羅山을 말한다. 그곳에 소나무가 많았다는 사실
은 "나라산에 있는 작은 소나무 끝의/平山_{ならやま}の小松が末_{うれ}の"(권
11·2487) 등의 노래만 봐도 알 수 있다. 이것은 오토모노 야
카모치를 향해 호소한 노래다. 알기 쉽고 가락도 평탄하다.
이 노래 다음에는 "뜰 안에 있는 노을 어린 풀잎 위 흰 이슬
같이 덧없이 스러질까 마음 쓸쓸하여라/わが屋戸_{やど}の夕影草_{ゆふかげぐさ}
の白露の消ぬがにもとな念_{おも}ほゆるかも"(권4·594)라는 작품
도 있다. 더할 나위 없이 유창하게 읊어 내려가고 있는 노
래로, 상당한 재녀才女라고 할 수 있다. 이 시대에는 노래
를 읊기 위해서 수련이라는 방식이 이미 필요해지고 있었

기 때문에, 후지와라경藤原京 시절과는 달리 좀 더 문학적으로 접근하려는 분위기였다. 하지만 이런 노래들도 읊어보면 얼마나 기분이 좋은지, 무척이나 감정이 고양된다. 후대의 노래에 비해 여전히 『만요슈』의 실질적 요소가 남아있다는 점이 강렬히 느껴진다.

마음 안 주는 사람을 그리는 일
큰절에 있는 아귀의 엉덩이에 절 올리는 것 같아

相念はぬ人を思ふは大寺の餓鬼の後にぬかづく如し

가사노 이라쓰메笠女郎〔권4·608〕

가사노 이라쓰메笠女郎가 오토모노 야카모치大伴家持에게
보낸 와카다. 당시 큰절에는 여러 형상의 아귀 그림이 그려
져 있거나 아귀들의 나무 조각상이 놓여 있었을 것으로 추
정된다. '아무리 사모해봤자 소용없는 당신같은 분을 사모해
본들 절 안에 있는 아귀 상의 뒷면에서 절을 올리는 것이나
마찬가지 아니겠어요'라는 의미의 노래다. 재기가 넘쳐나 해
학적인 노래다. 불교가 왕성했던 시대였기 때문에 재기 넘
치는 여성들이라면 이 정도쯤이야 평소에 충분히 가능했을
지 몰라도 후대의 우리들에게는 역시 매우 해학적으로 느껴
지는 흥미로운 작품이다. 아울러 이 노래의 장점은 여성의
말투를 마치 직접 듣고 있는 것처럼 느낄 수 있다는 점이다.

바다에 가서 해변 걷기도 하며

그대 위하여 내가 막 건져 올린 해초 사이의 붕어

沖へ行き辺に行き今や妹がためわが漁れる藻臥束鮒

다카야스오키미高安王〔권4·625〕

다카야스노오키미高安王가 오토메娘子에게 붕어 선물을 보냈을 때의 노래다. 다카야스노오키미는 742년(덴표[天平] 14년) 정4위하正四位下의 직책에 머물다가 세상을 떠난 인물로 739년(덴표 11년) 오하라노마히토大原真人의 성姓을 받았다.

전체적인 의미는 '이 붕어는 깊은 곳에서 얕은 곳까지 사방을 돌아다니다가 해초 안에 있던 것을 겨우 붙잡은 붕어인데 그대에게 가지고 왔다'라는 정도의 뜻이다.

"mohusi/藻臥"란 해초藻 안에서 사는, 해초 안에 숨어 있다는 뜻이다. "tsukahuna/束鮒"는 한 다발, 즉 한 번에 움켜쥘 수 있는(두 치 정도) 정도의 길이를 말한다. 이 마지막 구의 조어법이 흥미롭게 느껴져 걸작 중 하나로 골라 보았다.

권14(3497)의 "강의 주변의 뿌리가 흰 원추리/河上の
根白高萱" 등과 동일한 조어법이다.

달빛 믿으며 만나러 와주세요

깊은 산속의 산들로 가로막힌 먼 길은 아니므로

月読の光に来ませあしひきの山を隔てて遠からなくに

유하라노오키미湯原王〔권4·670〕

유하라노오키미湯原王의 노래인데 반대로 오토메娘子가
유하라노오키미에게 보낸 노래라고 파악하는 설(『만요슈코기
[万葉集古義]』)도 있다. 여성적인 대목이 있기 때문일 것이다.
하지만 좀 더 편하게 해석해 보면, 여성을 향해 다정하게 말
을 건네고 있다고도 생각할 수 있다. 또한 그리 멀지 않은
곳이기 때문에 여성에게 오라고 재촉하고 있는 거라고 말
할 수도 있을 것이다. 이 노래에 응답하는 노래에 "달님의
빛은 밝고 청아하게 비추고 있지만 혼란스런 이 마음 어찌
할 바를 몰라/月読の光は清く照らせれどまどへる心堪へ
ず念ほゆ"(권4·671)라고 되어 있는 것은 여성의 말투로 생각
해도 무방할 것이다.

어둠 내리면 밤길 불안하지요
달빛 비추길 기다렸다 가세요 그동안 함께 하며

夕闇は路たづたづし月待ちて行かせ吾背子その間にも見む

오야케메大宅女〔권4·709〕

부젠국豊前国(오늘날의 후쿠오카현과 오이타현 부근-역주)의 아가씨 오야케메大宅女의 노래다. 이 여성의 노래는 또 한수가 『만요슈』(권6·984)에 있다. "밤길 불안하지요/道たづたづし"는 불안한 심정이라는 뜻이 된다. "그동안 함께 하며/その間にも見む"는 달콤하고 여성스러운 구절이다.

이 무렵이 되면 감정표현 방식도 매우 섬세해지고 자태도 농염해졌을 것이다. 료칸良寬(에도 시대의 승려이자 가인-역주)의 노래에 "달빛 비치길 기다리다 가시게 밤의 산길엔 밤나무 송이들이 너무도 많을 테니/月読の光を待ちて帰りませ山路は栗のいがの多きに"라는 작품이 있는 것이 『만요슈』의 바로 이 노래의 영향일 것이다.

료칸은 주로 『만요슈랴쿠게万葉集略解』를 통해 『만요슈』에 대한 공부를 했으며, 비교적 어렵지 않은 작품부터 접했던 것으로 보인다.

하늘이 흐려 비가 오는 날이면
홀로 이렇게 산기슭에 있노라니 슬프기 그지없네

ひさかたの雨の降る日をただ独り山辺に居れば欝せかりけり

오토모노 야카모치大伴家持〔권4·769〕

　오토모노 야카모치大伴家持가 기노 이라쓰메紀女郎에게 보낸 노래다. 오토모노 야카모치는 아직 제대로 정비가 안 된 새로운 도읍지 구니경久邇京(740년 쇼무[聖武] 덴노에 의해 단행된 천도에 의해 새롭게 조성된 도읍지. 쇼무 덴노는 정치적으로 혼란한 헤이조경[平城京]를 떠나 구니경을 조성하려고 했으나 결국 744년 나니와궁[難波宮]으로, 745년 다시 헤이조경으로 수도가 옮겨짐-역주)에 있으면서 나라에 있던 기노 이라쓰메에게 보낸 와카다. "지금 도읍인 구니에서 아내를 아니 만나고 세월만이 흘렀네 어서 가서 보고파/今しらす久邇の京に妹に逢はず久しくなりぬ行きてはや見な"(권4·768)라는 노래도 있다. 이 노래는 좀 더 상대시대로 거슬러 올라간 듯한 고색창연한 작품은 아니지만 가락이 자유롭고 거침없으며 매우 솔직하게 표현되고

있다. 오토모노 야카모치의 작품이 가진 탁월한 일면을 유
감없이 보여주는 작품 중 하나일 것이다.

제 5 권

이 세상 삶은 허망한 것이라고 깨달은 순간
내 삶이 더욱더욱 슬프기 그지없었네

世の中は空しきものと知る時しいよよますます悲しかりけり

오토모노 다비토大伴旅人〔권5·793〕

　오토모노 다비토大伴旅人는 규슈 지방인 다자이후太宰府에
서 아내 오토모노 이라쓰메大伴郎女와 사별했다(728년·진키神
亀 5년). 아내가 세상을 떠나자 도읍지로부터 다자이후까지
조문이 왔기에 그에 답한 노래가 바로 이 작품이다. 아울
러 이 노래에는 "좋지 않은 일이 겹치고 불길한 소식이 계
속 들렸습니다. 오랫동안 억장이 무너지는 듯한 슬픔을 안
고 홀로 애간장이 끊어질 듯 눈물을 흘립니다. 다만 두 분
의 크나큰 도움으로 늙은 목숨을 겨우 이어나가고 있을 뿐
입니다. 말하고 싶은 것을 온전히 표현하지 못하는 것은 예
나 지금이나 탄식하는 바입니다/禍故重畳し, 凶問累に集
る. 永く崩心の悲みを懐き, 独り断腸の泣を流す. 但し両
君の大助に依りて, 傾命纔に継ぐ耳. 筆言を尽さず, 古今

の歎く所なり"라는 고토바가키詞書(노래의 본문에 앞서 창작 관련 상황설명이 필요한 경우 나오는 일종의 서문-역주)가 첨부되어 있다. 원문에 나오는 '늙은 목숨/傾命'이란 스스로가 노령임을 가리킨다. '두 분/両君'이 구체적으로 누구인지는 확실치 않다.

전체적인 의미는 '이 세상 삶이 부질없고 무상한 것임을 현실을 통해 뼈저리게 깨닫게 되자, 지금까지보다 훨씬 더 슬프기 그지없다'는 뜻이다.

"깨달은 순간/知る時し"은 알게 된 그 순간이라는 말이다. 지금까지는 글로 된 경전이나 불교의 설법에 의해 세상만사가 공허하고 무상한 것임을 익히 들어 알고 있었는데, 지금 실제로 자신의 몸으로 직접, 바로 눈앞에서, 그야말로 몸소 체험했던 것이다. 이 정도의 의미를 "깨달은/知る"이라는 말로 표현하고 있다. 비슷한 용례로 "덧없는 세상 무상할 뿐임을 알고 있지만/うつせみの世は常無しと知るものを"(권3·465. 오토모노 야카모치[大伴家持]), "이 세상 삶이 허망한 것이라고 지금 깨닫네/世の中を常無きものと今ぞ知る"(권6·1045. 작자미상), "이 세상 삶이 허망한 것임을 깨달았겠지/世の中の常無きことは知るらむを"(권19·4216. 오토모노 야카모치) 등이 있다. 그런 표현이 "내 삶이 더욱더욱/いよよますます"라는 말로 이어지는 것이다. 이 노래에는 불교가 내재되어 있기 때문에 "허망한 것이라고 깨달은/空し きものと知る"이라는 표현만으로도, 그 당시로서는 심오 한 도리와 정감을 동반한 어감을 지니고 있었을 것이다. 한 마디로 표현해 보자면 사상적으로도 참신하며 동시에 심오 했을 것이다. 하지만 오랜 세월 반복되다보면 그런 참신함 은 결국 퇴색되어 버리기 마련이다. 하지만 오토모노 다비 토의 이 노래가 창작될 무렵까지는 아직 일부러 암기를 해 서 뭔가를 이야기하는 경우가 없다는 것을 감상자는 반드 시 알아야 한다. 그 증거로 이곳에 인용한 용례는 모두 오 토모노 다비토 이후 시대에 나온 것으로, 다비토의 말투를 모방한 것으로 판단해도 무방하기 때문이다. 그리고 마지 막 구에 나오는 "슬프기 그지 없었네/悲しかりけり"의 경 우, 만약 한문이었다면 "홀로 애간장이 끊어질 듯 눈물을 흘 린다/独り断腸の泣を流す"라고 했을 것이다. 하지만 이 부 분을 일본어에서는 그저 "슬프기 그지없었네/悲しかりけ り"라고 표현하고 있다. 그렇다고 일본어가 빈약하다는 식 으로 말해서는 안 될 것이다. 단시형短詩形으로서의 단가短 歌의 묘미, 그리고 그 어려움이 여기에 존재하기 때문이다. 대략 살펴보면 이상과 같은데, 후대의 우리들의 시점에서 돌아보자면 이 노래를 가지고 만족하다고 말할 수는 없다. 그 이유는 사상적 서정시는 어렵기 마련이라 누가 지어도

오토모노 다비토 정도의 작품을 내놓기란 쉽지 않기 때문이다. 하지만 그런 어려움을 정면 돌파하며 실행에 옮기고 있다는 점, 그리고 이 방면의 노래를 어떻게 읊어야 할지에 대한 하나의 기초를 이루었다는 점은 높이 살 만하다. 적어도 이런 측면에서 오토모노 다비토에게 마음 속 가득 존경심을 담아 여기서 이 작품을 골랐던 것이다.

이내 오도모노 이라쓰메가 죽었을 때, 다비토는 "사랑스러운 아내가 베고 잤던 나의 팔베개 아내 외에 그 누구 벨 사람 있으리오/愛しき人の纏きてし敷妙の吾が手枕を纏く人あらめや"(권3·438) 등 3수를 읊었다. 하지만 모두 이 노래만큼 멀리 바라보고 있지 않다. 권3(442)에는 서문에 '가시와데베노오키미/膳部王를 애도하며 지은 노래'라고 나와 있는 "이 세상 삶은 허망한 것이라고 알리려는 듯 이리 빛나는 달은 차고 또 이지러지나/世の中は空しきものとあらむとぞこの照る月は満闕しける"라는 작자미상가가 있다. 가시와데베노오키미가 세상을 떠난 것이 729년(덴표[天平] 원년)이기 때문에, 역시 오토모노 다비토의 노래가 좀 더 빠른 시기에 성립되었음을 알 수 있다.

안타깝도다 이리 될 줄 알았다면
아름다운 곳 이 지방 여기저기 구경시켜 줄 것을

悔しかも斯く知らませばあをによし国内ことごと見せましものを

야마노우에노 오쿠라山上憶良〔권5·797〕

　오토모노 다비토大伴旅人의 아내가 죽었을 때, 야마노우에
노 오쿠라山上憶良는 이른바 "일본만가日本挽歌(전통 의례 만가-
역주)"(장가長歌 1수, 반가反歌 5수)를 지은 후 "728년(진키神亀
5년) 7월 21일, 지쿠젠국筑前国(오늘날의 후쿠오카현 서부-역주)의
가미守 야마노우에노 오쿠라가 바친다"라고 써서 다비토에
게 보냈다. 즉 이 장가 및 반가는 다비토의 심정이 되어 마
치 자신의 아내를 추모하고 있는 듯한 심경으로 다비토의
아내의 죽음을 애도한 것이었다. 때문에 "야마노우에노 오
쿠라가 바친다" 운운의 주석이 없었다면 당연히 야마노우
에노 오쿠라가 자신의 아내의 죽음을 애도한 노래로 받아
들여질 수 있는 성질의 것이다. 따라서 감상을 할 때는 이
노래의 작자가 야마노우에노 오쿠라라 해도, 다비토의 아

내, 즉 오토모노 이라쓰메의 죽음을 염두에 두고 음미할 필요가 있다.

전체적인 의미는 '이렇게 아내와 사별해야 한다는 것을 알고 있었다면 쓰쿠시筑紫(현재의 규슈[九州] 지역 일부-역주)의 여기저기를 남김없이 구경시켜 주었을 것을, 지금에 와서는 더할 나위 없이 안타까워 견딜 수 없다'라는 뜻이다.

이 노래에 나오는 "알다/知る"는 앞에 나왔던 노래의 "깨닫다/知る"와 의미가 약간 달라서 미리 알고 있었다거나 인지하고 있었다는 정도의 뜻이다. 그 다음에 나온 "[아오니요시/あをによし]"라는 단어는 보통 "나라/奈良"라는 지역명에 걸리는 마쿠라코토바枕詞(특정 어구 앞에 5음의 붙는 수식어로 그 의미를 강조하거나 어조를 고르는 기법, 의미가 불분명한 경우도 있음-역주)인데, 야마노우에노 오쿠라는 "이 지방/国内"로 이어지게 하고 있다. 하지만 "이 지방/国内"를 야마토大和·나라奈良 근방이라는 의미로 받아들이면 약간 상황이 애매해진다. 역시 쓰쿠시筑紫라는 지방의 여기저기라고 받아들여야 할 대목이기 때문에 여러 가지 설이 나왔다. 야마노우에노 오쿠라는 전통적인 일본어를 사용하지 않는 경우가 있기 때문이라는 의견도 있다. 혹은 "[아오니요시/あをによし]"의 의미를 그저 자연이 아름답다는 정도로 파악했다고도 생각된다. (오쿠라는 "[아오니요시]나라 도읍지에/あをによし奈良の都に"[권

5·808]라고도 사용하고 있다) 다음으로 이 노래는 첫 번째 구부터 "안타깝도다/くやしかも"라는 표현을 사용하고 있는데, 이는『만요슈』중에서는 매우 보기 드문 표현이다. 오히려『신고킨슈新古今集』시대의 수법이라고 할 수 있는데 야마노우에노 오쿠라는 태연히 이런 수법을 실행에 옮기고 있다. 물론 이런 수법은 "난처하여라 비까지 내리는가/苦しくも降り来る雨か" 등과 같은 이른바 주관구主觀句의 짧은 형태로 간주해버리면 설명이 불가능한 것은 아니다.

이 노래를 음미해 보면 내용에는 실질적인 구석이 있지만 노래의 성조가 어눌하고 머뭇거리는 양상이라 전체적으로 가슴 깊숙이 사무치거나 마음에 스며들지 않는다. 요컨대 매우 상식적인 감정으로 전달되어 온다. 하지만 성조가 그리 유창하지 않기 때문에 오히려 가볍지 않으면서 순박한 느낌을 주기도 한다. 오토모노 야카모치大伴家持의 노래에 "이리 될 것을 미리 알았더라면 고시越바다의 갯바위의 파도도 보여줄 걸 그랬네/かからむとかねて知りせば越の海の荒磯の波も見せましものを"(권17·3959)라는 작품이 있다. 이것은 동생인 후미모치書持의 죽음을 애도한 노래인데, 바로 이 야마노우에노 오쿠라의 노래로부터 영향을 받고 있음을 알 수 있다. 이런 점을 살펴보면 야카모치는 오토모 집안에 전달된 이런 노래들도 읽고 음미했음을 알 수 있다.

일본만가 1수(장가 및 반가)는 야마노우에노 오쿠라가 다비토의 심정이 되어 다비토의 마음에 공감하면서 다비토의 아내의 죽음을 애도했다는 설에 따랐다. 그러나 한편으로는 야마노우에노 오쿠라가 자신의 아내의 죽음을 직접 애도한 것으로 파악하는 설도 있다. 비교적 소수의 의견이지만 기시모토 유즈루岸本由豆流의『만요슈코쇼万葉集攷證』에서는 "어떤 이의 설에서는 야마노우에노 오쿠라의 아내가 죽은 것이 아니라, 이는 오토모 다비토 경의 심정이 되어 야마노우에노 오쿠라가 지은 노래일 거라고 지적하고 있지만, 그렇다는 증거가 없기 때문에 받아들이기 어렵다"고 지적했다. (아울러 오야나기 나오쓰기[大柳直次] 씨의 동일한 설이 있다) 그러나 노래 안에 보이듯이 아내가 죽은 것도 여름이며 그 외 여러 가지 상황이 다비토의 아내의 죽음을 애도한 노래로 해석하는 쪽이 온당하다고 여겨진다. "지쿠젠국筑前国의 가미守 야마노우에노 오쿠라山上憶良가 바친다"를 야마노우에노 오쿠라가 자신의 아내가 죽은 것을 슬퍼하며 읊은 노래를 다비토에게 보여준 것으로 파악하며 "오토모노 다비토 경도 같은 심정으로 한탄할 것이므로 다비토 경에게 보여준 것이었으리라"(『만요슈코쇼[万葉集攷證]』)라는 지적도 있지만, 그것만으로는 증거가 충분치 않다. 오히려 야마노우에노 오쿠라의 아내가 쓰쿠시에서 죽었다는 기록이 없기 때문에 이것만으로 오쿠라가 자신의 아내를 애도한 것이라고 단정할 수 없다. 하지만 전체적으로 자신의 아내를 애도하는 듯한 말투이기 때문에 양자가 대립하게 된 것이다. 이 노래를 감상하는 사람은 설령 야마노우에노 오쿠라가 이 노래를 지었다고 해도, 다비토의 아내의 죽음을 다비토가 한탄하고 있다는 심정이 되어 음미하면 큰 어려움이 없을 것이다.

아내가 돌본 멀구슬나무 꽃은 져버리겠지
내가 흘린 눈물은 마르지도 않건만

妹が見し棟の花は散りぬべし我が泣く涙いまだ干なくに

야마노우에노 오쿠라山上憶良〔권5·798〕

앞에 나온 노래 뒤로 바로 이어지는 작품으로 야마노우에노 오쿠라山上憶良가 다비토旅人의 마음에 동화되어 다비토의 아내를 애도한 작품이다. 멀구슬나무는 먹구슬나무라고도 하며 초여름 무렵 옅은 보랏빛 꽃이 핀다.

전체적인 의미는 '아내의 죽음을 슬퍼하며 내 눈물이 아직 마르지도 않은 사이에 아내가 생전에 즐겨 보았던 뜨락의 멀구슬나무 꽃잎도 지게 되겠지'라는 뜻이다. 세월의 흐름이 너무도 빠름을 탄식하며 먼저 간 아내를 간절히 그리워하는 스스로의 마음을 돌아보고 있다.

여기나온 멀구슬나무는 다자이후太宰府에 있을 것이다. 작자인 오쿠라도 다자이후에 있으면서 다비토의 심정으로 읊고 있기 때문에 이런 표현이 가능했던 것이다. 의미는 물

론 용어도 매우 솔직하고 적절하게 선택되었으며 감동적인 내용에 맞게 가락도 중후하다. 그러나 그럼에도 불구하고 아스카飛鳥나 후지와라경藤原京 시대 전후로 읊어진 노래들의 가락에 비해 간절한 느낌이 전달되지 않는 이유는 무엇일까. 혹시 오쿠라는 전통적인 일본어의 느낌에 진정으로 합체할 수 없었던 것은 아니었을까. 와카에서는 훗날 제3구에서 잠깐 흐름이 멈추는 경향이 발달하게 되는데 그런 현상이 이미 여기서 실행되고 있다. "아침 해 환한 사다佐太의 언덕 위에 무리지어서 섬기는 우리에겐 눈물 마를 날 없네/朝日照る佐太の岡辺に群れゐつつ吾が哭く涙止む時もなし"(권2·177), "항상 가시던 정원의 섬을 보니 빗물이 넘쳐 흘러내리는 눈물 멈추게 할 수 없네/御立せし島を見るとき行潦ながるる涙止めぞかねつる"(권2·178) 정도까지 가는 것이 오히려 가락으로서는 본격적이라고 할 수 있는데, 이 노래는 거기까지도 가지 못 하고 있다. 이 노래는 종래『만요슈』안에서도 굴지의 걸작 중 하나로 평가를 받고 있었는데, 그 이유는 이해하기 쉽고 억지스럽지 않으면서도 감정의 자연스러움을 간직한 만가挽歌(장례와 관련된 노래-역주)다운 만가라는 점 때문일 것이다. 사실 이 노래보다 훨씬 뛰어난 만가를 이전 작품들 중에서도 종종 찾아볼 수 있다.

739년(덴표[天平] 11년) 여름 6월, 오토모노 야카모치大伴家

持는 아내의 죽음을 슬퍼하며 "아내가 돌본 집에 꽃들이 피

네 세월 흘렀나 내가 흘린 눈물은 마르지도 않건만/妹が見

し屋前に花咲き時は経ぬわが泣く涙いまだ干なくに"(권

3·469)이라는 노래를 짓고 있다. 이것은 명백히 오쿠라의 모

방이기 때문에 야카모치 역시 오쿠라의 이 작품을 존경하

고 있었다는 사실을 알 수 있다. 아마도 야카모치는 이 노

래의 좋은 점을 음미할 수 있었을 것이다.(물론 오토모노 야카

모치는 이 때 가키노모토노 히토마로[柿本人麿]의 노래도 많이 모방하고 있

다)

오누산에는 안개 자욱하여라

한탄하면서 내가 한숨 쉰 탓에 안개 자욱하여라

大野山霧たちわたる我が嘆く息嘯の風に霧たちわたる

야마노우에노 오쿠라山上憶良〔권5·799〕

이 노래도 앞에 나온 노래에 이어진 작품이다. "오누산/大野山(통상적으로는 오노산이라고 하나 본서에 따름-역주)"은 『와묘루이주쇼和名類聚抄』에 "지쿠젠국筑前国(오늘날의 후쿠오카현 서부-역주) 미카사군御笠郡 오누大野"라고 나와 있는 그 지역의 산으로 다자이후太宰府에서 가깝다. "한숨/おきそ"에 대해 노리나가宣長는 '한숨/息嘯'이 축약된 표현으로『일본서기日本書紀』신대기神代紀에 '입술을 오므리고 휘파람불 듯 바람을 불자 그 순간 빠른 바람이 순식간에 일어나/嘯之時 迅風忽起'라고 되어 있는 것을 증거로 삼았다.

전체적인 의미는 '지금 오누산을 바라보니 안개가 자욱하다. 이것은 아내 때문에 탄식하는 긴 한숨이 마치 바람처럼 강하고 긴 한숨이었기 때문에 저처럼 안개가 되어 자

욱해 있는 것이리라'라는 말이다. 『일본서기_{日本書紀}』 신대기에 "불어오는 숨결이 안개로/吹きうつる気噴のさ霧に", 『만요슈』에 "그대가 가는 바닷가의 숙소에 안개가 끼면 내가 탄식을 하는 숨이라 여겨주오/君がゆく 海べの屋戸に 霧たたば吾_あが立ち嘆く息_{いき}と知りませ"(권15·3580), "나로 인하여 아내 탄식하나봐 가자하야의 포구 바다 근처에 안개 자욱하노라/わが故に 妹歎くらし 風早_{かざはや}の浦の奥_{おき}べに 霧棚引けり"(권15·3615), "먼 바다 바람 매섭게 불어오면 나의 그녀가 탄식하는 안개가 내게도 닿을 텐데/沖つ風 いたく吹きせば 我妹子が嘆きの霧に 飽かましものを"(권15·3616) 등과 동일한 기법이다. 그러나 『만요슈』의 이런 노래들은 오쿠라의 이 노래보다 나중에 나온 작품들일지도 모른다.

이 노래도 "안개 자욱하여라/霧たちわたる"를 반복적으로 강렬히 사용하고 있으며 노래의 선도 굵고 능동적이다. 그러나 그럼에도 불구하고 역시 가키노모토노 히토마로_{柿本人麿}의 노래에 보이는 성조처럼 표현적 울림이 없다. 예를 들어 앞서 나왔던 "밝게 불을 켠 아카시 해협으로 들어가는 날 고향과 이별이네 집도 보이지 않고/ともしびの 明石大門に 入らむ日や 榜ぎわかれなむ 家のあたり見ず"(권3·254) 등과 비교해보면 그 차이점을 잘 알 수 있을 것이다. 오쿠라는 진지하게 온갖 수고를 아끼지 않고 있기 때문에 노래는 전체적으로 실질적이며 경박하지 않는 작품성을 보여주고 있다. 아울러 735년(덴표[天平] 7년), 오토모노 사카노우에노 이라쓰메大伴坂上郎女가 여승 리칸理願의 죽음을 비탄하며 지은 노래 중에 "한탄하면서 내가 흘리는 눈물, 아리마산에 구름 되어 자욱하다, 비가 되어 내렸나/嘆きつつ吾が泣く涙, 有間山雲居棚引き, 雨に零りきや"(권3·460)라는 구가 있는데 동일한 수법의 표현이라고 할 수 있다.

아득한 하늘로 가는 길은 멀다오

그저 순순히 집으로 돌아가서 생업에 힘쓰시게

ひさかたの天道(あまぢ)は遠(とほ)しなほなほに家(いへ)に帰(かへ)りて業(なり)を為(し)まさに

야마노우에노 오쿠라山上憶良〔권5·801〕

야마노우에노 오쿠라山上憶良는 어떤 남성이 부모를 공경치 않고 처자를 가벼이 여기는 것을 보고 그 잘못을 깨닫게 하고자 "갈팡질팡하는 마음을 바로 잡는 노래/惑情を反(かへ)さしむる歌"라는 것을 지었는데, 그 장가의 반가反歌가 바로 이 노래. 장가長歌 쪽은 "부모 우러러 바라보면 존귀하고, 처자를 보면 귀엽고 사랑스럽지, 세상살이 이것이 도리일세/父母を見れば尊し, 妻子見ればめぐし(めこ)愛し(うつく), 世の中はかくぞ道理(ことわり)", "땅에 산다면 대왕께서 계시는, 이리 빛나는 해와 달 아래에서, 하늘 구름이 떠가는 끝 쪽까지, 두꺼비들이 건너가는 끝까지, 다스리시는 멋진 나라라는 것/地ならば大王(おほきみ)います, この照らす日月の下は, 天雲(あまぐも)の向伏(むかふ)す極(きはみ), 谷蟆(たにぐく)のさ渡る極, 聞(きこ)し食(を)す国のまほらぞ"이 그 주요

내용이다. 현실 사회의 소중함을 결코 소홀히 해서는 안 된 다는 이야기를 하고 있다.

장가의 반가로서 이 노래는 '자네는 청운의 꿈을 품고 하늘에라도 올라갈 작정이겠지만 하늘로 가는 길은 요원하다네. 그보다는 순순히 집으로 돌아가 생업에 종사하시게 나'라는 이야기다. "아무소리 말고/なほなほに"는 "순순히/直直に"라는 뜻으로, '보통사람들처럼 평범하게'라는 뜻이다. "덩굴풀처럼 끌면 따라오셔요 유순한 마음으로/延ふ葛 の引かば依り来ね下なほなほに"(권14·3364 어떤 책에 나온 노래)의 예에서도 '순순히'라는 뜻이다. 마지막 구 "생업에 힘쓰시게/業を為まさに"는 "생업에 힘쓰시도록/業を為まさね"이라는 뜻이다. 고전 원문 마지막에 보이는 일본어("ne/ね"와 "ni/に")는 서로 교체해서 쓸 수 있었다. 당시부터 양쪽 모두 희망, 바램의 뜻으로 사용되기 때문에 이 구는 "일에 종사하시게나"라는 뜻이 된다.

이 노래도 성조가 유려하지 않고, 오히려 여기저기 굴절되어 있다고 표현할 수 있을 정도다. 그럼에도 내용이 실생활에 관한 것이기 때문에 성조는 자연스럽게 그에 동화되어 야마노우에노 오쿠라 특유의 표현적 달성을 이루고 있다. 다루는 세계가 사바세계의 실제 삶이고 지금 설파하고 있는 것이 유교의 도덕관에 바탕을 두고 있다면 아련하고

그윽한 노랫가락이 아닌 편이 오히려 조화되기 쉬운 법이다. 원래 유교와 관련된 깨달음은 실생활에서 상식이기 때문에, 그에 바탕을 두고 창작된 노래 역시 결국 그에 귀착되는 법이다. 야마노우에노 오쿠라는 전승되어 온 고대가요, 노리토祝詞(일본 신도의 종교의식에서 신에게 바치는 기도-역주)가 읊어진 시기까지 거슬러 올라가 공부한 후 "두꺼비들이 건너가는 끝까지/谷ぐくのさわたるきはみ" 등과 같은 표현을 쓰고 있지만, 창작자로서의 야마노우에노 오쿠라의 노래에는 어딘가 한문적 어투가 섞여 있는 부분이 있다. 하지만 『만요슈』 전체를 거시적으로 조망해보면 오쿠라는 그야말로 오쿠라다운 특별한 가풍을 결국 이루어냈다는 이야기가 된다. 그런 노래 중 완성도가 높은 일례로 이 노래를 골라 여기에 수록했다.

금은보화도 옥 같은 보물마저 소용 있을까
보물이 좋다 해도 자식만 하겠는가

．

銀も金も玉もなにせむにまされる宝子に如かめやも
しろがね くがね たま　　　　　　　　　　　　　たから こ　し

야마노우에노 오쿠라山上憶良〔권5·803〕

　야마노우에노 오쿠라는 "자식을 생각하는 노래/子等を
思ふ歌" 1수(장가[長歌], 반가[反歌])를 읊었다. 서문은 "석가여
래 고귀한 입으로 직접 말씀하시길 똑같이 중생을 생각하
는 것 라후라와 같다. 또한 말씀하시길, 자식을 사랑하는
것보다 더한 사랑은 없다, 고 하셨다. 지극한 성인조차 자
식을 사랑하는 마음을 가지고 있었던 것이다. 하물며 세상
사람으로 태어나 그 누가 자기 자식을 사랑하지 않으리오/
釋迦如来, 金口に正しく説き給はく, 等しく衆生を思ふこ
と, 羅睺羅の如しと. 又説き給はく, 愛は子に過ぎたるは
無しと. 至極の大聖すら尙ほ子を愛しむ心あり. 況して
世間の蒼生, 誰か子を愛しまざらめや"라는 부분이다. 장
가長歌는 "참외 먹으면 아이들 생각나고, 밤을 집으면 더더

384

욱 그리워지네, 대체 어디서 자식은 온 것일까, 항상 눈앞에
어른거리기만 하며, 이토록 나를 잠 못 이루게 하네/瓜食め
ば子等思ほゆ, 栗食めば況してしぬばゆ, 何処より来りし
ものぞ, 眼交にもとな懸りて, 安寝し為さぬ"라고 읊고 있
다. 이 장가는 야마노우에노 오쿠라의 노래 중에서 최고의
걸작이다. 간결하고 진실하게 노래하고 있으며, 아마도 노
래 전체가 오쿠라라는 인물의 진정한 모습과 일체된 작품
일 것이다.

여기 나온 반가는 금은보화도 어차피 자식이라는 보물에
는 미치지 못하는 법이라고 말하고 있다. 장가가 사실을 읊
고 있었던 데 반해 이쪽은 총괄적으로 읊고 있다. 그리고
야마노우에노 오쿠라는 불교경전에도 해박한 지식을 가지
고 있었기 때문에 자연스럽게 그 영향이 이 노래에도 반영
된 것이다. "소용있을까/なにせむに"는 "무슨 소용이 있을
까"라는 뜻이다. 야마노우에노 오쿠라가 사용한 가어들이
불경에서 왔다는 것은 "후루히를 그리워하는 노래/古日を
恋ふる歌"(권5·904)에도 "세상 사람이 귀하다고 원하는, 일곱
가지의 보물들도 나에겐, 소용 있을까, 우리 사이에 태어나
세상에 온, 백옥과 같은 내 자식 후루히는/世の人の貴み願
ふ, 七種の宝も我は, なにせむに, 我が間の生れいでたる,
白玉の吾が子古日は"이라고 되어 있는 것을 봐도 알 수 있

다. 칠보란 금·은·유리·차거·마노·산호·호박 혹은 금·은·유리·수정·차거·마노·금강석이다. 그런 불교의 새로운 어감을 가진 단어를 구사해서 작품 전체를 만들어내고, 처음부터 끝까지 갑갑할 정도로 긴밀한 성조를 보이고 있다는 데 이 작품의 장점이 있다. 하지만 이 반가가 장가의 완성도에 다소 미치지 못하는 것은 지금과 같은 후대의 시선으로 봤을 때 언어의 윤곽으로 받아들여지는 약점이 존재하기 때문이다. 하지만 다비토의 찬주가든 오쿠라의 이 노래든, 후대 가인으로서 어떻게 와카를 창작할 것인지를 배우는 입장에서 우리들에게 매우 유익한 노래들이다.

익숙치 않은 멀고도 먼 그 길을
어둠 속에서 어찌하여 가려나 양식조차 없는데

<ruby>常<rt>つね</rt></ruby>知らぬ<ruby>道<rt>みち</rt></ruby>の<ruby>長路<rt>ながて</rt></ruby>をくれぐれと<ruby>如何<rt>いか</rt></ruby>にか<ruby>行<rt>ゆ</rt></ruby>かむ<ruby>糧米<rt>かりて</rt></ruby>は<ruby>無<rt>な</rt></ruби>しに

야마노우에노 오쿠라山上憶良〔권5·888〕

　히고국肥後国 마시키군益城郡에 오토모노키미 구마코리大
伴君熊凝라는 자가 있었다. 731년(덴표[天平] 3년) 6월 스모相撲
행사를 관할하는 관리의 부하 자격으로 도읍으로 올라가던
도중, 아키국安芸国(지금의 히로시마 부근-역주) 사에키군佐伯郡 다
카니와高庭 역에서 병으로 세상을 떠났다. 향년 18세의 젊
은 나이였다. 그리고 죽음을 맞이하던 그 순간 스스로 탄식
하며 노래를 읊었다며, 야마노우에노 오쿠라山上憶良가 대
신 이 노래를 지었다. 이 노래의 고토바가키詞書(노래의 본문에
앞서 창작 관련 상황설명이 필요한 경우 나오는 일종의 서문-역주)에 다음
과 같이 적혀 있다. "임종하려 할 때 길게 탄식하며 말하기
를 '전해 듣기로는 임시로 만들어진 몸은 없어지기 쉽고 물
거품 같은 목숨은 잡아둘 수 없는 것이라 하였다. 그러므로

성인들도 이미 세상을 떠났고 많은 현자들도 이 세상에 머물지 않았다. 하물며 어리석고 천한 나 같은 이가 어찌 죽음을 면할 수 있겠는가. 다만 나의 노부모가 누추한 집에서 나를 기다리며 세월을 보냈다면 마음을 상하게 해드린 것이 스스로 한스럽도다. 기다려도 내가 오지 않는다면 틀림없이 희망을 잃고 눈물을 흘리시겠지. 가여워라 내 아버지, 슬프구나 내 어머니, 나 한 사람이 죽음으로 향해 가는 길은 슬프지 아니하건만, 그저 부모가 살면서 당할 고통이 슬프도다. 오늘 긴 이별을 하면 어느 세상에선들 다시 만날 수 있으랴'라고 말한 후 노래 6수를 짓고 죽었다. 그 노래에서 말하기를/臨死むとする時, 長歎息して曰く, 伝へ聞く 仮合の身滅び易く, 泡沫の命駐め難し. 所以に千聖已に去り, 百賢留らず, 況して凡愚の微しき者, 何ぞも能く逃避せむ. 但我が老いたる親並に菴室に在り. 我を待つこと日を過さば, 自ら心を傷むる恨あらむ. 我を望みて時に違はば, 必ず明を喪ふ泣を致さむ. 哀しきかも我が父, 痛ましきかも我が母, 一身死に向ふ途を患へず, 唯二親世に在す苦を悲しぶ. 今日長く別れなば, 何れの世にか覲ることを得む. 乃ち歌六首を作りて死りぬ. 其歌に曰く"이라는 내용을 담은 장문의 고토바가키詞書다. 그리고 장가長歌 1수와 단가 6수가 나온다. 하지만 이것은 앞서 언급

한 바와 같이 구마코리가 스스로 지은 노래가 아니라 야마노우에노 오쿠라가 구마코리의 심정이 되어 임종을 맞이한 순간, 노래를 대신 지었던 것이다.

전체적인 의미는 '일찍이 알지 못했던 머나먼 황천길을 불안하고 슬프게, 일용할 양식조차 없이 나는 어찌 가면 좋단 말인가'라는 뜻이다. "어둠 속에서/くれぐれと"는 "어둠 속에서/闇闇と"라는 의미로 불안하게, 걱정스럽게, 서글프게, 등의 의미다. 이 노래 직전의 작품 안에 "우울한 마음 어디로 향하면서/欝しく何方向きてか"라는 부분이 있는데, 바로 그 "우울한 마음"과 비슷하다.

이 노래는 6수 중 가장 뛰어난 작품이다. 설령 상상력을 바탕으로 창작한 노래라고 해도, 죽음에 직면해 황천길로 떠나는, 바로 그 살아있는 사람의 모습으로 이 노래를 읊고 있다는 점이 더할 나위 없이 유효했다고 할 수 있다. 일용할 양식조차 없이 걸어간다는 것도 후대를 사는 우리들의 마음에 큰 감동을 주는 대목이다. 양식을 일본어로 'karite/カリテ'라고 훈독한 것은『니혼료이키日本靈異記』하권에 '양식/糧(可里弖)'라고 되어 있는 것에 의해 확실하며, '말린 밥'이라는 의미(『만요슈코쇼[万葉集攷證]』)라고 일컬어지고 있다. 어떤 책에서 "말린 밥은 없는데/かれひはなしに"라고 되어 있는 것은 "말린 밥은 없는데/餉は無しに"와 동일한 의미

다. 말린 밥은 건조시킨 밥이라는 뜻이다. 야마노우에노 오 쿠라의 작품으로 이 전후에 위치한 노래들 중, 나는 이 작품 을 가장 좋아한다.

산다는 것이 슬프고 염치없다 생각하지만
도망갈 수 없다네 나는 새도 아니기에

世間_{よのなか}を憂_うしと恥_{やさ}しと思_{おも}へども飛_とび立_たちかねつ鳥_{とり}にしあらねば

야마노우에노 오쿠라山上憶良〔권5·893〕

야마노우에노 오쿠라山上憶良의 "빈궁문답가 한 수와 단
가/貧窮問答の歌一首并に短歌"(쓰치야 분메이[土屋文明] 씨에 의
하면 오쿠라의 상경 후, 즉 731년·덴표[天平] 3년 가을 겨울 이후의 작품일
것이다) 중 단가 쪽이다. 장가長歌는 두 사람의 빈자가 서로
문답을 하는 형태다. 한 사람이 "바람에 섞여 비가 내리는
밤⋯⋯어찌 하면서, 그대는 살고 있나/風雜り雨降る夜の,
⋯⋯如何にしつつか, 汝が世は渡る"라고 말하자 나머지
한 사람이 "하늘과 땅이 넓다고들 하건만, 나로 인해서 좁아
지고 만 건가 ⋯⋯이렇게까지 어찌할 수 없는가, 이 세상 도
리란 것/天地は広しといへど, あが為は狭くやなりぬる,
⋯⋯斯くばかり術無きものか, 世間の道"이라고 답변하는
부분이 나온다. 『만요슈万葉集』 중에서도 매우 특별한 형태

이며 아울러 야마노우에노 오쿠라의 작품 중에서 좋은 노래로 꼽힌다.

이 반가反歌의 전체적인 의미는 '우리들은 이토록 가난하다. 세상을 살아가는 것이 괴롭다느니 부끄럽다느니 말해봤자, 어차피 우리들은 인간임을 숨길 수 없으며 새가 아니기에 어딘가로 날아가 버릴 수도 없는 노릇이다'라는 뜻이다. "염치없다/やさし"는 부끄럽다는 의미로 "다마시마의 이 강의 상류 쪽에 집은 있건만 그대에게 부끄러워 분명히 말을 못해/玉島のこの川上に家はあれど君を恥しみ顕さずありき"(권5·854)라는 노래에 유사한 예가 있다. 이 반가도 장가 쪽에서 상세히 여러 이야기를 했기 때문에 개괄적으로 마무리하고 있는데, 역시 가난한 사람의 이야기라는 어투가 보이기 때문에 단순한 개념가의 틀에서 벗어나고 있다. 논어論語에 '나라가 도에 따라 굴러갈 때 빈천하다면 부끄러운 일(邦有道, 貧且賤焉恥也)'이라고 되어 있고 위魏나라 문제文帝의 시에 '멀리 날고 싶어도 날개가 없고 강을 건너려 해도 다리가 없네(願飛安得翼 欲濟河無梁)'라고 되어 있는 것도 참고가 될 것이다. 야마노우에노 오쿠라의 장가에 나오는 구들 중에는 중국문헌에서 그 출전을 발견할 수 있는 경우가 종종 있다.

위안되어줄 마음이 없으므로

구름에 숨어 날아가는 새처럼 울음 그칠 수 없네

慰^{なぐさ}むる心^{こころ}はなしに雲隠^{くもがく}り鳴^なき往^ゆく鳥^{とり}の哭^ねのみし泣^なかゆ

야마노우에노 오쿠라山上憶良〔권5·898〕

　야마노우에노 오쿠라山上憶良의 "늙은 몸에 병이 든 후 해
를 지나 더 고생스러우나 그럼에도 불구하고 자식들을 생
각하는 노래 7수 장가 1수 단가 6수/老身重病経年辛苦, 及
思児等歌七首長一首短六首"에 나오는 단가短歌 중 하나다. 장가
長歌는 '인간에게는 늙음과 병듦이라는 고통이 있기에 긴 병
에 괴로워하며 이럴 바에야 죽어버리고 싶다는 생각마저
들지만 자식들 생각을 하면 그리 할 수도 없다'고 탄식한다
는 내용이다.

　이 단가는 '그런 식으로 늙음·병듦으로 인해 괴로워하며
마음을 달랠 길 없이 구름에 숨어 모습도 보이지 않은 채 울
며 날아가는 새처럼 오로지 홀로 고통을 견디며 울기만 하
고 있다'고 말하고 있다. 장가의 마지막 부분에서 "이것저것

을 고민해 보다 지쳐, 그저 울기만 하네/彼に此に思ひわづらひ, 哭のみし泣かゆ"라고 끝냈던 것을 이 단가에서도 되풀이하고 있는 것이다.

이 정도의 기교를 구사하는 노래는 『만요슈』에 제법 있을 거라고 생각될 정도로, 이렇다 할 특색이 있는 작품은 아니지만, 뭔가 애잔한 여운이 남아 차마 걸작으로 뽑지 않을 수 없었다.

어쩔 수 없고 괴롭기 그지없어

뛰쳐나가서 세상 등질까 해도 자식 눈에 밟히네

術もなく苦しくあれば出で走り去ななと思へど児等に障りぬ

야마노우에노 오쿠라 山上憶良 [권5·899]

마찬가지로 단가短歌 작품이다. 이제 더 이상 손을 쓸 수 단도 없고, 너무 괴로운 나머지 어찌할 방법도 없기에, 밖으로 달려 나가 스스로 목숨을 끊어버릴까 생각도 하지만, 자식들 때문에 차마 그럴 수도 없다는 말이다. 이 노래에 앞서 나온 장가長歌 쪽에서 "오랜 세월을 병마에 시달리니, 몇 달 동안을 괴롭게 신음하며, 이럴 바에야 죽고 싶다 생각하나, 5월 파리처럼 법석대는 아이들, 버려두고는 차마 죽지 못해서, 보고 있자니 마음만 타고 있네/年長く病みし渡れば, 月累ね憂ひ吟ひ, ことごとは死ななと思へど, 五月蠅なす騒ぐ児等を, 棄てては死は知らず, 見つつあれば心は燃えぬ" 운운 했던 것이 이 단가에도 다시 나오고 있다. "방해하다/障る"는 장애가 된다는 말로 "백일 정도도 안 걸리

는 마쓰라길 오늘 떠나면 내일 올수 있는데 어찌하여 못 가
나/百日しも行かぬ松浦路今日行きて明日は来なむを何
か障れる"(권5·870)에도 용례가 있다.

이 노래가 훌륭한 이유는 그냥 개괄적으로 말하지 않고
구체적으로 언급하고 있다는 점이다. 이런 장면에 이르면
가키노모토노 히토마로柿本人麿의 작품에서도 찾아볼 수 없
는 인간의 현실적인 모습이 나타나기 시작한다. "뛰쳐나가
서 세상 떠날까 해도/出ではしり去ななともへど" 부분의
순박하고 진실한 가락은 야마노우에노 오쿠라 본인의 몸에
서 항상 맴돌고 있던 것으로 존중해도 좋을 것이다. 아울러
여기에 "부잣집에선 아이들이 입을 게 차고 넘치어 썩으며
버려지는 비단과 목면이여/富人の家の子等の着る身無み
腐し棄つらむ絹綿らはも"(권5·900), "거칠기만한 천으로 만
든 옷도 입을 수 없어 이렇게 탄식하나 어쩔 수가 없기에/
麁妙の布衣をだに着せ難に斯くや歎かむ為むすべを無
み"(권5·901)이라는 노래도 있는데 이 작품도 구체적이고 흥
미롭다. 그리고 이 정도의 재료를 능히 감당하며 노련하게
다룰 줄 아는 의지력이나 정신력 역시 후대의 우리들은 존
중해야 한다. 이 노래에 나온 "목면/絹綿"은 원문에서는 "絁
綿"으로 설면자라는 뜻일 것이다. 당시 쓰쿠시筑紫(현재의 규
슈[九州] 지역 일부-역주)의 설면자가 귀한 대접을 받았다는 사

실, 그리고 명산지였다는 점에 대해서는 사미沙弥 만제이満誓의 노래를 설명한 부분에서 이미 언급한 바 있다.

야마노우에노 오쿠라는 사바세상의 빈貧·노老·병病에 대해 즐겨 창작의 소재로 삼고 있는데 아무래도 오쿠라 자신의 직접적인 체험처럼 느껴진다. 하지만 지쿠젠국筑前国(오늘날의 후쿠오카현 서부-역주)의 고쿠시国司라는 직책에 있던 야마노우에노 오쿠라가 실제로 이처럼 극빈상태의 곤궁한 처지에 있었는지 필자로는 다소 이해가 되지 않지만, 자살을 강요받을 정도로 빈궁한 상태는 아니었을 것으로 추정된다. 따라서 그는 그 당시 습득한 대륙의 사상을 주변 현실에 견주어 보며 위에서 언급한 것처럼 수많은 노래를 읊어 낸 것으로도 상상할 수 있다.

아직 어려서 가는 길 모를거요

공물 바치니 황천길 안내자여 업고 가주시구려

稚ければ道行き知らじ幣はせむ黄泉の使負ひて通らせ

야마노우에노 오쿠라山上憶良〔권5·905〕

　"사내아이, 이름은 후루히를 그리워하는 노래/男子名은 古日을 恋ふる歌"의 단가 부분이다. 좌주左注(일종의 주석-역주)에서 이 노래의 작자는 명확하지 않지만 노래의 가풍으로 볼 때 야마노우에노 오쿠라山上憶良일 것으로 추측된다고 말하고 있다. 후루히古日라는 사내아이가 죽었을 때 추모한 노래다. 아울러 야마노우에노 오쿠라를 작자라고 가정해도 후루히라는 사내아이가 야마노우에노 오쿠라의 자식인지, 혹은 다른 사람의 자식인지 정확히 알 수 없다. 아마도 다른 사람의 자녀일 것이다. (일반적으로 후루이는 야마노우에노 오쿠라의 자녀로 이 때 오쿠라는 70세 정도의 노인이라고 해석되고 있다. 아울러 쓰치야 분메이[土屋文明] 씨는 후루히[古日]를 'kohi/コヒ'라고 읽었을지도 모른다고 말하고 있다)

전체적인 의미는 '죽어가는 이 아이는 아직 나이 어린 사내아이로 저승 가는 길에 대해서는 잘 알지 못한다. 황천길 안내자여 노잣돈 드릴 테니 아무쪼록 이 아이를 업고 가주시구려'라는 이야기다.

"공물 바치니/幣はせむ"라는 부분에 쓰인 일본어 "mahi/まひ 幣"는 "하늘에 깃든 멋진 달의 신이시어 공물 바치니 오늘 밤의 길이를 오백 밤으로 하소서/天にます月読壮子幣はせむ今夜の長さ五百夜継ぎこそ"(권6·985), "멋진 창 세운 길에 깃든 신이여 공물 바치니 내가 그리는 이를 부디 지켜주시길/たまぼこの道の神たち幣はせむあが念ふ君をなつかしみせよ"(권17·4009) 등에도 있는 것처럼, 신에게 바치는 공물, 인간에게 보내는 물건, 부정적인 의미인 뇌물까지도 모두 'mahi/マヒ'라고 말했다.

이 노래는 사내아이의 죽음을 슬퍼하는 노래지만 내용은 결코 단순하지 않아서 가키노모토노 히토마로柿本人麿의 노래에서 볼 수 있는 내용적 단순함과는 사뭇 그 분위기가 다르다. 심지어 황천길로의 여정이 마치 현실 속에서 진짜 존재하는 것처럼 생생하게 표현하고 있는 대목에서 야마노우에노 오쿠라의 노래가 가진 장점을 확인할 수 있다.

노랫가락이 종종 끊어지기 때문에 유동적이고 파동적인 가락이 형성되지 않는데, 이는 한편으로는 그런 소재상의

특성에도 기인하고 있다. 이런 소재의 경우 이런 노랫가락
을 자연히 요구하기 마련이라고도 말할 수 있다.

재물 바치며 기도하며 비나니

진심을 다해 바르게 인도하여 하늘 길 알려주게

布施置きて吾は乞ひ祷む欺かず直に率行きて天路知らしめ

야마노우에노 오쿠라 山上憶良〔권5・906〕

이것도 비슷한 노래로 원문에 보이는 "보시/布施"는 불교어로 바치는 공물이라는 뜻이기 때문에 앞서 나온 노래의 "mahi/幣"와 비슷한 성격이라 할 수 있다. 이 노래도 사내아이가 죽어가는 모습을 노래하고 있는데, 이쪽은 황천이 아니라 하늘 길에 대한 이야기를 하고 있다. 양쪽 모두 죽은 사람이 가는 길이긴 하지만, 이쪽은 좀 더 일본적으로 말하고 있다. 첫 번째 구의 고전원문("布施於吉弖")의 경우 구훈旧訓에서는 'hushiokite/フシオキテ'라고 훈독했는데『만요슈랴쿠게 万葉集略解』에서 "보시布施는 nusa/ぬさ라고 읽어야 한다. 또는 huse/ふせ라고 읽어야 한다. 여기에서 kohi-nomu/乞のむ라고 하는 것은 부처님에게 비는 것과 신에게 기원하는 것은 서로 경우가 다르므로 nusa/幣라고 하지 않고 보시라고 말한 것이다. 한자 '施'를 _(굵은 실로 짠 거친 명주) '綀'의 오류라고 간주하고 '눕고 일어나/ふしおき(臥起)'라고 읽는 것은 오류다"라고 지적했다. 매우 합당한 의견으로 사실 "눕고 일어나/伏し起きて"라고 파악해 버리면 의미가 성립되지 않는다. 이 노래 역시 이 정도로 복잡한 이야기를 하면서도 상당한 서정성을 자아내고 있는데, 우선 이런 일 자체가 매우 드문 경우임을 이해해야 할 것이다.

제 6 권

산이 높기에 흰 목면 꽃과 같이 흘러넘치는
격류의 가와치河内는 볼수록 아름답네

山高み白木綿花に落ちたぎつ滝の河内は見れど飽かぬかも

가사노 가나무라笠金村〔권6·909〕

겐쇼元正 덴노가 723년(요로[養老] 7년) 여름 5월 요시노芳野 이궁離宮으로 행차했을 때 동행하며 모시던 가사노 가나무라笠金村가 지은 장가長歌의 반가反歌다. "흰 목면/白木綿"은 나무껍질로 만든 흰 천으로 여기서는 흰 목면처럼 물이 흘러내리는 상태를 가리킨다. "kahuchi/河内"는 강이 구불거리며 흐르는 유역을 말한다. 이미 가키노모토노 히토마로柿本人麿의 노래에 "격류 흐르는 강가에 배를 내고 계시네/たぎつ河内に船出するかも"(권1·39)가 있다. 아울러 "볼수록 아름답네/見れど飽かぬかも"라는 마지막 구도 가키노모토노 히토마로의 "물살이 급한 다기의 궁 있는 곳 볼수록 아름답네/珠水激る滝の宮処は, 見れど飽かぬかも"(권1·36) 외에 『만요슈万葉集』에는 제법 나오는 표현이다.

이 작품은 덴노의 행차에 동행해서 읊은 작품이라는 성격상 조심스럽게 창작에 임하고 있기 때문에 그 노랫가락도 자연히 화려하고 장중하다. 하지만 그만큼 유형적, 도안적이기 때문에, 특히 가키노모토노 히토마로의 노래에 나오는 어구에 대한 모방이 눈에 띈다. 하지만 이렇듯 낭랑하고 장중한 노랫가락은 히토마로 주변의 작품에서 맥을 이어받아 하나의 진통을 형성하고 있다. 이른바 '만요조万葉調'라고 하면 바로 이런 종류의 것을 연상할 수 있을 정도이므로 후대의 우리들은 충분한 시간을 가지고 찬찬히 살펴볼 가치가 있는 성질의 것이다. 권9(1736)에 "산이 높기에 흰목면 꽃처럼 흘러넘치는 나쓰미의 좁은 강 볼수록 아름답네/山高み白木綿花に落ちたぎつ夏実の河門見れど飽かぬかも"라는 것이 있는데 아마도 이 노래의 모방일 것이다. 그렇다면 가나무라의 이 형식적인 노래 역시, 경우에 따라서는 틀림없이 사람들의 주목을 끌었을 것이다.

멀고먼 바다 섬 갯바위 해초도
만조가 되어 보이지 않는다면 생각이 나겠지요

奥つ島荒磯の玉藻潮干満ちい隠れゆかば思ほえむかも

야마베노 아카히토山部赤人〔권6·918〕

쇼무聖武 덴노 724년(진키[神亀] 원년[元年]) 겨울 10월 기이국
紀伊国(오늘날의 와카야마현[和歌山県]과 미에현[三重県] 남부-역주)으로
행차했을 때 이를 따르던 야마베노 아카히토山部赤人가 노
래한 장가長歌의 반가反歌다. "멀고먼 바다 섬/沖つ島"은 바
다 멀리 저편에 있는 섬이라는 의미로, 여기서는 다마쓰섬
玉津島을 말한다.

전체적인 내용은 '먼 바닷가에 있는 섬의 거친 바위 언덕
에 나고 있는 해초를 따기도 했지만 곧 물이 가득 차올라 거
친 바위 언덕들이 다 사라져버린다면 아쉬운 마음에 해초
들을 그리워하겠지'라는 의미다. 장가 부분에서 "썰물이 되
면 해초들을 따면서, 옛 시대부터 이렇게 떠받들던, 다마쓰
섬 산들아/潮干れば玉藻苅りつつ, 神代より然ぞ尊き, 玉

津島山”라고 되어 있는 부분을 이어받고 있다.

제4구는 판본에 “이은거자/伊隠去者”라고 되어 있기 때문에 “보이지 않는다면/い隠れゆかば” 혹은 “보이지 않는다면/い隠ろひなば”이라고 훈독했으나, 고사본 중 겐랴쿠교본元暦校本·가나자와본金沢本·간다본神田本 등에 “亻丂隠去者”라고 되어 있기 때문에 “亻丂”을 위에 달아 “만조가 되어 보이지 않는다면/潮干みちて隠ろひゆかば”이라고도 읽고 있다. 여기서는 두 개의 훈독방식 모두를 존중하여 음미할 수 있다.

이 노래의 중심은 “만조가 되어 보이지 않는다면 생각이 나겠지요/潮干満ちい隠れゆかば思ほえむかも”에 있다. 야마베노 아카히토 특유의 청담한 가락인데 그 안에 서정성이 감돌고 있는 아름다운 노래다. 바다 속에 있는 해초에 대한 연모라고 표현할 수 있을까. “생각이 나겠지요/思ほえむかも”는 대부분의 경우 연인이나 옛 도읍지에 대해 사용하는 표현인데 여기서는 “해초/玉藻”에 대해 말하고 있다. 물론 『만요슈』 안에는 예를 들어 “게히 포구에 밀려드는 흰 파도 계속 겹치듯 나의 그녀의 모습 저절로 떠오르네/飼飯の浦に寄する白浪しくしくに妹が容儀はおもほゆるかも”(권12·3200)나 “오우飫宇의 바다 강어귀의 물떼새여 너희가 울면 내 고향 사호강佐保河이 못 견디게 생각나서/飫宇海の

河原の千鳥汝が鳴けばわが佐保河のおもほゆらくに"(권 ^{さほかは}

3·371) 같은 노래가 있어서 함께 사용되고 있다. 덴노의 행차에 동행하며 야마베노 아카히토는 가인으로서의 의식을 가지고 이 노래를 창작했을 테지만, 본인 스스로를 "궁정가인"이라고 파악하려는 의도는 눈에 띄지 않는다. 오히려 자유롭게 개인으로서의 본인의 취향을 토로하고 있는 듯하다. 일반 사람들이 자유롭고 얽매임이 없었던 성대였다는 사실을 반영하고 있다. 아울러 "궁정가인"이란 표현을 쓰긴 했지만 현대의 우리들이 가지고 있는 "궁정가인"이라는 서양류의 개념과는 상이한 심정으로 덴노의 행차에 동행했음을 이해해야 한다.

와카 포구에 바닷물 밀려들면
개펄 사라져 갈대 근처 향하여 학 울며 날아가네

若の浦に潮満ち来れば潟を無み葦辺をさして鶴鳴き渡る

야마베노 아카히토山部赤人〔권6·919〕

　야마베노 아카히토山部赤人의 노래가 이어지고 있다. "와카 포구/若の浦"는 오늘날 '와카노우라/和歌の浦'라고 하지만 당시에는 '와카하마/弱浜'라고도 썼다(『속일본기続日本紀』). 아울러 쇼무聖武 덴노가 이 행차를 했을 때 '아카 포구明光の浦'라고 명명했다는 기록이 있다. "개펄/潟"은 간석지라는 뜻이다.

　전체적인 의미는 '와카 포구에 점점 물이 차올라 개펄이 없어지기 때문에 개펄에 모여 있던 수많은 학들이 갈대가 자라나 있는 육지 쪽으로 날아간다'라는 뜻이다.

　역시 이 노래도 청결한 느낌이 드는 야마베노 아카히토 특유의 작품으로 "갈대 근처 향하여 학이 울며 건너네/葦べをさして鶴鳴きわたる"는 시각적 묘사가 매우 선명하고 탁월한 표현이다. 아울러 성조도 매우 유려해서 작자가 매우 몰입해서 읊고 있다는 것도 충분히 상상해 볼 수 있다. "개펄 사라져/潟をなみ"는 야마베노 아카히토의 요구였겠지만 미세한 "이치/理"가 감춰져 있다. 좀 더 과거로 거슬러올라간 시대의 노래였다면 이렇게는 표현하지 않았을 것이다. 예를 들어 앞서 나왔던 다케치노 구로히토高市黒人의 작품인 "사쿠라다로 학 울며 날아가네 야유치 개펄 썰물 되었나보다 학 울며 날아가네/桜田へ鶴鳴きわたる年魚市潟あゆちがた潮干にけらし鶴鳴きわたる"(권3·271)와 같은 작품이 그러하다. 요컨대 "개펄 사라져/潟をなみ"라는 제3구가 약한 것이다. 이것은 바야흐로 시대적인 차이일 것이다. 이 노래는 예부터 저명한 작품으로 서경가叙景歌의 극치를 보여준 작품이라는 평도 있다. 훗날 밀려오는 파도 중 큰 파도는 '높은 파도男波(사내파도)', 큰 파도가 높게 한번 치기 전에 작고 약하게 두 번 치는 파도인 '작은 파도女波(여인 파도)', 이 작품에 나오는 제3구 "kataonami/潟をなみ"의 음을 따서 'kataonami/片男波'라는 단어가 생길 정도로 널리 퍼지며 통속화되었다. 그런 속설을 완전히 잊어버리고 살펴봐도 여전히 훗날까지 길이 남을 굴지의 작품이다. 『만요슈万葉集』을 쭉 읽어 내려가다 주의할만한 노래에 표식을 달아둔다면, 종래의 평판 따위 전혀 알지 못하더라도 표들이 모일만한

역량을 지닌 작품이다. 일반적으로 말해도 그런 장점을 야마베노 아카히토의 노래에서 확인할 수 있다. 그러나 이 노래에 선행하는 작품으로 다케치노 구로히토高市黒人의 노래가 있기 때문에 다케치노 구로히토의 영향 내지 모방이라는 점을 부정할 수는 없다.

권15에 "학 울면서 갈대밭을 향하여 날아가누나 외롭기 그지없어라 나 홀로 잠 청하니/鶴が鳴き葦辺をさして飛び渡るあなたづたづし独さ寝れば"(3626), "저 멀리에서 바닷물 밀려오네 가라 포구에 먹이 찾아 헤매며 학 울며 날아가고/沖辺より潮満ち来らし韓の浦に求食りする鶴鳴きて騒ぎぬ"(3642) 등의 노래가 있다. 양쪽 모두 야마베노 아카히토의 이 노래에 대한 모방이기 때문에 당시부터 이미 존경받고 있었다는 말이 될 것이다.

아울러 "나니와 포구에 썰물 일자 개펄에서 바라다보니 아와지의 섬으로 학 울며 날아가네/難波潟潮干に立ちて見わたせば淡路の島に鶴わたる見ゆ"(권7·1160), "마토카타의 모래톱의 새 한 마리 파도치는지 짝 찾아 날아올라 해안으로 다가오네/円方の湊の渚鳥浪立てや妻呼び立てて辺に近づくも"(권7·1162), "저녁뜸 되어 먹이를 찾던 학은 밀물이 되면 바다 물결 높기에 자기 짝을 부르네/夕なぎにあさりする鶴潮満てば沖浪高み己妻喚ばふ"(권7·1165) 등의 노래도 있으니 야마베노 아카히토의 이 노래와 더불어 음미해도 좋다. 특히 "짝을 찾아 부르며 해안에 다가오네/妻呼びたてて辺に近づくも", "바다 물결 높기에 자기 짝을 부르네/沖浪高み己妻喚ばふ"의 구는 완성도가 상당히 높기 때문에 그냥 지나치지 않는 편이 좋다고 생각한다.

요시노 들녘 기사산의 우거진 잔가지 끝에
이리도 지저귀는 새들의 울음소리

み芳野の象山の際の木末には幾許も騒ぐ鳥のこゑかも
<small>よしぬ きさやま ま こぬれ ここだ さわ とり</small>

<small>야마베노 아카히토山部赤人 [권6·924]</small>

　쇼무聖武 덴노 725년(진키[神亀] 2년) 여름 5월, 요시노芳野
이궁離宮으로 행차했을 때 야마베노 아카히토山部赤人가 지
은 노래다. "기사산/象山"은 요시노 이궁 근처에 있는 산이
며 "ma/際"는 사이間나 안中이라는 의미가 될 것이다. "나라
의 산의 산과 산 사이에 가려질 때까지도/奈良の山の山の
際にい隠るまで"(권1·17)라는 누카타노오키미額田王의 노래
에 나오는 "산과 산 사이/山の際"도 나라산奈良山이 쭉 이어
져 있는 사이라는 뜻이다. 여기서는 결국 기사산 안에 우거
져 있는 수목이라는 뜻이 될 것이다.

　전체적인 의미는 '요시노에 있는 기사산의 우거진 숲에는
실로 수많은 새들이 우짖고 있다'는 뜻이다. 내용은 단순하
지만 그만큼 여기에 나와 있는 내용이 연마를 거친 것이기

때문에 광채를 발할 지경이다. 이 노래도 앞의 노래와 마찬가지로 후반부에 중심이 놓여 있다. "이리도 지저귀는 새들의 울음소리/ここだも騒ぐ鳥の声かも"라는 부분을 보면 무엇이 작가로 하여금 이 노래를 창작하게 만들었는지 주목하게 된다. 이 광경과 나란히 배치되어 있다고 가정해 봐도 "이리도 지저귀는 새들의 울음소리/ここだも騒ぐ鳥の声かも"라고는 단언할 수 없기 때문에 역시 탁월한 노래라고 할 수 있다. 이미 세상을 떠난 벗 시마키 아카히코島木赤彦도 역설했던 것처럼 야마베노 아카히토의 굴지의 걸작 중 하나일 것이다. "이리도/幾許"라는 부사에도 주의해야 한다. 『만요슈』 중에 "신의 덕인가 참으로 고귀하네/神柄か幾許尊き"(권2·220), "그녀의 집에 마치 눈이 내린 것으로 여겨질 만큼 이리도 흩날리는 매화꽃잎이어라/妹が家に雪かも降ると見るまでに幾許もまがふ梅の花かも"(권5·844), "어느 정원의 매화꽃인 걸까요 아득히 멀리 청명한 달밤에는 쏟아져 불어오네/誰が苑の梅の花かも久方の清き月夜に幾許散り来る"(권10·2325) 등의 예가 있다. 야마베노 아카히토의 "이리도 지저귀는/幾許も騒ぐ"은 요컨대 새떼의 소리다. 새의 모습이 보여도 좋은데, 약간의 새가 날아가는 것이 보일 정도가 오히려 더 좋을지도 모른다. 또한 마지막 구에 나오는 조사 "kamo/かも"의 경우 명사에서 이어지는

"kamo/かも"를 고정시키는 것은 어려운 법이지만 이 노래에서는 "이리도 지저귀는/ここだも騷ぐ"으로 이어졌기 때문에 성조가 완비되었다. 그런 점에서도 야마베노 아카히토가 엄청난 가인이라는 사실을 수긍할 수 있다.

칠흑과 같은 밤 점점 깊어 가면
개오동나무 우거진 맑은 강에 물떼새들 우지진다

ぬばたまの夜の深けぬれば久木生ふる清き河原に千鳥しば鳴く

야마베노 아카히토山部赤人〔권6·925〕

　야마베노 아카히토山部赤人가 지은 노래로 앞에 나온 노래와 동시에 읊은 작품이다. "히사키/久木"는 개오동나무로 잎사귀에 붉은 기를 띤 떡갈나무다. 여름에 황록색의 꽃이 핀다. 노래 전체의 의미는 '밤이 점점 깊어 가면 개오동나무가 우거져 있는 아름다운 요시노강 강변에 물떼새들 날아와 우짖고 있다'는 뜻이다.

　이 노래는 야경으로 물떼새의 울음소리가 그 중심을 이루고 있다. 이번 행차에서 보고 들었던 요시노芳野에서의 이런저런 일들이 마음속에 간직되어 있으며, 그것이 작품 전체의 요소가 되고 있기도 하다. "개오동나무 우거진 맑은 강/久木生ふる清き河原"이란 구도 실제로 그 광경을 보고 있는 것이 아니어도 무방하다. 형상을 묘사한 표현으로 다가오기 때문이다. 혹은 밝은 달이 비치는 강변이라고도 해석할 수 있는 "맑은/清き"이라는 표현으로 보완한 것인데, 달이 없다면 역시 "맑은/清き"은 강변 일대의 아름다운 경치라는 의미로 파악하는 편이 좋을 듯하다. 하지만 이 노래는 그렇게 하나하나 헤집어가면서 따질 필요를 느끼지 못할 정도로 통일성을 갖추고 있으므로, 독자들은 그다지 해석 때문에 고민할 필요가 없다. 시각과 청각이 융합된 하나의 느낌으로 아무런 무리 없이 완성되고 있기 때문이다. 혹은 이 노래는 한밤중에 듣는 물떼새의 소리만으로는 뭔가 모자랄지도 모른다. "개오동나무 우거진 맑은 강/久木生ふる清き河原"이라는 시각적 요소가 오히려 필요할지도 모른다. 이 부분에 대한 해명에 자신은 없지만 전체적으로 참신한 느낌의 노래다. 덴노의 행차에 동행하던 가인의 노래 중에서 가키노모토노 히토마로柿本人麿의 "볼수록 아름다운 요시노 그 강물이 늘 흐르듯이 끊임없이 언제고 보고 또 보려 하네/見れど飽かぬ吉野の河の常滑の絶ゆることなくまたかへり見む"(권1·37)와의 비교도 가능하다. 또한 가사노 가나무라와도 동행했기 때문에 가나무라의 "만년 후까지 볼수록 아름답네 요시노 강의 격류 흐르는 강가의 궁궐 있는 바로 이곳/万代に見とも飽かめやみ吉野のたぎつ河内の大宮どころ"(권6·921), "모든 사람의 목숨도 내 목숨도 요

시노 강의 격류의 반석처럼 영원히 변치 말길/皆人の寿も<ruby>いのち</ruby>
<ruby>われ</ruby>吾もみ吉野の滝の床磐の常ならぬかも"(권6·922) 등의 2수
와도 비교가 가능하다. 비교해 보면 야마베노 아카히토의
노래가 보다 구체적이고 안정적이며 그림을 그리듯 정밀한
묘사를 하고 있다. 아울러 성조 안에서 제3구의 "개오동나
무 우거진/久木生ふる"이라고 말하며 뻗어가는 구, 그리고
마지막 구에 나오는 "-우지진다/しば鳴く"라고 단적으로
마무리했다는 점에 좀 더 주의를 기울여도 좋을 것이다.

섬들을 지나 노 저어 오노라니

진정 부럽네 야마토로 들어가는 구마누 배로구나

島隠り吾が榜ぎ来れば羨しかも大和へのぼる真熊野の船
しまがく　わ　こ　く　　とも　　　やまと　　　　まくまぬ　ふね

　야마베노 아카히토山部赤人가 가라니섬辛荷島을 지난 후
읊은 장가長歌의 반가反歌다. 가라니섬은 하리마播磨(현재의
효고현 부근-역주) 무로쓰室津*의 먼 바다에 있는 섬이다. 전체
적인 의미는 '섬들 사이를 배를 타고 저어 오다보니 참으로
부럽게도 야마토大和(현재의 나라현[奈良県] 부근-역주)로 올라가
는 구마노熊野의 배가 보인다'라는 뜻이다. 여행 중에 고향
야마토를 그리워하는 것은 오늘날의 관점에서 보면 그저
상투적인 표현처럼 보이지만 당시 사람들에게는 그런 상투
어가 일종의 감동을 동반하며 전해져 왔던 것으로 보인다.
"마쿠마누 배/真熊野の舟"란 구마노熊野 바다에서 많이 탔
던 배일 것이다. 『만요슈코쇼万葉集攷證』에 "기슈 구마노紀州
熊野는 좋은 재료가 많은 곳이기에 그 재료를 가지고 만들

었다는 뜻일까. 그렇다면 그것을 바탕으로 어디서든 만들었다면 그것도 비슷하기 때문에 구마노 배라고 했을 것이다. 『만요슈』안에 마쓰라 배松浦船·이즈테 배伊豆手船·아시가라 작은배足柄小船 등이 있는 것도 모두 이런 종류라고 생각해야 할 것이다"라고 지적했다. "포구를 젓는 구마노의 배 모습 진귀하듯이 그대 아니 떠올리는 달도 날도 없어라/浦回榜ぐ熊野舟つきめづらしく懸けて思はぬ月も日もなし"(권12·3172)의 예가 있다. "진정 부럽네/羨しかも"는 "진정 부럽네/羨しきかも"와 활용 형태는 다르지만 뜻은 동일하다. 당시에는 종지형 뒤에도 바로 붙일 수 있었다. 마지막 구는 "마쿠마누 배/真熊野の船"라는 명사로 끝나고 있다. 노래의 마지막 부분을 "널 없는 작은 배/棚無し小船" 등으로 마무리하는 것과 동일하지만 조사 "no/の"가 들어가 있기 때문에 그만큼 안정감이 있다. 제3구 "진정 부럽네/羨しかも"에서 흐름이 잠깐 끊기기 때문에 앞서 나온 노래의 "개펄 사라져/潟を無み"와 마찬가지로 이 부분에서 약간 긴장감이 이완되지만, 이것은 야마베노 아카히토의 작품다운 수법이 지닌 하나의 경향일지도 모른다. 전체적으로 기려가羇旅歌(주로 여정[旅情]을 읊은 운문 장르-역주)의 쓸쓸한 느낌을 깊숙이 담아내고 있으면서도 야마베노 아카히토의 작품답게 조화로운 가락으로 완성되고 있는 수작이다. 이때의 노래에 "해초를 따는 가라니의 섬에서 섬 주위 나는 사다새 (가마우지)일지언정 고향생각 안 하리오/玉藻苅る辛荷の島に島回する鵜にしもあれや家思はざらむ"(권6·943)란 작품이 있다. 이것은 '만약 사다새(가마우지)였다면 집에 대해 걱정하지 않아도 될 터인데'라는 노래로 "진정 부럽네/羨しかも"라는 심정과 일맥상통하는 측면이 있다. 가마우지를 포착해 읊고 있다는 것은 사생寫生이란 관점에서 매우 흥미롭다.

바람 불어와 행여 물결 거셀까
발길을 멈춰 쓰타강 호소에의 포구에 숨어 있네

風吹けば浪か立たむと伺候に都多の細江に浦隱り居り

야마베노 아카히토山部赤人〔권6·945〕

야마베노 아카히토山部赤人의 작품으로 앞의 노래에 이어
지고 있다. "쓰타의 강어귀/都多の細江"는 히메지姬路로부
터 서남쪽으로 현재의 쓰다津田*·호소에細江** 근방이다. 센
바강船場川 강어귀가 되어 있다. 당시에는 최대한 육지와 가
깝게 배가 다니며 조금이라도 바람이 거칠어지면 배를 정
박했기 때문에 이런 노래가 생겨난 것이다. 전체적인 의미
는 '지금 이 바람이 불면 파도가 높아질 것이라고 걱정하
며 상황을 살피면서 쓰타강 호소에(강어귀)에 배를 대고 숨
어 있다'라는 말이다. 제3구의 원문("伺候爾")은 구훈旧訓에서
는 'matsuhodoni/マツホドニ', 『만요다이쇼키万葉代匠記』에
서는 'samorahuni/サモラフニ'로 훈독하고 있다. 『만요슈
코기万葉集古義』는 'samorahini/サモラヒニ'라고 훈독한다.

"samorahu/さもらふ"는 "동쪽 폭포의 문 앞에서 여전히 서 있었건만/東の滝の御門にさもらへど"(권2·184)처럼 대기하면서 기다린다는 뜻이 가장 기본적이지만 뜻이 약간 변해서 어떤 상태인지 살핀다는 의미가 되었다. "대왕의 배가 멈추어 살피는 다카시마의 미오의 가치누의 물가 생각나누나/大御舟泊ててさもらふ高島の三尾の勝野の渚し思ほゆ"(권7·1171), "아침뜸에는 앞을 향해 서으려 상태 살피며/朝なぎに舳向け榜がむと, さもらふと"(권20·4398) 등의 예가 있다.

이 노래도 여행 중에 겪는 어려움을 염두에 두고 있는 것 같지만, 그런 분위기보다는 오히려 청담하다고 표현할 정도의 정취가 배어나오고 있다. 특히 마지막 구에 보이는 "포구에 숨어 있네/浦隠り居り" 등을 보면 상당히 안정적인 구라고 할 수 있다. 읽고 난 뒤 눈앞에 그 광경이 선명하게 떠오르는 것이 특징인 야마베노 아카히토 특유의 노래라고 할 수 있다. 때문에 예부터 야마베노 아카히토를 최고의 서경가인叙景歌人으로 칭송했던 것도 결코 우연이 아닐 것이다. 우리들은 단가短歌를 넓은 의미에서 서정시라고 간주하고 있기 때문에 서경叙景·서정抒情을 명확히 구별하고 있지 않다. 그러나 결론적으로 말하자면 야마베노 아카히토의 작품에는 격한 감정적 고양이 없으며 조용하고 안정

된 상태로 사물을 바라보고 있는데, 바로 그런 장점을 후대
의 우리들은 배우고 있는 것이다.

대장부라고 자부하고 있거늘
저수지 위의 커다란 둑 위에서 눈물 닦아야 하나

ますらをと思へる吾や水茎の水城のうへに涕拭はむ

오토모노 다비토 大伴旅人〔권6·968〕

　오토모노 다비토 大伴旅人가 다이나곤 大納言의 직책을 겸직
하게 되어 중앙정부로 올라올 때, 수많은 사람들이 배웅하
는 가운데 고지마 児島라는 유녀가 있었다. 다비토가 커다란
둑(저수지의 커다란 제방)에서 말을 잠시 멈춰 세우고 모두와 석
별의 정을 나누고 있을 때, 고지마라는 유녀는 "평범한 이
였다면 어떻게든 했건만 차마 송구스러워 간절한 소매조
차 흔들기를 참고 있네/凡ならば左も右も為むを恐みと振
りたき袖を忍びてあるかも"〔권6·965〕, "야마토길은 구름에
가려졌네 그러하지만 내가 흔드는 소매 무례하다 마소서/
大和道は雲隠りたり然れども我が振る袖を無礼と思ふ
な"〔권6·966〕라는 노래를 보냈다. 그에 대해 다비토가 화답하
여 읊은 노래 2수 중 하나다.

전체적인 의미는 '대장부라고 자칭하고 있었던 내가 그대
와의 이별이 슬프다고 여기 저수지 위 커다란 제방 위에서
눈물을 뚝뚝 흘리는구나'라는 이야기다.

　고지마의 노래도 가볍지 않지만 다비토의 노래는 마음 깊
숙이 젖어드는 면이 있기에 결코 가볍지 않다. "눈물 닦아
야하나/涙のごはむ"의 구는 오늘날의 상식으로 생각해보
면 해학이 담긴 과장이라고 해석할지도 모르지만 실제로는
그렇지 않았는지도 모른다. 적어도 노래의 장단이라는 측
면에서는 진지한 표현이다. "대장부라고 자부하고 있거늘/
大丈夫と思へる吾や"는 그 무렵의 상투어로 가볍다고 한
다면 가벼운 표현일 수 있다. 당시 사람들은 유녀라는 존재
를 결코 멸시하지 않고 진지하게 그 노래를 받아들이고 있
다. 『만요슈』라는 작품도 그런 유녀의 작품을 대가의 작품
과 함께 나란히 수록하고 있다. 얄궂을 정도로 그윽한 태도
다.

　"양쪽 소매로 애써 눈물 훔치며, 흐느끼면서 울면서 말하
기를/真袖もち涙を拭ひ, 咽びつつ言問すれば"(권20·4398) 외
에도 "빗물이 넘쳐 흘러내리는 눈물 멈추게 할 수 없네/庭
たづみ流るる涙とめぞかねつる"(권2·178), "하얀 구름에 눈
물 말라버렸네/白雲に涙は尽きぬ"(권8·1520) 등의 예가 있다.

천만이 되는 적이라 할지라도

말을 삼가며 평정하고 돌아올 사내로 생각하오

千万の軍なりとも言挙せず取りて来ぬべき男とぞ念ふ
ちよろづ いくさ　　　ことあげ　　と　　　き　　　をのこ　　おも

다카하시노 무시마로高橋虫麿 [권6·972]

732년(덴표[天平] 4년) 8월 후지와라노 우마카히藤原宇合(후
히토[不比等]의 아들)가 서해도절도사西海道節度使(병마를 관리함)
가 되어 부임할 때 다카하시노 무시마로高橋虫麿가 읊은 노
래다. "말을 삼가며/言挙せず"란 "신이 깃들어 말을 삼가는
나라/神ながら言挙せぬ国"(권13·3253), "말을 삼가며 아내와
함께 잠들/言挙せず妹に依り寝む"(권12·2918) 등의 예도 있
는 것처럼 이런저런 말을 하지 않는다는 뜻이다.

전체적인 의미는 '그대라는 사내에 대해 설령 천만의 군
세라 해도 이런 저런 말을 입 밖에 꺼내지 않고 아무런 예고
도 없이 곧바로 평정하고 올 무장이라고 생각한다'는 뜻이
다. 이 작품 바로 전에 나온 무시마로의 장가長歌도 기법에
굴절이 있는 노래이며, '무시마로 가집虫麿歌集'의 장가 중에

도 상당한 가작들이 있어서 작자의 역량을 짐작케 한다. 이 단가 역시 가락을 강하게 긴장시키며 무장을 보내는 데 적절한 성조를 자아내고 있다. 이러니저러니 해도 이런 『만요슈万葉集』의 장단은 우리들로서는 도저히 불가능한 영역이다.

사내대장부 간다는 길이라네

부디 소홀히 여기지 말고 가게 대장부 신하들아

丈夫の行くとふ道ぞ凡ろかに念ひて行くな丈夫の伴

ますらを　　　　　おほ　　　おも　ゆ　　ますらを　とも

쇼무聖武 덴노〔권6·974〕

쇼무聖武 덴노가 지은 노래다. 732년(덴표[天平] 4년) 8월 절
도사제도를 도카이東海·도산東山·산인山陰·사이카이西海 등
네 개의 도에 걸쳐 실시했다. 쇼무 덴노는 해당 절도사들이
임지로 부임할 때 술을 하사하며 이 노래를 지었다. 그 장
가長歌의 반가反歌다.

전체적인 의미는 '지금 출발하려는 그대 절도사들의 임무
는 그야말로 대장부가 가야 할 길이다. 행여 소홀히 생각하
지 말라. 대장부들이여'라는 뜻이다. 공을 세워 빨리 돌아오
라는 덴노의 심정이 담겨 있다. "간다는/行くとふ"의 고전
원문에 나오는 "tohu/とふ"는 "toihu/といふ"를 뜻한다. 천
지의 도리라고 사람들이 말한다는 의미다. "おほろかに"는
그저 그렇게, 가볍고 평범하게, 정도의 의미다. "셀 수도 없

는 말이 들어 있으니 소홀히 생각마오/百種の言ぞ隠れる おほろかにすな"(권8·1456), "평범한 이라고 행여 생각했다면 이렇게까지 나오기 힘든 문을 빠져 나왔을까요/おほろかに吾し思はば斯くばかり難き御門を退り出めやも"(권11·2568) 등의 예가 있다. 덴노의 노래는 가락이 크고 높으며 자애가 넘치면서도 지극히 활달하게 읽혀진다. "우리 대왕의 발밑에서 죽으리/大君の辺にこそ死なめ"(태평양 전쟁 중 군국주의 고양에 자주 이용되던 표현-역주)라는 표현이 저절로 입에서 새어나오는 것은 국민들의 자연스러운 목소리라고 생각해야 한다.

단가短歌는 이상과 같은데 장가長歌는 "관할 국토의 멀리 있는 조정에, 그대 경들이 부임을 하게 되면, 안심을 하고 나는 있을 것이네, 팔짱을 끼고 나는 있을 것이네, 대왕인 내가 귀한 손을 가지고, 어루만지며 그대 위로 해주네, 어루만지며 그대 위로 해주네, 돌아오는 날 함께 마실 술이네, 맛이 좋은 이 술은/食国の遠の御朝廷に, 汝等が斯く罷りなば, 平らけく吾は遊ばむ, 手抱きて我は御在さむ, 天皇朕がうづの御手もち, 掻撫でぞ労ぎたまふ, うち撫でぞ労ぎたまふ, 還り来む日相飲まむ酒ぞ, この豊御酒は"이라는 내용이다. "안심을 하고 나는 있을 것이네, 팔짱을 끼고 나는 있을 것이네/平らけく吾は遊ばむ, 手抱きて我は

430

いまさむ"란 자애로움이 사방을 아우르는 현신인의 목소리
다.

대장부들아 허망할 것이로다
만대에 걸쳐 길이길이 전해질 이름 남지 않으면

士やも空しかるべき万代に語りつぐべき名は立てずして

야마노우에노 오쿠라山上憶良〔권6·978〕

야마노우에노 오쿠라가 중병에 걸렸을 때 부른 노래다.
권5에 나오는 '중병에 걸려 스스로 슬퍼하는 글沈痾自哀文(권
5·897)'과 '자식을 생각하는 노래子等を思ふ歌(권5·802)'는 733년
(덴표[天平] 5년) 6월의 작품이기 때문에 이 단가短歌도 그 당시
지은 노래로 추정된다.

또한 이 노래의 좌주左注(일종의 주석-역주)에 의하면 야마노
우에노 오쿠라가 중병에 걸렸을 때 후지와라노 아소미 야쓰
카藤原朝臣八束(후지와라노 마타테[藤原真楯])가 가와베노 아소미
아즈마비토河辺朝臣東人로 하여금 병의 상태에 대해 문안을
하게 했는데, 그 때의 노래라고 한다.

전체적인 의미는 '사내대장부로 태어나 후대에 길이길이
전해질 공명도 이루지 못한 채 허망하게 이 세상을 떠나서

432

야 되겠는가'라는 말이다. 이름도 남기지 못한 채 이대로 죽는 것은 유감스럽다는 뜻이다. 야마노우에노 오쿠라는 바다를 건너 직접 중국의 문화를 접한 사람이기 때문에 이런 사상 역시 틀림없이 그에게는 몸 속 깊이 간절히 각인되었을 것이다. 그래서 이 노래의 가락도 중후하고 결코 가볍지 않다. 아울러 야마노우에노 오쿠라의 노래치고는 연속적이고 유려한 성조를 지니고 있지만, 후내의 우리늘 입장에서는 약간 대략적인 표현으로 들릴 뿐이다.

마지막 구의 원문("名者不立之而")은 구훈旧訓에서 'naha·tatazushite/ナハ·タタズシテ'라고 훈독했던 것을 『만요슈코기万葉集古義』에서 'naha·tatezushite/ナハ·タテズシテ'라고 읽었다. 구훈旧訓 쪽이 좀 더 고풍스러운 가락인 것 같다.

권19에서 오토모노 야카모치大伴家持가 이 노래에 대해 훗날 창화하여 부른 장가長歌와 단가가 실려 있다. 장가는 "깊은 산속의 봉우리 넘어가며, 임명을 받은 마음을 발휘해서, 후대에까지 길이길이 전해질, 이름 남겨야 하네/あしひきの八峯踏み越え, さしまくる情障らず, 後代の語りつぐべく, 名を立つべしも"(4164)라고 되어 있다. 단가는 "대장부라면 이름 남겨야 하네 후대 세상에 전해들은 사람도 길이길이 전하도록/丈夫は名をし立つべし後の代に聞き継

ぐ人も語りつぐがね"(4165)이다. 오토모노 야카모치는 야
마노우에노 오쿠라의 바로 이 노래도 존경하고 있었다는
사실을 알 수 있다.

고개를 들어 초승달 바라보니
언뜻 보았던 그 임의 가는 눈썹 저절로 떠오르네

振仰けて若月見れば一目見し人の眉引おもほゆるかも

오토모노 야카모치大伴家持〔권6·994〕

　오토모노 야카모치大伴家持가 지은 초승달 노래다. 오토
모노 야카모치가 지은 창작 연대가 명확한 작품들 중 가장
초기작이다. 오토모노 야카모치가 16세쯤 되었을 때 지은
노래라고 일컬어지고 있다. "가는 눈썹/眉引"은 먹으로 눈
썹을 그리는 것을 말한다. 야쿠시사藥師寺에 소장된 길상천
녀吉祥天女 혹은 정창원正倉院(도다이사[東大寺]의 보물창고-역주)
에 소장된 '수하미인樹下美人' 그림 등에 나오는 눈썹이 가
장 구체적인 예라고 할 수 있다. 『일본서기日本書紀』 주아이
권仲哀巻에 '예를 들어 처녀가 눈을 움직이는 것처럼 쓰津로
향하는 나라가 있다/譬如美女之眜, 有向津国'라는 부분에
이어지며 '록眜, 이것은 mayobiki라고 한다/此云麻用弭枳'
라는 부분이 있다. 『고사기古事記』 중권 오진応神 덴노가

지은 노래에 '눈썹은 진하고 아래로 내린 형태로 그린/麻用賀岐許邇加岐多礼'라는 부분이 있으며『와묘루이주쇼 和名類聚抄』에서 장신구를 나타낸 표현에 '대, 일본어명 ma-yusumi/黛, 和名万由須美'라는 부분도 보인다.『만요슈』에 나온 예로는 "뜻하지 않게 찾아가면 그녀가 기뻐하면서 미소 지을 눈썹이 저절로 떠오르네/おもはぬに到らば妹が嬉しみと笑まむ眉引おもほゆるかも"(권11·2546), "나의 그녀가 웃는 모습과 눈썹 그림자처럼 눈앞에 어른거려 저절로 떠오르네/我妹子が笑まひ眉引面影にかかりてもとな思ほゆるかも"(권12·2900) 등이 있다.

전체적인 의미는 '초승달을 올려다보니 그저 단 한번 본 적 있는 어느 미인의 눈썹 같다'는 뜻이다. 소년 취향의 아름다운 노래다. 하지만 오토모노 야카모치는 소년임에도 불구하고 이렇게 유려한 노랫가락을 만들어낼 수 있었다. 노래를 진심으로 좋아했으며 선배들의 작품들이나 수많은 옛 노래들에 대해 배우고 있었을 것이다. 이 노래에 나온 "언뜻 보았던/一目見し"이라는 표현에 흥미를 느꼈던 것으로 보인다. "언뜻 한번 본 사람을 그리는 것 하늘 흐리며 내리는 눈과 같이 꺼질 듯 여겨지네/一目見し人に恋ふらく天霧らし零り来る雪の消ぬべく念ほゆ"(권10·2340), "아름다운 꽃 갈대 담장 너머로 오직 단 한번 만났던 소녀 탓에 천

번을 탄식하네/花ぐはし葦垣越しにただ一目相見し児ゆゑ千たび歎きつ"(권11·2565) 등 약간의 예가 있다. 오토모노 야카모치의 노래는 이렇듯 아름답고 관능적일 정도지만, 한편으로는 "패랭이꽃의 꽃송이 볼 때마다 고운 아가씨 빛나는 미소만이 저절로 떠오르네/なでしこが花見る毎に処女らが笑ひのにほひ思ほゆるかも"(권18·4114), "가을바람에 흔들리는 강변의 연한 풀처럼 마음이 기쁘게도 저절로 떠오르네/秋風に靡く川びの柔草のにこよかにしも思ほゆるかも"(권20·4309)와 같은 노래도 읊고 있다. "빛나는 미소/笑ひのにほひ"는 청년의 몸에 각인된 단어로 상당히 탁월한 면이 있다. 하지만 이런 노래들을 가지고 『만요슈』 최상급의 노래와 어깨를 나란히 견주게 하는 것은 어떨까 싶기도 하지만, 『만요슈』의 감상을 위해서는 이런 노래 역시 겪어봐야 할 것이다.

백성인 저는 사는 보람 있지요

하늘과 땅이 번영하고 있을 때 태어났다 생각하니

御民われ生ける験あり天地の栄ゆる時に遇へらく念へば

아마노 이누카히노 오카마로海犬養岡麿〔권6·996〕

734년(덴표[天平] 6년) 아마노 이누카히노 오카마로海犬養岡麿가 명령에 응해 부른 노래다. 전체적인 의미는 '덴노의 백성인 저희들은 이 하늘과 땅과 더불어 영화롭기 그지없는 세상을 만나 얼마나 다행인지 모르겠습니다, 살아 있는 보람을 느낍니다'라는 뜻이다. "보람/験"은 효험, 결과, 보람 등의 의미를 나타낼 것이다. "시골 녀석을 선녀같이 고귀한 그대가 이리 사랑해 주시오니 사는 보람 있구나/天ざかる 鄙の奴に天人し斯く恋すらば生ける験あり"〔권18·4082〕라는 오토모노 야카모치大伴家持의 용례도 있다. 이 노래는 명령에 응해 부른 노래이기 때문에 형식을 갖춰 노래하여 장엄한 느낌을 극대화시키고 있다. 이렇게 사상적이고 거시적으로 노래하는 것은 이 시대 노래에서는 때때로 발견되

는 경향이기도 하다. 사상을 통일시켜 작품 전체의 성조를 일관되게 유지할 수 있을 정도의 역량이 아직 이 시대 가인들에게는 있었던 것이다. 하지만 『만요슈』의 시대에서 벗어나자 바야흐로 그런 역량과 열의가 사라져버리고 나약한 노래만 가까스로 만들어지는 선에 머무르게 되었다. 이런 노래들은 『만요슈』로서는 후기에 속하는 작품이지만, 쇼무聖武 덴노 시절에는 와카가 매우 융성했던 시기여서 가인들도 서로 실력을 겨루며 최선을 다해 임했기 때문에 가키노모토노 히토마로柿本人麿를 연상시키는 성조가 부활하기도 했고 이런 노래들도 만들어지기에 이르렀다.

행여 그녀가 있었다면 둘이서 들었으련만

저 멀리서 들리는 새벽 학 울음소리

児等しあらば二人聞かむを沖つ渚に鳴くなる鶴の暁の声

모리베노오키미守部王〔권6·1000〕

쇼무聖武 덴노 734년(덴표[天平] 6년) 봄 3월, 나니와궁難波
宮으로 행차가 있었을 때 여러 사람들이 노래를 읊었다. 이
작품은 모리베노오키미守部王(도네리[舍人] 황자의 아들)의 노래
다. 전체적인 의미는 '만약 나라에 남기고 온 아내도 함께
있었다면 둘이서 들었을텐데, 멀리 강의 모래섬에서 울고
있는 학의 새벽녘 울음소리여, 이루 말로 형용할 수 없는 아
름다운 소리여'라는 정도의 노래다. 그렇다면 이 책은 어째
서 이 노래를 걸작으로 택했을까. 『만요슈』안에서 눈에 띌
정도의 걸작이라서가 아니다. 마지막 구가 "새벽 학 울음소
리/鶴の暁の声"처럼 명사형으로 끝날 뿐만 아니라 후대의
『신코킨와카슈新古今和歌集』시대에 발달했던 명사종지형의
노랫가락이 이 노래에 이미 보이면서도 그와는 또 다른 중

후한 정취와 진폭을 가지고 있다는 사실에 주목했기 때문이었다. 아울러 권19(4143)에 "신하들처럼 그리 많은 소녀들 물들을 긷는 절의 우물 주위의 얼레지의 꽃이여/もののふの八十をとめ等が挹みまがふ寺井のうへの堅香子の花", 권19(4193)에 "두견새들의 우는 날개짓 탓에 져 버렸구나 한창 때가 지난 듯 등나무의 꽃이여/ほととぎす鳴く羽触にも散りにけり盛過ぐらし藤浪の花"라는 노래의 마지막 구도 상대의 고풍스러운 가락을 지닌 노래에서는 발견할 수 없었던 명사종지형의 노래다.

제 7 권

가스가산春日山을 온통 비추고 있는 오늘밤 달은
그대 집 앞뜰에도 맑디맑기 그지없네

春日山おして照らせるこの月は妹が庭にも清けかりけり

작자미상〔권7·1074〕

　작자미상의 잡가雜歌로 달을 노래한 작품이다. 전체적인
뜻은 '가스가산春日山 일대를 비추고 있는 오늘 밤의 달은
아내가 살고 있는 집의 정원에도 역시 맑게 비추고 있다'는
의미다. 작자는 현재 아내의 집을 방문한 상황으로, 가스
가산 쪽은 보통 때처럼 달이 밝다(아내를 만나러 오던 길 내내 보
았다)고 말하고 있다. 아내의 집이 가스가산이 보이는 곳에
있었다는 사실은 충분히 상상할 수 있다. 막힘없이 경쾌하
게 뻗어나가는 노래로 작자미상의 민요풍의 작품인데, 어
떤 특정한 개인이 읊었다고 상상해도 제법 음미할 만한 작
품이다. 역시 "그대 집 앞뜰에도 맑디맑기 그지없네/妹が
庭にも清けかりけり"라는 구가 매우 구체적으로 다가오기
때문일 것이다.

"오늘밤 달/この月"은 지금 밝게 빛나고 있는 오늘밤 달이라는 의미다. 7권에는 "평소엔 전혀 생각하지 못했어라 오늘밤 달이 사라져 버리는 것 애석한 밤이어라/常は嘗て 念はぬものをこの月の過ぎ隠れまく惜しき宵かも"(1069), "오늘밤 달이 여기까지 왔으니 행여나 올까 그녀 문밖에 나와 기다리고 있을까/この月の此処に来れば今とかも妹が 出で立ち待ちつつあらむ"(1078)라는 노래가 있다. 3권에는 "이 세상 삶은 허망한 것이라고 알리려는 듯 이리 빛나는 달은 차고 또 이지러지나/世の中は空しきものとあらむ とぞこの照る月は満ち闕けしける"(442)라는 노래가 있다. "온통 비추고 있는/おして照らせる"이라는 표현도『만요슈』의 가락이 지닌 탁월한 부분이다. "우리 집에는 달이 온통 비치네 두견새들아 혹시 마음 있다면 오늘 밤 울어다오/ 我が屋戸に月おし照れりほととぎす心あらば今夜来鳴き 響もせ"(권8·1480), "창문 너머로 닭이 밝게 비추고 깊은 산속의 산바람 부는 밤은 그대 생각에 겨워/窓越しに月おし照 りてあしひきの嵐吹く夜は君をしぞ思ふ"(권11·2679) 등의 예가 있다. 이 노래에서 "오늘밤 달은/この月は"과 "그대 집 앞뜰에도/妹が庭にも"와의 관계에 의문을 표시하는 사람이 있었기 때문에『만요슈코기万葉集古義』처럼 "아내의 집 앞뜰에도 맑디맑기 그지없겠지/妹が庭にも清けかるらし"

라는 뜻일 거라고 해석하는 설도 나왔다. 그러나 이것은 작자의 위치를 생각하지 않았기 때문에 발생한 착오라고 할 수 있다.

멀고 먼 바다 저 멀리 있어서일까

아련한 달빛 희미하기만 하여라 밤은 깊어가건만

海原の道遠みかも月読の明すくなき夜はふけにつつ

작자미상〔권7·1075〕

　작자미상의 노래다. 해안에서 밤늦게 뜬 달을 보니 달빛
이 청명하지 않고 다소 희미하게 보인다. 그런 순간에 대
해, 먼 바다 저 멀리에 있기 때문에 달도 잘 빛나지 않는다
고 작가가 느꼈기 때문에 이런 표현을 취했을 것이다. 권
3(290)에 "구라하시의 산이 높아서일까 칠흑 같은 밤 어둠
속에 비쳐오는 달빛이 흐리어라/倉橋の山を高みか夜ごも
りに出で来る月の光ともしき"이라고 나와 있는 것과도 전
체적으로 비슷하다. 그러나 권7의 이 노래 쪽이 약간 어리
고 소박한 표현을 이루고 있다. 그만큼 상식적이지 않기에
오히려 깊이를 더하고 있는데, 상식적으로는 이치에 맞지
않는 부분 때문에 해석상의 이견도 있었던 작품이다.

아나시강은 물결이 거세졌네
마키무쿠의 유쓰키봉우리에 구름 일고 있는 듯

あなしがはかはなみ た　　　　まきむく　ゆつき　たけ　くもゐ た
痛足河河浪立ちぬ巻目の由槻が岳に雲居立てるらし

가키노모토노 히토마로 가집〔권7·1087〕

'가키노모토노 히토마로 가집柿本人麿歌集'에 나온 노래로
'구름을 노래한다'는 제목 아래 수록되어 있다. 아나시강痛
足河은 야마토大和 시키군磯城郡 마키무쿠촌纏向村*에 있으
며, 마키무쿠산纏向山(巻向山)과 미와산三輪山 사이에서 시작
되어 서쪽으로 흐르는 강이다. 지금은 마키무쿠강이라고
부르는데 당시에는 아나시강痛足川이라고 불렀을 것이다.
근처에 아나시穴師(痛足) 마을이 있다. 유쓰키봉우리由槻が岳
는 마키무쿠산巻向山의 높은 봉우리 중 하나였을 것이다. 전
체적인 뜻은 '아나시강에 물결이 높게 일고 있다. 아마도 마
키무쿠산의 봉우리 중 하나인 유쓰키봉우리에 구름이 일어
비도 오고 있는 것으로 보인다' 정도가 된다. 이미 유쓰키봉
우리에 운무가 왔다 갔다 하고 있는 것이 보인다는 분위기

다. 강하고 거친 가락이 자연의 움직임을 그대로 상징하고 있다고 봐도 좋다. 제2구에서 "거세졌네/立ちぬ", 마지막 구에서 "일고 있는 듯/立てるらし"이라고 해도 딱히 귀에 거슬리지 않을 뿐만 아니라 작품 전체에 세 번이나 고유명사가 들어가 있는 점도 대담한 기법이다. 그러나 작자는 그저 마음 내키는 대로 그것을 실행하고 있으며 전혀 뭔가에 구애받는 기색이 없다. 그리고 이런 단순한 내용에 장중한 울림을 지니게 하면서 통일시키고 있는 점은 실로 놀랄 만하다. 아마도 이 작품은 가키노모토노 히토마로柿本人麿 자신이 쓴 노래일 거라고 추측할 수 있다. 마지막 구의 원문("雲居立有良志")은 'kumoitaterurashi/クモヰタテルラシ'라고 훈독했는데, "유/有"라는 한자가 없는 고사본도 있다. 따라서 'kumoitatsurashi/クモヰタツラシ'라는 훈독도 시도되고 있다. 이 훈독방식도 상당히 좋기 때문에 허용해서 감상해도 무방하다.

깊은 산속의 여울소리 힘차게 울려 퍼지면
유쓰키산 봉우리에 구름이 일어나네

あしひきの山河の瀬の響るなべに弓月が岳に雲立ち渡る

가키노모토노 히토마로 가집〔권7·1088〕

  마찬가지로 '가키노모토노 히토마로 가집柿本人麿歌集'에
나온다. 전체적인 뜻은 '근처에 있는 아나시강痛足川에 물이
불어나 여울소리가 높게 들리고 있다. 그러자 건너편에 있
는 마키무쿠산巻向山의 유쓰키봉우리由槻が岳에 뭉게구름이
피어올라 왕성하게 움직이고 있다'라는 뜻이다. 두 가지 자
연현상을 제3구 '울려 퍼지면/響るなべに'으로 이어가고 있
다. 일본어 원문에 보이는 "nabeni/なべに"는 ~와 함께, ~
에 따라, 등의 의미로 "기러기소리 들리는 것을 보니 내일부
터는 가스가산 단풍이 들기 시작하겠지/雁がねの声聞くな
べに明日よりは春日の山はもみぢ始めなむ"〔권10·2195〕, "단
풍잎들을 지게 하는 늦가을 소나기 내려 밤이 몹시 춥다네
홀로 잠을 청하니/もみぢ葉を散らす時雨の零るなべに夜

450

さへぞ寒き一人し寝れば"(권10·2237) 등의 예가 있다.

　이 노래도 상당히 스케일이 큰 노래다. 자연현상이 거칠고 강한 형상으로 눈앞에 출현하고 있는 것을 있는 그대로 표현했다. 그리하여 가히 사생寫生의 극치라고 할 만큼 탁월한 노래를 완성시켰던 것이다. 아울러 기법상으로 분석해 보면 전반부에서 "no/の"음을 세 번이나 반복적으로 사용함으로써 연속적이고 유려하게 노래를 읊어 내려가고 있으며, 후반부인 제4구에서 "yutsukigatakeni/ユツキガタケニ"라고 굴절시키고 나서 마지막 구를 4.3조로 멈추게 하고 있다. 특히 "wataru/ワタル"라는 음으로 끝내고 있는데 그런 부분에 유의하면서 음미해 보면 창작 수련이라는 측면으로도 유익하다고 느껴진다. 다음으로 이 노래는 강여울의 거친 음과 산에서 구름이 움직이고 있는 현상을 읊고 있는데, 혹은 바람도 있고 비도 내리고 있었을지 모른다. 하지만 그런 비바람에 대해서는 구체적으로 표현의 외부에 드러나지 않기 때문에 안쪽 깊숙이 숨겨 두고 음미하는 편이 좋을 듯하다. 그런 것들에 대해 세세히 들춰내려 하면 오히려 작품 전체가 가지는 기세에 흠집을 내게 되는 경우가 있다. 이 노래의 계절에 대해서도 역시 마찬가지다. 여름이라면 여름이라고 결정해버리지 않는 편이 좋을 듯하다. 이 노래도 '가키노모토노 히토마로 가집柿本人麿歌集'에 나온 작품인데 아마도 가키노모토노 히토마로 본인 작품일 것이다. 권9(1700)에 "가을바람에 야마부키 여울이 울리는 때는 하늘 구름을 나는 기러기 보게 되네/秋風に山吹の瀬の響むなべ天雲翔る雁に逢へるかも"라는 노래가 있는데 역시 '가키노모토노 히토마로 가집'에 나오는 노래이다. 때문에 이것도 가키노모토노 히토마로 본인 작품으로 전반부까지의 동일수법 역시 그 때문이라고 해석할 수 있다.

드넓은 바다 섬 하나 없는데도
넓은 바다의 넘실대는 파도 위 일고 있는 흰구름

大海に島もあらなくに海原のたゆたふ浪に立てる白雲

작자미상〔권7·1089〕

　작자미상의 작품이지만 "이세伊勢 행차에 동행했을 때의
노래"라는 좌주左注(일종의 주석-역주)가 있다. 『만요다이쇼키
万葉代匠記』에서는 "지토持統 덴노 691년(슈초[朱鳥] 6년) 행차의
동행이다"라고 지적하고 있는데 어쩌면 그럴지도 모른다.
전체적인 의미는 '드넓은 바다 위에는 섬 하나 보이지 않는
다. 그리고 움직이고 있는 파도에는 흰 구름이 일고 있다'라
는 뜻이다. 따라서 "넘실대는/たゆたふ"은 진행하지 않고
한 곳에 잠깐 멈추고 있는 기분이므로 바다 위의 물결을 형
용하기에 적당하며 우선 그 음의 가락이 더할 나위 없이 적
절하다. 그리고 "없는데도/あらなくに"는 "없지만"이라는
의미로 거기에 감개를 깊숙이 담아내고 있다. 하지만 그렇
게 구어로 바꾸려고 하면 이치만 따지는 것이 되어 오히려

감상을 방해하는 측면이 있다. 오늘날의 구어라면 "섬도 보이지 않고", "섬도 없이" 정도면 될 거라고 생각한다. 즉 섬 하나 없다는 것이 매우 드문 일로 바로 그 점에 감동이 담겨 있기 때문에 "없는데도/なくに"가 "일고 있는 흰구름/立てる白雲"으로 직접 이어지는 것은 아니다. 만약 연관을 지으려면 평소 야마토大和(현재의 나라현[奈良県] 부근-역주)에서 산에 구름이 생기는 것을 보았기 때문에, 바다에서 이렇듯 신기한 광경을 접하고 그대로 "큰 바다에는 섬 하나 없는데도/大海に島もあらなくに"라고 읊었다고 해석할 수도 있다. 가락이 유려하고 거대한 측면에서 후지와라경藤原京 시절의 가키노모토노 히토마로柿本人麿의 노래와 비슷하다는 느낌을 받는다. 'unabarano/ウナバラノ'·'tayutahu/タユタフ'·'namini/ナミニ' 부분에 분명 그 특색이 보이고 있다. 덴노의 행차를 따르던 일반인들 중에 이런 완성도의 가락을 보여준 사람이 있었다는 것은 실로 존경할 만한 일이다.

"보고 싶다고 생각하는 그대도 이젠 없건만 무얼 하러 왔던가 말만 지치게 하며/見まく欲り吾がする君もあらなくに奈何か来けむ馬疲るるに"(권2·164), "갯바위 위로 돋아난 마취목 꺾고 싶지만 보여주고픈 그대 이미 여기 없기에/磯の上に生ふる馬酔木を手折らめど見すべき君がありといはなくに"(권2·166), "이렇게 다시 나이를 먹는 걸까 흰 눈 내

리는 오아라키들판의 조릿대도 아니거늘/かくしてやなほ
や老いなむみ雪ふる大あらき野の小竹にあらなくに"(권
7·1349) 등 예가 많다. 모두 바로 이 "없는데도/あらなくに"
부분에 감개가 담겨 있다.

신이 깃들어 제사를 지낸다는 미와산 보면

하쓰세 노송 숲 저절로 떠오르네

御室斎く三輪山見れば隠口の初瀬の檜原おもほゆるかも

작자미상〔권7·1095〕

　산을 노래한 작자미상의 노래다. "신이 내려서/御室斎
く"는 미무로御室에서 제사를 지낸다는 뜻으로 신을 모시
고 있는 상태를 가리키기 때문에, 미와산三輪山에 걸리는 마
쿠라코토바枕詞(특정 어구 앞에 붙는 5음의 수식어로 그 의미를 강조하
거나 어조를 고르는 기법, 의미가 불분명한 경우도 있음-역주)가 되었다.
"komoriku/隠口"는 숨겨진 나라라는 뜻으로, 하쓰세初瀬의
지형을 나타낸 표현이기 때문에 하쓰세의 마쿠라코토바가
되었다. 작품 전체의 의미는 '신의 제사를 지내며 받들고 있
는 깊숙한 미와산의 노송나무 숲을 보면, 계곡이 깊고 역시
나무들도 무성한 하쓰세의 노송 숲이 떠오릅니다'라는 말이
다. 미와의 노송나무 숲이나 하쓰세의 노송나무 숲이라는
표현을 통해 노송나무 밀림이 울창하게 표현되어 있기 때

문에 당시 사람들이 숭상하고 있었던 것으로 보인다. 전반부인 1,2,3구와 후반부의 4,5구와의 접속이 "저절로 떠오르네/おもほゆるかも"로 마무리되고 있는 것은 고대인답게 소박하고 간결해서 참으로 좋은 작품이다. 아울러 이런 종류의 와카, 간결하게 산을 노래한 작품이 몇 수인가 있지만, 지금은 이 한수를 대표적인 작품으로 골라보았다.

칠흑과 같은 어두운 밤이 되면
마키무쿠의 강물소리 높아라 바람이 거센 걸까

ぬばたまの夜さり来れば巻向の川音高しも嵐かも疾き
よる　く　　まきむく　かはとたか　あらし　と

가키노모토노 히토마로 가집〔권7·1101〕

　'가키노모토노 히토마로 가집柿本人麿歌集'에 나오는 '강을
읊은 노래'다. 전체적인 의미는 '밤이 되면 마키무쿠강의 강
물소리가 높게 들리는데 아마도 바람이 거셀지도 모른다'
라는 뜻이다. 내용은 지극히 단순한데 이 노래도 앞의 노래
와 마찬가지로 유려하고 강한 작품이다. 있는 그대로 무리
하지 않고 읊고 있지만, 무리하지 않는다고 해도 "칠흑과 같
은 어두운 밤이 되면/ぬばたまの夜さりくれば"에서 한번,
"마키무쿠의 강물소리 높아라/巻向の川音高しも"에서 다
시한번, 두 번에 걸쳐 뻗어나가는 가락이다. 하지만 마지
막 구인 "바람이 거센 걸까/嵐かも疾き"에서 강하게 죄어
져 엄밀하다고 표현할 수 있는 어구로 기능하고 있다. 마
지막이 2음으로 끝나는 구는 『만요슈』에서도 매우 보기 드

문 경우다. "나 홀로 잠이 들까/独りかも寝む"(권3·298 등),
"옷 입은 채 잠들까/あやにかも寝も"(권20·4422), "밟지마 아
쉬우니/な踏みそね惜し"(권19·4285), "다카마토들이여/高円
の野ぞ"(권20·4297), "열매 빛남을 보네/実の光るも見む"(권
19·4226), "배일까요 저것은/御船かも彼"(권18·4045), "빗 만드
는 여자여/櫛造る刀自"(권16·3832), "잠이 드는 그대여/やど
りする君"(권15·3688) 등은 유사한 노래로 모아볼 수 있다.
이 노래도 앞의 노래와 공통된 특징이 있어서 가키노모토
노 히토마로를 방불케 하는 노래다.

그 먼 옛날의 사람들도 나처럼
미와산에서 노송 숲 가지 꺾어 머리에 꽂았을까

いにしへにありけむ人も吾が如か三輪の檜原に挿頭折りけむ

가키노모토노 히토마로 가집〔권7·1118〕

잎을 노래한 노래로 '가키노모토노 히토마로 가집柿本人麿
歌集'에 나온다. 전체적인 의미는 '옛날 사람들도 역시 지금
의 나처럼 미와산三輪山의 노송 숲에 들어가 머리에 장식하
기 위해 손으로 가지를 꺾었을까'라는 뜻이다. 아름다운 품
격에 정감 넘치는 작품이다. 권2(196)의 가키노모토노 히토
마로의 노래에 "봄이면 꽃을 꽂으시고, 가을이면 단풍을 꽂
으시고/春べは花折り挿頭し, 秋たてば黄葉挿頭し"라고
나와 있는 것처럼 매화, 벚꽃, 싸리, 패랭이꽃, 황매화, 버드
나무, 등나무 등등을 머리에 꽂았는데 노송나무나 배나무
도 그 어린 가지를 머리에 꽂았던 것으로 보인다. 잎을 노
래한 것이라고 밝혔다 해도 미리 제목을 붙여서 창작한 작
품은 아니며, 넓은 의미에서 연애가로 상징적으로 읊은 노

래일 것이다. 가키노모토노 히토마로의 노래에 "그 먼 옛날에 살았던 사람들도 나와 똑같이 아내 그리워하며 잠 못 이루었을까/古にありけむ人も吾が如か妹に恋ひつつ宿ねがてずけむ"(권4·497)라는 것이 있다. 그렇다면 이것은 전승 과정에서 민요풍으로 변한 것이거나 혹은 가키노모토노 히토마로가 두 가지 버전으로 창작했을 것이다. 양쪽 모두를 비교해가면서 감상해도 좋을 노래다.

산과 산 사이 날아가는 비오리 내려와 있을
그 강의 여울이여 물결치지 말기를

山の際に渡る秋沙の行きて居むその河の瀬に浪立つなゆめ

작자미상〔권7·1122〕

새를 노래한 작자미상의 노래다. "비오리/秋沙"는 오리의
일종으로 보통 비오리, 쇠오리 등으로 부른다. 전체적인 의
미는 '산과 산 사이를 지금 날아가고 있는 비오리가 어딘가
의 강에서 묵을 테니 그 강에 높은 물결은 치지 말아다오'라
는 뜻이다. 신기하게도 상징적인 분위기가 풍기는 노래다.
작자는 어렴풋이 연애감정을 가지고 읊었겠지만 다정함이
비오리에 대한 다정함으로까지 표현되고 있다. 이렇듯 『만
요슈』에는 근대인에게 그대로 받아들여질 수 있는 노래도
존재한다. 개인적으로 "내려와 있을/行きて居む"이라는 구
를 특히 좋아한다. "아스카강의 여울 웅덩이들에 사는 새들
도 마음이 있으므로 물결 아니 일으켜/明日香川七瀬の淀
に住む鳥も心あれこそ波立てざらめ"〔권7·1366〕는 새에 비

462

유한 비유가이므로 이 노래와는 다르지만 비유는 비유답게 좋은 구석이 있다.

우지의 강을 배로 태워달라고 소리쳐 봐도

들리지 않는가봐 노 젓는 소리 없네

宇治川を船渡せをと喚ばへども聞えざるらし楫の音もせず

うぢがは　ふねわた　　　よ　　　　きこ　　　　　　かぢ　と

작자미상〔권7·1138〕

"야마시로山背에서 지었다"는 노래다. "태워/渡せを"의 "o/を"는 누군가를 부를 때 명령형에 붙는 조동사로 "yo/よ"와 통한다. 전체적인 의미는 '우지강宇治河 기슭에 와서 배를 태워달라고 불러보지만 부르는 소리가 들리지 않는 것 같다. 노 저어 오는 소리가 들리지 않는다'라는 뜻이다. 아마도 밤의 풍경이겠지만 우지의 급류를 앞에 둔 거대한 규모이면서도 뭔가 쓸쓸하고 특이한 기분이 들게 하는 노래다. "소리쳐 봐도 들리지 않는가봐/喚ばへども聞えざるらし" 부분에 그 핵심이 있기 때문이다.

아울러 이 노래 근처에 "우지의 강은 느린 여울 없는 듯 어살 든 어부 배를 부르는 소리 여기저기 들리네/宇治河は淀瀬無からし網代人舟呼ばふ声をちこち聞ゆ"〔권7·1135〕,

464

"힘찬 사람들 우지강의 물결이 맑아서인가 여행하는 사람이 떠날 수가 없구나/千早人宇治川浪を清みかも旅行く人の立ち難にする"(권7·1139) 등의 노래도 있다. 어살 든 어부란 어살을 지키는 사람이다. '힘찬 사람들/千早人'이 '우지/氏'를 수식한다는 뜻에서 같은 음 '우지/宇治'로 이어지는 마쿠라코토바枕詞(특정 어구 앞에 붙는 5음의 수식어로 그 의미를 강조하거나 어조를 고르는 기법-역주)다. 모두 여행 중 감명을 받았던 일에 대해 읊고 있다.

논병아리들 날고 있는 이나 들판

아리마산에 저녁안개가 이네 잠들 곳도 없거늘

しなが鳥猪名野を来れば有間山夕霧立ちぬ宿は無くして

작자미상〔권7·1140〕

셋쓰攝津에서 지은 노래다. "논병아리들/しなが鳥"은 'ina/猪名'로 이어지는 마쿠라코토바枕詞(특정 어구 앞에 붙는 5음의 수식어로 그 의미를 강조하거나 어조를 고르는 기법-역주)다. 논병아리가 나란히 날고 있다는 의미에서 'inarabu/居並'의 'i/居'와 'i/猪'가 동음이기 때문에 'ina/猪名'의 마쿠라코토바가 되었다. 이나 들판은 셋쓰, 지금의 이나강猪名川* 유역의 평야다. 아리마산有間山은 오늘날 아리마 온천이 있는 주변 일대의 산이다. 마지막 구 "잠들 곳도 없는데/宿はなくして"는 앞서 나온 "집조차도 없건만/家もあらなくに" 등과 비슷한 수법이지만 이것은 여행의 실제적 상황을 노래한 듯하다. 때문에 작자미상가이긴 하지만 모든 이들의 마음과 통하는 진실성이 있다고 간주해야 한다. 그리고 지금

우리들이 주의하는 것은 "아리마산에 저녁안개가 이네/有間山夕霧たちぬ"라고 끊은 부분에 있다. 아리마산은『만요슈』의 딱 두 곳에서만 나오는데도 훗날 "아리마산의 이나의 조릿대들 바람이 불면 네 바로 그거여요 제가 어찌 잊겠어요/有間山猪名の笹原かぜふけばいでそよ人を忘れやはする(『오구라백인일수[小倉百人一首]』에도 선정된 저명한 와카—역주)" 등과 같이 와카의 명소가 뇌었다.

집으로 가면 나 그리워하겠지
이나미들판 키 작은 띠들 위로 비추던 환한 달빛

家<small>いへ</small>にして吾<small>われ</small>は恋<small>こ</small>ひむな印南野<small>いなみぬ</small>の浅茅<small>あさぢ</small>が上<small>うへ</small>に照<small>て</small>りし月夜<small>つくよ</small>を

작자미상〔권7·1179〕

기려가羈旅歌(주로 여정[旅情]을 읊은 운문 장르-역주) 중 하나다.
이나미들판印南野에서 본 키 작은 띠 위에 비친 달빛은 집
에 돌아가고 나서도 떠올릴 것이라는 노래다. 이나미들판
을 지나쳐 온 후의 어투로 보이는데 이는 "비추는 환한 달
빛/照りし月夜を"을 통해 알 수 있다. 하지만 설령 지나쳐
왔다고 해도 인상이 아직도 새롭기 때문에 "비추던 환한 달
빛/照れる月夜を" 정도의 기분으로 음미해도 좋을 노래다.

어쨌든 드넓은 이나미들판의 달빛에 감동하고 있는 상황
이며 "그리워하겠지/恋ひむな"라 해도 자연을 그리워하고
있다는 점에 이 노래의 특색이 있다. 이 노래 직전에 "이나
미들판 지나온 것 같구나 하늘 떠가는 히카사의 포구에 파
도 이는 것 보네/印南野は行き過ぎぬらし天づたふ日笠<small>ひがさ</small>の

浦に波たてり見ゆ"(권7·1178)라는 노래가 있는데 이것 역시 아름다운 노래다.

아름다운 미모로토산으로 걸어나가니
깊디깊은 정취에 옛일이 떠오르네

たまくしげ見諸戸山を行きしかば面白くしていにしへ念ほゆ

작자미상〔권7·1240〕

　　"미모로토산/見諸戸山"은 즉 미무로토산御室処山이라는
뜻으로 미와산三輪山을 말한다. "정취가 깊다/面白し"는 깊
은 감개를 느낀다는 정도의 뜻으로『만요슈』에서는 한자('何
怜')로 적혀있다. "이 세상에서 나는 아직 본 적 없네 말할 수
없이 이렇게 근사하게 바느질한 주머니/生ける世に吾はい
まだ見ず言絶えて斯く何怜く縫へる囊は"〔권4·746〕, "칠흑
과 같은 밤하늘을 떠가는 달이 흥겨워 내 옷소매 자락에 이
슬 내려버렸네/ぬばたまの夜わたる月を何怜み吾が居る
袖に露ぞ置きにける"〔권7·1081〕, "정취 가득한 들을 태우지
마오 먼저 난 풀에 새로 난 풀 섞여서 계속해서 자라도록/
おもしろき野をばな焼きそ古草に新草まじり生ひは生ふ
るがに"〔권14·3452〕, "근사하다고 나를 생각해선가, 들의 새들

도 와서 울며서 나네/おもしろみ我を思へか, さ野つ鳥来鳴き翔らふ"(권16·3791) 등의 예가 있다. 현대의 우리들이 평소에 말하는 "재미있다/面白い"보다 좀 더 깊이가 있는 표현이다. 그래서 이 노래는 미와산의 풍경이 아름답고 신비롭게 느껴지기 때문에 "옛일이 생각나네/いにしへ思ほゆ" 즉, 옛 시대의 일도 머릿속에 떠오른다고 표현했던 것이다. 히라가 모토요시平賀元義(에도시대 말기의 국학자이자 가인-역주)의 노래에 "가가미산의 눈 내리는 아침 해 빛나고 있어 멋진 정취라면서 노래를 읊었었네/鏡山雪に朝日の照るを見てあな面白と歌ひけるかも"라는 작품이 있는데 이 노래에 나온 "멋진 정취네/面白"도 "깊은 정취에 옛일이 생각나네/おもしろくして古おもほゆ"의 느낌과 통하는 바가 있다고 말할 수 있다.

새벽이라고 밤까마귀 울지만
이 봉우리의 나뭇가지 끝에는 아직도 고요만이

<ruby>暁<rt>あかとき</rt></ruby>と<ruby>夜烏鳴<rt>よがらす</rt></ruby>けどこの<ruby>山上<rt>をか</rt></ruby>の<ruby>木末<rt>こぬれ</rt></ruby>の<ruby>上<rt>うへ</rt></ruby>はいまだ静けし

작자미상〔권7·1263〕

　　제3구에 보이는 "oka/山<ruby>上<rt>をか</rt></ruby>(봉우리)"의 경우, 『만요다이쇼
키万葉代匠記』에서는 "mine/みね"라고 읽었다. 벌써 날이 밝
았다며 밤까마귀가 울고 있지만 언덕의 나무숲에는 여전
히 정적만이 깃들어 있다는 노래다. "나뭇가지 끝/木末の
上<rt>こぬれ</rt>"은 무성한 나무들 사이라는 뜻으로 『만요슈』의 제목에는
"그때그때의 노래"라고 되어 있기 때문에 혹은 특정한 순간
에 읊은 노래일 것이다. 그리고 까마귀들은 이제 새벽이 왔
노라고 울며 고하지만, 언덕 위 숲은 저리도 조용하니 조금
더 느긋하게 있게 해다오, 라는 여성적 말투로도 받아들여
진다. 혹은 남성이 아직 시간이 이르므로 조금 만 더 이렇
게 있게 해달라고 여성을 향해 말하고 있는 것으로도 해석
할 수 있다. 어쩌면 남성이 여성의 집에서 자기 집으로 돌

아갈 때의 객관적 광경을 읊은 것으로도 해석될 수 있을지 모른다. 어느 쪽이든 이른 새벽 두 사람이 여전히 함께 있을 때의 정경이며, 이런 말을 하고 있는 심정과 새벽녘 하늘의 청결함이 어우러지며 기분을 상쾌하게 만드는 작품이다. 감상을 위해 어느 쪽으로든 그 의미를 명확히 해야 한다면, 역시 여성이 남성을 향해 한 말이라고 받아들이는 편이 낫지 않을까. 『만요슈랴쿠세万葉集略解』에도 "남성과 헤어지려고 할 때 여성이 읊은 노래일 것이다"라고 지적하고 있다.

아울러 말하자면 이 노래 직전에 "깊은 산속의 산진달래 가득 핀 산들을 넘어 사슴 기다리는 분 소중한 아내지요/あしひきの山椿咲く八峰越え鹿待つ君が斎ひ妻かも"(권 7·1262)라는 노래가 있다. 이것은 사냥꾼이 수많은 산들을 넘어가면서 사슴이 나타나기를 마음속으로 기대하면서 숨어서 기다리고 있는 마음으로, 그처럼 소중하게 숨겨 둔 그대의 아내여, 라는 이야기다. "소중한 아내/斎ひ妻" 등의 표현은 현대를 살아가는 우리들 입장에서 머릿속에 즉시 떠오르지 않는 말이지만, 거듭 읽고 있노라면 자연스럽게 친숙해지기 시작한다. 요컨대 신을 받들어 모시는 것처럼 아끼면서 소중히 대하는 아내라는 말이기 때문에, 이제부터 나타날 보기 드문 사냥감 사슴을 소중히 하는 마음과 일맥

상통한 구석이 있다. "사슴 기다리는/鹿待つ"까지는 조코
토바序詞(특정 단어 앞에 놓인, 길이 제한이 없는 수사 어구로 비유나 동음
이의어 등에 의한 경우가 많음-역주)다. 실질적인 의미를 지닌 매우
훌륭한 조코토바가 『만요슈』에 상당수 발견되기 때문에 그
일례로 여기서 제시해 두었다.

마키무쿠의 산 주위를 울리며 흐르는 물의
물거품과도 같네 이 세상의 우리는

가키노모토노 히토마로 가집柿本人麿歌集〔권7·1269〕

'가키노모토노 히토마로 가집柿本人麿歌集'에 있는 노래로
"손 베개 하는 마키무쿠산巻向山 이름 변함없건만 가버린 사
람 손을 가서 벨 수 있으리오/児等が手を巻向山は常なれ
ど過ぎにし人に行き纏かめやも"〔권7·1268〕와 함께 수록되어
있다. 이것을 보면 아내가 세상을 떠난 것을 슬퍼하는 노래
로 "가서 벨 수 있으리오/行き纏かめやも"는 그녀에게 찾아
가 함께 밤을 지새우는 일이 바야흐로 더 이상 불가능하다
고 한탄하는 노래다. 따라서 1269번의 "물거품과도 같네/水
泡の如し"의 노래도 아내의 죽음을 슬퍼한 노래인 것이다.

전체적인 의미는 '마키무쿠산 근처를 소란스럽게 흘러가
는 강의 물거품처럼 덧없는 존재로 우리들은 여기 있구나'
라는 말이다.

이 노래에서는 스스로에 대해 읊고 있다. 하지만 아내가 세상을 떠나 너무나 슬픈 나머지 스스로에 대해서도 슬퍼하는 것은 사람의 삶에서 보편적인 일이다. 따라서 이 노래는 단순히 거시적인 시점에서 무상을 노래한 작품은 아니라고 할 수 있다. 그 점을 명확히 하지 않으면 결론에 착오가 생기기 때문에 "우지강 속의 어살말뚝에 막혀 머뭇거리며 스러지는 파도는 가야할 곳 모르네/もののふの八十うぢ河の網代木にいさよふ波の行方^{ゆくへ}知らずも"(권3·264)에서도 그렇지만, 이 노래 역시 단순히 불교나 중국문학 등의 영향을 받아 그 문구를 따서 그대로 읊은 것이 아니라, 마키무쿠강巻向川(아나시강[痛足川])의 하얀 격류의 물거품을 깊이 응시했기 때문에 가능했던 표현인 것이다. 아마도 이 노래는 가키노모토노 히토마로 본인의 작품임에 틀림없을 것이다. 언뜻 보기에는 그저 입에서 나오는대로 대충 박자에 맞춰 읊고 있는 것처럼 들리지만 실은 그렇지 않다. 권2에 가키노모토노 히토마로가 아내를 슬퍼하는 노래가 있는데 이 노래와도 연관이 있을지도 모른다. 아울러 기이紀伊 해안에서 읊은 노래도 아내를 슬프게 추억한 노래였기 때문에 함께 음미해도 좋겠다.

봄날조차도 밭에서 지쳐있는 그대는 슬프네요

春日_{はるひ}すら田_たに立_たち疲_{つか}る君_{きみ}は哀_{かな}しも

어린 풀 같은 아내도 없는 그대 밭에서 지쳐있네

若草_{わかくさ}の孋_{つま}無_なき君_{きみ}が田_たに立_たち疲_{つか}る

가키노모토노 히토마로 가집〔권7·1285〕

　이 부분에 '가키노모토노 히토마로 가집柿本人麿歌集'에 나와 있다는 세도카旋頭歌가 23수 있는데 그 중 한 수만 빼 보았다. 세도카는 『만요슈』에도 소수의 형태이며, 히토마로人麿라도 명확하게 그의 작품이라고 명시된 것은 단 한수도 없다. 하지만 여기에 나온 세도카나 권11의 첫 부분에 나온 세도카 모두 '가키노모토노 히토마로 가집'에 나온다고 되어 있기 때문에, 히토마로人麿는 이 형태의 노래 역시 읊었을지도 모른다. 기법은 상당한 역량을 갖추었다고 여겨지는 작품들이다. 하지만 내용은 대부분 민요적인 연애의 노래이기 때문에 그런 종류의 고대가요를 가키노모토노 히토마로가 정리했다고도 생각할 수 있다.

　이 작품은 이렇게 한가로운 봄날에도 여전히 그대는 밭

에서 지칠 정도로 일을 하고 있네, 아내가 없는 외톨이인 그대는 밭에서 지칠 정도로 일하고 있네, 라는 의미다. 민요 중에서도 노동가라는 장르에 속할 것이다. 세도카이기 때문에 윗구와 아랫구 중 어디부터 읊어도 무방하다. "그대를 위해 손의 힘 다하도록 짜서 지은 옷이지요, 봄이 오면 어떤 색으로 하여 물들이면 좋을까/君がため手力疲れ織りたる衣ぞ, 春さらばいかなる色に摺りてば好けむ"(권7·1281) 등도 여성의 심정에 선, 역시 노동가다. 옷감을 짜면서 노래하는 여성의 노래라는 느낌이다.

겨울 지나고 봄의 드넓은 들판 태우는 사람
그래도 모자라나 내 마음도 태우네

冬ごもり春の大野を焼く人は焼き足らねかも吾が情熾く

작자미상 (권7·1336)

비유가로 "풀에 비유하다"는 서문을 가진 노래지만 격렬한 연애감정을 담아내고 있다. "겨울지나고/冬ごもり"는 '봄/春'으로 이어지는 마쿠라코토바枕詞(특정 어구 앞에 붙는 5음의 수식어로 그 의미를 강조하거나 어조를 고르는 기법-역주)다. 전체적인 의미는 '어째서 이리도 가슴이 불타오르고 고통스러운 걸까. 그 봄날 드넓은 들판을 태우던 사람들이 미처 다 태우지 못했기 때문에 나의 마음마저 이렇게 타고 있는 것일지 모른다'는 이야기다. 비유적으로 말했기 때문에 자연스럽게 이런 식으로 연상을 일으키는 노래가 되었다. 이 연상은 그저 가볍게 기지를 살려 표현한 것으로도 생각되지만 거듭 반복해서 읽으면 꼭 그렇지만도 않은 구석이 있다. 요컨대 연정과 봄의 야산의 불이, 그저 가볍게 이어져 있는 것이 아니라, 비교적 자연스럽고 긴밀히 이어지고 있다는 말이다. 그렇다면 어째서 가볍게 이어지고 있는 것처럼 해석되는 것일까. "태우는 사람/焼く人は"과 "내 마음도 태우네/吾が情燻く"라는 반복으로 인해 지나치게 가락이 좋아져서 가볍게 들리는 것이다. 하지만 이것은 민요풍의 노래이기 때문에 자연히 그렇게 될 수밖에 없어서 어찌할 방법이 없다. 이 노래는 메이지明治 시대가 되고 나서 고금을 통틀어 굴지의 걸작으로 평가받았지만, 지금 언급한 것처럼 민요풍의 노래 가운데 수작 중 하나로 감상하는 편이 나을 것이다. 오토모노 야카모치大伴家持가 사카노우에노 오이라쓰메坂上大嬢에게 보낸 노래에 "동틀 무렵에 나와서 오는 일이 많아진 탓에 내 가슴 그리움에 터질 것만 같아라/夜のほどろ出でつつ来らく遍多数くなれば吾が胸截ち焼く如し"(권4·755)라는 것이 있으며, "나의 마음을 태우는 것도 내 탓 사랑스러운 그대를 사랑함도 내 마음 때문이네/わが情焼くも吾なりはしきやし君に恋ふるもわが心から"(권13·3271), "나의 그녀가 그리워 어찌할까 가슴 뜨거워 아침에 문을 여니 안개만 자욱하네/我妹子に恋ひ術なかり胸を熱み朝戸あくれば見ゆる霧かも"(권12·3034)라는 노래도 있으므로 참조하면서 음미할 수 있다.

아키쓰들에 아침에 이는 구름 사라져가니
어제도 오늘도 떠나간 이 떠오르네

秋津野に朝ゐる雲の失せゆけば昨日も今日も亡き人念ほゆ

작자미상[권7·1406]

만가挽歌(장례와 관련된 노래-역주) 중에 실려 있다. 요시노吉野 이궁離宮 근처에 있는 아키쓰들秋津野에 아침 내내 드리워져 있던 구름이 사라져가니(이 구름은 화장장에서 화장을 하는 연기다), 어제도 오늘 역시, 세상을 떠난 사람이 떠올라 견딜 수 없다는 이야기다. 가키노모토노 히토마로柿本人麿가 히지카타노 오토메土形娘子를 하쓰세산泊瀬山에서 화장했을 때 읊었던 노래에 "하쓰세산의 산과 산 사이에 머뭇거리며 스러지는 구름은 소중했던 그녀일까/隠口の泊瀬の山の山の際にいさよふ雲は妹にかもあらむ"(권3·428)라는 노래가 있다. 당시로서는 좀처럼 보기 드물었을지도 모를 화장장의 연기를 마치 죽은 사람이라고 생각한 노래다. 이는 이즈모노 오토메出雲娘子를 요시노吉野에서 화장했을 때도 "산 근처에서

이즈모 아가씨는 안개인 걸까 요시노의 산 위의 고개에 자
욱하네/山の際ゆ出雲の児等は霧なれや吉野の山の嶺に
棚引く"(권3·429)라고 읊고 있기 때문에 확실하다고 할 수 있
다. 이 노래는 특별히 걸작이라고 내세울 정도는 아니지만,
만가로서의 애잔한 느낌과 "구름 사라져가니/雲の失せゆ
けば"이라는 부분에 몹시도 마음이 끌렸기에 걸작선에 들
어가는 작품으로 뽑아보았다.

행복한 이는 어떤 사람인 걸까
검은 머리가 흰머리가 될 때까지 아내 목소리 듣나

福(さきはひ)のいかなる人(ひと)か黒髪(くろかみ)の白(しろ)くなるまで妹(いも)が音(こゑ)を聞(き)く

작자미상〔권7·1411〕

'나는 사랑하는 아내와 이미 사별했지만 검은 머리가 흰머리가 될 때까지 두 사람 모두 건강한 모습으로 아내의 목소리를 들을 수 있다면, 그 사람은 얼마나 행복한 사람일까, 부럽기 그지없다'라는 노래다. "아내 목소리 듣나/妹が声を聞く" 부분이 특별한 표현이며 노래 전체의 핵심이기도 하다. 고대어의 탁월한 측면을 보여주는 구라고 할 수 있을 것이다. 현대인들이 사용하는 말에는 이런 소박하고 감칠맛 나는 표현이 바야흐로 자취를 감추어버리고 말았다.

일반적인 이야기처럼 들리기도 하지만 작자의 신체로부터 유리되지 않은 간절한 표현이다. 그리고 마지막 구에서 "목소리 듣나/こゑを聞く"로 마무리하고 있는데 동사 자체만으로 영탄의 느낌이 있다. 문법적으로는 영탄의 조사나

조동사도 수반되지 않았지만 그런 것들이 이미 포함되어 있다고 생각해도 좋다.

사랑하는 임 어디 가랴 싶어서

자른 대처럼 등을 돌리고 잔 것이 이제와 후회되네

吾背子を何処行かめとさき竹の背向に宿しく今し悔しも

작자미상〔권7·1412〕

이것도 만가挽歌(장례와 관련된 노래-역주) 안에 들어가 있다. 그렇다면 노래의 의미는 '내 남편이 이처럼 세상을 떠나버 릴 거라고는 미처 생각지도 못한 채 생전에 종종 그처럼 박 정하게 등을 돌리고 잤던 것이 지금에 와서는 더없이 후회 된다'는 말이 될 것이다. "자른 대처럼/さき竹の"은 마쿠라 코토바枕詞(특정 어구 앞에 붙는 5음의 수식어로 그 의미를 강조하거나 어조를 고르는 기법-역주)인데, 반으로 갈라놓은 대나무는 다시 겹쳐도 딱 들어맞지 않기 때문에 등을 돌리고 잔다는 표현 으로 이어졌을 것이다. 아울러 "등을 돌리고 잔 것이/背向 に宿しく"는 남녀가 서로 말다툼을 한 후의 행위처럼 받아 들여질 수 있어서 한층 슬픔도 깊고 여성스러운 측면이 보 여서 좋다.

한편 권14에 나오는 아즈마우타東歌(고대 동국지방의 민요-역주) 만가 부분에 "사랑스런 임 어디 가랴 싶어서 맥문동처럼 등 돌리고 잔 것이 지금은 후회되네/愛し妹を何処行かめと山菅の背向に宿しく今し悔しも"(3577)라는 것이 있는데 두 노래 모두 비슷하긴 하지만 권7의 노래가 좀 더 멋지다. 권7에 나온 노래는 사람의 인정상 자연스러운 표현이지만, 권14의 예는 약간 들뜬 분위기가 있는 노래다. 생각해 보건데 권7의 예는 개인적인 노래 같아서 음전한 구석이 있지만 권14의 노래는 널리 전승되는 사이에 민요적으로 변형된 형태일 것이다. 거리낌 없이 하나가 되어 노래하기에는 "사랑스런 임/かなし妹を"으로 시작되는 권14의 예가 분위기는 고조되겠지만 절실함은 상당히 희석되어 버린다.

역자 후기

2019년 5월 1일부터 일본은 이른바 '레이와' 시대를 맞이하였다. 그 전날까지 사용된 연호인 '헤이세이'를 대신해 새로운 연호가 사용되기 시작한 것이다. 세계적으로 봤을 때 왕실이 존재하는 국가는 제법 있지만, 연호를 사용하고 있는 나라는 일본뿐일 것이다. 서력에 익숙한 한국인에게는 이만저만 불편한 일이 아니다. 일일이 환산해야 하는 번거로움이 따르기 때문이다.

'레이와'는 여러 가지 측면에서 화제가 되었는데, 무엇보다 일본 역사상 최초로 일본의 고전에서 인용된 연호라는 점이 주목되었다. 확인 가능한 최초의 연호(다이카[大化]) 이후 1300년 이상 이어지고 있는 일본의 연호 역사상, 출전이 판명된 연호는 모두 중국의 고전에서 채택된 것들이었다. 일례로 '헤이세이'라는 연호의 출전은 『사기史記』와 『서경書経』이다. 그런데 이번에 248번째로 선정된 새로운 연호 '레이와'는 중국의 고전이 아닌, 일본에서 가장 오래된 가집인 『만요슈』에서 채택되었던 것이다.

애당초 연호란 무엇일까. 일본은 왜 굳이 연호를 쓰는 것일까. 생각해보면 매우 인위적인 시대 설정이다. 하루아침에 이른바 '헤이세이' 시대가 종언을 고하고 그 다음 날부터 '레이와' 시대가 시작된다는 발상에 근거하고 있기 때문이다. 주지하는 바와 같이 연호는 천황제와 긴밀한 관련성을 지니고 있다. 대부분의 문명이 역법이라는 첨단 지식을 통해 시간을 통제하고 지배하려고 했던 것처럼, 어떤 하나의 시대를 규합한다는 의미에서 연호는 정치적인 발상에서 결코 자유로울 수 없다. 따라서 연호라는 제도는 '공간'에 질서를 부여하는 법체계와 함께 '시간의 지배'를 상징하는 것으로 일본에 도입되었다는 연구가 지배적이다.

그런 연호를 일본의 고전에서 군이 채택하고자 했을 때 선택된 서적이 바로 『만요슈』였던 것이다. 연호 선정과 관련된 수상담화에서는 다음과 같은 내용이 이어지고 있다. "『만요슈』는 약 1200년 전에 편찬된 일본에서 가장 오래된 가집으로, 덴노나 황족, 귀족만이 아니라 사키모리防人나 농민들에 이르기까지 폭넓은 계층의 사람들이 읊은 노래가 수록되어 있어서 일본의 풍요로운 국민문화와 오랜 전통을 상징하는 국서国書입니다." 그러나 이 연호가 발표되자마자 『만요슈』의 해당 부분, 즉 '매화를 노래한 32수'의 서문의 내용이 중국 문헌 『문선』의 인용이라는 주장이 제기되었다. 관방장관과 수상까지 나와서 새로운 연호가 일본의 '국서'

에서 채택되었음을 강조했으나, 결과적으로는 '중국 서적을 인용한 부분에 대한 재인용'이었던 것이다.『만요슈』에 폭넓은 계층의 사람들이 읊은 노래가 수록된 것은 사실이며,『만요슈』라는 작품이 풍요로운 국민문화와 오랜 전통을 상징하는 것도 결코 틀린 말은 아니다. 그러나『만요슈』는 문자 탄생 이전 시대부터 시작된 상대가요의 토대 위에서, 다양한 변전을 거친 끝에 선택된 운율에 의거해, 최종적으로는 한시문의 영향을 받아 탄생된 '귀족문화'로서의 면모를 갖추고 있다.

『만요슈』의 번역 작업은 국내에서 여러 가지 형태로 시도되고 있으나, 관련된 모든 분들에게 경의를 표하고 싶은 심정이다. 이 책의 번역 작업 역시 해독 및 번역이 불가능한 용어나 일본 고유의 수사법(마쿠라코토바 등)에 대한 처리방식, 무엇보다 정형시의 운율을 살려서 번역해야 한다는 압박감과의 기나긴 사투였다. 아울러『만요슈』텍스트에 대한 번역에 그치지 않고 그에 대한 비평과 감상, 방대한 고전 주석서 해독 및 검증 과정까지 그대로 번역해야 한다는 어려움이 존재했다. 운문 번역과 문헌 고증 번역의 성격이 확연히 다르다 보니, 양쪽 모두를 절충하는 데 필연적으로 한계가 있었다. 따라서 운문 번역은 가독성을, 고전 주석서 해독 및 문헌 고증 번역은 등가성을 최대한 살려 지나친 의역

이 되지 않도록 주의를 기울였다.

작품이 가진 강렬한 존재감에 대한 언급도 빼놓을 수 없다. 이 책은 일본 가단을 이끌던 굴지의 가인인 사이토 모키치가 약 4500수에 이르는 『만요슈』의 작품 중, 대부분의 사람들이 꼭 알아두었으면 하는 작품 약 359수를 선정하여, 비평과 주석보다는 감상에 주안점을 두고 소개하고 있다 (상, 하권 형태로 출간되었으며 본서는 상권에 대한 번역본이다). 이 책은 1938년 '시류에 아첨하지 않고 시국과 대치한다'는 이념으로 창간된 이와나미신서 라인업 20권 중 하나로, 약 80년간 꾸준히 판매되어 단 한 번도 품절된 적이 없었다는 대표적인 스테디셀러이기도 하다. 일본의 대부분의 국어교과서가 『만요슈』의 노래를 채용할 때의 기준으로 삼고 있다고 전해지기도 한다. 『만요슈』가 이른바 국민가집으로 대중에게 깊이 각인될 수 있게 된 계기가 된 서적이며, 굴지의 베스트셀러라는 양적인 문제뿐만 아니라, 약 80년 전의 이해 방식이 여전히 통용되고 있다는 점에서 질적으로도 매우 탁월한 역사적 명저라고 할 수 있다. 근대 이후 『만요슈』 감상의 명저로서 부동의 자리를 굳건히 지키고 있는 양질의 저서이므로, 기존의 이와나미신서 시리즈와 함께, 일본에 대한 이해를 심화시키는 데 좋은 길잡이가 될 것이라고 믿는다.

『만요슈』는 개인적인 인연으로도 각별한 작품이다. 고려

대학교 대학원 재학시절, 수업을 통해 접한 나카니시 스스무中西進 선생님의『만요슈』집중강의가 인연이 되어 일본고전 운문으로 석사논문을 쓰기 시작했고, 결국 그것이 인연이 되어 그 제자인 스즈키 히데오鈴木日出男 선생님에게 지도를 받을 수 있게 되었다. 주지하는 바와 같이 나카니시 스스무 선생님은 새로운 연호 '레이와'를 제안한 학자로 알려져 있다.

『만요슈』와『고킨슈』를 중심으로 한 고대 와카,『겐지모노가타리』방면의 석학인 스즈키 히데오 선생님의 젊은 시절 논문 중「고대 와카의 심물대응구조-만요에서 헤이안 와카로古代和歌における心物対応構造-万葉から平安和歌へ」라는 것이 있다. 내면의 감정을 노래로 읊는 과정이 순수하게 개인의 고독한 영위에 그치지 않고 공동체와의 끊임없는 소통을 통해 비로소 가능했다는 점, 물상(경물)과 심상(서정)의 긴장관계가 5·7·5·7·7이라는 정형화된 음율 안에서 구현할 때 슬픔이나 사랑, 마음을 나타내는 '서정'(심상)이 오히려 공동체 속에서의 유형화된 틀이며 그것을 어떤 경물(물상)을 통해 어떻게 표현하는지에 따라 개인의 고유한 내면이 드러난다는 점, 등에 대해 상세히 고찰한 논문이었다. 무엇을 표현하는가가 중요한 것이 아니라 어떻게 표현하는가가 핵심인 것이다.

본서의 번역에서 가장 많은 시간을 할애한 부분은 정형시의 음수율, '말의 음악'에 대한 번역이었다. 번역 작업은 등가성과 가독성의 확보가 매우 중요하지만, 정형시의 번역이라는 특성상 음수율은 시의 생명과도 직결된다고 파악되었다. 이에 따라 당초에는 최대한 일본 고전 운문의 틀인 5·7·5·7·7이라는 음수율에 맞춰 한국어역에 임하고자 했다. 그러나 번역 작업을 진행하는 과정에서 수많은 시행착오를 거쳐 일본어의 음절수와 우리말의 음절수를 일치시키려고 하는 것은 도저히 불가능하다는 것을 깨닫게 되었다. 기계적으로 음절수를 맞추려고 하는 대신 '말 묶음', '소리때림' 등의 이미지를 살려 최대한 리듬을 재현해보고자 하는 쪽으로 방향을 전환했다. 등가성과 가독성과 음악성, 세 가지 사이에서 종종 길을 잃곤 했던 번역 작업이었음을 고백한다.

2020년 8월

옮긴이 김수희

레이와(令和) Q&A집

• 하기는 일본의 새연호 '레이와'가 만요슈에서 인용됨에 따른 독자들의 궁금
증을 해소하기 위해 이와나미서점 홈페이지에 게재된 '레이와 Q&A'를 감
수자 오타니 마사오 선생님, 야마자키 요시유키 선생님의 허락으로 부록으
로 게재합니다.

'헤이세이平成' 다음으로 사용될 연호는 '레이와令和'로 정
해졌습니다.

그런데 '레이와'의 의미는 무엇일까요.

출전으로 알려진『만요슈』에는 어떻게 적혀 있나요? 어디
서 읽어볼 수 있나요?

등등 '레이와'와 관련된 다양한 의문사항을 총정리해 보
았습니다.

이와나미문고岩波文庫 『만요슈』의 교주校注 작업에 임했
던 오타니 마사오大谷雅夫, 야마자키 요시유키山崎福之 선생
님이 감수해주셨습니다. 읽어보면 절로 납득이 가는 Q&A
입니다.

Q: 새로운 연호인 '레이와'는『만요슈』에서 유래한다면서요?
A:『만요슈』의 권5, '매화를 노래한 32수梅花の歌三十二首'에
달린 서문에,「때는 이른 봄날의 상서로운 달, 아름다운

분위기에 바람은 온화하다/時に, 初春の令月(れいげつ),
気淑(うるは)しく風和(やは)らぐ」라고 나와 있는 부분이
출전이라고 합니다. 그 의미는 '때는 마치 새로운 봄날의
어느 아름다운 달, 상서로운 기운이 가득하고 바람은 온
화하다'라는 말이 될 것입니다.

(훈독과 현대어역은 이와나미문고 『만요슈(2)万葉集(二)』 발췌)

Q: '레이와'란 무슨 뜻인가요?

A: '레이/令'는 '명령하다', '훈계하다', '법도' 등 다른 사람으
로 하여금 따르게 한다는 뜻과 함께, '길하다', '아름답다',
'바람직하다' 등 상대방을 칭찬하는 뜻이 있습니다. 대조
적인 두 가지 의미를 갖고 있다고 할 수 있습니다. 두 글
자로 이루어진 숙어의 경우, 뒤에 나오면 '명령', '호령',
'법령', '율령'처럼 누군가로 하여금 따르게 한다는 의미가
됩니다. 그러나 이 글자가 앞에 먼저 나오면 '영명令名',
'영실令室', '영양令嬢', '영절令節'처럼 칭찬하는 의미가 되
는 경향이 있습니다. 한편 '와/和'의 경우, '온화하다', '누
그러지다', '평온하다', 혹은 그런 상태를 의미합니다. '레
이와'라는 두 글자로 구성된 숙어는 없는 것으로 추정되
지만, 이 두 글자를 이어보면 '아름답고 온화하다', '바람
직하고 편안한 모습' 등의 의미로 이해할 수 있습니다.

Q:『만요슈』의 '매화를 노래한 32수'가 뭔가요?

A: 730년(덴표 2년) 정월 13일, 다자이후의 장관(다자이노소치[太宰帥])이었던 오토모노 다비토大伴旅人가 자택으로 사람들을 초대해 정원에 있던 매화꽃을 감상하는 연회를 열었습니다. 그 참가자 32명이 한사람씩 읊은 노래 32수를 말합니다. 모든 노래에 '매화'라는 단어가 포함되어 있습니다.

Q: 서문도 와카인가요?

A: 이 32수의 노래 앞에 나온 '서문'은 와카가 아니라 한문입니다. 『만요슈』에는 와카만이 아니라 한문이나 한시도 실려 있습니다. 이 서문은 당시 중국에서 아름다운 문체로 알려져 있던 사륙변려체(4자와 6자의 구[句]를 기본으로 대구를 다용한 문체)를 모방해 적혀 있습니다. 그 원문을 인용하면「初春令月, 気淑風和」입니다.

(이와나미문고 『원문 만요슈(상)原文 万葉集(上)』 발췌)

Q: 누가 썼지요?

A: 32수의 와카는 각각 작자의 관명 등이 기록되어 있지만, 서문에는 서명이 없습니다. 서문의 작자가 누구인지 확실히 알 수 없었기 때문에, 이 연회에 참가했던 야마노우에노 오쿠라山上憶良가 쓴 것이라고 추정하는 설이 에도

시대부터 있었습니다. 서문에서 이 '매화 꽃 노래'가 읊어졌던 것이 '소치 노인의 집/帥老の宅'이라고 적혀 있는데, 그 '노인/老'이 존칭이기 때문에 작자는 다비토 이외(아마도 오쿠라)의 사람일거라고 추측했던 것입니다. 하지만 근대에 와서 이 '노인/老'이란 용어의 사용방식에 대한 연구가 진전을 보이면서 꼭 존칭이라고는 단정지을 수 없으며 자칭이라고 생각할 수도 있다는 사실이 밝혀졌습니다. 아울러 "나의 정원에 매화꽃지는구나/わが園に梅の花散る"(822번 노래)라는 다비토의 노래에 대해 작자명에서 '주인'이라고 존칭 없이(즉 자칭으로) 적혀 있기 때문에 연회의 주인인 오토모노 다비토에게 노래가 모여졌고 이것이 기록되었다는 상황을 상상할 수 있게 되었습니다. 아마도 서문 역시 오토모노 다비토의 작품이라고 봐야겠지요.

Q: 오토모노 다비토는 어떤 인물인가요?

A: 오토모 씨는 예부터 야마토 조정 안에서 군사 관련 역할을 담당해 왔던 일족입니다. 다비토의 아버지인 야스마로安麻呂는 임신壬申의 난(672년)에서도 활약했습니다. 다비토는 728년(진키 5년) 경 다자이노소치라는 직책에 올랐습니다. 이는 정치적으로 크게 대두되기 시작한 후지와라씨에 의해 도읍으로부터 쫓겨나게 된 인사이동이었다

고도 일컬어지고 있습니다. 배다른 여동생인 사카노우에노 이라쓰메坂上郎女는 『만요슈』에 가장 많은 노래를 남긴 여성 가인입니다. 아울러 다비토의 적자인 야카모치는 450수 이상의 작품을 남겼고 『만요슈』의 마지막 노래(권 20·4516)의 작자이자 20권에 이르는 작품 전체의 편자라고도 추정되고 있습니다. 다자이후가 위치한 쓰쿠시筑紫에서는 지쿠젠노카미筑前守 야마노우에노 오쿠라 등과 교류했고, 바로 이 '매화꽃 노래 32수'가 읊어진 그 해 가을에 다이나곤大納言이 되어 귀경했다가 그 다음해인 731년 세상을 떠났습니다. 『만요슈』에 대략 70수의 노래, 한문 서간 등이 수록되어 있을 뿐만 아니라 당시 일본에서 만들어진 한시문들을 망라해 놓은 『가이후소懷風藻』에도 한시 1수를 남기고 있습니다.

Q: 중국의 고전을 인용했다는 말이 있는데, 정말 그런가요?

A: 신일본고전문학대계新日本古典文學大系 『만요슈(1)萬葉集 (一)』의 해당 부분의 주석에 「'영월슈月'은 「중춘영월, 때는 온화하고 기운이 청아하다/仲春令月 時和し気清らかなり」(후한[後漢]·장형[張衡] 「귀전부[帰田賦]」·『문선[文選]』 15권)이라고 되어 있다」고 지적되고 있습니다. 이 지적은 이미 에도시대 초기인 17세기 말경에 게이추契沖가 저술한 『만요

다이쇼키万葉代匠記』(『게이추전집(1)[契沖全集(一)]』에 수록됨, 이와나미서점, 1973년)에서 볼 수 있습니다. 아울러 전후의 『만요슈』 연구를 견인했던 학자 중 한 사람인 오모다카 히사타카澤瀉久孝가 저술한 『만요슈추샤쿠万葉集注釈』(전 20권, 주오코론샤[中央公論社], 1957-)에도 그 설은 계승되고 있습니다. 아울러 게이추는 이 서문을 쓰기 시작하는 방식이 중국의 동진 시대의 서성書聖으로 일컬어지는 최고의 서예가, 왕희지王羲之가 저술한 「난정서蘭亭序」를 모방한 것으로 추정하고 있습니다.

Q: 장형의 「귀전부帰田賦」가 뭔가요?

A: 후한시대의 장형이란 인물이 쓴 「부賦」(운문 형식) 중 하나로 관직을 사임하고 고향으로 돌아갈 때의 심정을 읊은 것입니다. '레이와令和'의 각각의 단어가 나오는 부분은 이와나미문고의 『문선 시편(2)文選詩篇(二)』에서는 '청화清和'라는 시어에 대한 주에도 인용되고 있습니다. 거기에서 훈독을 하는 방식은 「음력 2월의 상서로운 달, 때는 온화하고 맑은 기운이 가득하다/仲春の令(よ)き月, 時は和らぎ気は清し」

장형은 천문학과 역법, 수학에 정통한 인물로 혼천의渾天儀(천체관측기)나 후풍지동의候風地動儀(지진계)를 만드는 한편, 조정에서 태사령의 직책을 역임하기도 했습니다. 후한의 전반기를 대표하는 학자이자 문인이라고 할 수 있습니다.

* 「귀전부」의 전문은 신석한문대계新釈漢文大系86『문선(부편)하권文選(賦編)下』(메이지쇼인[明治書院])에 게재되어 있습니다. 이와나미문고『문선 시편(5)文選 詩篇(五)』에는 장형의 「사수시四愁詩 4수」를 수록하고 있습니다.

Q: '매화를 노래한 32수'에는 어떤 노래가 있나요?

A: 봄날이 오면 제일 먼저 피어나는 뜰 안의 매화 홀로 보며 봄날을 어찌 보내야하나/春さればまづ咲くやどの梅の花ひとり見つつや春日暮らさむ(야마노우에노 오쿠라)
    봄이 오면 맨 처음 피는 정원의 매화 꽃을 홀로 바라보며 봄날을 보내야 할까(아니, 여러분들과 함께 매화꽃을 즐겨야지, 라는 뜻)

    우리 뜰 안에 매화꽃 지고 있네 아득한 저편 하늘에서 눈발이 흘러내리는구나/わが園に梅の花散るひさかたの天より雪の流れ来るかも(주인 오토모노 다비토)
    우리 집 마당에 매화꽃이 지고 있다. (ひさかたの[히사카타노])
    하늘에서 눈이 흘러 내리는 걸까. (당시의 매화는 흰 매화. 흰 매화가 지는 것을 눈이 오는 것에 비유한 표현은 한시에 다수 발견된다)

Q: 어디에서 읽을 수 있나요?

A: 이와나미문고『만요슈』전5책(사타케 아키히로[佐竹昭広]·야마
다 히데오[山田英雄]·구도 리키오[工藤力男]·오타니 마사오[大谷雅夫]
·야마자키 요시유키[山崎福之] 교주[校注], 전 5책, 2013-2015년)

☞ 약 4500수의 노래 전부를 수록했으며 그 모든 노래에
대해 정확한 번역과 최신의 연구성과를 반영한 주해를 달
아놓고 있습니다.『문선』『가이후소』『만요다이쇼키』등의
해설도 있으며 '매화를 노래한 32수 서문'은 제2책에 수록
되어 있습니다.

이와나미문고『원문 만요슈原文万葉集』상·하(사타케 아키히
로·야마다 히데오·구도 리키오·오타니 마사오·야마자키 요시유키 교
주, 전 5책, 2015-2016년)

☞ 만요가나万葉仮名로 작성된 원문을 수록한 문고. '매화를
노래한 32수 서문'은 상권에 수록됨.

신일본고전문학대계新日本古典文学大系『만요슈萬葉集』(사타
케 아키히로·야마다 히데오·구도 리키오·오타니 마사오·야마자키 요
시유키 교주, 전 4책, 1999-2003년)

☞ 이와나미문고의 원간본(저본). 신뢰할 수 있는「신일본고
전문학대계新日本古典文学大系」1책으로 현재는 온디맨드On

Demand판 구매가능. '매화를 노래한 32수 서문'을 수록한 제1책에는 『문선』「귀전부」와의 관련성을 지적한 보주補註도 있음.

이와나미현대문고岩波現代文庫 오리쿠치 시노부折口信夫 『구어역 만요슈口訳万葉集』(상·중·하, 2017년)

☞ 오리쿠치 시노부가 참고자료도 사용하지 않고 『만요슈』를 구두로 번역해내려간 것을 제자들이 받아적은 것. 불과 2개월 남짓한 기간 동안 완성시켰다. '매화를 노래한 32수 서문'은 상권에 수록.

이와나미현대문고岩波現代文庫 오오카 마코토大岡信 『고전을 읽다 만요슈古典を読む 万葉集』(2007년)

☞ 「한순간도 곁에 두지 않을 수 없는 것」으로서 『만요슈』를 애독했던 오오카 마코토 씨가 시인의 감성으로 그 매력을 말해줍니다. 아름다운 현대어로 된 '매화를 노래한 32수 서문' 전체 요지도 수록.

이와나미신서岩波新書 리비 히데오リービ英雄 『영어로 읽는 만요슈英語でよむ万葉集』(2004년)

☞작가 리비 히데오 씨의 만요슈 영역(초역). 「때는 이른 봄

날의 상서로운 달, 아름다운 분위기에 바람은 온화하다/ 時に, 初春の令月(れいげつ), 気淑(うるは)しく風和(やは)ら ぐ」 부분에 대한 영역도 게재하고 있습니다. 『만요슈』의 국제적인 확대를 알기 위해 가장 적합한 책.

이와나미주니어신서岩波ジュニア新書 스즈키히데오鈴木日出 男 『만요슈입문万葉集入門』(2002년)

☞ 중학교·고교생부터 성인에게까지 인기있는 알기 쉬 운 시리즈〈주니어신서〉. 대표적인 노래를 해석하면서 『만 요슈』의 세계로 초대합니다. '매화를 노래한 32수 서문'에 대한 해설도 게재.

만요슈 선집

초판 1쇄 인쇄 2020년 9월 10일
초판 1쇄 발행 2020년 9월 15일

저자 : 사이토 모키치
번역 : 김수희

펴낸이 : 이동섭
편집 : 이민규, 탁승규
디자인 : 조세연, 김현승, 황효주, 김형주
영업·마케팅 : 송정환
e-BOOK : 홍인표, 유재학, 최정수, 서찬웅,
관리 : 이윤미

㈜에이케이커뮤니케이션즈
등록 1996년 7월 9일(제302-1996-00026호)
주소 : 04002 서울 마포구 동교로 17안길 28, 2층
TEL : 02-702-7963~5   FAX : 02-702-7988
http://www.amusementkorea.co.kr

ISBN 979-11-274-3708-4 04830
ISBN 979-11-7024-600-8 04080

"REIWA" Q&A SHU
supervised by Masao Otani, Yoshiyuki Yamazaki
© 2019 by Masao Otani, Yoshiyuki Yamazaki, Iwanami shoten, publishers

이 도서의 국립중앙도서관 출판예정도서목록(CIP)은 서지정보유통지원시스템 홈페이지
(http://seoji.nl.go.kr)와 국가자료공동목록시스템(http://www.nl.go.kr/kolisnet)에서 이용하
실 수 있습니다. (CIP제어번호: CIP2020035028)

일본의 지성과 양심

이와나미岩波 시리즈

001 이와나미 신서의 역사

가노 마사나오 지음 | 기미정 옮김 | 11,800원

일본 지성의 요람, 이와나미 신서!
1938년 창간되어 오늘날까지 일본 최고의 지식 교양서 시리즈로 사랑받고 있는 이와나미 신서. 이와나미 신서의 사상·학문적 성과의 발자취를 더듬어본다.

002 논문 잘 쓰는 법

시미즈 이쿠타로 지음 | 김수회 옮김 | 8,900원

이와나미서점의 시대의 명저!
저자의 오랜 집필 경험을 바탕으로 글의 시작과 전개, 마무리까지, 각 단계에서 염두에 두어야 할 필수사항에 대해 효과적이고 실천적인 조언이 담겨 있다.

003 자유와 규율 -영국의 사립학교 생활-

이케다 기요시 지음 | 김수회 옮김 | 8,900원

자유와 규율의 진정한 의미를 고찰!
학생 시절을 퍼블릭 스쿨에서 보낸 저자가 자신의 체험을 바탕으로, 엄격한 규율 속에서 자유의 정신을 훌륭하게 배양하는 영국의 교육에 대해 말한다.

004 외국어 잘 하는 법

지노 에이이치 지음 | 김수회 옮김 | 8,900원

외국어 습득을 위한 확실한 길을 제시!!
사전·학습서를 고르는 법, 발음·어휘·회화를 익히는 법, 문법의 재미 등 학습을 위한 요령을 저자의 체험과 외국어 달인들의 지혜를 바탕으로 이야기한다.

005 일본병 -장기 쇠퇴의 다이내믹스-

가네코 마사루, 고다마 다쓰히코 지음 | 김준 옮김 | 8,900원

일본의 사회 · 문화 · 성치적 쇠퇴, 일본병!
장기 불황, 실업자 증가, 연금제도 파탄, 저출산 · 고령화의 진행, 격차와 빈곤의 가속화 등의 「일본병」에 대해 낱낱이 파헤친다.

006 강상중과 함께 읽는 나쓰메 소세키

강상중 지음 | 김수희 옮김 | 8,900원

나쓰메 소세키의 작품 세계를 통찰!
오랫동안 나쓰메 소세키 작품을 음미해온 강상중의 탁월한 해석을 통해 나쓰메 소세키의 대표작들 면면에 담긴 깊은 속뜻을 알기 쉽게 전해준다.

007 잉카의 세계를 알다

기무라 히데오, 다카노 준 지음 | 남지연 옮김 | 8,900원

위대한 「잉카 제국」의 흔적을 좇다!
잉카 문명의 탄생과 찬란했던 전성기의 역사, 그리고 신비에 싸여 있는 유적 등 잉카의 매력을 풍부한 사진과 함께 소개한다.

008 수학 공부법

도야마 히라쿠 지음 | 박미정 옮김 | 8,900원

수학의 개념을 바로잡는 참신한 교육법!
수학의 토대라 할 수 있는 양 · 수 · 집합과 논리 · 공간 및 도형 · 변수와 함수에 대해 그 근본 원리를 깨우칠 수 있도록 새로운 관점에서 접근해본다.

009 우주론 입문 -탄생에서 미래로-

사토 가쓰히코 지음 | 김효진 옮김 | 8,900원

물리학과 천체 관측의 파란만장한 역사!
일본 우주론의 일인자가 치열한 우주 이론과 관측의 최전선을 전망하고 우주와 인류의 먼 미래를 고찰하며 인류의 기원과 미래상을 살펴본다.

010 우경화하는 일본 정치

나카노 고이치 지음 | 김수희 옮김 | 8,900원

일본 정치의 현주소를 읽는다!
일본 정치의 우경화가 어떻게 전개되어왔으며, 우경화를 통해 달성하려는 목적은 무엇인가. 일본 우경화의 전모를 낱낱이 밝힌다.

011 악이란 무엇인가

나카지마 요시미치 지음 | 박미정 옮김 | 8,900원

악에 대한 새로운 깨달음!
인간의 근본악을 추구하는 칸트 윤리학을 철저하게 파고든다. 선한 행위 속에 어떻게 악이 녹아들어 있는지 냉철한 철학적 고찰을 해본다.

012 포스트 자본주의 -과학·인간·사회의 미래-

히로이 요시노리 지음 | 박제이 옮김 | 8,900원

포스트 자본주의의 미래상을 고찰!
오늘날「성숙·정체화」라는 새로운 사회상이 부각되고 있다. 자본주의·사회주의·생태학이 교차하는 미래 사회상을 선명하게 그려본다.

013 인간 시황제

쓰루마 가즈유키 지음 | 김경호 옮김 | 8,900원

새롭게 밝혀지는 시황제의 50년 생애!
시황제의 출생과 꿈, 통일 과정, 제국의 종언에 이르기까지 그 일생을 생생하게 살펴본다. 기존의 폭군상이 아닌 한 인간으로서의 시황제를 조명해본다.

014 콤플렉스

가와이 하야오 지음 | 위정훈 옮김 | 8,900원

콤플렉스를 마주하는 방법!
「콤플렉스」는 오늘날 탐험의 가능성으로 가득 찬 미답의 영역, 우리들의 내계, 무의식의 또 다른 이름이다. 융의 심리학을 토대로 인간의 심층을 파헤친다.

015 배움이란 무엇인가

이마이 무쓰미 지음 | 김수회 옮김 | 8,900원

'좋은 배움'을 위한 새로운 지식관!
마음과 뇌 안에서의 지식의 존재 양식 및 습득 방식, 기억이나 사고의 방식에 대한 인지과학의 성과를 바탕으로 배움의 구조를 알아본다.

016 프랑스 혁명 -역사의 변혁을 이룬 극약-

지즈카 다다미 지음 | 남지연 옮김 | 8,900원

프랑스 혁명의 빛과 어둠!
프랑스 혁명은 왜 그토록 막대한 희생을 필요로 하였을까. 시대를 살아가던 사람들의 고뇌와 처절한 발자취를 더듬어가며 그 역사적 의미를 고찰한다.

017 철학을 사용하는 법

와시다 기요카즈 지음 | 김진희 옮김 | 8,900원

철학적 사유의 새로운 지평!

숨 막히는 상황의 연속인 오늘날, 우리는 철학을 인생에 어떻게 '사용'하면 좋을까? '지성의 폐활량'을 기르기 위한 실천적 방법을 제시한다.

018 르포 트럼프 왕국 -어째서 트럼프인가

가나리 류이치 지음 | 김진희 옮김 | 8,900원

또 하나의 미국을 가다!

뉴욕 등 대도시에서는 알 수 없는 트럼프 인기의 원인을 파헤친다. 애팔래치아 산맥 너머, 트럼프를 지지하는 사람들의 목소리를 가감 없이 수록했다.

019 사이토 다카시의 교육력 -어떻게 가르칠 것인가-

사이토 다카시 지음 | 남지연 옮김 | 8,900원

창조적 교육의 원리와 요령!

배움의 장을 향상심 넘치는 분위기로 이끌기 위해 필요한 것은 가르치는 사람의 교육력이다. 그 교육력 단련을 위한 방법을 제시한다.

020 원전 프로파간다 -안전신화의 불편한 진실-

혼마 류 지음 | 박제이 옮김 | 8,900원

원전 확대를 위한 프로파간다!

언론과 광고대행사 등이 전개해온 원전 프로파간다의 구조와 역사를 파헤치며 높은 경각심을 일깨운다. 원전에 대해서, 어디까지 진실인가.

021 허블 -우주의 심연을 관측하다-

이에 마시노리 지음 | 김효진 옮김 | 8,900원

허블의 파란만장한 일대기!

아인슈타인을 비롯한 동시대 과학자들과 이루어낸 허블의 영광과 좌절의 생애를 조명한다! 허블의 연구 성과와 인간적인 면모를 살펴볼 수 있다.

022 한자 -기원과 그 배경-

시라카와 시즈카 지음 | 심경호 옮김 | 9,800원

한자의 기원과 발달 과정!

중국 고대인의 생활이나 문화, 신화 및 문자학적 성과를 바탕으로, 한자의 성장과 그 의미를 생생하게 들여다본다.

023 지적 생산의 기술

우메사오 다다오 지음 | 김욱 옮김 | 8,900원

지적 생산을 위한 기술을 체계화!
지적인 정보 생산을 위해 저자가 연구자로서 스스로 고안하고 동료
들과 교류하며 터득한 여러 연구 비법의 정수를 체계적으로 소개한
다.

024 조세 피난처 -달아나는 세금-

시가 사쿠라 지음 | 김효진 옮김 | 8,900원

조세 피난처를 둘러싼 어둠의 내막!
시민의 눈이 닿지 않는 장소에서 세 부담의 공평성을 해치는 온갖
악행이 벌어진다. 그 조세 피난처의 실태를 철저하게 고발한다.

025 고사성어를 알면 중국사가 보인다

이나미 리쓰코 지음 | 이동철, 박은희 옮김 | 9,800원

고사성어에 담긴 장대한 중국사!
다양한 고사성어를 소개하며 그 탄생 배경인 중국사의 흐름을 더듬
어본다. 중국사의 명장면 속에서 피어난 고사성어들이 깊은 울림을
전해준다.

026 수면장애와 우울증

시미즈 데쓰오 지음 | 김수희 옮김 | 8,900원

우울증의 신호인 수면장애!
우울증의 조짐이나 증상을 수면장애와 관련지어 밝혀낸다. 우울증
을 예방하기 위한 수면 개선이나 숙면법 등을 상세히 소개한다.

027 아이의 사회력

가도와키 아쓰시 지음 | 김수희 옮김 | 8,900원

아이들의 행복한 성장을 위한 교육법!
아이들 사이에서 타인에 대한 관심이 사라져가고 있다. 이에 「사람과
사람이 이어지고, 사회를 만들어나가는 힘」으로 「사회력」을 제시한
다.

028 쑨원 -근대화의 기로-

후카마치 히데오 지음 | 박제이 옮김 | 9,800원

독재 지향의 민주주의자 쑨원!
쑨원, 그 남자가 꿈꾸었던 것은 민주인가, 독재인가? 신해혁명으로
중화민국을 탄생시킨 희대의 트릭스터 쑨원의 못다 이룬 꿈을 알아
본다.

029 중국사가 낳은 천재들
이나미 리쓰코 지음 | 이동철, 박은회 옮김 | 8,900원

중국 역사를 빛낸 56인의 천재들!
중국사를 빛낸 걸출한 재능과 독특한 캐릭터의 인물들을 연대순으로 살펴본다. 그들은 어떻게 중국사를 움직였는가?!

030 마르틴 루터 -성서에 생애를 바친 개혁자-
도쿠젠 요시카즈 지음 | 김진회 옮김 | 8,900원

성서의 '말'이 가리키는 진리를 추구하다!
성서의 '말'을 민중이 가슴으로 이해할 수 있도록 평생을 설파하며 종교개혁을 주도한 루터의 감동적인 여정이 펼쳐진다.

031 고민의 정체
가야마 리카 지음 | 김수회 옮김 | 8,900원

현대인의 고민을 깊게 들여다본다!
우리 인생에 밀접하게 연관된 다양한 요즘 고민들의 실례를 들며, 그 심층을 살펴본다. 고민을 고민으로 만들지 않을 방법에 대한 힌트를 얻을 수 있을 것이다.

032 나쓰메 소세키 평전
도가와 신스케 지음 | 김수회 옮김 | 9,800원

일본의 대문호 나쓰메 소세키!
나쓰메 소세키의 작품들이 오늘날에도 여전히 사람들의 마음을 매료시키는 이유는 무엇인가? 이 평전을 통해 나쓰메 소세키의 일생을 깊이 이해하게 되면서 그 답을 찾을 수 있을 것이다.

033 이슬람문화
이즈쓰 도시히코 지음 | 조영렬 옮김 | 8,900원

이슬람학의 세계적 권위가 들려주는 이야기!
거대한 이슬람 세계 구조를 지탱하는 종교·문화적 밑바탕을 파고들며, 이슬람 세계의 현실이 어떻게 움직이는지 이해한다.

034 아인슈타인의 생각
사토 후미타카 지음 | 김효진 옮김 | 8,900원

물리학계에 엄청난 파장을 몰고 왔던 인물!
아인슈타인의 일생과 생각을 따라가 보며 그가 개척한 우주의 새로운 지식에 대해 살펴본다.

035 음악의 기초

아쿠타가와 야스시 지음 | 김수희 옮김 | 9,800원

음악을 더욱 깊게 즐길 수 있다!
작곡가인 저자가 풍부한 경험을 바탕으로 음악의 기초에 대해 설명하는 특별한 음악 입문서이다.

036 우주와 별 이야기

하타나카 다케오 지음 | 김세원 옮김 | 9,800원

거대한 우주의 신비와 아름다움!
수많은 별들을 빛의 밝기, 거리, 구조 등 다양한 시점에서 해석하고 분류해 거대한 우주 진화의 비밀을 파헤쳐본다.

037 과학의 방법

나카야 우키치로 지음 | 김수희 옮김 | 9,800원

과학의 본질을 꿰뚫어본 과학론의 명저!
자연의 심오함과 과학의 한계를 명확히 짚어보며 과학이 오늘날의 모습으로 성장해온 궤도를 사유해본다.

038 교토

하야시야 다쓰사부로 지음 | 김효진 옮김 | 10,800원

일본 역사학자의 진짜 교토 이야기!
천년 고도 교토의 발전사를 그 태동부터 지역을 중심으로 되돌아보며, 교토의 역사와 전통, 의의를 알아본다.

039 다윈의 생애

야스기 류이치 지음 | 박제이 옮김 | 9,800원

다윈의 진솔한 모습을 담은 평전!
진화론을 향한 청년 다윈의 삶의 여정을 그려내며, 위대한 과학자가 걸어온 인간적인 발전을 보여준다.

040 일본 과학기술 총력전

야마모토 요시타카 지음 | 서의동 옮김 | 10,800원

구로후네에서 후쿠시마 원전까지!
메이지 시대 이후 「과학기술 총력전 체제」가 이끌어온 근대 일본 150년. 그 역사의 명암을 되돌아본다.

041 밥 딜런

유아사 마나부 지음 | 김수희 옮김 | 11,000원

시대를 노래했던 밥 딜런의 인생 이야기!
수많은 명곡으로 사람들을 매료시키면서도 항상 사람들의 이해를
초월해버린 밥 딜런. 그 인생의 발자취와 작품들의 궤적을 하나하나
짚어본다.

042 감자로 보는 세계사

야마모토 노리오 지음 | 김효진 옮김 | 9,800원

인류 역사와 문명에 기여해온 감자!
감자가 걸어온 역사를 돌아보며, 미래에 감자가 어떤 역할을 할 수
있는지, 그 기능성도 아울러 살펴본다.

043 중국 5대 소설 삼국지연의 · 서유기 편

이나미 리쓰코 지음 | 장원철 옮김 | 10,800원

중국 고전소설의 매력을 재발견하다!
중국 5대 소설로 꼽히는 고전 명작 『삼국지연의』와 『서유기』를 중국
문학의 전문가가 흥미롭게 안내한다.

044 99세 하루 한마디

무노 다케지 지음 | 김진희 옮김 | 10,800원

99세 저널리스트의 인생 통찰!
저자는 인생의 진리와 역사적 증언들을 짧은 문장들로 가슴 깊이 우
리에게 전한다.

045 불교입문

사이구사 미쓰요시 지음 | 이동철 옮김 | 11,800원

불교 사상의 전개와 그 진정한 의미!
붓다의 포교 활동과 사상의 변천을 서양 사상과의 비교로 알아보고,
나아가 불교 전개 양상을 그려본다.

046 중국 5대 소설 수호전 · 금병매 · 홍루몽 편

이나미 리쓰코 지음 | 장원철 옮김 | 11,800원

중국 5대 소설의 방대한 세계를 안내하다!
「수호전」, 「금병매」, 「홍루몽」이 세 작품이 지니는 상호 불가분의 인
과관계에 주목하면서, 서사란 무엇인지에 대해서도 고찰해본다.

047 로마 산책

가와시마 히데아키 지음 | 김효진 옮김 | 11,800원

'영원의 도시' 로마의 역사와 문화!
일본 이탈리아 문학 연구의 일인자가 로마의 거리마다 담긴 흥미롭
고 오랜 이야기를 들려준다. 로마만의 색다른 낭만과 묘미를 좇는
특별한 로마 인문 여행.

048 카레로 보는 인도 문화

가라시마 노보루 지음 | 김진희 옮김 | 13,800원

인도 요리를 테마로 풀어내는 인도 문화론!
인도 역사 연구의 일인자가 카레라이스의 기원을 찾으며, 각지의 특
색 넘치는 요리를 맛보고, 역사와 문화 이야기를 들려준다. 인도 각
고장의 버라이어티한 아름다운 요리 사진도 다수 수록하였다.

049 애덤 스미스

다카시마 젠야 지음 | 김동환 옮김 | 11,800원

우리가 몰랐던 애덤 스미스의 진짜 얼굴
애덤 스미스의 전모를 살펴보며 그가 추구한 사상의 본뜻을 이해하
고, 근대화를 향한 투쟁의 여정을 들여다본다

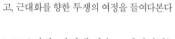

050 프리덤, 어떻게 자유로 번역되었는가

야나부 아키라 지음 | 김옥희 옮김 | 12,800원

근대 서양 개념어의 번역사
「사회」, 「개인」, 「근대」, 「미」, 「연애」, 「존재」, 「자연」, 「권리」, 「자유」,
「그, 그녀」 등 10가지의 번역어들에 대해 실증적인 자료를 토대로 성
립 과정을 날카롭게 추적한다.

051 농경은 어떻게 시작되었는가

나카오 사스케 지음 | 김효진 옮김 | 12,800원

농경은 인류 문화의 근원!
벼를 비롯해 보리, 감자, 잡곡, 콩, 차 등 인간의 생활과 떼려야 뗄 수
없는 재배 식물의 기원을 공개한다.

052 말과 국가

다나카 가쓰히코 지음 | 김수희 옮김 | 12,800원

언어 형성 과정을 고찰하다!
국가의 사회와 정치가 언어 형성 과정에 어떠한 영향을 미치는지, 그
복잡한 양상을 날카롭고 알기 쉽게 설명한다.

053 헤이세이(平成) 일본의 잃어버린 30년

요시미 슌야 지음 | 서의동 옮김 | 13,800원

일본 최신사정 설명서!
경제거품 붕괴, 후쿠시마 원전사고, 가전왕국의 쇠락 등 헤이세이의
좌절을 한 권의 책 속에 건축한 '헤이세이 실패 박물관'

054 미야모토 무사시 -병법의 구도자-

우오즈미 다카시 지음 | 김수희 옮김 | 13,800원

미야모토 무사시의 실상!
무사시의 삶의 궤적을 더듬어보는 동시에, 지극히 합리적이면서도
구체적으로 기술된 그의 사상을 『오륜서』를 중심으로 정독해본다.